Le prétendant de Verity

DE LA MÊME AUTRICE AUX ÉDITIONS J'AI LU

Aphrodite et le duc

J.J.

McAVOY

Le prétendant de Verity

Traduit de l'anglais (États-Unis)
par Agnès Girard

J'AI LU

POUR elle

Si vous souhaitez être informée en avant-première
de nos parutions et tout savoir sur vos autrices préférées,
retrouvez-nous ici :

www.jailu.com

Abonnez-vous à notre newsletter
et rejoignez-nous sur Facebook !

Titre original
VERITY AND THE FORBIDDEN SUITOR

Éditeur original
Dell Trade Paperback Original,
an imprint of Random House, a division of
Penguin Random House LLC, New York

À toutes celles qui, comme moi, pensent parfois
qu'elles ne méritent pas d'être heureuses.
Vous le méritez.

Chères lectrices,

Ce livre est une romance historique mettant en scène une noblesse et une haute société où évoluent des personnages noirs. Il s'agit d'une fiction, et donc tout est possible. J'espère sincèrement que vous apprécierez votre lecture.

Bien à vous,
votre autrice

PREMIÈRE PARTIE

1

Verity

Je n'étais pas une Du Bell.

Pourtant, j'aurais tant aimé en être une. Pas pour le titre ou la fortune, ni même pour le prestige ou l'influence, car ma famille, celle du duc d'Eagleman, jouissait de tous ces privilèges et de bien d'autres. Il n'était de naissance plus noble que la mienne, à moins de naître princesse, et je savais fort bien que nombreuses étaient les jeunes filles qui m'enviaient. Malgré les multiples scandales ayant éclaboussé le duché – les liaisons de mon père, la venue au monde de son fils naturel, le désespoir de ma mère puis son décès, suivi du mariage pour le moins inconvenant de mon père avec une fille de boucher, sans parler d'Evander, mon frère aîné, et de ses mésaventures matrimoniales –, rares étaient ceux qui se privaient de me faire remarquer que j'avais de la chance d'être lady Verity Eagleman. Mais, si j'avais eu le choix, j'aurais préféré être lady Verity Du Bell, dans un foyer chaleureux, débordant d'amour, de rires et de bonne humeur. Au lieu de quoi l'amour semblait me fuir, comme s'il m'en voulait personnellement.

En tant que filleul de la marquise de Monthermer, lady Deanna Du Bell, Evander, lui, avait eu la chance de vivre parmi eux quand, sur ordre de mon père, j'avais été tenue à l'écart de cette famille et de la bonne société en général. Mon aîné s'était toutefois si bien brouillé avec les Du Bell bien avant la mort de notre père qu'il n'avait pas été possible pour moi de me rapprocher d'eux avant leur réconciliation.

Aujourd'hui, tandis que je regardais s'éloigner dans la nuit la voiture conduisant mon frère et sa jeune épouse, lady Aphrodite, vers leur bonheur tant attendu, une occasion se présentait enfin. Encore aurait-il fallu que je sache comment me comporter face à cette famille.

Même si je m'appelais Verity, j'avais le sentiment de n'être que mensonge. En public, la plupart du temps, je m'efforçais de donner l'impression d'être sûre de moi, dégourdie, mais en réalité tant de choses me faisaient peur…

Or j'étais seule, bien que nous soyons tous alignés devant la grille de la propriété londonienne des Du Bell.

— Je n'en reviens pas que ce soit fait, dit le marquis à sa femme, qu'il serrait dans ses bras avec un naturel déconcertant.

— Après toutes ces années, tu persistes à me sous-estimer, mon cher ? répondit-elle, la tête haute, visiblement fière de son œuvre.

Le marquis était un homme à la peau blanche et aux cheveux clairs et grisonnants dont les yeux bleus perçants semblaient constamment rivés sur sa famille ou sur un livre. Sa femme était tout le contraire : sa peau était plus sombre que la mienne, ses cheveux bruns bouclés étaient relevés en chignon et, plutôt que des livres, ses yeux marron lisaient les visages, les décryptant avec une précision formidable.

— Te sous-estimer ? Jamais. Rester sans voix face à ta puissance ? Toujours. Bien joué, ma chère.

Il lui pressa doucement le poignet et elle eut un petit rire, tandis que Damon, leur fils aîné, maugréait.

Damon Du Bell, comte de Montagu, était placé à côté de sa femme, Silva, dont le visage plutôt rond, au tout petit nez, était fort plaisant. Comme le couple parental, ils se tenaient par le bras ; bien que l'expression de Damon indiquât qu'il n'appréciait pas de telles démonstrations d'affection.

— À votre âge, on s'attendrait à davantage de retenue, dit-il.

— Mon chéri..., intervint Silva.

— Tu devrais remercier le ciel qu'il n'en soit pas ainsi, car autrement tu n'existerais pas, répondit son père.

— Charles ! s'exclama la marquise, choquée.

— Père ! s'écria Damon au même moment.

— De quoi parlez-vous ? demanda Abéona, la plus jeune des Du Bell, son petit front plissé par l'incompréhension.

— De rien ! répondirent en chœur la marquise et son fils aîné.

— Cela m'étonnerait, insista Abéona. Est-ce que vous me cachez des choses ?

— Tout à fait, répondit Hathor, la cadette, qui se tenait aux côtés de leur sœur Devana et de leur frère Hector. Papa et Maman envisagent de t'envoyer aux cuisines du palais laver la vaisselle tellement tu sembles douée pour cela...

Hector et Devana pouffèrent, avant d'éclater carrément de rire quand Abéona, horrifiée, courut vers ses parents.

— Non, Papa ! dit-elle en s'accrochant à son père comme s'il y allait de sa vie.

— Elle te taquine, la rassura-t-il en délaissant sa femme pour serrer Abéona dans ses bras.

Devant pareille démonstration d'affection familiale, j'éprouvai de la douleur.

Quel effet cela faisait-il, de serrer son père ou sa mère dans ses bras ?

Je n'en savais rien.

Quelle ironie. Je me trouvais en compagnie de l'une des familles les plus huppées et amènes de la bonne société, une famille à laquelle j'avais toujours rêvé d'appartenir, et pourtant, tout à coup, je n'avais qu'un désir : les fuir, elle et son bonheur.

— Verity, mon enfant, tout va bien ? demanda la marquise en s'approchant de moi.

Non, tout ne va pas bien. Pourquoi êtes-vous tous aussi heureux ? Voilà ce que je pensais intérieurement, mais j'affichai mon plus beau sourire.

— Je crains fort que non, marquise, car votre fille vient de me prendre mon frère.

L'humour. Quelle meilleure façon de détourner l'attention ?

— Je ne suis pas de ton avis. C'est ton frère qui a pris notre fille, dit le marquis dans un éclat de rire, Abéona toujours accrochée à lui.

— Comment aurait-il pu la *prendre*, quand vous l'avez vous-même conduite à l'autel ? intervint Hathor en levant les yeux au ciel et en désignant la maison. Et de manière si grandiose, qui plus est.

— C'était une plaisanterie, Hathor, intervint Damon.

— Peu importe, c'est du passé, maintenant, répliqua Hathor. Pourquoi ne pas aller nous coucher ? Demain sera un autre jour, avec une autre héroïne, si tout va bien.

Déjà, elle prenait le chemin de la bâtisse.

— Je parie que la prochaine sera Verity ! cria Abéona en doublant sa sœur, manquant de la faire tomber.

— Abéona ! hurla Hathor en reprenant son équilibre.

La fillette se retourna, le sourire aux lèvres.

— Elle est bien plus belle, et fille de duc ! Tout le monde sera fiancé avant toi, cette saison !

— Va donc faire ta vaisselle ! répliqua Hathor en la poursuivant à l'intérieur.

— Tu n'as pas le droit de dire ça ! Seule Maman le peut, se plaignit Abéona.

— Où trouvent-elles toute cette énergie ? soupira le marquis avant de jeter une œillade à sa femme et d'ajouter : Ah, mais oui. Je sais d'où ça vient.

Damon, sa femme et les autres enfants éclatèrent de rire. La marquise fusilla son mari du regard et lui tourna le dos pour s'approcher de moi.

— Puisque vous vous liguez tous contre moi pour me taquiner, je vais m'occuper de cette chère enfant, dit-elle en me souriant avant de me prendre par la main. Je suis tellement heureuse de t'avoir enfin avec nous, Verity.

— Encore merci de me recevoir, madame la mar…

— Allons, ne t'ai-je pas déjà dit de m'appeler Marraine ? De ta part, c'est le seul titre que j'accepterai. Maintenant, suis-moi, je vais te montrer ta chambre.

Elle me raccompagna jusqu'à la maison, où les domestiques s'affairaient déjà à effacer ce qui restait des noces somptueuses de mon frère.

— Ingrid, appela la marquise.

Une femme mince, d'âge mûr, dont la chevelure brune était sillonnée d'une mèche blanche, apparut devant elle et fit une révérence. Je trouvai très étrange qu'une maîtresse de maison appelle une domestique autrement que par son nom de famille, mais personne ne sembla s'en formaliser.

— Dites aux domestiques que le nettoyage peut attendre jusqu'à demain matin.

— Et qu'ils peuvent emporter le dernier tonneau de vin ! lança le marquis d'une voix tonitruante.

Il venait d'entrer à son tour, et je notai cette fois la rougeur de son teint. Il était ivre. Il suffit d'un simple regard de la marquise pour qu'un valet l'entraîne vers ses appartements.

— Dites-leur aussi qu'ils peuvent emporter les restes si cela leur fait plaisir. Ils ont fait un excellent travail, je descendrai les remercier en personne un peu plus tard.

— Bien, madame.

La gouvernante fit une nouvelle révérence et se retira.

— Vous allez remercier les domestiques *personnellement* ?

Sous le coup de la surprise, la question m'avait échappé. Que la marquise ou toute autre aristocrate descende à l'office pour remercier son personnel me semblait… anormal. Ma propre gouvernante m'avait souvent sermonnée à propos de mes nombreuses visites à l'office ou de mes escapades en solitaire dans le parc.

Elle me considéra d'un petit air triste.

— Tu penses que cela ne se fait pas ?

— Non, bien sûr que non. Je veux dire… Non, je ne pense pas que ce soit inconvenant. Mon ancienne gouvernante ne serait pas d'accord, mais elle était très sévère, sans être méchante. Elle s'occupait très bien de moi. Simplement… Oh, pardonnez-moi, je ne sais plus trop ce que je dis, tout à coup !

Qui étais-je pour juger la façon dont une marquise gérait sa maison, qui plus est celle qui, dans la bonne société, avait la réputation d'être une femme d'intérieur hors pair ?

Je craignis de l'avoir offensée, mais elle se contenta d'émettre un petit rire et m'entraîna dans l'escalier.

— Ne sois pas si inquiète, mon enfant. Et détends-toi. Tu es ici chez toi.

Non, je n'étais pas chez moi du tout. Cet endroit était beaucoup trop bruyant pour que je m'y sente chez moi.

Et comme un fait exprès, un énorme fracas retentit à l'étage.

— Aïe !

Il y eut d'abord le cri d'Hathor, puis une masse de cheveux bouclés se rua dans l'escalier. À la vue de sa mère, Abéona ouvrit de grands yeux, prise de panique.

— Ce n'est pas ma faute, Maman ! Hathor a deux mains gauches, vous le savez bien !

La tête d'Hathor apparut par-dessus la rampe.

— Comment ça, deux mains gauches ?

— Puisque vous ne semblez pas disposées à me laisser en paix, souhaitez-vous que je reste à vous sermonner toute la nuit ? demanda calmement la marquise.

— Bonne nuit, Maman ! répondirent en chœur Hathor et Abéona.

Voyant Abéona remonter l'escalier en toute hâte, je ne pus m'empêcher de rire.

— Ne fais pas attention à elles. Elles sont tristes, dit la marquise en secouant la tête avec un sourire en coin.

— Tristes ? Pourquoi ?

— Elles viennent de perdre leur sœur, expliqua-t-elle en ouvrant la porte de ma chambre. Enfin, je ne devrais pas dire « perdre », mais plutôt « marier ». Hathor et Abéona adorent Aphrodite, elle va beaucoup leur manquer. Comme elles ne peuvent pas regretter son mariage, elles expriment leurs sentiments autrement.

— Je comprends que cela puisse être le cas pour Abéona, étant donné son jeune âge, mais pour Hathor ?

Pour moi, il était évident qu'elle enviait sa sœur aînée. Et je le comprenais facilement.

— Ne te laisse pas impressionner par les reparties et les airs de diva d'Hathor. Au fond, elle est très sensible.

La marquise alla tirer les rideaux, ce que je trouvai, encore une fois, très étrange de la part d'une dame de son rang.

— Bien, reprit-elle en se retournant. Occupons-nous de toi, maintenant. Cette chambre était celle d'Aphrodite. Les domestiques y ont déjà monté l'essentiel de tes affaires, mais, si tu as besoin de quoi que ce soit, dis-le-moi et je m'en occuperai.

— Vous avez déjà tant fait pour moi, mada… euh, Marraine, rectifiai-je devant l'expression qu'elle affichait.

— Allons, j'ai fait si peu, mon enfant, dit-elle en me guidant vers la banquette, près du lit. Verity… si je te demande de m'appeler Marraine, ce n'est pas seulement à cause de ton frère, mais parce que je suis sûre que tel aurait été le souhait de ta mère.

Si celle-ci avait vécu assez longtemps pour le lui demander, voulait-elle dire. Hélas, ma mère s'était éteinte à peine cinq minutes après ma naissance. Y penser me serra le cœur mais, ne voulant pas montrer ma tristesse à la marquise, je me contentai de hocher la tête.

Elle me prit les mains.

— Tu ne l'as peut-être jamais connue, Verity, mais tu dois me croire quand je te dis qu'elle t'aimait de tout son être. Elle souhaitait pour toi une enfance heureuse, protégée. Tout ce qu'elle me demandait, c'était de veiller sur ton frère et toi, et je crains fort de ne pas avoir été à la hauteur en ce qui te concerne...

— Pas du tout. Vous m'avez évité beaucoup de souffrances jusqu'ici. Et je vous en suis reconnaissante. Je vais bien aujourd'hui, c'est tout ce qui compte. Vous ne devez plus vous tourmenter pour moi, vraiment.

— Tu vas bien, mais es-tu heureuse ?

Je ne répondis pas tout de suite, surprise par sa question et me demandant quelle image elle avait de moi. Je ne voulais pas qu'elle continue à voir en moi la pauvre petite fille qu'elle avait prise sous son aile.

— Bien sûr ! m'exclamai-je enfin, affichant un large sourire crispé. Mon frère vient de se marier ! Avec celle qu'il aime depuis toujours, qui plus est ! Comment ne pas se réjouir d'une telle bénédiction ?

Elle ouvrit la bouche, visiblement sur le point de répondre, mais changea d'avis et sourit doucement, posant une main sur ma joue.

— J'ai hâte de connaître celui qui ravira ton cœur.

— À votre place, je n'y penserais pas trop, mad... Marraine.

— Seigneur, tu ne vas pas t'y mettre, toi aussi... D'abord Aphrodite, et maintenant toi, soupira-t-elle. D'après toi, à quoi sert-il de faire vos débuts en société, si ce n'est à trouver un bon parti ?

— N'êtes-vous pas lasse de tous ces mariages, Marraine ? Deux, rien que cette année.

— Bien au contraire, cela m'a donné de l'énergie pour toi et Hathor.

— Ça n'est vraiment pas nécessaire !

Rien que d'y penser, mon cœur battait à tout rompre.

— Mais si, mon enfant. C'est tout à fait *nécessaire*, et rien ne sert de protester. À présent, je te laisse te reposer. Le sommeil est notre arme secrète, à nous les femmes. Bonne nuit.

— Bien, Marraine. Bonne nuit.

Elle me serra doucement la main avant de se lever et de quitter la pièce.

Je me laissai tomber sur le lit, m'étirai puis me roulai en boule, tentant de calmer la panique qui montait en moi. Quels pouvaient être ses projets, exactement ?

Certes, trouver un bon parti était la raison d'être de la saison. Mais ce n'était pas mon but. J'étais seulement venue pour aider mon frère.

Qui pourrais-je épouser, de toute façon ? Un de ces jeunes gens prétentieux et imbus d'eux-mêmes qui me rappelaient les pires côtés de mon père ?

Non. Je ne voulais plus de cette vie-là.

Je posai les yeux sur ma malle, dans un coin de la chambre, puis je me dis que, de toute façon, aucun d'entre eux ne m'épouserait s'il connaissait la vérité. Me relevant avec effort, je traversai la pièce et m'agenouillai devant mon bagage pour l'ouvrir. Il me fallut fouiller un bon moment avant d'y trouver ma petite boîte à bijoux.

J'allais en soulever le couvercle lorsqu'on toqua à la porte.

— Mademoiselle ?

Je glissai la boîte sous des vêtements et refermai prestement le coffre.

— Entrez, dis-je en me levant.

Une jeune femme de chambre rousse au teint clair et au visage constellé de taches de rousseur entra avec une bassine et une serviette, et fit une révérence. Evander m'avait bien conseillé de venir avec ma propre femme de chambre, mais j'avais refusé, pensant qu'il s'inquiétait trop pour moi, comme à son habitude. Ce soir-là, je regrettais ma décision.

— Bonsoir, mademoiselle. Je suis à votre service pendant votre séjour, dit la femme en posant la bassine sur la coiffeuse.

— Je ne vais pas avoir besoin de vous ce soir, répondis-je en m'approchant du lit. Je peux me débrouiller seule.

— Vraiment, mademoiselle ? Je pourrais vous aider à mettre votre chemise de nuit, insista-t-elle en se dirigeant vers ma malle.

— Non !

J'avais presque crié. Elle sursauta et s'immobilisa, tournant vers moi un regard paniqué.

— Euh... je veux dire... c'est inutile, me repris-je. J'aime faire les choses par moi-même.

— Et... les bougies, mademoiselle ? Madame m'a demandé d'en mettre de nouvelles pour qu'elles durent toute la nuit.

Je fis de mon mieux pour ne pas me mordre la lèvre.

— Les Du Bell ont-ils l'habitude de garder les bougies allumées toute la nuit ?

— Non, pas dans les chambres, mademoiselle.

— Alors moi non plus. Merci. Vous pouvez disposer.

Elle hocha la tête, fit une petite révérence et sortit. Soulagée, j'inspirai longuement, en riant amèrement de moi-même. J'étais pitoyable.

Bougie à la main, je retournai chercher la boîte à bijoux et mon journal intime avant de m'installer devant le secrétaire.

9 mai 1813

Evander, mon cher frère,
L'amour a découvert.
Hélas, cette merveille
En moi nulle émotion n'éveille.
Nous ne serons jamais pareils.
Lui de l'été, moi de l'hiver.
Il a eu mère et j'ai eu père.

Les amants se trouvent au printemps, mais je vis en hiver.
Qui donc ne craindra pas le froid en moi ?
Je n'ose y songer, je désespère.

Je posai ma plume et refermai mon journal, puis j'ouvris la petite boîte et en sortis un flacon que je portai à mes lèvres avant de souffler toutes les bougies.

2

Verity

— Verity, Verity !

Réveillée en sursaut, je découvris la marquise penchée sur moi, en proie à une panique intense.

Coiffée d'une charlotte en soie violette, elle était assise au bord du lit, en chemise de nuit blanche et robe de chambre violette brodée à ses initiales.

— Tout va bien ? me demanda-t-elle en posant une main sur mon front.

Comme j'ignorais ce qui venait de se passer, je ne pus que prier pour qu'il ne s'agisse pas de ce que je redoutais. Hélas, mes prières ne furent pas exaucées.

— Tu hurlais dans ton sommeil, mon enfant. As-tu fait un cauchemar ?

Je me redressai, en proie à un mélange de honte, de frustration et de colère. Pourquoi ? Pourquoi avais-je crié ? J'avais pris mon tonique, tout un flacon même, dans l'espoir de ne déranger personne. Que pouvais-je faire ? En rire ? Non, elle comprendrait que quelque chose n'allait pas.

— Verity ? répéta-t-elle doucement. Est-ce que…

— Pardonnez-moi, Marraine, je ne voulais pas vous réveiller. J'ignore ce qui s'est passé. Je n'en ai aucun souvenir, dis-je en me tordant les mains.

Ce n'était qu'un demi-mensonge. Je ne me souvenais jamais de mes rêves, et cela me convenait. Le plus important pour moi était de passer la nuit.

— Ce doit être le changement de chambre, déclara la marquise en balayant la pièce du regard alors que les premiers rais de lumière filtraient à travers les rideaux. J'avais demandé aux femmes de chambre de laisser les bougies allumées, mais apparemment elles ne l'ont pas fait.

Je ne voulais pas que quelqu'un soit sanctionné à cause de moi.

— C'est ma faute, Marraine. C'est moi qui leur ai demandé d'éteindre. Mon frère dit qu'il est dangereux de laisser brûler des bougies pendant la nuit. À Everely, un été, un de nos métayers a perdu sa maison et a failli aussi perdre sa femme à cause d'une seule bougie. Vous imaginez ?

Je ponctuai mes propos d'un petit rire nerveux qui ramena le regard de la marquise sur moi. J'eus envie de disparaître.

— Merci de vous préoccuper de moi, mais tout va bien, repris-je. Pardonnez-moi encore de vous avoir dérangée.

— J'ai eu six enfants, alors mis à part un second avènement du Christ, plus rien ne peut me surprendre, mon enfant. Je suis heureuse que tu ailles bien, répondit-elle en se levant. Le petit déjeuner te sera servi ici, car je tiens à ce que tout le monde ait le temps de se remettre des festivités d'hier avant le concert privé chez les Rowley ce soir.

— Merci. Je serai prête.

— Je vais demander à Bernice de venir s'occuper de toi.

Je n'eus pas le temps de refuser ; elle était déjà sur le pas de la porte.

J'attendis qu'elle soit partie pour me laisser retomber sur mes oreillers et pour m'enfouir sous les couvertures.

Quelle honte ! C'était ma première nuit dans cette maison et je causais déjà du souci à la marquise.

Je vous en prie, Seigneur, faites qu'elle soit la seule à m'avoir entendue !

Je ne voulais surtout pas que mes problèmes deviennent un secret de Polichinelle, comme cela avait été le cas à Everely. À cette seule idée, j'émis un grognement et me retournai dans le lit.

— Mais pour l'amour du ciel, que fais-tu ?

Je me redressai brusquement, sortant la tête de sous les draps. Hathor se tenait dans l'encadrement de la porte, en chemise de nuit, un châle lavande autour des épaules.

— Rien, répondis-je calmement. Puis-je savoir pourquoi tu entres dans ma chambre sans y avoir été invitée ?

— En réalité, c'est ma chambre.

Elle s'approcha de la coiffeuse en acajou. Un bref instant de panique m'assaillit lorsque je me souvins de mon journal et de la petite boîte. Heureusement, je les avais rangés au fond de la malle.

— Je croyais que c'était celle d'Aphrodite, dis-je en mettant mes chaussons.

— C'était le cas quand elle n'était que ma sœur. Mais aujourd'hui, elle est *duchesse d'Everely*, et règne sur un grand nombre d'autres pièces. Elle peut très bien me laisser celle-ci. Je te serais donc reconnaissante de ne pas abîmer la literie.

Je la fixai, me demandant si elle me cherchait querelle. Je n'aurais pas été surprise que ce soit le cas. Je connaissais peu de jeunes aristocrates, mais il était clair qu'elles ne m'aimaient pas. Pas vraiment, du moins. Tout le monde me disait que c'était un effet de leur jalousie, mais devoir systématiquement faire la part des choses entre civilités et propos acerbes finissait par être pénible.

— Tu es plutôt lente, fit-elle en fronçant les sourcils.

— Je te demande pardon ? m'offusquai-je.

— Tes reparties. Elles laissent à désirer.

Elle inspectait les crèmes posées sur la coiffeuse.

— Dans la famille Du Bell, nous sommes vifs d'esprit. Tu dois pouvoir répondre prestement à la moindre remarque désobligeante, sinon tu mettras tout le monde mal à l'aise.

— Vifs d'esprit ou bizarres ? répondis-je sans réfléchir.

J'allais lui présenter mes excuses quand je l'entendis pouffer.

— Les deux, dit-elle en reniflant une de mes crèmes. Mais ne t'inquiète pas, tu t'habitueras.

Moi aussi, j'avais de l'esprit, du moins en présence de mes proches, c'est-à-dire d'Evander.

— Faudra-t-il aussi que je m'habitue à te voir entrer dans ma chambre le matin ?

— Seulement si je t'aime bien. Je n'ai pas encore décidé.

— Dans ce cas, que fais-tu ici ?

— Cette réplique n'était pas du tout à la hauteur, commenta-t-elle. Il va falloir t'entraîner.

Non mais, pour qui se prend-elle ?

— Je ne savais pas que mon rôle, ici, était de te distraire.

Elle huma un autre pot de crème puis elle sourit et me regarda par-dessus son épaule.

— Voilà qui est beaucoup mieux. Et oui, il nous appartient à toutes les deux de nous distraire mutuellement.

— Pourquoi ?

— Aurais-tu oublié le but de ta venue à Londres ?

Encore cette question. Hathor avait-elle été envoyée par sa mère ?

Devant mon silence, elle poussa un long soupir.

— La saison, Verity. Elle ne fait que commencer, ce qui veut dire que toi et moi allons passer beaucoup de temps ensemble. Voilà pourquoi j'ai trouvé judicieux de partir sur de bonnes bases avec toi. Et pour cela, rien de tel qu'une bonne conversation.

— Ta présence dans ma chambre, à l'aube, s'explique donc par la nécessité d'établir un plan visant à dénicher des maris ?

— Pour quoi d'autre voudrions-nous faire des plans ?

— Je l'ignore, mais j'espère que nos vies, ou au moins nos matinées, tourneront autour d'autre chose.

— De quoi d'autre sommes-nous censées parler ? D'œufs au bacon ?

J'éclatai de rire mais, voyant son expression s'assombrir, je me ressaisis.

— Pardon. Je n'aurais pas dû rire. Je parle rarement de maris et de choses de ce genre.

Pourtant, en l'espace de quelques heures, c'était déjà la deuxième fois.

— Forcément ; tu n'as pas ta mère sur le dos.

À son tour, elle avait parlé sans réfléchir, et je vis ses yeux s'arrondir. En réalité, sa remarque ne m'avait pas dérangée tant il était évident qu'elle l'avait dite sans méchanceté.

— Je suis…

— C'est le risque quand on a l'esprit vif. On a tendance à parler sans réfléchir.

— Je suis désolée. C'était très impoli de ma part.

Pour la première fois, elle perdait un peu de son assurance. Je me levai pour la rejoindre sur la banquette au pied du lit.

— Tu es pardonnée. Alors, parle-moi de ce fameux plan.

Son visage s'éclaira. Je compris alors que je m'entendrais bien avec elle, car elle était incapable de dissimuler ses sentiments.

— J'ai parlé à Mère. Nous nous rendrons à toutes les soirées organisées d'ici la fin de la saison, et nous en profiterons pour séduire les deux derniers ducs disponibles en ville.

C'était un peu trop simple, comme plan.

— Et comment nous y prendrons-nous ?

— Nous userons de notre charme féminin.

Elle avait asséné cela comme une évidence. Je crus qu'elle plaisantait.

— Mais c'est ce que font toutes les jeunes filles, non ? Qu'avons-nous de plus que les autres ?

— Famille honorable, titre, esprit et beauté. Nous devrions attirer l'attention sans difficultés. De plus, nombreux sont ceux qui viendront nous féliciter et s'enquérir de l'union de ton frère et de ma sœur. Si nous nous y prenons bien, nous devrions pouvoir captiver les prétendants pendant au moins deux bonnes semaines. Ajoutons à cela les efforts de ma mère, et nous serons les coqueluches de la saison.

— Ce n'est pas un peu naïf, comme point de vue ?

— Pas du tout.

Quelle assurance... Une caractéristique de cette famille. Mais où la trouvaient-ils donc ?

J'eus soudain envie de la taquiner.

— Et... tu n'as pas peur que ma beauté éclipse la tienne ?

— Tu n'arrives pas à la cheville d'Aphrodite. Si j'ai pu tenir face à elle, je n'ai rien à craindre. Heureusement, tu restes au-dessus du lot, donc tu ne me gêneras pas non plus.

Devais-je prendre cela comme une insulte ? J'avais de plus en plus le sentiment que, pour avoir une conversation avec Hathor, une épée et un bouclier ne seraient pas de trop. Discuter avec elle restait néanmoins beaucoup plus intéressant qu'avec les autres jeunes femmes que j'avais croisées jusque-là. Le moins que l'on puisse dire, c'était qu'elle ne mâchait pas ses mots.

— Écoute, Hathor, tout cela est passionnant, mais je dois t'avouer qu'épouser qui que ce soit, duc ou pas, ne fait pas partie de mes projets. Je suis venue à Londres pour mon frère, et maintenant...

— Maintenant quoi ? Tu vas faire tapisserie chez tous les grands d'Angleterre pour le restant de tes jours ? Tu ne veux pas te marier, très bien. Que veux-tu, alors ?

Je n'en avais pas la moindre idée.

— Les jeunes filles comme nous doivent forcément pouvoir aspirer à autre chose qu'au mariage, tentai-je.

— Mais c'est quoi, *autre chose* ? L'avenir de ton frère est réglé, Verity. Maintenant, tu dois t'occuper du tien. Trouver un mari est une priorité. Je dirais même que c'est *la* priorité. D'une certaine manière, Aphrodite est désormais la maîtresse d'Everely. Et même si ce domaine sera toujours le tien, ta place n'est plus là-bas. À ton retour, je doute que tu le retrouves comme tu l'as laissé. C'est pourquoi il faut que tu cherches un autre lieu, que tu établisses ta maison ailleurs. Ne me dis pas que tu n'as jamais réfléchi à cela ?

Elle me fixait d'un air stupéfait.

— Si, bien sûr, j'y ai réfléchi ! me défendis-je, prise de court. Mais sais-tu ce qu'est vraiment le mariage ?

Elle se rembrunit, ne comprenant pas ma question.

— L'union d'un homme et d'une femme...

— Non. C'est un contrat entre un homme et sa propriété. *Nous* sommes la propriété. Or je ne veux pas me retrouver mariée à un aristocrate qui ne s'intéressera à moi que pour ma dot et le prestige de ma famille.

— Très bien. Alors épouses-en un par amour.

Elle disait cela comme si c'était d'une simplicité enfantine. Je serrai les dents, me sentant gagnée par un certain agacement.

— Tu l'ignores peut-être, ta famille ayant été particulièrement favorisée dans ce domaine, mais les mariages d'amour sont rares pour les jeunes filles comme nous, Hathor. Comment pourrait-il en être autrement ? On nous fait faire nos débuts en société, et ensuite, quelques présentations, un ou deux bals, une promenade au parc devraient suffire à nous faire croire que nous sommes aimées ? Alors même que les aristocrates sont prêts à tout pour obtenir ce qu'ils veulent.

— Comment peux-tu en être sûre ? Combien d'hommes as-tu rencontrés, qui fassent de toi une experte en la matière ?

Je me tendis. Je n'étais sûre de rien, certes. Et je ne connaissais pas beaucoup d'hommes. Mais je connaissais leur nature, pour avoir vu la conduite de mon père.

— Je voulais simplement dire que le mariage pouvait souvent s'avérer dangereux pour une femme, et qu'il fallait se garder d'y voir un conte de fées.

— Tu as une piètre opinion des hommes, très bien, fit Hathor d'un air sombre. Mais ce que tu sembles penser de moi est tout à fait... désobligeant.

C'était peut-être pour cette raison que les autres femmes ne m'aimaient pas, aussi m'empressai-je d'ajouter :

— Je ne voulais pas te vexer...

— Je ne suis pas vexée, dit-elle avec un calme qui me laissa perplexe. Je ne pense pas que tu aies complètement tort, Verity. Je sais qu'un grand nombre d'épouses souffrent. Mais ma mère m'a toujours dit qu'un *bon* mariage était le plus merveilleux cadeau du ciel. Et je la crois, dans la mesure où elle l'a prouvé par l'exemple.

— Là encore, je n'en doute pas. Mais comment y parvenir ?

— Comme pour le reste, je suppose qu'il faut fournir des efforts. Si l'idée de te marier ne te donne pas envie de faire ces efforts-là, cela signifie peut-être que, comme Aphrodite, un seul homme réussira à vraiment t'émouvoir.

— Lequel ?

— Comment pourrais-je le savoir ? Tu n'auras cette réponse qu'en acceptant les présentations, les bals et les promenades au parc, dit-elle en souriant, avant de se lever. Bien, nous savons maintenant sur quelles bases avancer. Nous irons donc, toi et moi, à toutes les soirées de la saison afin de nous trouver un mari.

— En quoi est-ce différent de ton précédent plan ?

— Les choses sont très différentes, car nous savons maintenant toutes les deux dans quelle direction avancer. Les titres et la position sociale ne t'intéressent pas, donc tu chercheras celui qui, quel qu'il soit, te « coupera le souffle », comme dit Mère. Et je ferai pareil, mais avec un duc. Notre première tentative aura lieu dès ce soir, au concert.

Ce qu'elle disait n'avait aucun sens, mais elle était visiblement très fière de ce plan qui n'en était pas un. Que pouvais-je faire, sinon secouer la tête ?

Toc, toc.

— Entrez, dit Hathor avant que je puisse le faire.

La femme de chambre de la veille, celle aux taches de rousseur, entra avec une bassine d'eau chaude et des serviettes, suivie d'une autre domestique qui apportait le petit déjeuner.

— Bonjour, mesdemoiselles, dirent-elles en chœur, en faisant une révérence.

— Bonjour, Bernice, répondit Hathor avant de se tourner vers moi. Je file. J'ai des essayages à faire pour ce soir. S'il te plaît, sois prête à l'heure, je n'ai pas envie que tu me ralentisses.

Sur quoi elle quitta la pièce avec autant d'aisance qu'elle était arrivée, me laissant ébahie. La deuxième bonne s'éclipsa peu après.

— Se comporte-t-elle toujours comme cela ? demandai-je à Bernice tandis qu'elle posait la bassine sur la coiffeuse.

— Comme quoi ?

J'avais ma réponse.

— Lady Hathor est plutôt… insistante.

— Oh, oui, mademoiselle, on peut le dire, confirma-t-elle en souriant.

J'estimais être douée pour décrypter la personnalité de mes semblables, et j'avais d'abord vu en Hathor une jeune fille trop gâtée, jalouse et un peu nunuche – comme la plupart des jeunes filles de son milieu. Je la croyais superficielle. Mais après cette conversation, je me rendais compte qu'elle avait beaucoup plus… de profondeur que je ne l'avais pensé.

— Mademoiselle ?

Bernice m'attendait près de la coiffeuse. Je pris place. J'aurais aimé lui poser d'autres questions, pas seulement à propos d'Hathor, mais sur le reste de la famille. Je voulais savoir à qui j'avais vraiment affaire avant de passer la journée avec eux. Mais les paroles de ma gouvernante me revinrent en mémoire : les domestiques sont là pour servir, pas pour conseiller. Aussi me contentai-je de prendre la serviette qu'elle me tendait, sans rien dire de plus. J'attrapai ensuite une tasse de thé.

Me préparer prit beaucoup plus de temps que je ne l'avais prévu, à cause, entre autres, de ma conversation avec Hathor. Evander avait bien abordé le sujet du mariage plus d'une fois mais, avec lui, changer de sujet était facile. Il suffisait d'évoquer son grand amour, ou de faire un trait d'esprit et, déjà, il pensait à autre chose, me laissant libre de mon temps. Je passais d'ailleurs l'essentiel de celui-ci à m'occuper de lui et de sa fille Emeline, ou à écrire à mon demi-frère cadet, Gabrien. Mais comme l'avait souligné Hathor, c'était désormais à Aphrodite qu'il revenait de veiller sur Evander, et je ne pouvais pas passer le restant de mes jours à écrire à Gabrien, qui finirait bien par revenir à la maison, ne serait-ce que pour me supplier d'arrêter.

Il ne me restait donc rien d'autre à faire que de me marier. Mais tout en regardant Bernice sortir de ma malle les robes parmi lesquelles il me faudrait choisir, inquiète à l'idée qu'elle puisse tomber sur ma boîte ou voir mon journal intime, je n'arrivais pas à imaginer toute une vie consacrée au mariage. Cette seule idée me donnait des frissons. De toute évidence, ce n'était pas ma voie. Et je doutais fortement qu'un homme puisse me faire changer d'avis simplement en me « coupant le souffle ».

Et puis, qu'est-ce que cela pouvait bien signifier ? Qu'à la seule vue du « grand amour de ma vie », j'oublierais de respirer ? Cela ne ressemblait guère à un conte de fées. Je repensai à tous les hommes que je connaissais, et qui ne soient pas de la famille, bien sûr. Pas un n'avait éveillé en moi la moindre trace d'émotion...

« Vous me retardez, madame. »

J'avalai mon thé de travers.

— Tout va bien, mademoiselle ? demanda Bernice en se retournant.

— Oui, oui. Cette robe, là. Très bien, grommelai-je en montrant vaguement la première.

Pourquoi cela me revenait-il ? « Vous me retardez, madame. » C'était ce que ce médecin… le Dr Darrington, m'avait dit avant de me claquer la porte au nez, dans ma propre maison, pour aller s'occuper de mon frère blessé. Y repenser dessina une moue de mécontentement sur mes lèvres.

Je m'étais trompée : la plupart des hommes n'éveillaient aucune émotion en moi… excepté celui-ci. Dans leur majorité, lorsqu'ils se trouvaient en ma présence, les gentlemen étaient au moins polis, quelles que soient leurs véritables intentions. Mais ce médecin avait presque semblé affligé par ma présence. Dieu merci, je ne l'avais jamais revu.

— Je m'occupe de vos cheveux, mademoiselle ? demanda Bernice.

— Oui, s'il vous plaît.

Le mieux était de penser à autre chose. J'avais des affaires plus pressantes à régler, notamment la façon dont j'allais m'y prendre pour survivre à cette soirée mondaine.

Peu importait d'où elles viendraient, j'étais résolue à refuser toutes les avances que l'on me ferait.

3

VERITY

— Espérons qu'elle est remise, la pauvre, dit Hathor en regardant par la fenêtre de la voiture.

Nous avions atteint les confins de la ville et approchions d'une imposante maison de ville en briques rouges dont la façade disparaissait derrière une glycine en fleur.

— Qui ça ? demanda Damon, assis en face d'elle.

À côté de lui, comme toujours, se trouvait sa femme, Silva. Sa tenue jaune contrastait avec la teinte bordeaux du vêtement de son mari. Silva avait d'abord craint que cette couleur ne soit un peu trop vive, voire criarde, surtout avec les diamants qu'elle portait autour du cou, mais la marquise – montée avec son mari dans l'attelage qui nous précédait – avait insisté pour que tout le monde soit le plus élégant possible, comme pour une visite au palais.

— Lady Clementina Rowley, répondit Hathor en se tournant vers nous. Sa présentation à la reine s'est très mal passée et, pendant un moment, on ne parlait plus que de cela.

Je m'en souvenais. Ce jour-là, je devais moi-même être présentée à la reine après lady Clementina et, depuis l'antichambre où j'attendais mon tour, j'avais entendu la reine lui demander si elle avait subi des étirements pour avoir un cou aussi long et faire une taille pareille. J'avais vu les autres jeunes ladies derrière moi pouffer et retenir leurs fous rires. Je ne leur avais pas prêté attention, car je ne savais pas moi-même où me mettre, ma belle-mère m'ayant forcée à me rendre au palais.

— C'était il y a déjà plusieurs semaines, intervint Silva. Les commérages se sont sûrement calmés.

— En effet, mais elle ne s'est pas montrée en société depuis. Elle n'est d'ailleurs pas venue à notre bal, nous rappela Hathor.

— Je suis pourtant sûre d'avoir vu Sa Grâce, la duchesse d'Imbert à votre bal, dis-je, me souvenant d'une femme assez petite mais au port altier, qui portait un diadème en saphir et une robe d'un bleu identique, et à qui la marquise m'avait présentée ce soir-là. Elle était accompagnée de sa fille.

— Elle n'était venue qu'avec Domenica, rétorqua Hathor avant de poursuivre ses explications en ajustant sa robe. Celle-ci a épousé le comte de Casterbridge il y a quelques années de cela. Clementina, elle, ne s'est pas rendue au bal. Je ne l'ai vue que deux fois cette saison : au palais puis, quelques jours plus tard, au parc, où elle faisait encore l'objet de nombreuses railleries. Elle est partie en pleurs et, depuis, plus personne n'a entendu parler d'elle.

— Cela ne te ressemble guère, de te préoccuper des problèmes de quelqu'un d'autre, intervint Damon, dont je remarquai l'expression étonnée malgré la pénombre. Si tu évoques cette histoire, c'est que, pour une raison quelconque, elle te préoccupe. Peut-on savoir pourquoi ?

Hathor leva les yeux au ciel.

— Me croyez-vous égocentrique à ce point ?

— Oui, répondis-je en chœur avec Damon.

Elle eut un petit rire narquois.

J'avais dit cela pour plaisanter, mais Damon me regarda d'un air approbateur.

— Silva ?

Hathor, cherchant une alliée, se tourna vers sa belle-sœur qui se contenta de sourire, pour le plus grand amusement de son mari.

— Très bien. Puisque c'est ce que vous pensez de moi, je vais jouer les mauvaises langues : je suis préoccupée parce que, ce soir, je crains que l'on ne parle que de son absence.

— Voilà donc le fin mot de l'histoire, rit Damon en secouant la tête. Ma chère sœur, tu ne cesses de me surprendre.

Hathor lui répondit par une grimace puérile qui me fit penser à Abéona, et se tourna de nouveau vers la fenêtre.

La voiture ralentit devant une demeure couleur lavande. D'autres véhicules étaient déjà garés devant celle-ci et des domestiques s'affairaient alentour. J'observai Hathor et Silva tirer sur leurs gants, s'assurer que leurs bijoux étaient en place et que leur robe tombait correctement avant que les portières s'ouvrent.

Damon descendit le premier, remit son chapeau et tendit la main à Silva. Hathor suivit, puis ce fut à moi. À première vue, on était tenté d'imaginer un bal plus qu'un simple concert. Il y avait là des buis taillés avec le plus grand soin, des cochers en tenue d'apparat qui faisaient les cent pas, tels des gardes royaux, des centaines de flambeaux, et un grand nombre d'invités.

— Je suis reconnaissante à ta mère d'avoir insisté pour que je m'habille aussi élégamment, murmura Silva à son mari devant tant de splendeur.

Damon semblait lui aussi ébloui par toute cette magnificence, qui s'étalait alors même que nous n'étions pas encore entrés, car il y avait la queue.

— On n'en attend pas moins d'une duchesse, dit Hathor, la tête haute, comme si elle en était une. Aphrodite aurait dû rester un jour de plus ; elle aurait vu à quoi s'en tenir.

— La duchesse d'Imbert est bien trop âgée pour faire concurrence à ma fille, dit la marquise en nous rejoignant.

Elle portait une robe de soie lie-de-vin, tandis que son mari s'était contenté de noir.

— Au lieu de t'inquiéter des rivales potentielles de ta sœur, tu ferais mieux de t'inquiéter des tiennes, reprit-elle. Comme tu le vois, les jeunes filles de bonne famille sont nombreuses, ce soir.

— Elles ne m'inquiètent pas, Mère. Je sais exactement à quoi m'en tenir à leur sujet, sourit Hathor. « Connais ton ennemi et connais-toi toi-même ; eussiez-vous cent guerres à soutenir, cent fois vous serez victorieux. »

— Sun Tzu ? dit son père en souriant. C'est bien, ma chérie. J'ignorais que tu avais attaqué l'étude des philosophes orientaux.

— Il est grand temps que tout le monde cesse de me sous-estimer, déclara Hathor, fière comme tout.

— Elle connaît à peine les philosophes grecs, alors ne parlons pas des Orientaux. C'est Aphrodite qui lui a appris ce proverbe, intervint Damon, ce qui lui valut un regard assassin de l'intéressée.

Sans paraître s'en rendre compte, toute la famille se laissa aller de nouveau à ses chamailleries habituelles. C'était si naturel chez eux que même lorsque je me trouvais dans la pièce, j'avais le sentiment de n'être qu'un personnage secondaire et de les regarder vivre. D'ailleurs, j'avais passé avec eux une matinée extraordinaire, où j'avais eu du mal à suivre. Les rires, les taquineries, les conversations à bâtons rompus... : jamais je n'avais connu cela. Le marquis en personne y avait participé, tout en feignant de lire son journal. Pour ma part, comme je le faisais ce soir, j'étais restée en retrait.

Cette sensation de distance s'intensifia quand nous entrâmes enfin. Autour de nous, je n'entendis plus que des « Lord Monthermer, lady Monthermer », « Monsieur le marquis, madame la marquise », « Bonsoir, Damon, madame », « Bonsoir, Hathor ! »...

C'était un véritable chœur de salutations qui nous suivit jusqu'à la salle de concert. Le monde entier se réjouissait à la vue des Du Bell quand je n'avais droit qu'à des saluts polis et des sourires de circonstance. Je n'étais pas une inconnue, j'étais bien de ce milieu, mais j'étais un peu à part parce que je n'avais jamais vraiment eu l'occasion de fréquenter ce monde où j'aurais dû être introduite par ma mère. Ces gens ne m'avaient pourtant pas manqué et quand, par hasard, je les avais côtoyés, j'avais toujours pu compter sur mon frère. Sans sa présence protectrice, j'eus envie de m'en aller.

Je jetai un coup d'œil derrière moi. La porte s'éloignait et d'autres invités arrivaient.

Et la soirée ne faisait que commencer.

Comme si elle avait entendu mes pensées, Hathor vint glisser son bras sous le mien.

— Mère, nous allons saluer les autres jeunes filles, dit-elle à la marquise, qui acquiesça.

— Tâche de penser à respirer, ma chérie. Pour ne pas t'évanouir, dit-elle avec le plus grand sérieux.

Damon eut un rire moqueur, mais je ne fus pas sûre de comprendre pourquoi.

— Bien sûr, répondit Hathor avec un sourire qui disparut dès qu'elle tourna le dos à sa mère. As-tu repéré quelqu'un qui te plaît ? me demanda-t-elle en m'entraînant.

— Mais enfin, Hathor, nous venons à peine d'arriver.

— Entre ici et la porte d'entrée, il y avait au moins une dizaine de gentlemen tout à fait convenables. Ne les as-tu pas remarqués ?

— Non, je n'ai rien remarqué du tout.

Elle poussa un long soupir.

— Il faut faire un effort, tu te souviens ?

— Je cherche de toutes mes forces et personne ne m'a encore coupé le souffle, la taquinai-je.

— Hathor ! Verity !

Derrière nous se tenaient trois jeunes femmes aux cheveux châtain clair et aux yeux verts. Elles étaient habillées respectivement en rose, en violet et en mauve.

Elles m'avaient appelée par mon prénom, sans mentionner mon titre, comme si nous étions des amies proches, mais je ne les reconnus pas.

— Oh non, pas les sœurs Dujardin, grommela Hathor.

— Les sœurs Dujardin ? demandai-je alors que, déjà, elle m'entraînait dans leur direction.

— Elles ne sont pas sœurs, en réalité, mais cousines. Mais là n'est pas le problème. Elles vont nous entraîner dans une conversation insipide et nous risquons d'y passer toute la soirée. Contentons-nous de les saluer et de passer notre chemin.

En arrivant à leur hauteur, elle afficha un grand sourire.

— Rose, Violette, Iris ! Bonsoir, comment allez-vous ?

Rose, Violette, Iris.

J'essayai de ne pas rire en comprenant d'où venait leur surnom.

— Aussi bien que possible. Toutes nos félicitations à vos deux familles. C'était un magnifique mariage. Ma mère n'a parlé que de cela ce matin, dit celle qui était vêtue de rose, et que je supposai donc être Rose.

— La mienne aussi, dit celle en mauve, qui était sans doute Iris.

Je n'avais aucun moyen d'en être sûre puisqu'elles ne s'étaient pas présentées.

— Elles pensaient que vous ne seriez pas ici ce soir, après une fête aussi splendide. Mais je leur ai garanti que jamais Hathor Du Bell ne laisserait passer une occasion de mettre la main sur un duc cette saison, dit Violette en pouffant.

Je regardai Hathor, m'attendant à une repartie cinglante. À ma grande déception, elle se contenta de hocher la tête.

— Ravie de voir que vous me connaissez si bien, Violette. Et merci pour vos compliments. Maintenant, si vous voulez bien nous excuser…

— Hathor, nous avons à peine fait la connaissance de Verity, l'interrompit Rose en se tournant vers moi. J'ai l'impression d'avoir entendu parler de vous toute ma vie, sans que nous ayons échangé plus de quelques mots. Je suis Rose Perrin, la fille de sir Grisham. Et voici mes cousines, Violette et Iris.

J'avais vu juste. Elles portaient des robes assorties à leur prénom.

— Bonsoir, répondis-je comme si je n'avais jamais entendu parler de sir Grisham. Enchantée de faire votre connaissance...

— Ah, la voilà ! s'écria Violette en serrant le bras de sa cousine.

Je me retournai et vis lady Clementina Rowley descendre l'escalier derrière ses parents. Sa robe rose vif n'était rien comparée aux multiples rangs de perles qui ceignaient son cou mat. Je n'avais jamais rien vu d'aussi beau, si ce n'est sur la reine et sur ma belle-mère.

— Dieu du ciel. On dirait un lustre ambulant, murmura Iris en se retenant de rire.

— Franchement, comment devient-on aussi grande ? murmura Rose à son tour.

— En faisant des étirements, répondit Violette.

Elles pouffèrent.

Hathor reprit la parole :

— La duchesse fait les choses bien, n'est-ce pas ? Être invitée chez elle est toujours un tel honneur... mais je m'interroge quant à son choix d'invités. Je pensais qu'il n'y aurait que des aristocrates à ce concert.

Elle coula un regard mielleux vers les cousines.

— Passez une excellente soirée. Vous devez *rarement* recevoir pareille invitation. Et j'aime tant vos robes. On croirait celles que vous portiez à notre bal.

La repartie cinglante tant attendue avait fini par arriver. Contente d'elle, Hathor me prit fermement le bras et m'entraîna vers un autre groupe. Cette fois, j'étais sûre de connaître ces demoiselles, car nous avions été présentées ensemble à la reine. Je remarquai qu'elles aussi, tout en étant de haute naissance, se moquaient de la grande taille de Clementina, qui saluait les invités dans le sillage de ses parents. Malgré les efforts d'Hathor pour ramener la conversation sur les jeunes gens présents, c'est sur Clementina que les ladies s'acharnaient.

Tous ces commérages étaient pour moi d'un tel ennui que je songeais de nouveau à me retirer.

— Bonsoir, nous salua alors lady Clementina d'une voix douce.

Elle avait enfin échappé aux griffes de ses parents, et avait rejoint notre petit groupe.

— Clementina, vous êtes ravissante. Lumineuse.

— Votre robe est magnifique.

— Elle est très longu...

— Très jolie, intervint Hathor.

Clementina ne sembla pas s'offusquer de ces remarques et se contenta de sourire. Puis le pianiste arriva, on souffla quelques bougies pour en allumer d'autres près du piano et tout le monde se tourna dans cette direction.

Hathor et moi étions sur le point de rattraper les Du Bell quand une longue main fine se glissa entre nous et attrapa le bras d'Hathor. Celle-ci fit un bond et se retourna, faisant face à Clementina, qui respirait difficilement. Dans la pénombre, sa peau brillait ; elle était en sueur, des mèches de cheveux collées à ses tempes.

— Je... ne voudrais pas faire de scène, mais... il faut que je remonte dans ma chambre.

Elle avait visiblement du mal à parler.

Hathor prit sa main et me la donna.

— Verity va vous accompagner, et si on vous remarque, je ferai diversion.

Je me tournai vers Hathor et la dévisageai avec des yeux ronds.

— Moi ?

— Ce n'est pas comme si quelqu'un risquait de remarquer ton absence.

— Chuuut ! dit une femme devant nous.

Hathor s'excusa d'un hochement de tête avant de manifester son impatience d'un regard impérieux.

— Allez, vas-y ! articula-t-elle.

Contrariée, je pris Clementina par le bras et fis demi-tour pour retraverser toute l'assistance. Elle marchait avec beaucoup de difficulté et manqua de tomber en passant près d'une table. En se rattrapant à moi de tout son poids, elle me fit vaciller et renverser une chaise. D'ordinaire, dans le brouhaha d'une soirée, cela serait passé inaperçu. Toutefois le bruit que fit la chaise dans le silence précédant les premières notes du concert eut le même effet qu'un coup de canon.

Un « Oh ! » sonore parcourut l'assemblée, suivi d'une agitation plus importante encore. Je me retournai sans parvenir à en apercevoir la source, mais je devinai aisément qu'il émanait d'Hathor.

— Il faut que vous avanciez, murmurai-je à Clementina en essayant de la tirer.

Elle restait cependant immobile, chancelante. Elle était sur le point de s'effondrer et de m'entraîner dans sa chute quand je sentis des mains se plaquer sur mon dos et me soutenir.

— Restez calme, murmura une voix grave derrière moi. La femme de chambre va vous aider.

Je compris ce que l'individu voulait dire lorsque je me rendis compte que Clementina ne pesait plus aussi lourd. En effet, quelqu'un devait la soutenir de l'autre côté.

— Continuez d'avancer, m'intima l'homme.

J'obtempérai, n'ayant guère le choix à cause d'Hathor.

Nous sortîmes de la salle de bal et gagnâmes le hall d'entrée sans plus d'incident. Là, deux valets et une autre femme de chambre attendaient, prêts à prendre le relais.

— Faites-la monter jusqu'à sa chambre et prévenez la maîtresse de maison de ma présence. Je vais avoir besoin d'une cuvette d'eau fraîche et de serviettes, dit l'homme.

Après leur avoir confié Clementina, je me retournai enfin et restai sans voix. Le Dr Darrington, en habit noir et nœud papillon blanc, avec sa peau d'un brun chaud, ses yeux noisette et ses cheveux courts et bouclés, se tenait devant moi.

— Lady Verity, me salua-t-il avant de suivre Clementina et le personnel.

Lorsqu'il disparut dans l'escalier, je me rendis compte que j'avais retenu mon souffle.

Pourquoi n'avais-je pas pu dire un mot ?

Je me tenais là, encore sous le choc de ce qui venait de se passer, quand la duchesse sortit de la salle de bal, visiblement contrariée.

— Cette enfant m'aura tout fait, vraiment ! À croire qu'elle choisit les moments les plus inopportuns pour attirer l'attention ! Je... Lady Verity ?

Elle s'arrêta devant moi, surprise.

— Votre Grâce, la saluai-je en faisant la révérence.

Instantanément, son expression contrariée disparut au profit d'une autre, nettement plus courtoise.

— Que diable faites-vous ici, mon enfant ?

— Lady Verity a aidé Mademoiselle à sortir de la salle, intervint une femme de chambre qui se tenait près d'elle.

Un bref instant, et seulement parce que je regardais la duchesse en face, je vis la panique dans ses yeux.

— Comme c'est aimable à vous ! Mais Clementina en fait beaucoup trop pour un petit rhume. Il ne faut pas vous inquiéter pour elle. Heureusement, sir Grisham s'occupe d'elle...

— Il y a un autre médecin, souffla la femme de chambre.

— Un autre médecin ? Qui ? s'alarma la duchesse.

— Le Dr Darrington, répondis-je à la place de la bonne. Le Dr Theodore Darrington, si je me souviens bien, Votre Grâce. Vous n'avez rien à craindre. Il a été au service de mon frère et… et du comte de Montagu. Il est très compétent, d'après ce que j'ai entendu dire. Et discret. Je suis sûre qu'elle se sent déjà beaucoup mieux.

Je n'étais pas certaine que le Dr Darrington ait déjà soigné Damon, mais je ne pouvais citer mon frère comme seule référence à la duchesse, surtout en son absence. Dans le pire des cas, Damon pourrait au moins confirmer que le docteur était déjà venu chez nous.

— Ah, très bien, dit-elle, vaguement rassérénée. Mais vous devriez retourner dans la salle, je ne voudrais pas que Deanna se demande où vous êtes passée.

— Oui, Votre Grâce.

Je fis une nouvelle révérence avant de m'exécuter.

Alors que j'entrais dans la salle de bal, regardant les mains du pianiste courir sur le clavier, je me surpris à passer une main dans mon dos, là où le docteur avait posé les siennes.

J'en sentais encore la chaleur.

Comment était-ce possible ?

4

Verity

Pendant toute la durée du concert, mon regard ne cessa de s'évader vers l'entrée de la salle pour voir si lui, la duchesse ou Clementina revenait. Lorsque le pianiste plaqua ses derniers accords sous les applaudissements de l'assistance, aucun d'eux n'avait encore reparu et personne ne semblait s'être rendu compte de leur absence.

Le concert terminé, l'orchestre jouait maintenant pour distraire les invités.

— Dis-moi si tu as perdu la tête, que je ne m'inquiète pas, dit la marquise à Hathor tandis que quelques couples s'élançaient sur la piste de danse.

Hathor aurait sans doute préféré danser elle aussi plutôt que d'être retenue par sa mère, qui lui faisait la leçon.

— Faut-il vraiment que tu t'évanouisses à toutes les soirées ? reprit sa mère.

— Vous exagérez, Mère. Ne serait-ce qu'hier soir, nous avons donné une réception et mes jambes m'ont portée beaucoup mieux que celles de Père, qui avait bu un peu trop de vin.

Elle pouffa et son père manqua de s'étrangler avec le vin qu'il était justement en train de boire. Aussitôt, la colère de la marquise se reporta sur lui mais, déjà, une autre invitée lui faisait signe.

— Tu me jettes en pâture au loup, moi, ton propre père ? murmura le marquis à Hathor, une fois la marquise hors de vue.

Elle sourit et hocha la tête.

— Je dois bien vivre pour me battre un jour de plus.

— Goldsmith se retournerait dans sa tombe s'il t'entendait massacrer ses propos, railla Damon.

— De tous les romanciers, il faut que vous vous souveniez de Goldsmith, soupira leur père. Puis-je vous signaler que l'auteur original de cette expression n'est autre que sir John Mennes, qui écrivait en 1641…

— Passez-vous une bonne soirée ? me demanda gentiment Silva tandis que le marquis continuait à pérorer.

Comme je ne répondais pas, elle se pencha vers moi et ajouta en chuchotant :

— Cette complicité familiale est intimidante, n'est-ce pas ?

— N'êtes-vous pas l'une des leurs, à présent ? m'étonnai-je.

— En un sens, si. Mais je mentirais en disant que leurs facéties ne me déroutent plus. J'ai parfois l'impression de n'être qu'une simple spectatrice face à des acteurs jouant une grande pièce du répertoire. Soyez indulgente avec eux, ils ne se rendent pas compte que cela peut être impressionnant.

Je n'étais donc pas la seule à avoir ce sentiment.

Je regardais autour de moi, cherchant comment relancer la conversation, quand je vis les portes s'ouvrir et le Dr Darrington entrer. Cette fois, il semblait… tendu. Je ne l'avais rencontré qu'une fois, par le biais de mon frère, et il s'était alors montré plutôt brusque avec moi mais je ne lui avais pas vu alors une telle expression sur le visage.

— Verity ? m'appela Silva.

Je fis un effort pour la regarder.

— Hum ?

Elle sourit et haussa un sourcil.

— Peut-on savoir quel gentleman a attiré votre attention ?

— Aucun ! m'écriai-je presque trop fort, ce qui ne fit que renforcer ses soupçons. Non, vraiment, aucun. Je n'ai pas du tout l'intention de...

Je ne terminai pas ma phrase. Le docteur venait dans notre direction, en compagnie d'un homme plus âgé et d'un autre qui devait avoir le même âge que lui.

— Cher marquis, enfin, vous voilà ! dit le plus âgé, dont la calvitie était mise en valeur par les impressionnants favoris qui lui mangeaient les joues.

L'attitude d'Hathor, de Damon et de leur père changea à son approche.

— Lord Fancot, le salua le marquis.

Je vis que le Dr Darrington m'observait, mais il détourna les yeux lorsque nos regards se croisèrent et se concentra sur lord Monthermer.

— Vous vous souvenez de mon fils, Henry, dit lord Fancot en présentant le troisième homme avec un regard en direction d'Hathor.

Grand, large d'épaules, celui-ci avait d'épais cheveux noirs, sa peau était d'une teinte ébène et son sourire était charmant.

— Oui, bien sûr. Votre père nous a relaté vos nombreuses réussites commerciales aux Amériques, l'an dernier, répondit le marquis en serrant la main du jeune homme avant de regarder son propre fils. Tu t'en souviens, Damon ? Il est entré à Eton un an après toi.

— Ah, répondit Damon, qui ne se souvenait visiblement de rien. J'espère que vous et votre famille allez bien.

— Très bien, très bien, excepté quelques cheveux en moins, plaisanta lord Fancot en se tapotant le crâne. Et, bien sûr, il faut encore que je marie celui-ci. Il ne tient pas en place. Vous baissez les paupières une seconde et il se pourrait qu'il soit aux Indes. Mais une bonne épouse permettrait sûrement de le...

— Docteur Darrington ? intervint Damon, reconnaissant enfin l'homme qui se tenait sans rien dire derrière le père et son fils. Cela fait quelque temps que nous ne nous sommes pas vus. Comment allez-vous ?

— Très bien, monsieur. Et vous ? répondit le docteur en serrant la main que lui tendait Damon.

Il avait parlé d'un ton calme, neutre. Il ne semblait pas du tout impressionné par les titres de ceux qui l'entouraient.

— C'est un ami à toi, Damon ? demanda la marquise, qui venait de rejoindre son mari.

— Une connaissance, tout au plus, madame. Votre fils et moi avons eu la chance de nous rencontrer par le biais du duc d'Everely, répondit Darrington.

À l'évocation de mon frère, la marquise et Hathor me jetèrent un regard. Fallait-il que je dise quelque chose ? Je n'en eus heureusement pas le temps, car Damon parla à ma place.

— En effet, Mère. Il a tout bonnement sauvé la vie à Evander.

— Dieu du ciel ! s'exclama la marquise, les yeux exorbités.

— Monsieur exagère. J'ai simplement..., tempéra le docteur.

— Cela ne m'étonne pas une seconde ! intervint lord Fancot en posant une main sur l'épaule de celui-ci. Charles, c'est le fameux médecin dont je vous avais parlé. Le génie d'Oxford !

— Un génie, répétai-je.

Le regard du docteur croisa le mien.

— C'est vous qui avez été admis à l'âge de quinze ans ? demanda le marquis, le sourire aux lèvres, rompant notre échange silencieux.

— Quinze ans ? s'écria Damon en le toisant des pieds à la tête.

— Oui, mais...

— Et laissez-moi vous dire qu'il a impressionné absolument tous ses professeurs, précisa lord Fancot. Arithmétique, science, lettres classiques, anglais, français, flamand, allemand. Il lit également le sanscrit.

Où apprend-on à lire le sanscrit, je vous le demande ! Et pourtant, il y est parvenu !

— C'est extraordinaire. C'est absolument extraordinaire, murmura le marquis en étudiant le prodige.

Moi-même j'étais stupéfaite.

— Et quel âge avez-vous aujourd'hui ? demanda la marquise.

— Vingt-six ans, madame.

— Et votre famille ? Avons-nous été présentés ? Votre mère est-elle ici ce soir ? demanda-t-elle avec une telle insistance que je ne pus m'empêcher d'être gênée.

— Ma mère n'est plus de ce monde depuis bien des années et mon père... mon père est le marquis de Whitmear.

Il y eut un silence. Je ne compris pas pourquoi la marquise écarquilla les yeux avant de s'affaisser un peu, mais cela ne me plut guère.

— Oh. Il a dû être très fier de votre parcours académique, dit-elle en se ressaisissant, attrapant le bras d'Hathor au passage.

Lord Fancot saisit l'occasion au vol.

— Henry ! C'est très impoli de ta part de ne pas inviter lady Hathor à danser !

Henry regarda son père, qui regarda Hathor, forçant son fils à la regarder une nouvelle fois.

— Lady Hathor, me ferez-vous l'honneur de cette danse ? demanda-t-il en lui tendant finalement la main.

— Seulement si lady Verity danse elle aussi, répondit Hathor avec un grand sourire en se tournant vers moi.

Ce fut à mon tour de tomber des nues. Je jetai un coup d'œil en direction des portes de la salle, dans l'espoir d'échapper à mon sort. Je me résignai cependant et regardai Hathor.

— Un petit effort, articula-t-elle à mon intention.

Cette... Elle... GRRR !

— Je n'ai pas de cavalier, prétextai-je avec un sourire.

— Ça n'est pas un problème, n'est-ce pas, Theodore ?

C'était au tour d'Henry de sourire en le regardant, et voilà que nous étions tous à nous regarder les uns les autres, sous les yeux attentifs de nos parents et chaperons, comme dans un vaudeville.

— Eh bien, qu'attendez-vous ? finit par s'impatienter lord Fancot.

Hathor hocha la tête, prit la main d'Henry et, quand Theodore me tendit la sienne, je le regardai droit dans les yeux.

— Lady Verity, puis-je vous inviter à danser ? demanda-t-il d'une voix douce.

Incapable d'émettre le moindre son, je pris sa main. Elle était chaude mais pas moite. C'était agréable, un peu comme lorsqu'on offre son visage au soleil. Avec beaucoup de délicatesse et sans un mot, il m'entraîna jusqu'au centre de la salle. Lorsque je me retournai pour prendre place face à lui, je sentis ma gorge se serrer et le souffle me manquer.

Qu'est-ce qu'il m'arrive ?

Il plongea son regard dans le mien quand nous commençâmes à danser. Je pensais qu'il allait dire quelque chose, me faire la conversation comme il était de coutume dans pareille situation… Mais non. Il me contemplait sans ciller et, à chaque mouvement, à chaque effleurement de nos mains, je me sentais un peu plus oppressée. J'avais du mal à respirer, au point que la tête me tourna. Peu à peu, tout s'effaça autour de moi, comme si le monde prenait ses distances et que je flottais seule dans l'espace en compagnie de cet inconnu, au son de Bach – prélude et fugue en *do* majeur.

Tout me semblait si… lumineux.

Je n'aurais su l'expliquer, mais lorsque enfin l'air revint dans mes poumons, et que je recouvrai la parole, le morceau était terminé et nous avions chacun regagné notre place. Theodore me salua d'un mouvement de tête auquel je répondis par une petite révérence et il s'éloigna.

— J'aurais préféré qu'ils jouent quelque chose de plus entraînant, se plaignit Hathor en se plantant devant moi, m'empêchant de le regarder s'éloigner.

— De plus entraînant ?

— Je te parle de la musique, dit-elle en me dévisageant. Comment te sens-tu ? J'ai l'impression que tu es essoufflée. Tu n'as pas l'habitude de danser ?

Ce n'était pas la danse qui m'avait coupé le souffle, de cela j'étais certaine, mais je refusais d'attribuer ce mérite à mon cavalier. Il ne pouvait pas être déjà responsable de mon essoufflement.

— Je vais très bien, mentis-je.

— Parfait. Tu vois, faire un petit effort n'a jamais fait de mal à personne.

Sur quoi elle retourna auprès de ses parents tandis que Silva me rejoignait.

— Verity, on m'a chargée de vous dire que vous deviez accepter de danser avec plusieurs autres jeunes gens ce soir.

— Quoi ? Qui vous a chargée de cela ?

D'un mouvement du menton, elle indiqua la marquise, qui me sourit en hochant lentement la tête.

— Je crois qu'elle s'inquiète des commérages qui pourraient aller bon train si vous ne dansiez qu'avec le Dr Darrington. Ce serait des plus... préoccupant.

— Mais pourquoi ? En fait, que s'est-il passé tout à l'heure ? L'atmosphère a complètement changé juste avant que nous dansions.

— Cela fait vingt-cinq ans que le marquis de Whitmear est marié à lady Charlotte, murmura Silva en me prenant par le bras. Et le Dr Darrington a dit que sa mère n'était plus de ce monde.

— Donc son père s'est remarié ? En quoi cela pose-t-il problème ?

Certes, un an de veuvage, c'était relativement court.

— Le marquis de Whitmear n'a jamais été marié avant lady Charlotte, répondit-elle.

Comme je la regardais sans rien dire, incapable ou peut-être peu désireuse de tirer une conclusion, elle énonça la chose plus clairement :

— Theodore Darrington est le bâtard du marquis.

La première chose à laquelle je pensai fut mon défunt père et aux conséquences désastreuses de ses décisions sur notre existence à tous. Ceux qui en avaient le plus pâti étaient mes trois frères – Evander et Gabrien, qui étaient considérés comme des fils légitimes, et Fitzwilliam, l'aîné et le bâtard d'Everely. Je ne lui avais pratiquement jamais parlé et je ne l'avais pas vu depuis des années. Je n'étais même pas sûre de le reconnaître si je le croisais en ville.

Mensonge.

Personne ne pouvait oublier son propre frère, et qu'il soit mon demi-frère et un bâtard n'y changeait rien.

Les Eagleman ne connaissaient que trop bien le chaos provoqué par l'existence d'un bâtard dans une famille. La douleur et les problèmes que cela entraînait dissuadaient de le fréquenter et, à ce titre, la marquise avait eu raison de nous éloigner de lui.

Et pourtant.

D'un coup d'œil par-dessus mon épaule, je vis que le marquis continuait à converser avec le Dr Darrington et Henry. Lorsque mon regard croisa de nouveau celui du docteur, je détournai aussitôt les yeux.

Pour quelle raison ? Je l'ignorais, car je ne faisais rien de mal.

Je cherchai alors, autour de moi, le moyen de penser à autre chose, en vain. Intérieurement, je rejouais mentalement notre danse.

— Lady Verity.

Silva et moi sursautâmes face à l'inconnu qui s'était arrêté devant moi.

— Me ferez-vous l'honneur de cette danse ? demanda-t-il, main tendue.

— Pardonnez-moi, je suis un peu fatiguée. Une autre fois peut-être, répondis-je doucement avant de le saluer et de m'éloigner avec Silva.

— Verity, il faut que vous dansiez avec..., essaya-t-elle de me rappeler.
— Je verrai plus tard.
Je n'étais pas suffisamment remise de cette première danse pour en envisager une autre.

THEODORE

Au premier regard, j'avais su que lady Verity Eagleman était tout simplement – et injustement peut-être – la créature la plus éblouissante sur laquelle j'avais jamais posé les yeux, et que cette vision me ravirait pour l'éternité. Cette danse avec elle se répéterait à l'infini dans mon souvenir.

Imaginer qu'elle, quelqu'un de ce rang, accepte de danser avec moi, un...

— Faut-il toujours que tu te présentes en disant : « Bonjour, je suis un bâtard » ? grommela Henry tandis que nous quittions lord Monthermer et son fils. Ce genre de chose devrait être annoncé avec tact ou bien tu.

— Ce n'est pas moi qui aborde ce sujet, mais eux, dis-je en désignant d'un geste ample la prétendue noblesse qui nous entourait.

Cela ne manquait jamais. Chaque fois que je m'aventurais dans ce monde, il ne se passait pas cinq minutes avant que l'on me pose des questions sur ma famille et ma filiation.

— Préférerais-tu que je mente ? l'interrogeais-je.

— Oui, à vrai dire. Mens, Theodore, mens. Cela ne te tuera point, soupira Henry en prenant au passage deux verres de vin sur le plateau d'un domestique. Cesse donc de m'agacer et bois, ajouta-t-il comme je levai la main pour refuser celui qu'il me tendait.

J'avais rencontré Henry Parwens à Oxford. À cette époque, j'avais depuis longtemps terminé mes études, et je travaillais comme assistant de recherche auprès de plusieurs professeurs. Quand nos chemins s'étaient croisés, je m'étais attendu à ce qu'il fasse comme les autres et me fréquente pour profiter de mon intelligence, ou m'évite à cause de mes origines. Il n'avait fait ni l'un ni l'autre, cherchant au contraire mon amitié. Des années plus tard, je me demandais encore ce qu'il avait retiré de cette relation, en dehors de conseils médicaux gratuits.

Il était bizarre, mais c'était mon seul ami, même s'il mettait parfois notre amitié à rude épreuve.

— Moi, agaçant ? C'est toi qui m'as poussé à danser, répliquai-je d'un ton sec.

Avait-il perdu la tête ? Je ne voyais pas d'autre explication.

— Aurais-tu donc préféré que je sois le seul à danser ?

— Oui ! Pourquoi diable fallait-il que je t'accompagne ?

— Parce que c'est ta conversation qui a jeté un froid et que mon père a cru redresser la situation en me forçant à danser avec lady Hathor. Quitte à souffrir, je préfère que tu souffres aussi !

Il pouvait être si puéril, parfois.

— Henry, la conversation a mal tourné quand la marquise a compris que les jeunes femmes dont elle a la charge ne devaient pas être vues en ma compagnie. Ton attitude m'a forcé à m'imposer davantage, ce qui n'arrange rien. Il est évident que lady Verity a peu apprécié d'être forcée d'accepter elle aussi.

Elle ne m'avait pas dit un mot de toute la danse et m'avait seulement dévisagé, se demandant visiblement ce qu'il lui avait pris d'accepter.

Je savais pourtant bien à quoi m'attendre venant d'une femme de son rang, mais… c'était difficile à avaler.

— Je…

— Oh, quelle infortune, dit une voix masculine sur notre droite.

— Il va passer pour un idiot.

— Mais c'est un idiot. Il n'aurait jamais dû l'inviter.

Henry et moi suivîmes les regards des jeunes lords en direction d'un homme qui se tenait seul tandis qu'autour de lui d'autres messieurs riaient sous cape.

— Qu'avons-nous raté ?

Déjà, Henry s'était approché d'eux et leur parlait comme s'ils se connaissaient depuis toujours.

Il avait toujours eu un don pour cela. À l'université, on le surnommait « le caméléon » tant il se coulait avec aisance dans n'importe quel groupe. Bien sûr, le fait qu'il soit considéré, physiquement et socialement, comme le gentleman idéal jouait beaucoup en sa faveur.

— Anderkins a invité lady Verity à danser et a essuyé un refus catégorique, répondit l'un des hommes en essayant de ne pas rire tandis que ledit Anderkins, torse bombé, tentait de faire comme si personne n'avait rien remarqué.

Malgré moi, je la cherchai du regard, et la trouvai debout près d'une fenêtre La lumière des bougies éclairait parfaitement son teint ; on aurait dit qu'elle scintillait.

La première fois que nous nous étions rencontrés, j'avais été appelé chez les Eagleman pour soigner son frère. J'étais immédiatement tombé sous le charme. Était-ce son beau visage en forme de cœur, ses grands yeux bruns ou son attitude qui m'avaient le plus captivé ? Je n'aurais su le dire. Très vite, je m'étais rendu compte que je n'étais pas simplement captivé. J'étais épris d'elle. Pourtant, au lieu de chercher à le lui faire savoir, j'avais rapidement tout fait pour ne plus la croiser.

— Bien fait pour lui. Il est fils de baron, non ? dit quelqu'un d'autre. Il vise un peu trop haut.

Voilà pourquoi. Elle était fille de duc, et que son père soit mort ne changeait rien au fait qu'elle évoluait dans les hautes sphères de la société, quand je me trouvais… tout en bas de l'échelle. Avoir ne serait-ce que de l'affection pour elle aurait été très imprudent de ma part.

Une nouvelle fois, je la vis regarder en direction de l'entrée, comme avant que je l'invite à danser. Attendait-elle quelqu'un ? Un prétendant, peut-être ?

— N'avez-vous donc pas vu que lady Verity avait dansé avec mon ami, le Dr Darrington ? leur demanda Henry, la tête haute, comme s'il y avait lieu d'en être fier.

— Si, et il est évident qu'elle l'a fait à contrecœur, dit l'un d'entre eux en riant. Nous avons bien vu qu'elle ne vous avait pas adressé un mot.

— C'est vrai, dis-je. Et c'est Henry qui l'a contrainte à accepter en lui posant la question au vu et au su de tous.

Ils ricanèrent de concert.

— Henry, vous êtes cruel. La pauvre fille était terrifiée.

— Je ne vois pas ce que vous voulez dire. Elle semblait plutôt sous le charme, plaisanta Henry.

Je faillis lui donner un coup de poing. Je n'aimais pas qu'il se moque d'elle. Nous savions tous avec quelle facilité la moindre des rumeurs pouvait salir la réputation d'une jeune fille. Un mot sur le fait qu'elle ait pu apprécier la compagnie d'un bâtard l'exposait au ridicule.

Toutefois, la façon dont ses compagnons levèrent les yeux au ciel, comme si cela n'était même pas envisageable, ne m'échappa pas.

— Lady Verity n'a pas trouvé cela drôle, mais elle a accepté par politesse, lâchai-je sèchement. Espérons que, la prochaine fois, elle sera libre de danser avec la personne de son choix.

— Il faudra que l'heureux élu soit à la hauteur, en tout cas, remarqua l'un des hommes en la regardant avec concupiscence.

Je me mordis la joue et serrai le poing, mais ne répondis pas.

Henry, en revanche, en éternel optimiste, refusa de changer de sujet.

— La femme à côté de lady Verity… N'était-elle pas autrefois fille d'un baron d'extraction modeste et presque ruiné ? Aujourd'hui, elle est comtesse de Montagu, future marquise de Monthermer. Tout est possible, messieurs, du moment que l'on a le courage de tendre la main. Je bois au jeune Anderkins et à toi, Theodore Darrington, dit-il en levant son verre avant de le vider d'un trait.

Les autres répondirent d'un rire un peu jaune et l'imitèrent. À l'entendre, c'était si facile. Tendre la main, simplement ? J'étudiai les miennes. Je savais faire beaucoup de choses avec. J'avais aussi réussi à sauver des vies.

Mais…

Une nouvelle fois, je levai les yeux en direction de la jeune femme en bleu et me revint le souvenir de cette agréable sensation, quand elle était dans mes bras, et du désir que j'avais eu de la serrer contre moi. Au moins avais-je réussi à danser avec elle. C'était peut-être la dernière fois que j'approchais une jeune femme de son rang qui n'exigeait pas de soins médicaux.

— Messieurs, salua Henry avant de gagner le hall, m'entraînant à ses côtés.

Là, il prit le verre que je n'avais pas bu et me regarda.

— Alors, me parleras-tu de la jeune femme qui t'intéresse, maintenant ?

— Je ne m'intéresse à personne, mentis-je.

— Tu n'assistes que rarement à de telles soirées…

— Parce que je ne reçois pas d'invitation à de telles soirées.

Je n'avais pu venir ce soir-là qu'accompagné de son père, le vicomte, un homme que j'appréciais bien moins qu'Henry.

— C'est parce que personne ne sait qui est le Dr Darrington.

— Je préfère encore être un médecin inconnu que le bâtard d'un Whitmear. Ne m'as-tu pas conseillé d'éviter d'en parler si c'était possible ?

— Ne me reproche pas mes paroles, s'il te plaît, répliqua-t-il, vexé. Au moins, sois courageux, et invite-la à danser.

J'avais déjà dansé avec elle. Je ne pouvais cependant pas en vouloir à Henry car, même sans le savoir, il m'avait fait un merveilleux cadeau.

— Mieux vaut oublier tout cela, dis-je en profitant du passage d'un valet pour prendre un autre verre. Les passades font partie de la vie et n'exigent pas que l'on cherche à les concrétiser. Je me porte très bien comme cela.

— Cesse donc de dire n'importe quoi, s'esclaffa-t-il tandis que je buvais une gorgée. Tu n'es assurément pas venu jusqu'ici pour la regarder de loin ?

Si, telle était bien mon intention. Maintenant que son frère était marié, elle finirait par repartir pour Everely.

— Docteur Darrington ! cria une femme de chambre en se précipitant vers moi, les joues rouges et l'air catastrophé. La duchesse vous demande immédiatement ! Lady Clementina est mourante !

Toute autre pensée déserta mon esprit.

— Ma sacoche est dans ta voiture. Fais-la-moi monter ! hurlai-je à Henry en lui fourrant mon verre entre les mains pour courir vers l'escalier.

5

VERITY

— Lady Clementina est mourante !

Ces mots se répandirent dans la salle comme une traînée de poudre et, bientôt, l'orchestre se tut.

La première personne que je cherchai fut le Dr Darrington. Je l'entrevis au moment où il quittait la salle, suivi de la femme de chambre. Je ne pouvais qu'imaginer la scène qui l'attendait.

— Silva, Verity, nous partons, dit Damon en nous rejoignant, et en prenant sa femme par la main. Mon père est déjà en route avec ma mère et ma sœur.

— Tu as raison. Il n'est pas convenable de rester, dit Silva.

— Vous avez vos affaires, toutes les deux ?

Ne sachant quoi répondre, je hochai la tête.

J'avais du mal à croire à ce qui arrivait. Lady Clementina ? Une jeune femme de son âge, mourante ? Sa mère avait pourtant dit qu'il ne s'agissait que d'un simple rhume. D'ailleurs, même si un peu plus tôt, à mon bras, elle avait semblé affaiblie – au point de ne plus arriver à marcher –, pas un instant je n'avais imaginé que ce puisse être aussi grave.

La demeure des Rowley semblait avoir soudain perdu de sa magnificence. Dans la rue, l'atmosphère était sinistre, chacun regagnant sa voiture en silence.

La nôtre venait d'arriver quand un hurlement perça la nuit et me fit frissonner.

— Clementina !

Je me retournai vers la maison, horrifiée.

— Allez, vite, en voiture, ordonna Damon en m'aidant à monter.

Une fois installée, je ne pus m'empêcher de regarder par la fenêtre. J'ignorais d'où était venu ce cri, mais quelque part, j'espérais pouvoir… Qu'espérais-je, exactement ? Je n'aurais su le dire. L'attelage s'ébranla et je regardai disparaître les grappes de glycine, attendant de ne plus voir la maison du tout pour m'asseoir plus confortablement. En face de moi, Damon et Silva étaient silencieux, main dans la main.

— Prions que tout se passe bien pour Clementina, et tout ira bien, dit doucement Silva.

Damon acquiesça. J'eus envie de dire que les cimetières n'existeraient pas si les choses étaient aussi simples, mais je tins ma langue. Malgré le fait que le retour chez les Du Bell se soit fait en silence, le trajet me parut étrangement rapide. Il n'y avait plus personne dans les rues, comme si toute la bonne société avait regagné ses demeures, craignant que la mort ne soit contagieuse.

— Bonsoir, monsieur, dit le majordome, qui avait ouvert la porte dès que Damon était descendu de voiture. Votre père vient d'arriver et souhaite vous voir dans son bureau.

— Et ma mère ?

— Elle est dans le salon avec lady Hathor. Elle a fait monter du thé.

— Allez voir votre père, mon ami, dit Silva. Verity et moi allons rejoindre votre mère.

Je remis mes gants à la femme de chambre et suivis Silva. Hathor sortait du salon comme nous arrivions.

— Verity et moi montons nous coucher directement, annonça-t-elle en me prenant le bras sans me laisser le temps de réagir.

— Et le thé ? nous lança Silva.

— Non, merci, répondit Hathor, déjà dans l'escalier.

Elle marchait si vite que je dus soulever mes jupes.

— Doucement, Hathor, ou je vais tomber ! lui criai-je en montant.

Elle ne ralentit qu'une fois dans ma chambre et fit volte-face pour me fixer de ses grands yeux ambrés.

— Que s'est-il passé ?

Je la regardai sans comprendre.

— Alors ? insista-t-elle.

— Alors quoi ?

— Mais Clementina, enfin ! Que s'est-il passé quand vous avez quitté la salle ? Je t'ai vue manquer de tomber et renverser cette chaise. J'ai dû faire diversion, bien sûr, alors tout le monde s'est massé autour de moi, et je n'ai pas pu voir la suite. J'ai essayé de m'éclipser, mais Mère m'en a empêchée. Comment allait-elle ? Pas si bien que cela, de toute évidence. Mais elle n'était pas mourante malgré tout, si ? En même temps, qui irait dire que quelqu'un est mourant si ce n'était pas le cas ?

J'avais profité de cette interminable tirade pour m'asseoir sur le lit et retirer mes escarpins.

— Tu devrais reprendre ton souffle, Hathor, dis-je en espérant qu'elle se calme.

— Elle avait l'air vraiment malade, n'est-ce pas ? Peut-être avait-elle de la fièvre ? Mais on ne meurt pas d'une simple fièvre, si ?

— Je l'ignore, je ne suis pas médecin. Et oui, Clementina était très pâle. Sa mère est montée juste après nous et a parlé d'un rhume…

— Mais on ne meurt pas d'un rhume ! s'exclama Hathor en se laissant tomber à côté de moi sur le lit, avant d'inspirer profondément et de me regarder. Lorsque nous avons entendu ce cri… Je n'avais jamais vu pareille expression sur le visage de Mère. Je crois qu'elle était sur le point d'y retourner. Dans quel but, je n'en sais rien. Mais… mais cette détresse… C'était horrible.

— Est-ce pour cela que tu n'as pas voulu prendre le thé avec elle au salon ?

Elle secoua la tête.

— Rester avec elle n'aurait servi à rien. On dirait que cette maison la transforme. Dès l'instant où nous sommes entrés, c'était comme si rien ne s'était passé. Elle a demandé calmement qu'on lui monte du thé. Elle n'aurait plus parlé de l'incident, nous aurait traitées comme des enfants. Et il me semblait si impensable d'entretenir une conversation polie…

Elle se laissa tomber en arrière en soupirant, et je fis de même. Nous restâmes ainsi un moment, observant en silence le dais, au-dessus du lit, avant qu'elle me demande :

— As-tu au moins remarqué quelqu'un d'intéressant ?

— Dans un moment pareil, tu persistes à chercher un mari ?

— Je voudrais seulement qu'il se soit passé quelque chose de bien, ce soir. Quelque chose qui me fasse oublier Clementina. Alors, n'as-tu rien à me raconter ?

Je pensai au Dr Darrington.

— Non. Rien du tout, mentis-je.

Je mentais de plus en plus souvent, mais j'aurais été bien en peine de mettre des mots sur ce que je ressentais. Je n'avais personne avec qui en parler et, comme Hathor semblait avoir beaucoup réfléchi à la question, j'eus tout à coup envie de l'interroger.

— En fait, je me demande ce que tu entends par « quelqu'un qui te coupe le souffle ». Tu veux vraiment dire s'arrêter de respirer ? Cela peut arriver pour toutes sortes de raisons, non ?

Elle me regarda et haussa les épaules.

— Je ne suis pas sûre. C'est simplement la façon dont Mère m'en a parlé. D'après elle, dès que tu es éprise de quelqu'un, tu te sens oppressée, tu n'arrives plus à réfléchir et tu as l'impression d'être sur un nuage.

— « Sur un nuage » ? répétai-je lentement.

— Cela n'a guère de sens pour moi non plus. Alors j'ai demandé à Aphrodite comment elle avait su qu'elle était amoureuse de ton frère. Elle m'a répondu que, lorsqu'elle était près de lui, le reste du monde « n'existait plus ». Ce qui n'a pas plus de sens. Comment le monde peut-il cesser d'exister ? Chaque fois que j'en parle à quelqu'un, on me répond par une analogie ou une description alambiquée qui ne m'avance pas du tout. Tu sais ce que m'a dit Damon ?

— Tu as même interrogé ton frère sur le sujet ?

— Oui, et Père, aussi. Quel que soit le sujet, il est important d'avoir de solides références, non ? Bref, Damon m'a dit : « Elle me mettait hors de moi tout en me comblant de bonheur. » Et Père m'a dit que « taquiner » Mère l'apaisait plus que tout. Je trouve tout cela à la fois adorable et incompréhensible, mais il me tarde que cela m'arrive un jour, conclut-elle en riant.

Elle avait raison, c'était incompréhensible et, pourtant, j'y trouvais un semblant de logique qui me ramenait au Dr Darrington. Mais cela ne pouvait être de l'amour. Je ne le connaissais pas et lui avais à peine parlé. C'était... quelque chose.

J'émis un grognement insatisfait, posant une main sur mon front.

— Que t'arrive-t-il, maintenant ? me demanda Hathor.

— Rien. Je pensais à Clementina.

Encore un mensonge. Je ne faisais guère honneur à mon prénom.

— Voilà que je me fais de nouveau du souci, fit Hathor en se redressant, l'air abattue. Je vais te laisser te changer et te reposer. Veux-tu que j'appelle la femme de chambre ?

— Non, je vais me débrouiller seule, ce soir. Merci.

— Très bien. À demain.

Je la regardai quitter ma chambre en silence. J'étais plus perturbée encore qu'auparavant. Je me levai pour aller chercher mon journal et ma boîte à bijoux. Devant la page blanche, j'hésitai. Ne sachant comment décrire mon état d'esprit, je décidai de parler de celle dont le sort était pire que le mien.

10 mai 1813

Comme elle est triste cette soirée,
Quand un cœur de battre veut cesser.
Fille de duc elle aussi, débutante, et bien trop ignorante.
Sa santé vacille,
Mais perles et diamants à son cou brillent.
Comme les autres elle veut danser,
Trouver l'amour, émerveillée.
Remporte cette bataille, belle enfant,
Que ton sauveur soit sage et vaillant,
Et, dans le soleil, s'épanouira ton printemps.

Après avoir refermé mon journal, j'ouvris ma boîte à bijoux et en sortis un flacon, que je bus. J'étais sûre que, cette fois, je dormirais bien tant j'étais épuisée. Je me changeai, rangeai mes affaires, et m'endormis à peine allongée dans mon lit.

THEODORE

La fiole de verre marron dans une main, et l'ordonnance – cette absurde liste d'ingrédients allant du mercure au laudanum, en passant par le jus d'oignon : autant de remèdes à la… grande taille ? – dans l'autre, j'eus toutes les peines du monde à contenir ma fureur.

— Quelle quantité en a-t-elle pris ? demandai-je.

La duchesse d'Imbert, encore parée de ses diamants, était assise au chevet de sa fille épuisée tandis que le duc se tenait de l'autre côté du lit, à genoux. C'est dire si la situation était grave.

— Je ne m'en souviens plus, mais cela ne doit pas faire plus de trois semaines qu'elle en boit une fiole chaque soir puis une le matin, qu'elle prend avec un fruit parce qu'elle n'en supporte pas le goût.

— Donnez-moi ce qui reste, ordonnai-je à la femme de chambre, avant d'attraper moi-même la boîte qui contenait les fioles pour la jeter par la fenêtre.

Deux étages plus bas, on entendit le fracas du verre qui se brise.

— Mais que faites-vous, enfin ? s'écria le duc en se levant.

— Je pourrais vous poser la même question, dans la mesure où vous faites prendre du poison à votre fille.

La duchesse se leva d'un bond.

— Du poison !? Nous n'avons rien fait de tel ! Comment osez-vous ? Je vous l'ai expliqué, c'était un médicament destiné à...

— Votre Grâce, il n'existe aucun remède contre la grande taille, dis-je en brandissant l'ordonnance. Le mercure seul, si on l'ingère, peut causer la mort. Alors mélangé à tout ce qui figure là-dessus... Vous pouvez remercier Dieu qu'elle n'ait pas succombé plus tôt à un traitement pareil !

— Je ne comprends pas. Et je vous interdis de reprocher quoi que ce soit à mon épouse, lança le duc en s'approchant, menaçant. Ce médicament nous a été prescrit par un éminent médecin, ce que vous n'êtes point. D'ailleurs, qui êtes-vous pour...

— Clementina ? Clementina ! Elle ne respire plus ! hurla la duchesse en secouant sa fille inerte par les épaules.

— Mais que faites-vous ? Soignez-la, bon Dieu ! s'emporta son mari tandis que j'écoutais la respiration de leur fille. Cet homme est fou ! Faites appeler le Dr Grisham, il saura la guérir...

— Sauf votre respect, monsieur le duc, je vais vous demander de vous taire ! m'exclamai-je avant de reposer une oreille sur la poitrine de la jeune fille. Elle respire, mais très faiblement. Le laudanum contenu dans cette mixture que vous appelez « médicament » ralentit son cœur.

Je pris une serviette imbibée du mélange de vinaigre, menthe poivrée et plantes diverses que j'avais préparé dès mon arrivée, avant même que l'on me montre l'ordonnance, et l'enroulai autour du bras de la patiente.

— Que faites-vous ? demanda la duchesse.

Elle avait les larmes aux yeux. Cela me rappela pourquoi je devais garder mon calme. J'avais avant tout devant moi une mère qui avait commis une erreur.

— L'antidote que j'ai préparé est efficace. Il aide à éliminer les toxines par la peau. Ces compresses devront être changées toutes les heures. Je vais rester ici et m'en occuper.

— Les sangsues seraient plus efficaces.

Un homme d'un certain âge, à l'air sévère, se tenait sur le seuil de la chambre. Il portait une perruque grise qui se finissait en catogan et un manteau violet foncé. Dans ses mains, une canne noire et une sacoche de médecin. Il s'inclina devant le duc et la duchesse.

— Pardonnez-moi, Votre Grâce. Au moment où je rentrais d'une visite chez un autre patient, j'ai eu vent de la situation. Puis-je savoir qui est ce monsieur ? ajouta-t-il en posant son regard bleu sur moi.

— Ah, sir Grisham, je vous présente le Dr Darrington, répondit le duc. Il était au concert. Il s'est donc tout de suite occupé de Clementina.

— Et puis-je savoir ce que vous faites à ma patiente, docteur Darrington ? demanda-t-il avec un sourire en coin.

— Votre tonique lui a fait plus de mal que de bien, alors je lui sauve la vie, monsieur, répondis-je en plaçant une autre compresse avec délicatesse.

— En faisant d'elle une momie ? Je vous remercie, mais je suis ici, maintenant, et nous n'avons donc plus besoin de vos services, répliqua-t-il avant de se tourner vers le duc. Je peux vous assurer que mon tonique n'y est pour rien. C'est peut-être un problème digestif.

— Que pensez-vous qu'elle aurait pu manger ? demanda lord Rowley. Le Dr Darrington ne cesse de parler de poison, mais je savais que c'était impossible. Clementina mange parfois plus que de raison, et le plus souvent des aliments sucrés. Enfant, elle souffrait de maux de ventre récurrents.

La déférence du duc envers sir Grisham n'échappa à personne. Ainsi, je m'attendais à ce qu'il me demande de m'éloigner de sa fille d'un instant à l'autre, mais ce fut sa femme qui prit la parole.

— J'aimerais que le Dr Darrington reste, dit-elle fermement.

— Mais ma chère, sir Grisham…

Elle se tourna vers eux, la tête haute, sans lâcher la main de sa fille.

— Je connais ma fille. Je sais comment elle réagit lorsqu'elle a du mal à digérer et je peux vous dire qu'il ne s'agit pas de cela. Elle m'a confié plusieurs fois s'être sentie mal après avoir pris votre tonique, sir Grisham, mais j'ai préféré vous faire confiance plutôt qu'à elle. Ce soir, je me demande si j'ai bien fait.

— Votre Grâce, je vous assure…

— Je vous remercie de vous être déplacé, sir Grisham. Et je vous souhaite un bon retour chez vous.

Elle serra la main de sa fille un peu plus fort encore et se tourna vers moi.

— Docteur Darrington, sachez que je n'accepterai aucun refus de votre part.

— Très bien, Votre Grâce.

Je ne regardai ni le duc ni sir Grisham et me penchai sur celle qui était désormais ma patiente.

Quelle soirée !

VERITY

— Mademoiselle ? Mademoiselle !

— Oui ? Quoi ? m'écriai-je en sursautant, peinant à ouvrir les yeux.

— Mademoiselle ?

La pièce tournait autour de moi. Il me fallut un moment pour reprendre mes esprits et, enfin, distinguer Bernice, agenouillée près de mon lit, qui me fixait avec de grands yeux.

— Tout va bien, mademoiselle ? demanda-t-elle comme je me redressais lentement.

— Je...

Dehors, un éclair illumina la nuit et le tonnerre gronda, ne faisant qu'ajouter à la migraine qui me vrillait la tête.

— Je vais prévenir Madame...

— Non ! m'écriai-je en agrippant son bras.

Devant son expression surprise, je tentai de me calmer, la lâchai et inspirai profondément.

— Ce n'est rien, je vous assure. Je pense que j'ai un peu trop bu hier soir et je ne veux surtout pas que Madame s'inquiète.

Je tentai un sourire, mais mon mal de tête était trop lancinant. Mieux valait que je me lève. Bernice me présenta une robe de chambre, que j'endossai. D'ordinaire, le médicament prescrit par le Dr Cunningham, notre médecin de famille à Everely, faisait effet. Cela faisait toutefois deux nuits d'affilée que je me réveillais trempée de sueur devant des regards inquiets.

— Je vais tirer un peu d'eau fraîche, mademoiselle, dit Bernice. Cela vous fera du bien.

Je me contentai de hocher la tête en m'installant près de la fenêtre. Si le médicament ne faisait pas effet, quels recours avais-je ? Je ne pouvais pas faire appel au Dr Cunningham. Je pouvais écrire à Evander, mais... Il ne recevrait pas ma lettre avant plusieurs jours, voire plusieurs semaines. Et il devait se consacrer à sa jeune épouse. Lui écrire en ce moment serait malvenu. Il s'inquiéterait ; or je ne voulais surtout pas le perturber.

— Que souhaitez-vous mettre, mademoiselle ? me demanda Bernice.

— Peu importe. Je doute que nous sortions, avec ce temps.

— C'est vrai, il a beaucoup plu, cette saison.

J'étais bien placée pour le savoir. Sur la route pour Londres, l'une des roues de notre véhicule s'était embourbée dans une ornière et j'avais pris cela pour un signe ; peut-être valait-il mieux que nous fassions demi-tour. Le hasard avait cependant fait qu'au même instant, une voiture appartenant aux Du Bell nous avait dépassés. Evander l'avait suivie des yeux comme si elle pouvait lui donner des ailes et je m'étais demandé si la vie n'était pas l'alliance de deux forces contraires, l'une nous poussant à aller de l'avant, et l'autre faisant tout pour nous empêcher d'avancer.

— Cela vous convient-il, mademoiselle ?

Bernice me présentait une robe toute simple, couleur lavande.

Ma toilette prit une trentaine de minutes pendant lesquelles j'entendis se lever le reste de la famille. La maison passa du silence absolu à un bruit incessant de voix et d'allées et venues dans le couloir.

— Abéona ! entendis-je crier – probablement Hathor, pensais-je avec amusement – quand j'ouvris ma porte.

Penchée par-dessus la balustrade, je regardai la benjamine courir d'une chambre à l'autre, une boîte de rubans dans une main, une chaussure dans l'autre.

— Elle semble prendre un malin plaisir à embêter sa sœur, dis-je à Bernice en souriant. Ne craint-elle pas que sa mère se mette en colère ?

— Quand elle a décidé de s'amuser, lady Abéona ne songe jamais aux conséquences de ses actes, répondit la femme de chambre au moment où la porte de la chambre d'Hathor s'ouvrait. Celle-ci, encore en chemise et bonnet de nuit et les joues maculées de rouge à lèvres, me fixa, les yeux ronds.

— Dans quelle chambre le petit diable est-il allé se cacher ? demanda-t-elle.

J'eus du mal à me retenir de rire.

— Je n'ai rien vu, répondis-je.

— Très bien. Elle ne perd rien pour attendre, grommela Hathor avant de disparaître en claquant la porte de sa chambre.

— Nous devrions nous hâter mademoiselle, avant que les choses s'enveniment, dit Bernice. Les jours de pluie, Abéona fait toujours des siennes.

J'aurais aimé savoir ce qu'elle voulait dire exactement, mais je suivis son conseil. Nous arrivions devant les portes de la salle à manger quand j'entendis la voix de la marquise.

— Vraiment ? Clementina est tirée d'affaire ?

Je m'approchai pour entendre sans être vue.

— Combien de fois faut-il te le répéter ?

— Comment se fait-il que tu l'aies su avant moi ?

— C'est simple. Le cocher est allé chercher ma montre tôt ce matin et a constaté que les domestiques étaient de bien meilleure humeur. C'est lui qui les a entendus dire que la demoiselle était remise.

— Hier soir, pourtant, on aurait pu croire qu'elle allait recevoir les derniers sacrements. Et le cri qu'a poussé sa mère, ne l'as-tu point entendu ? Pareil hurlement est en général annonciateur de…

— Il semblerait que Clementina ait réellement été sur le point de rendre l'âme. Mais le médecin, celui dont nous avons fait la connaissance, l'a ramenée à la vie sans aucun autre médicament. Pour ce faire, il l'a veillée jusqu'au petit matin.

— Le bâtard ?

— Deanna !

— Quoi ? N'est-ce pas ce qu'il s'est vanté d'être ?

— Tu l'as interrogé au sujet de ses parents et il t'a dit la vérité, voilà tout. Mais peu importe. Il a sauvé la fille du duc. Quel exploit ! Quelle *intelligence* ! Je te le dis, ma chère, ce qui définit un homme est avant tout son esprit.

La marquise eut un petit rire.

— Ce qui te ravit surtout, c'est la perspective de pouvoir échanger avec quelqu'un qui connaisse les classiques et les philosophes qui te plaisent tant.

Le marquis sembla hésiter avant de répondre.

— Ce Dr Theodore Darrington sera célèbre un jour, je te le dis. Je sais reconnaître un grand homme quand j'en vois un.

Je n'avais jamais entendu le marquis parler autant et si librement.

— Je te crois, mon cher. Mais c'est tout de même dommage.

Sans que je puisse dire pourquoi, le ton de la marquise me déplut. Je préférai cependant mettre de côté ma contrariété au profit d'un sentiment plus noble, le soulagement.

Le Dr Darrington avait sauvé Clementina.

— Peut-on savoir ce qui te fait sourire ainsi de si bon matin ?

Je me retournai brusquement. Bernice avait disparu. À sa place se trouvaient Silva et Damon.

Sourire ? Vraiment, je souriais ?

— Damon, laisse-la tranquille, dit Silva en donnant un petit coup de coude à son mari.

— Quoi ?

— Clementina est tirée d'affaire, répondis-je.

C'était bien pour cela que je souriais… non ?

6

VERITY

Trois jours s'étaient écoulés depuis le concert chez les Rowley et ni la pluie ni l'intérêt de la bonne société pour le nouvellement célèbre Dr Darrington ne s'étaient calmés. Malgré les averses incessantes, ces dames rendaient souvent visite à la marquise afin de partager avec elle la moindre information, ou de décrire la façon dont il les avait miraculeusement guéries, elles ou quelqu'un de leur entourage.

— Votre Grâce, Mme Marie Loquac est là, annonça Ingrid alors que nous étions dans le salon.

Hathor ricana derrière son chevalet. Je n'avais découvert ses talents artistiques que récemment, en voyant ses dessins, dont la grande majorité était des portraits de sa famille.

— Il semblerait que même la pluie ne puisse pas l'arrêter, elle non plus. Je me demande ce qu'elle veut nous raconter, aujourd'hui.

— Hathor, allons, dit la marquise en lui lançant un regard de reproche avant de reposer son assiette et de se lever. Faites-la donc entrer, Ingrid, et faites monter du thé.

Hathor abandonna sa peinture pour venir s'installer à côté de moi, près de la fenêtre.

— Mme Marie Loquac ? C'est la couturière à la mode, n'est-ce pas ? lui demandai-je, certaine d'avoir entendu quelqu'un, en ville, me la recommander.

— Tout à fait. C'est la *petite-fille d'un comte*, et elle veille à ce que personne ne l'oublie. Mais je préfère de loin l'appeler « l'espionne de la bonne société ».

Avant qu'elle ait pu ajouter un mot, les portes s'ouvrirent sur une assez petite femme, toute en rondeurs, aux joues roses creusées d'une fossette et aux yeux verts. Elle avait glissé dans ses cheveux bruns ondulés une plume verte qui jurait avec sa robe rose poudré. Derrière elle se trouvaient deux jeunes filles d'allure assez banale, l'une chargée de catalogues, l'autre d'un mètre ruban et d'un chapeau. Je notai que l'ourlet de leur jupe était taché de boue alors même que celui de Mme Loquac était impeccable.

— Votre Grâce, dit-elle en faisant la révérence, d'abord à la marquise puis à Hathor et moi. Comme vous êtes élégantes, toutes les trois.

— Nous n'y sommes pour rien. Ce sont vos robes qui nous mettent en valeur, même en un jour aussi sinistre qu'aujourd'hui, répondit la marquise en lui faisant signe de s'asseoir. Je vois que vous nous avez apporté d'autres modèles, pour nous faire dépenser notre argent.

— Je suis convaincue que, avec ou sans mes robes, vous et vos filles feriez des jalouses. Nombreuses sont les dames qui ont exigé la soie que j'ai utilisée pour la robe de mariée de votre fille mais, même en la portant, elles étaient loin d'égaler sa beauté !

Je vis Hathor ouvrir la bouche mais, à ma grande surprise, elle ne fit aucun commentaire. Au lieu de cela, elle tendit une main en direction de l'assistante de Mme Loquac, qui lui donna un catalogue.

— Verity, je ne pense pas avoir fait les présentations, me dit la marquise, comme Ingrid entrait avec le thé. Voici Mme Marie Loquac. C'est une couturière hors pair. Madame Loquac, je suis sûre que vous avez entendu parler de ma filleule, lady Verity Eagleman. Elle va séjourner quelque temps avec nous et aura besoin de plusieurs robes, aussi rapidement que possible.

— Marraine, ce n'est pas nécessaire...

— Cela me fait plaisir, m'interrompit-elle avec un sourire en prenant à son tour un catalogue. Tu n'as vraiment pas assez de toilettes, mon enfant et, avant son départ, ton frère m'a instamment priée de faire en sorte que tu ne manques de rien.

Je faisais pourtant de mon mieux pour m'habiller à la dernière mode, mais celle-ci changeait sans cesse.

— Il pense donc que j'ai besoin de tant de choses ? J'avais cru, au contraire, qu'il trouvait mes dépenses excessives.

— Non, il souhaite simplement que tous tes désirs soient satisfaits.

— Je me trompe peut-être, mais Damon n'est-il pas son meilleur ami ? Pourquoi n'est-il pas comme cela, lui aussi ? Je ne le vois guère s'inquiéter de ce dont j'ai besoin, se plaignit Hathor tout en feuilletant le catalogue.

— Contrairement à Evander, j'ai bien trop de sœurs pour m'inquiéter de leur garde-robe, intervint l'intéressé depuis le seuil du salon, en tirant sur ses manches. Quant à toi, Hathor, tu as toujours besoin de quelque chose. Pardonnez cette intrusion, mesdames. Mère, je sors.

— Je te croyais déjà parti retrouver ton père au club, dit la marquise.

— Silva ne se sentait pas très bien. J'ai préféré rester avec elle jusqu'à ce qu'elle aille mieux.

— Vraiment ? Pourquoi ne pas me l'avoir dit ? Je serais montée la voir. Elle semblait en forme au petit déjeuner. Que se passe-t-il ?

— Elle n'a pas voulu vous inquiéter et dit que ce n'est qu'une migraine.

— Je me mêle peut-être de ce qui ne me regarde pas, mais il vaudrait mieux que vous appeliez le Dr Darrington, dit Mme Loquac.

— Pour une simple migraine ? s'étonna Damon. Je ne pense pas que cela soit nécessaire, madame. Merci.

Il la salua et se détournait quand Mme Loquac ajouta :

— On n'est jamais trop sûr. Et maintenant que nous avons un tel médecin en ville, il serait dommage de ne pas faire appel à ses services. C'est lui qui a guéri lady Clementina. Elle avait...

— Oui, oui, nous sommes au courant, répliqua Damon, agacé, avant de s'adresser à sa mère. J'y vais. Bonne journée, mesdames.

— Fais attention sur la route ! lança la marquise.

Mais il était déjà parti, si vite que je jetai un coup d'œil par la fenêtre pour voir s'il n'avait pas déjà atteint sa voiture.

— Veuillez l'excuser, la conversation n'est pas son fort, dit la marquise à la couturière.

J'avais en effet remarqué que, bien qu'il semble toujours enclin à bavarder avec sa famille, Damon se montrait plutôt irascible en société.

— Qu'avez-vous donc entendu à propos de lady Clementina ? reprit la marquise. Elle va bien mieux, maintenant, n'est-ce pas ?

Les nouveaux modèles de robes ne l'intéressaient visiblement pas, même si elle leur jetait des coups d'œil à intervalles réguliers.

— Enfin, du nouveau, murmura Hathor sans lever les yeux du catalogue.

À cause de la pluie, tout ce que nous avions réussi à apprendre était que Clementina se remettait.

— Oui, il semblerait qu'elle ait bien meilleur moral, dit Mme Loquac en prenant un biscuit.

— Dieu merci, elle va bien. Nous avons eu si peur.

— Dire que c'est à cause de sa mère..., soupira Mme Loquac.

— Comment ?!

Toutes les têtes se relevèrent d'un coup et tous les yeux se braquèrent sur la couturière. Celle-ci se redressa, soudain parée d'un sentiment d'importance.

— Vous n'êtes pas au courant ? Il semblerait que la duchesse, contrariée par le fait que Clementina avait encore grandi d'un demi-pouce, a fait appel aux services d'un autre médecin pour arrêter la croissance de la pauvre petite. Celui-ci lui a prescrit un tonique.

— Et c'est ce qui l'a rendue malade ? demandai-je en pensant à mon propre médicament.

— « Malade » ? Ce poison l'a presque tuée ! s'écria Mme Loquac avant de croquer dans son biscuit. On dit qu'après avoir découvert la cause du mal, le Dr Darrington a jeté la fiole par la fenêtre.

— Dieu du ciel ! dit la marquise en refermant définitivement le catalogue qu'elle avait entre les mains. Et qui avait prescrit ce tonique ? Il ne peut s'agir d'un vrai médecin.

— C'est bien là ce qui est le plus choquant,Votre Grâce. Le remède a été prescrit par sir Grisham en personne.

— Vraiment ?

Je regardai Hathor, me souvenant qu'une des « sœurs Dujardin » était sa fille. Elle hocha la tête, comme si elle avait lu dans mes pensées.

— Peut-être est-çe une erreur de l'apothicaire qui s'est chargé de l'ordonnance ? suggéra la marquise. Après tout, sir Grisham a été anobli pour ses compétences professionnelles et son dévouement. Je n'ai jamais fait appel à lui, mais sa réputation me semble sans tache.

Mme Loquac se pencha en avant. Hathor et moi fîmes de même.

— Ne dites pas que c'est moi qui vous l'ai dit, Votre Grâce, mais je sais de source sûre qu'après avoir acquis son titre, il n'avait plus un sou vaillant. On raconte que ses prescriptions ne sont rien d'autre qu'un moyen pour lui de se refaire. Elles sont rarement efficaces. Lord Fancot dit être satisfait de ses services, mais sa femme se plaint de n'avoir vu aucune amélioration après avoir pris ses prétendus toniques.

Je repensai à toutes les fioles cachées dans ma malle. Le Dr Cunningham soignait notre famille depuis des années. Evander avait toute confiance en lui. Pourtant, sans que je sache pourquoi, mon traitement ne faisait plus effet et j'étais assaillie par des terreurs nocturnes presque quotidiennement. Jusqu'à présent, j'avais eu de la chance ; le bruit de la pluie avait presque toujours couvert mes cris. Mais la pluie finirait par s'arrêter.

— J'ai du mal à croire qu'il soit cynique au point de profiter de ses malades, dit la marquise.

— Espérons. Mais comme me disait ma mère, les profiteurs, ce n'est pas ce qui manque, répondit Mme Loquac en prenant un autre biscuit. C'est pour cela que les meilleurs médecins sont les hommes comme ce Darrington... Ses origines sont peut-être discutables, mais il n'est évidemment pas motivé par l'argent. Il faut dire que, de ce point de vue-là, il n'a pas de soucis à se faire.

— Que voulez-vous dire ? ne pus-je m'empêcher de demander.

— Ma chère, commença-t-elle d'une voix doucereuse, de telles études ne sont pas accessibles à tous. On raconte d'ailleurs que le marquis de Whitmear a non seulement subvenu aux besoins de son fils, mais qu'il continue à lui verser une petite fortune. C'est bien dommage qu'il soit illégitime, je lui aurais volontiers proposé ma fille Catherine. Mais comme vous le savez, je suis petite-fille de comte, et je suis sûre que rien que d'y penser, mon grand-père se retournerait dans sa tombe.

— Celui-ci est mort avant sa naissance, et la Catherine en question est vieille fille, me chuchota Hathor.

Comment parvenait-elle à se souvenir de ce genre de détails ?

— Voilà qui est curieux, intervint calmement la marquise en rendant le catalogue à une des assistantes. Mais nous devons nous presser, car nous attendons de la visite, ce soir. Verity, veux-tu bien te lever, que madame puisse prendre tes mesures ?

— Bien, Marraine.

Je m'exécutai, l'esprit complètement ailleurs. Que devais-je faire ? Continuer à prendre le tonique ? Le faire examiner ? Pour cela, il aurait fallu que j'en parle à la marquise et je ne pouvais m'y résoudre.

De plus, qui pourrait bien s'en charger ? Le Dr Darrington ?

Hors de question. Quoique... cela me fournirait un prétexte pour lui parler. Mais pourquoi avais-je envie de lui parler ?

— Verity ? Verity !

— Oui ? répondis-je distraitement.

— Tout va bien, mon enfant ? me demanda la marquise.

— Oui, oui, bien sûr.

Je la gratifiai d'un sourire et baissai les bras une fois les mesures prises.

— Vous avez une silhouette parfaite, ni trop petite, ni trop grande. Êtes-vous sûre de ne pas être une Du Bell ? Vous faites presque la même taille qu'Hathor, plaisanta Mme Loquac.

— Oh non, croyez-moi, elle ressemble beaucoup à sa mère. Elles ont les mêmes yeux, répondit la marquise en posant sa tasse de thé. Je vous remercie d'être venue, madame Loquac. Il me semble que du bleu et du violet lui iront bien au teint.

— Qu'en est-il de moi, Mère ? s'insurgea Hathor.

— Nous t'avons déjà commandé quatre robes, deux chapeaux, une paire de gants en soie et de nouveaux escarpins. Préfères-tu que j'annule tout pour choisir autre chose ? demanda sa mère en se levant pour raccompagner les couturières.

— Non, cela suffira, répondit Hathor en reprenant place derrière son chevalet.

Je ne pus retenir un petit rire et elle me fusilla du regard.

— Veux-tu bien t'asseoir, que je puisse terminer mon dessin ?

— Bien sûr. Puis-je savoir pourquoi tu as besoin de *quatre* nouvelles robes ?

— Tu peux, oui. Elles me plaisaient, voilà tout. Baisse un peu la tête.

J'obtempérai tandis que Mme Loquac et ses assistantes prenaient congé. Par la fenêtre, j'observai le conducteur de son vieux cabriolet courir à sa rencontre avec un parapluie. Le plus absurde fut la façon dont les jeunes femmes, de part et d'autre de leur maîtresse, soulevèrent sa jupe pour qu'elle ne traîne pas dans la boue.

— Mme Loquac se comporte comme si elle était réellement comtesse, remarquai-je.

— Ce n'est le cas que dans ses rêves, parce que sa mère s'est mariée nettement en dessous de son rang... Avec un tailleur, tu imagines ? Ça a fait scandale et son père l'a déshéritée. Elle a été bannie de la bonne société, son mari a perdu tous ses clients, et ils se sont retrouvés dans la misère.

— Alors comment fait-elle pour vivre ainsi aujourd'hui ? Est-elle si bonne couturière que ça ?

— Mère raconte que, avant sa mort, le comte a eu la bonté de laisser à sa fille la somme de deux mille deux cents livres. Grâce à cela, ils ont pu relancer leur commerce. Le fait qu'elle soit vraiment une bonne couturière aide, bien sûr. Mais si sa mère avait fait le bon choix, je pense qu'elle n'aurait jamais été obligée de travailler.

— Comment fais-tu pour toujours savoir autant de choses sur la vie des gens ?

— Je les écoute, répondit Hathor comme si cela allait de soi. Elle-même vient ici et nous parle des autres, mais d'autres viennent ensuite et nous parlent d'elle. Quoi qu'il en soit, Mère dit que son histoire nous montre qu'il faut faire très attention à la façon dont on mène sa vie. Bien sûr, aucune d'entre nous ne serait assez stupide pour agir comme sa mère.

Je regardai s'éloigner le cabriolet. Les assistantes, elles, partirent à pied sous la pluie, car il n'y avait pas de place pour elles dans la voiture. Je compris alors d'où venait la boue qui tachait leurs jupes.

Puis, en y songeant, je ne pus m'empêcher de me dire que la mère de Mme Loquac avait dû beaucoup aimer son père pour se ficher de ce que diraient les autres et de ce qu'elle risquait de perdre.

— Qui attendons-nous pour le dîner, Mère ? demanda Hathor quand la marquise reparut.

— Ton père a invité quelques membres de son club, et, je crois, le Dr Darrington.

Ce nom m'arracha à la contemplation de la rue. Un frisson me parcourut. Je n'étais pas sûre de ce que je ressentais et je m'aperçus soudain que je n'arrivais plus à penser de manière cohérente.

THEODORE

— Dis-moi, cher ami, me détestes-tu donc pour quelque raison inconnue ? demandai-je à celui qui était assis en face de moi dans la voiture.

— Bien au contraire, Theodore. Je te considère comme un frère, répliqua Henry, un sourire narquois aux lèvres.

— Dans ce cas, *cher frère*, pourquoi m'empêches-tu d'aller me coucher, malgré les événements récents, l'orage, et mon refus de sortir ?

— D'abord, il ne s'agit pas d'un orage, mais d'un simple crachin. S'il fallait rester à l'abri chaque fois qu'il tombe quelque chose, nous ne sortirions jamais, dans ce pays. De plus, tu aimes la pluie, répondit Henry, un sourire jusqu'aux oreilles, cette fois. Ensuite, si je ne tiens pas compte de ton refus, c'est justement *à cause* des événements récents. Je ne peux pas te laisser rater une telle occasion.

— Quelle occasion ?

— Theodore, en sauvant cette jeune fille, tu es devenu un héros du jour au lendemain. On ne parle plus que de toi. Tu dormiras plus tard. Pour l'instant, tu dois tirer parti de cette renommée et développer tes affaires...

— Je suis médecin, et non banquier, Henry. « Tirer parti de cette renommée », comme tu le dis, reviendrait à souhaiter davantage de malades, et là n'est pas mon but.

— Quoi que tu fasses, les malades seront malades, et c'est toi qu'ils feront venir pour les soigner, si tu te montres un tant soit peu affable. Alors ne fais pas cette tête. Je ne te traîne pas au bal, tout de même.

— Et où me traînes-tu, exactement ?

J'aurais grandement préféré être dans mon lit. Il faisait déjà grand jour quand, estimant enfin lady Clementina hors de danger, j'avais quitté la maison des Rowley. J'avais dormi une heure à peine quand les premières demandes de notables avaient commencé à arriver. Toute la journée, j'étais ainsi allé de résidences cossues en intérieurs somptueux. De retour chez moi, j'avais trouvé Henry devant ma porte, exigeant que je me change sans m'expliquer pourquoi.

J'eus bientôt un début de réponse lorsque la voiture s'engagea dans une rue bordée de somptueuses demeures qui ne m'était pas inconnue.

— Où allons-nous, Henry ? m'enquis-je de nouveau.

— Ne t'inquiète pas. Il ne s'agit pas de rendre visite à un patient.

— Pour quelle autre raison serais-je ici ?

— Pour un dîner.

— Pardon ? Un dîner ? Mais chez qui ?

— Chez le marquis de Monthermer.

Je le fixai, abasourdi, tandis que dans mon esprit, *elle* apparaissait, avec la fulgurance de l'éclair.

— Avant de m'accuser de me servir de toi pour déjouer les plans de mon père à propos de lady Hathor et moi, sache que le marquis t'a expressément invité. Je craignais que ton orgueil ne te pousse à décliner cette invitation, alors j'ai préféré ne pas te demander ton avis.

Le cœur battant, j'inspirai profondément et m'appliquai à m'intéresser au spectacle de la rue de peur qu'Henry ne remarque mon trouble.

— Ton père s'est donc mis en tête d'unir ton sort à celui de la fameuse lady Hathor ? Cela veut-il dire qu'elle sera présente ?

— Oui, bien sûr. Il n'allait pas laisser passer pareille occasion. Et, pour s'assurer de sa présence, il a même amené ma mère et ma sœur. Nous les retrouverons sur place.

Si c'était le cas, lady Verity serait là, elle aussi.

J'ajustai ma cravate.

Calme-toi, imbécile.

— Tout va bien ? me demanda Henry.

— Très bien, oui, répondis-je sans hésitation. Quand comptes-tu dire à tes parents que tu en aimes une autre ?

Le visage illuminé d'un large sourire, le regard déterminé, Henry sembla se tenir plus droit.

— Quand elle se rendra à l'évidence et acceptera notre amour. Ce jour-là, tu me verras sans doute chanter à tue-tête et remercier le ciel dans les rues.

Je ne pus m'empêcher de rire.

— Comment peux-tu être sûr que c'est elle, l'élue ?

— Dès l'instant où j'ai posé le regard sur elle, j'ai tremblé de la tête aux pieds. Je ne pouvais plus dormir ni manger sans penser à elle, et je ne savais même pas son nom. Une telle sensation ne permet aucun doute.

Henry avait décidément une façon bien à lui d'appréhender l'existence. Devant sa folie, je ne pouvais que secouer la tête.

— Ne va pas imaginer que j'ai oublié la mystérieuse créature qui t'obsède, toi aussi, dit-il comme le véhicule s'arrêtait devant la grille de la propriété des Du Bell.

— Il n'y a pas de mystérieuse créature.

— Tâche donc d'être cohérent. Soit tu la crois hors de portée, soit elle n'existe pas. Mais décide-toi, que je puisse enfin découvrir celle dont le charme t'a captivé, répondit Henry comme la portière s'ouvrait sur deux valets équipés de parapluies.

Devant le grand nombre de voitures déjà stationnées, je ne sus si je devais me réjouir ou m'inquiéter. D'une certaine façon, plus il y aurait de monde, plus je serais libre de… lui parler, peut-être ? Mais comment lui adresser la parole devant tant de gens ? Ne serait-il pas impoli de m'adresser à quelqu'un d'autre que notre hôte, qui m'avait si gracieusement invité ?

— Messieurs, Sa Grâce vous attend au salon, annonça le majordome quand nous entrâmes.

Il nous y conduisit dans la foulée et toqua une fois avant d'entrer.

— Monsieur, M. Parwens et le Dr Darrington sont arrivés.

Il s'effaça pour nous laisser passer et j'eus le sentiment que tout autour de moi disparaissait, ne laissant qu'elle, assise au piano, vêtue de jaune, un tout petit sourire aux lèvres. Soudain, comme Henry me l'avait décrit, je me mis à trembler.

Comme le tonnerre dans les nuages et le plus violent des orages, je tremblai.

7

Theodore

J'avais beaucoup entendu parler du marquis de Monthermer. On disait de lui que c'était un homme cultivé, chanceux, attachant une grande importance à sa famille, disposant d'une fortune considérable, dont il était impossible de dire du mal, et qui préférait l'intelligence du plus pauvre des hommes à la compagnie des princes. Comme si cela ne suffisait pas, il entretenait avec ses enfants – en particulier avec Damon, son fils aîné – une relation qui tenait plus d'une solide amitié que du traditionnel lien parent-enfant. On parlait de lui avec de tels superlatifs que, fils de marquis moi-même, je croyais difficilement que tout cela puisse être vrai et j'étais convaincu qu'il devait s'agir d'une exagération de la part de ceux qui cherchaient à être dans ses bonnes grâces.

Pourtant, à l'issue des vingt courtes minutes que durèrent nos échanges dans ce salon, je découvris qu'à mon tour j'aurais pu parler de lui avec beaucoup d'affection. Jamais je n'avais rencontré de gentleman aussi... délicat et cultivé. Mais en réalité, la famille Du Bell tout entière était chaleureuse, une caractéristique que je n'avais jusque-là guère rencontrée, sinon chez ceux qui n'avaient pas grand-chose d'autre à quoi s'accrocher dans la vie. Malgré ma situation sociale, le marquis me parla comme si j'étais son égal, et l'égal de tous les messieurs présents ce soir-là. J'aurais grandement apprécié sa compagnie si les circonstances avaient été différentes et que nous n'ayons été qu'entre hommes.

Ce qui n'était pas le cas.

Comme un fer chaud plaqué sur mon dos, je sentais *sa* présence, à quelques pas derrière moi. Comment était-ce possible ? Je l'ignorais. Elle était si proche que j'avais du mal à respirer et en même temps si loin que je ne pouvais pas lui adresser un seul mot. Lorsque je l'avais regardée, elle fixait les portes du salon, comme si elle attendait quelqu'un. Mais qui ?

Avant que je puisse trouver le courage de lui parler, son regard croisa le mien. Les portes s'ouvrirent. Le majordome en livrée rouge entra et annonça, en se tenant bien droit :

— Votre Grâce, madame, le dîner est servi.

— Nous reprendrons donc cette discussion plus tard, chers amis.

Le marquis nous invita à le précéder, puis tout le monde attendit ces dames, c'est-à-dire la marquise, la mère d'Henry, lady Fancot, et sa sœur, Mlle Amity Parwens. Ces deux dernières étaient aussi taciturnes et rousses l'une que l'autre. Il y avait là également lady Montagu, l'épouse de Damon, la fameuse lady Hathor et, bien sûr, lady Verity, qui croisa brièvement mon regard avant de suivre les autres.

Je ne pensais pas avoir l'occasion de lui parler, même si j'en mourais d'envie. En entrant dans la salle à manger, je m'estimais heureux à l'idée de simplement pouvoir la regarder. Mon cœur fit donc un bond en voyant que la dernière place libre était à côté d'elle. Je restai pétrifié, attendant que quelqu'un d'autre s'y installe et me punisse de l'avoir convoitée.

— Que fais-tu ? murmura Henry en me voyant immobile.

Sans répondre, j'approchai de la chaise que le valet tira pour moi. Les convives attendirent que le marquis, en tête de table, s'asseye, pour faire de même. Je restai silencieux, les yeux rivés sur l'argenterie, et tentai d'ignorer le léger parfum de jasmin qui ne pouvait venir que d'elle.

— Me considérez-vous indigne de vous faire la conversation, docteur Darrington ?

Je me redressai aussitôt. Elle me fixait de ses yeux bruns. Ce n'est qu'en remarquant son expression légèrement contrariée que je réussis à prononcer quelques mots.

— Non, bien sûr que non.

— Alors pourquoi ne m'adressez-vous pas la parole ? Votre ami, lui, n'a pas perdu de temps.

Je vis qu'Henry et Hathor discutaient, assis, comme nous, à côté l'un de l'autre.

— Je n'ai pas le talent de mon ami pour converser librement avec les femmes.

— Qu'y a-t-il de si difficile à parler librement avec une femme ? Tant que le sujet est convenable, cela ne fait aucune différence.

— C'est bien le problème. Il n'est pas aisé pour un homme de respecter les convenances lorsqu'il est confronté aux charmes d'une très belle femme.

Les mots m'avaient échappé. Horrifié par mon audace, je la fixai.

— Vous ne pouvez donc pas converser avec les femmes parce que vous les trouvez toutes très belles ? Est-ce la raison pour laquelle vous n'avez pas dit un mot pendant notre danse ? Étiez-vous distrait par toutes les jeunes femmes présentes ?

— Non, bien sûr que non, vous vous méprenez. Si je n'ai pas parlé pendant que nous dansions, c'est que...

J'étais fasciné par vous...

Je ne pouvais pas dire cela, mais j'ignorais quoi dire d'autre.

La contrariété se fit plus marquée sur son visage, et elle se détourna alors qu'on servait le potage.

Merde.

Estimant préférable de ne pas aggraver la situation avec d'autres inanités, je ne dis plus rien. Mais quand aurais-je de nouveau la possibilité de lui parler aussi librement ? Je cherchai désespérément comment redresser la situation, en vain.

— Docteur Darrington ? m'interpella alors la marquise.

Je m'empressai de la regarder, reconnaissant pour son intervention salvatrice.

— Oui, Votre Grâce ?

— Séjournez-vous en ville chez lord Fancot, ou avez-vous de la famille ici ?

— J'ai de la famille en ville, des parents du côté de ma mère, mais il y a déjà beaucoup de monde chez eux, alors j'ai pris une chambre au *Crown Inn*.

— Vous devez vous sentir bien seul, tout de même, remarqua-t-elle, comme les valets apportaient le plat suivant, de l'agneau apparemment.

— Ou bien vous êtes content d'avoir la paix, souffla Damon derrière son verre, ce qui lui valut un regard noir de sa mère et de son épouse, et suscita un petit rire de la part de tous les hommes.

— Ne vous inquiétez pas, Votre Grâce, dit Henry. Theodore est comme un frère, je fais en sorte de le déranger aussi souvent que possible.

Je me retins de lever les yeux au ciel.

— Ma chambre d'hôtel me suffit largement, dans la mesure où je ne fais qu'y dormir.

— Cela vous suffit pour l'instant mais, une fois marié, ce ne sera plus possible, glissa lady Fancot.

— Je n'ai pas l'intention de me marier, madame, répondis-je, provoquant un frisson d'horreur chez tous les convives, y compris lady Verity, qui me dévisagea, incrédule.

— Et pourquoi cela ? demanda la marquise, atterrée. Les jeunes femmes de Londres vous semblent-elles si désagréables ?

— Non, bien au contraire. Je tiens les femmes en la plus haute estime. Particulièrement celles de la bonne société, car elles acceptent leur sort cruel avec bien plus de grâce et de dignité que n'importe quel homme.

— Qu'entendez-vous donc par « sort cruel » ? ricana lord Hardinge en saisissant son verre. Je doute qu'il se passe quoi que ce soit d'horrible dans les salons.

Cette remarque ne me surprit pas.

— Si vous vous trouviez confiné dans une pièce et tenu d'apprendre des choses qui ne vous intéressent guère, ne trouveriez-vous pas cela cruel, monsieur ?

Le verre s'arrêta devant ses lèvres.

— C'est pourtant la réalité de toutes les jeunes filles de la bonne société, repris-je. Elles vivent dans les salons, où on leur enseigne les bonnes manières, la littérature, la musique, la peinture et la broderie. Peu importe que cela leur plaise ou non.

— À quoi d'autre pourraient-elles s'intéresser ? bougonna lord Bolen avec une moue désapprobatrice.

— Il faudrait le leur demander, monsieur. Mais personne ne le fait. On leur enseigne leur rôle et on les force à s'y tenir. Elles ne sortent de ces salons qu'une fois mûres pour le mariage et, une fois qu'elles sont mariées, on les envoie dans un autre salon.

— À vous entendre, les femmes ici présentes n'auraient pas le choix. Ma chère, imagineriez-vous faire quoi que ce soit d'autre ? Détestez-vous donc votre salon ? demanda lord Fancot à sa femme qui sursauta, car elle ne s'attendait pas à ce qu'on lui demande son avis.

— Je le préfère de loin à un hospice ou à une ferme, c'est certain, répondit lady Fancot avec un rire gêné, en lissant ses cheveux roux.

— Vous voyez, dit fièrement son mari. Vous vous faites le chantre d'un rôle auquel personne n'aspire...

— Moi, je déteste les salons.

Un silence pesant ponctua la remarque de lady Verity, qui prit calmement une bouchée d'agneau. Tous les regards convergèrent dans sa direction.

— J'aime lire, mais je dois reconnaître que, si j'ai consciencieusement étudié le piano, la peinture et la broderie, c'était pour ne pas avoir à subir les remontrances de ma gouvernante.

— Ma chère enfant, qu'auriez-vous pu souhaiter d'autre ? demanda lady Fancot.

— Je… je crois que j'aurais aimé aller à l'université.

— À l'université ? Pour étudier quoi ? s'étonna Hathor.

Un léger sourire éclaira le visage de Verity.

— L'écriture.

— Pour écrire, il faut apprendre à lire. Et cela, vous pouvez le faire chez vous, dit lord Hardinge.

— Si c'est le cas, pourquoi les hommes vont-ils à l'université ?

Je fis de mon mieux pour retenir mon sourire.

À court d'arguments, les convives se tournèrent vers le marquis, qui n'avait rien dit – pas plus que sa femme, ce qui était encore plus surprenant.

— Qu'en pensez-vous, Charles ? demanda lord Hardinge.

— J'en pense que le Dr Darrington a parfaitement réussi à détourner la conversation. La question de départ était son manque d'enthousiasme pour le mariage, il me semble.

Fichtre. J'avais espéré le sujet clos.

— Oui, renchérit la marquise. Je ne comprends pas en quoi votre raisonnement vous empêcherait de trouver une épouse.

Je n'avais aucune envie de m'étendre sur cela et optai donc pour une pirouette.

— Malheureusement, je n'ai pas de salon.

Lady Verity, Hathor et Silva pouffèrent. Leurs aînés n'étaient cependant pas disposés à me laisser m'en sortir aussi facilement.

— Bien sûr, il ne s'agira pas d'une femme de haut rang qui s'attendrait à gérer un domaine de belle taille, mais elle voudra au moins avoir sa propre maison. Même petite, dit lady Fancot.

— Mère, nous ne sommes pas tous forcés de nous marier, intervint Henry pour détourner l'attention de mon cas.

— Vous tous, si, rétorqua la marquise. De jeunes gens aussi aimables que vous ont certainement besoin d'une épouse, ce qui signifie qu'il y a quelque part une femme qui a besoin de vous. Vous ne devez pas la décevoir. Plus tôt vous la rencontrerez, mieux ce sera.

— Mère, j'ai un an de plus que M. Darrington et je ne me suis marié que cette année, fit remarquer Damon, venant à son tour à ma rescousse.

— Et tu penses qu'il y a là de quoi être fier ? Ne crois-tu pas que les choses auraient été plus faciles pour Silva si tu t'étais décidé plus tôt ? N'est-ce pas, ma chère ? insista la marquise en se tournant vers la jeune blonde en question.

Prise de court, Silva regarda son mari, puis sa belle-mère.

— Oui, en effet, madame.

Damon ne put que soupirer.

— Tu vois ? dit sa mère sur le ton de l'évidence. De plus, Damon, tu n'étais pas du tout dans la même situation que le docteur car, non seulement tu disposes d'un certain nombre de demeures dans lesquelles t'installer, mais tu as en plus une foule de gens à ton service. Le Dr Darrington, lui, consacre sa vie aux autres. Une épouse lui serait utile et s'occuperait de lui, car j'ose ajouter que nous faisons un peu plus que nous languir sous des moulures dorées dans d'élégants fauteuils tapissés de brocart.

— Ces choses finissent par se faire, ce n'est qu'une question de temps, affirma lord Bolen. Il faut bien y réfléchir, car le mariage est un engagement important.

— Est-ce que je me trompe ou lord Bolen a-t-il été fiancé deux fois et jamais marié ? murmura Hathor.

Je crus avoir mal compris, mais l'expression d'Henry et de Verity m'indiqua que j'avais bien entendu.

— Un engagement que nous devons tous respecter, dit la marquise. Je ferai en sorte que cela soit votre cas, car je suis moi-même un apôtre du mariage Je pourrais vous présenter à Edwina, la nièce de Mme Frinton-Smith. Elle est tout à fait charmante.

— Les boulangers de West Elm ? demanda lady Fancot.

— Ils possèdent aussi plusieurs auberges à la campagne. Et j'ai entendu dire qu'ils étaient en train d'acheter une mine de cuivre en Cornouailles.

Je remarquai que la main de Verity s'était crispée sur sa fourchette, mais je n'aurais su dire pourquoi.

— Je vous remercie, madame, mais vos efforts seront mieux récompensés si vous vous occupez d'Henry, répliquai-je, tentant une dernière fois de me sortir de ce pétrin.

Henry me jeta un regard effaré.

« Plutôt lui que moi », pensai-je tandis qu'on le pressait de questions et que le plat suivant était servi sur des plateaux d'argent.

— Vous semblez fort capable de converser, à présent, murmura Verity en me regardant. Mais peut-être est-ce parce que toutes ces femmes sont mariées ?

— Elles ne sont pas vous, voilà tout.

Une nouvelle fois, j'avais parlé sans réfléchir.

Elle fronça les sourcils.

— Je sais bien. Mais qu'ai-je donc fait pour vous déplaire, monsieur ?

— Rien !

Comment en étais-je arrivé à un tel malentendu ?

— Alors en quoi suis-je différente ?

Je voulus répondre, mais rien ne vint... sinon la vérité. Une vérité que j'avais peur d'admettre.

— Je vois. Très bien, je n'insiste pas.

Elle se détourna, et ce simple mouvement me fit craindre de l'avoir blessée.

En lui disant la vérité, j'allais souffrir mais, en me taisant, c'est elle que je ferais souffrir.

Déjà, ses sentiments passaient avant les miens et cela me rendait fou.

— Si je n'ai pas parlé pendant notre danse, c'est parce que j'étais nerveux. En cet instant, je le suis tout autant et, pour ne pas me ridiculiser, je préfère garder le silence, dis-je doucement. Je constate, hélas, que cette attitude a conduit à un malentendu entre nous.

Lorsque, enfin, elle me regarda de nouveau, je savais ce qu'elle allait me demander et me tins prêt.

— Pourquoi diable seriez-vous nerveux ? Je ne pense pas être à ce point intimidante.

— C'est ma faute… Je suis terriblement épris de vous, murmurai-je. J'étais et je suis nerveux du fait de mes sentiments à votre égard, lady Verity. C'est ce qui vous rend différente à mes yeux. Je vous prie de m'en excuser.

Elle me fixa, mais j'aurais été bien incapable de déchiffrer son expression. Mon courage à présent envolé, je me tournai vers Henry, changeant radicalement de conversation.

Quel imbécile je faisais !

Maudit soit mon cœur qui battait à tout rompre.

VERITY

La soirée s'était achevée sur la promesse d'un autre dîner, plus tard dans la semaine, chez lord et lady Fancot. Il était évident qu'il s'agissait là d'un stratagème visant à réunir Henry et Hathor, mais je ne pus m'empêcher de songer que le Dr Darrington et moi serions, nous aussi, réunis.

Cet aveu… J'en étais encore bouleversée.

« C'est ma faute, je suis terriblement épris de vous », avait-il dit. J'étais certaine d'avoir mal entendu, ou de m'être méprise sur le sens de cette phrase. Toutefois, il m'avait bel et bien avoué ses sentiments.

Comment était-il possible qu'il éprouve quoi que ce soit à mon égard ? Nous nous connaissions à peine.

Et quelle était cette sensation nouvelle ? Je posai une main sur ma poitrine, à l'endroit du cœur, pour essayer de l'empêcher de battre la chamade.

— Tu dors ?

Dans l'entrebâillement de la porte apparut le visage d'Hathor. Quand elle me vit assise sur mon lit, elle sourit et entra en refermant la porte derrière elle. Constatant que j'étais encore en tenue de soirée, elle sauta sur le lit et prit place à côté de moi.

— Aphrodite te laissait-elle faire cela souvent ? demandai-je.

— Oui. Pourquoi ?

— Dans ce cas, je m'incline. Que me vaut cette visite ? Suis-je bête ! Encore cette histoire de mariage, je suppose ?

— Oui. Tu préfères les salles d'études de Cambridge et Oxford, peut-être ? se moqua-t-elle.

— Est-ce si étrange ?

— Ça l'est. Et le Dr Darrington l'est davantage, rétorqua-t-elle avec un aplomb qui m'agaça. C'est la première fois que j'entends un homme nous défendre, nous les femmes, de cette façon. Il a un point de vue étonnant, non ? Les salons ne m'ont jamais dérangée, j'aime bien peindre et jouer du piano. Si j'ai arrêté, c'est uniquement parce que je me sentais inférieure à Devana, qui a un talent fou dans tous les domaines. Je ne me suis jamais sentie contrainte de faire tout cela mais, après la remarque du docteur, je me suis interrogée sur ce que ressentaient les autres jeunes filles. Et puis voilà que tu déclares haut et fort faire partie de celles-ci. Détestes-tu vraiment tout ce que l'on fait dans les salons ?

— Pas systématiquement, dis-je en remontant les genoux pour y poser le menton. Il m'arrive de trouver cela reposant. Mais j'ai envie d'autre chose. De voir d'autres pays et de découvrir d'autres gens, par exemple.

— Épouse Darrington et tu verras peut-être du pays, fit-elle en riant.

— Hathor, enfin ! m'emportai-je. Le Dr Darrington et moi ? C'est...

— Détends-toi, je plaisante. Il est évident que cela ne marcherait pas, entre vous.

— Parce qu'il ne veut pas se marier ?

— Non, Verity, parce que c'est un enfant illégitime, me rappela-t-elle, car j'avais momentanément oublié cet important détail. C'est vraiment dommage parce que, sinon, ce serait un excellent parti pour la plupart des jeunes filles à marier. Beau, jeune, doué dans ce qu'il fait, et préoccupé du sort des femmes.

Elle disait cela avec un tel détachement, sans la moindre gêne... Mais après tout, pourquoi en aurait-elle ressenti ? Et surtout, pourquoi, moi, en éprouvais-je ?

Je n'arrivais plus à penser à quoi que ce soit d'autre qu'à *son* visage.

— Tu ne devrais pas plutôt te concentrer sur Henry ? suggérai-je pour changer de sujet.

Elle fronça les sourcils, regarda le ciel de lit.

— Non. Il n'est pas fait pour moi.

— Comment peux-tu en être sûre ?

— Il me l'a dit, soupira-t-elle. Juste après le troisième plat, il m'a avoué que son cœur était déjà pris et que les efforts de ses parents ne servaient à rien.

Mon intérêt aiguisé par cette révélation, je me rapprochai d'elle.

— Vraiment ? Il veut épouser quelqu'un d'autre ?

— Apparemment, il ne peut pas l'épouser.

— Pourquoi ?

— Il ne me l'a pas dit. Il m'a seulement fait cet aveu pour que je ne me fasse pas des idées, et je lui suis plutôt reconnaissante de sa franchise. C'est un homme charmant, ajouta-t-elle en souriant. Au point que j'aurais presque pu être détournée de mon objectif, qui est d'épouser un duc.

Je levai les yeux au ciel, riant de son obstination.

— Qu'aurais-tu fait s'il avait avoué avoir des sentiments pour toi ?

— C'est simple. J'aurais eu deux possibilités : l'aimer en retour ou lui tourner le dos.

— Comment savoir quelle option choisir ?

Elle me regarda, surprise.

— Tout dépend de l'effet que cet aveu aurait eu sur moi. Si le fait qu'il m'apprécie m'avait rendue joyeuse, c'est que je l'aimais en retour. Tu sembles perplexe. Que se passe-t-il ?

Je ne répondis pas tout de suite.

Était-ce la sensation que j'avais ressentie ? De la joie ?

— Comment fais-tu pour être aussi sûre de toi dans ce domaine ? Tout ce processus – choisir un mari, aimer ou ne pas aimer – reste pour moi un mystère insondable.

— Je ne te comprends pas, soupira Hathor. Pourquoi tes propres sentiments devraient-ils être un mystère ? Tu aimes le jus d'orange, n'est-ce pas ? Je t'ai vue en boire avec délectation tous les matins cette semaine.

— Et ?

— Tu es donc capable de savoir que certaines choses te plaisent. C'est la même chose pour les gens, non ? Tu peux aimer quelqu'un parce qu'il est beau, ou bien établi socialement, ou que sais-je encore. Le savoir n'a rien d'insondable, c'est ton esprit et ton corps qui te le soufflent. Il ne devrait rien y avoir de mystérieux là-dedans, dit-elle en se levant. Tu es bizarre, Verity. Mais je t'aime bien. Tu es comme une sœur pour moi. Bonne nuit.

— Tu ne me demandes pas si je t'aime bien, moi aussi ?

— Tu sembles incapable de savoir ce que tu aimes. Et de toute façon, comment pourrait-on ne pas m'aimer ?

Avec un grand sourire, elle gagna la porte à pas feutrés.

Je ne pus m'empêcher de rire.

Elle était aussi bizarre que moi.

Mon sérieux revenu, je me remis à penser au Dr Darrington et mon cœur repartit de plus belle.

Mon esprit et mon corps me soufflèrent alors qu'elle avait peut-être raison.

8

VERITY

— Que fais-tu ici ? demanda mon père en levant sur moi un œil sévère depuis le bureau.

On aurait dit Evander – grand, la peau brun clair, les cheveux courts et bouclés, les yeux marron. Mais contrairement à celui de mon frère, son regard était froid et mauvais.

— Papa...

— Combien de fois faut-il te dire de ne pas m'appeler ainsi ? dit-il sèchement.

Je serrai contre moi la poupée qu'Evander m'avait offerte avant son départ.

— Je suis désolée, Votre Grâce...

— C'est moi qui suis désolé. Désolé de ne pas avoir pu t'expédier en pension avec ton imbécile de frère, grommela-t-il en saisissant un journal. Avoir une fille est un tel fardeau. Je ne pourrai me débarrasser de toi qu'en payant une dot conséquente.

— Je suis désolée...

— Est-ce tout ce que tu sais dire ? Tu ne vaux pas mieux que ta mère, toujours désolée mais incapable de rien changer ! Quitte à mourir, elle aurait au moins pu avoir l'intelligence de le faire en mettant au monde un fils.

— Tout va bien ?

Datura, sa nouvelle femme, à la peau diaphane et aux cheveux blonds, vint se placer derrière moi. Elle portait ce jour-là une robe rouge vif assortie aux rubis à son cou.

— Non ! hurla-t-il. Je me doutais que tenir la maison serait au-dessus de tes faibles capacités, mais je pensais qu'au moins tu serais capable de t'occuper d'une enfant. Et pourtant elle vient me déranger jusqu'ici, dans mon bureau !

— Ne vous inquiétez pas, je vais l'éloigner, dit Datura en lui souriant.

Lorsqu'elle tendit la main vers moi, je fis un pas de côté, serrant ma poupée de toutes mes forces.

Non ! Je vous en prie, non.

— Non, Papa...

Elle m'attrapa néanmoins, m'entraînant dehors, puis ferma la porte du bureau derrière nous.

Son sourire disparut. Furieuse, elle me regarda.

— Je t'avais pourtant dit de rester dans ta chambre, non ? s'emporta-t-elle en me pressant le bras.

Je voulus me dégager, mais elle serra encore plus fort.

— Papa ! criai-je.

Elle plaqua sa main sur ma bouche et m'entraîna sans ménagement dans le couloir.

S'il vous plaît, s'il vous plaît, non.

— Ça suffit ! J'en ai assez de tes caprices !

Je sentis ses ongles mordre la chair de mon bras.

— Non !

Je tentai de résister, mais c'était inutile, car je glissais sur les dalles de marbre. Elle était bien plus forte que moi, et je n'avais aucun moyen de lui échapper. Je lui mordis tout de même la main et tentai de fuir, mais elle m'attrapa par les cheveux. Lorsque je cherchai à lui faire lâcher prise, elle me donna une claque, puis une autre, puis une troisième.

— Tu es insupportable, lâcha-t-elle, comme nous arrivions à ma chambre. Un fardeau inutile, voilà ce que tu es !

— S'il vous plaît, non ! hurlai-je contre sa main en voyant l'armoire.

Je me débattis, mais elle frappa et frappa encore, de plus en plus fort. J'avais mal partout.

S'il vous plaît, aidez-moi !

Mais personne ne venait. Il n'y avait personne.

— Ne vois-tu pas que ta place est ici ? Personne ne veut de toi. Tu ne fais que déranger les gens avec ta laideur !

Elle me souleva et me jeta à l'intérieur de l'armoire avant de refermer la porte sur moi.

Je tapai des poings sur les portes.

— Je suis désolée ! Je suis désolée ! S'il vous plaît laissez-moi sortir !

— Tais-toi ! hurla-t-elle en frappant la porte elle aussi. Vraiment, tu aurais mieux fait de mourir avec ta satanée mère, espèce de petit monstre !

— S'il vous plaît, murmurai-je en fermant les yeux sur l'obscurité dans laquelle j'étais plongée.

S'il vous plaît, ne me laissez pas dans le noir !

Je serai sage.

Promis.

Recroquevillée sur moi-même, ma poupée ayant disparu, je me mis à pleurer.

Mais personne ne m'entendait. Personne ne m'entendait jamais.

Je vous en prie !

*

* *

— Verity ! VERITY !

— Nooon ! hurlai-je en ouvrant les yeux sur le dais de mon lit.

Je sentis des bras me serrer tandis que je cherchais à reprendre mon souffle.

— Tout va bien. Tu es en sécurité. Je te le promets, mon enfant, tu ne risques rien.

Il me fallut un moment, pendant lequel le cauchemar de mes souvenirs se dissipa, pour comprendre que j'étais dans les bras de la marquise en personne. Elle me serrait contre elle et me berçait doucement.

— Tout va bien. N'aie pas peur, murmura-t-elle en déposant un baiser sur mes cheveux.

Peu à peu, je me calmai. Avec le calme vint la gêne. Avais-je donc hurlé si fort ? Qui d'autre m'avait entendue ? Que fallait-il que je dise ?

— Verity, ma chérie, qu'y a-t-il ? me demanda-t-elle doucement.

Je me dégageai lentement pour la regarder et vis de la pitié dans son expression affligée.

— Rien, Marraine, bredouillai-je. C'était seulement un cauchemar.

— Allons, Verity, soupira-t-elle.

Pourtant, elle n'ajouta rien, comme si elle ne savait que dire.

— Vraiment. Je vais mieux, maintenant. Pardonnez-moi de vous avoir inquiétée.

— Veux-tu te reposer encore un peu ? Tu n'es pas obligée de venir avec nous à la Ménagerie royale, dit-elle en écartant de mon visage les boucles qui s'étaient échappées de ma charlotte.

— Mais j'en ai envie, Marraine, répondis-je, sincère. Je vous promets que je me sens bien.

La marquise se leva.

— Très bien. Je te laisse te préparer, dans ce cas.

Je me levai à mon tour.

— Merci, Marraine.

— Je t'en prie.

Après un dernier sourire, elle quitta ma chambre. J'enfouis mon visage entre mes mains.

Quand cela s'arrêtera-t-il ?

Quand arriverai-je à dormir et me réveiller comme tout le monde ?

Cela faisait des années que tout cela s'était produit, et pourtant, mon passé continuait à me hanter. J'aurais voulu tout oublier, mais j'en étais incapable. Encore une fois, tout le monde saurait que je... que je n'allais pas bien. Et bientôt je redeviendrais un fardeau, je le savais.

— Bonjour, mademoiselle. Avez-vous bien dormi ? me demanda Bernice en entrant, comme si de rien n'était.

Peut-être ignorait-elle ce qui s'était passé ? Peut-être la marquise était-elle la seule à m'avoir entendue ?

— Oui, mentis-je.

— Voulez-vous vous préparer, mademoiselle ?

Je me laissai faire en silence. Elle m'aida à faire ma toilette, puis à m'habiller. Les bonnes allaient et venaient dans la chambre, sans jamais faire allusion à l'incident. Tandis que je descendais pour le petit déjeuner, j'en vins à penser que personne d'autre ne m'avait entendue. C'est alors que j'entendis la petite voix d'Abéona.

— Pourquoi ne puis-je pas simplement lui demander si elle va bien ? questionnait-elle.

— Mère a dit qu'il ne fallait pas, répondit la voix d'Hector. Nous devons faire comme s'il ne s'était rien passé. Si tu demandes à Verity si elle va bien, cela gâchera tout, vois-tu.

Je me figeai.

Ils parlaient de moi. J'étais là depuis à peine une semaine et tout le monde était déjà au courant.

— Je ne comprends pas, répondit Abéona d'un ton maussade. Pourquoi tout le monde fait comme si c'était mal ? Ce ne sont que des cauchemars. J'en fais, moi aussi, parfois. Dans ces moments-là, j'apprécie qu'on me demande si je vais bien.

— Ce n'est pas la même chose, Abéona, dit alors la voix de Devana. Et tu n'as pas besoin d'en savoir plus. De plus, si tu désobéis à Mère, tu seras privée de notre visite à la Ménagerie royale.

— Bon, d'accord ! soupira la fillette en s'éloignant.

J'eus envie de regagner ma chambre. Seulement, j'avais insisté pour sortir et je n'avais donc guère le choix, il fallait que je descende.

Misère.

Ouvrir les portes de la Ménagerie royale à la bonne société et montrer les nombreux animaux qui lui avaient été offerts par les grands de ce monde était un moyen pour le prince régent de prouver combien il était apprécié. Ceux qui en souffraient le plus étaient les animaux, venus des quatre coins du globe, qui n'avaient pourtant rien fait pour mériter un tel sort.

— Celui-ci est aussi un lion ? s'étonna Mlle Parwens, en fixant l'animal tapi au fond de sa minuscule cage.

L'expression de surprise inquiète sur son visage n'avait pas changé depuis le début de la visite.

— Pourquoi n'a-t-il pas une grande crinière, comme Edward, ici ? ajouta-t-elle en désignant l'autre lion, dans la cage voisine.

— Les lionnes, les femelles des lions, n'ont pas de crinière, mademoiselle Parwens, expliquai-je, puisque son frère était trop occupé à scruter l'assemblée, cherchant je ne sais qui, sans doute sa bien-aimée.

— Et cette bête-là, pourquoi a-t-elle des taches noires ? demanda-t-elle en montrant un autre animal du doigt. J'ignorais que les lions en avaient. Est-ce une race différente ?

— Oui, mademoiselle Parwens. Celui-ci est un léopard, répondis-je en regardant l'animal qui rugissait et se cognait la tête contre les barreaux de sa cage. Les gardiens le repoussaient à coups de bâton, pour le plus grand amusement des spectateurs.

Elle aussi pouffa.

— Il a l'air féroce. Je croyais que le lion était le roi des animaux, et pourtant, ils sont couchés là à ne rien faire. En fait, ce sont de gros chats, comme Miss Peggy, tu ne trouves pas, Henry ?

— Tout à fait. À la différence près qu'ils ne feraient qu'une bouchée de toi, Amity. Ce détail mis à part, ils sont très semblables, se moqua Henry, sans cesser de parcourir la foule du regard.

— Je vous prie de m'excuser un instant, dis-je en m'éloignant avant qu'Henry ait pu me demander pourquoi.

C'était plus fort que moi, j'étais davantage intéressé par les gens que par les animaux. Voir la joie que cette visite leur procurait, l'excitation des enfants quand ils trouvaient le courage de s'approcher d'une cage avant de détaler en riant au moindre mouvement ou grognement me troublait. Tout le monde passait un merveilleux moment ; je m'en serais voulu de jouer les trouble-fête. Pourtant, en passant près d'un éléphant auquel des gardiens jetaient des fruits qu'il ramassait à l'aide de sa longue trompe, me vint de nouveau le sentiment qu'au fond c'était là un horrible spectacle.

— Quelle horreur.

Le commentaire n'était pas venu de moi. Je me tournai vers sa source, et découvris...

— Lady Verity ?

Elle portait une robe parme, un chapeau assorti garni de fleurs blanches et des gants courts.

Quittant l'éléphant des yeux, elle tourna vers moi son beau regard brun, surprise.

Il y avait là des centaines de personnes et pourtant j'avais réussi à tomber sur celle que je redoutais le plus de rencontrer.

— Docteur Darrington, vous vous êtes vous aussi aventuré dans le monde sauvage ? demanda le marquis, derrière elle.

Je vis alors que tout le clan Du Bell avait fait le déplacement. Ces gens faisaient vraiment tout en famille.

— Bonjour, monsieur, répondis-je en m'inclinant. En effet, Henry et sa sœur m'ont invité, car lord et lady Fancot ne pouvaient pas venir.

— Cela ne me surprend pas. Lady Fancot ne supporte même pas la vue d'un perroquet, dit la marquise en s'avançant.

— Et le fait que le chat de ma sœur soit encore vivant relève du miracle, précisa Henry qui, accompagné de sa sœur, nous avait rejoints.

Une nouvelle fois, je posai les yeux sur lady Verity et constatai qu'elle me fixait intensément. Elle n'avait visiblement pas oublié ma déclaration. Comment l'aurait-elle pu ? Cela ne remontait qu'à quelques heures, après tout.

— Eh bien, puisque vous êtes tous ici, autant vous joindre à nous, dit la marquise en souriant avant de se tourner vers sa fille Hathor.

Ah, les ruses maternelles... Je m'attendais à ce qu'Henry se défile et que je puisse faire de même mais, au lieu de cela, l'imbécile tomba d'accord avec elle.

— Comment trouvez-vous les animaux, lady Hathor ? demanda-t-il en la rejoignant.

Que lui prenait-il ?

Sans plus de cérémonie, notre joyeuse troupe s'ébranla et, une fois de plus, je me trouvai à côté de... lady Verity. Sa moue contrariée tandis qu'elle regardait les animaux ne m'échappa pas.

Les mains derrière le dos, je fis de mon mieux pour ne pas la distraire ou l'importuner de quelque façon que ce soit. En cet instant, si elle m'avait demandé de me transformer en oiseau et de m'éloigner à tire-d'aile, je crois que j'aurais trouvé le moyen de la satisfaire.

— Je pensais que cela serait amusant, dit-elle d'une voix douce.

S'adressait-elle à moi ou à elle-même ? Dans le doute, je restai silencieux. Toutefois, lorsqu'elle se tourna vers moi d'un air sérieux, ce fut plus fort que moi.

— Et ça ne l'est pas ?

— Il serait normal que ce spectacle m'amuse, n'est-ce pas ? Tout le monde ici semble trouver cela follement divertissant.

— Non, pas tout le monde.

Elle regarda autour d'elle.

— Qui donc n'apprécie pas ?

— Moi.

— Vous ?

Je hochai la tête en avisant les singes qui criaient pour attirer notre attention.

— Ces pauvres créatures, arrachées à leurs forêts immenses, à la nature, et enfermées dans des cages pour nous distraire, c'est... triste. Je n'y avais pas pensé lorsque j'ai accepté de venir. Ce n'est qu'en voyant leurs...

— Leurs yeux, dit-elle à ma place.

De nouveau, je la regardai.

— Ils ne sont pas heureux, reprit-elle. Vous le sentez, vous aussi.

Sans savoir pourquoi, je souris.

— Oui, mais nombreux sont ceux qui ne le sentent pas, car ils sont bien trop émerveillés par l'existence de ces bêtes.

— C'est parce qu'ils ne savent pas ce que c'est que d'être en cage, murmura-t-elle.

— Je vous demande pardon ?

Que voulait-elle dire par là ?

Elle ne répondit pas et me considéra d'un air interrogateur.

— Êtes-vous vraiment aussi bon que vous le semblez, docteur Darrington ?

— Je ne pense pas être une mauvaise personne, mais je ne suis pas non plus un ange.

— Vous êtes donc bon, car seuls les gens bons sont aussi modestes.

Je souris.

— Je ne suis pas sûr d'adhérer à ce raisonnement, mademoiselle. Les gens cruels nieront l'être. Je pense qu'il vaut mieux juger une personne à l'aune de ses paroles et de ses actes.

— Lesquelles de mes paroles ou de mes actes m'ont rendue digne de votre affection ? demanda-t-elle d'un ton calme tandis que sa question provoquait un séisme en moi.

À chacune de nos rencontres, elle me désarçonnait, me faisait perdre tout sens commun. Je me savais plutôt intelligent. Pourtant, en sa présence j'étais incapable de briller et me transformais en benêt.

— Vous ne répondez pas ? Dois-je en conclure que c'est mon apparence seule qui vous a bouleversé ? demanda-t-elle en penchant la tête sur le côté.

— Nous sommes en train de nous laisser distancer, dis-je en accélérant le pas.

Elle revint à ma hauteur et je me concentrai sur les pavés, avant de lâcher :

— Je dois vous avouer que, lorsque je vous ai rencontrée pour la première fois, c'est votre apparence qui m'a séduit.

— Est-ce pour cela que vous m'avez claqué la porte au nez ?

— Je n'ai jamais rien fait de tel ! m'offusquai-je.

— Vous ne l'avez peut-être pas claquée, mais c'était un geste très... brusque... et c'était sous mon nez.

L'incident me revint en mémoire. C'était le jour où j'avais dû soigner son frère de toute urgence.

Elle avait raison, j'avais été brusque.

— Pardonnez-moi. Sur le moment, je n'ai pas su quoi faire, sinon fuir.

Elle pouffa et leva les yeux vers moi.

— Êtes-vous toujours aussi franc ?

— À propos de moi ? Non. Je suis plutôt réservé et je préfère qu'on me laisse tranquille. Mais...

— Mais ?

— Père, pouvons-nous aller voir les oiseaux ? demanda Devana, la troisième fille Du Bell, celle qui avait les cheveux blonds.

— Nous n'avons pas fait tout ce chemin pour voir des oiseaux, maugréa Abéona. Il y en a en Angleterre. Moi, je veux voir les autres animaux.

— Qu'allons-nous faire si vous n'arrivez pas à vous mettre d'accord ? demanda le marquis en les regardant l'une après l'autre.

— Nous allons voter, dit Devana.

— Nous pourrions aussi être gentils et écouter la plus jeune, suggéra Abéona en souriant, ce qui fit rire ses parents et grommeler ses frères et sœurs.

— Elle use et abuse de son statut de benjamine, Mère, dit Hathor. C'est une enfant gâtée.

— Tout comme tu l'étais à son âge, répondit sa mère.

Puis elle se tourna vers Verity et moi. Il me sembla qu'elle observait l'espace entre nous et je me sentis obligé de faire un pas de côté, ne sachant ce qu'elle s'imaginait.

— Verity, ma chérie, que voudrais-tu voir ? Puisque tu es notre invitée, c'est à toi de choisir.

Tous les regards se tournèrent vers elle. Verity jeta un coup d'œil en direction des cages, puis de la volière, qui était immense.

— Je crois que je préférerais voir les oiseaux, moi aussi, dit-elle doucement.

— Nous irons donc les voir, acquiesça le marquis en prenant la main de sa plus jeune fille.

Celle-ci fit la moue mais le suivit.

J'attendis que tout le monde se soit mis en route pour parler de nouveau à Verity.

— Avez-vous choisi les oiseaux parce que la volière est très grande et fait donc moins penser à une cage ?

— Était-ce si flagrant ?

— Peut-être suis-je le seul à l'avoir compris. Et si c'est le cas, j'ai une autre question.

Je venais de me souvenir de ce qui m'avait intrigué chaque fois que je l'avais vue.

— Oui ?

— Au bal, chez vous, et même lors de ce dîner, j'ai remarqué que vous regardiez souvent en direction de la porte. J'ai d'abord cru que vous attendiez quelqu'un. Se pourrait-il que cela trahisse plutôt un désir de fuite ?

Elle releva brusquement les yeux sur moi, figée par la stupeur. Tandis que les autres visiteurs s'extasiaient face au spectacle qu'offraient les arbres et les oiseaux multicolores qui voletaient çà et là, elle me fixait.

— M'avez-vous donc tant regardée ? finit-elle par demander, les mains nouées.

— Pardonnez-moi, je...

Déjà, elle s'éloignait. J'allais la suivre quand Henry me rejoignit et poussa un soupir exaspéré.

— Je dois voir... quelqu'un. M'en voudras-tu longtemps si je t'abandonne pour partir de mon côté ? me demanda-t-il, déjà tourné vers la sortie.

— Plusieurs siècles au moins, répondis-je sèchement. Es-tu devenu fou ? Qui s'occupera de ta sœur ?

— Tu pourrais veiller sur elle...

— Tu sais bien que non. Ce n'est pas *ma* sœur. Bien que toi et moi soyons très proches, sa réputation pourrait en souffrir.

Il se mordit la lèvre et se retourna vers celle-ci, tâchant visiblement de résister à l'envie de s'échapper... et, sans doute, de rejoindre cette mystérieuse femme.

— Henry, tu as des devoirs envers elle.

— Tout va bien ? demanda le marquis tandis que ces dames s'éloignaient.

— Je vous prie de m'excuser, monsieur ; je dois m'occuper d'une affaire de la plus haute importance. Votre épouse aurait-elle la gentillesse de veiller sur ma sœur jusqu'à mon retour ?

Je serrai le poing pour m'empêcher de lui mettre un coup.

— Mais bien sûr, dit le marquis.

— Mille mercis, monsieur.

Et aussitôt, il s'éloigna à grands pas, l'imbécile.

— Comment s'appelle-t-elle, cette « affaire de la plus haute importance » ? me demanda le marquis en riant.

Je le regardai, surpris.

— Monsieur, je doute que...

— Allons, allons, inutile de chercher à le couvrir, c'est évident. Rien n'est plus important pour un gentleman qu'une femme. Et j'ai bien vu, depuis que nous sommes arrivés, qu'il était fort distrait. Enfin... J'aimerais que nous reprenions notre discussion d'hier soir sur les travaux de Descartes.

Moi, j'aurais aimé reprendre ma conversation avec Verity, mais je n'avais pas le choix.

— Ah, oui, bien sûr. De quel texte voulez-vous parler ? Nous avions évoqué les *Méditations sur la philosophie première* et *Les Passions de l'âme*, je crois ?

Les yeux brillants, le marquis se mit à discourir. Je l'écoutai tout en le suivant, intervenant de temps à autre, mais j'avais l'esprit ailleurs.

Je ne pouvais m'empêcher de songer à la différence entre Henry et moi.

Quand son cœur lui soufflait de courir, il courait.

Moi, au contraire, j'étais comme ces oiseaux de volière qu'un toit empêchait de voler librement.

9

Verity

Je m'étais perdue.

Plus exactement, j'avais délibérément choisi de me cacher. Mais si quelqu'un devait me poser la question, je dirais que je m'étais égarée.

Assise derrière un buisson, à bonne distance de l'endroit où se tenait tout le groupe, je me sentais oppressée.

Était-ce mon corset ?

Non. C'étaient ses mots.

« Se pourrait-il que cela trahisse plutôt un désir de fuite ? »

Avais-je donc regardé si longtemps vers la porte, pour qu'il le remarque ? D'autres que lui avaient-ils pu s'en apercevoir ? Tout le monde faisait-il semblant de ne pas le remarquer, comme pour mes cauchemars ? Pourquoi tous mes secrets, tous mes défauts s'étalaient-ils au grand jour ?

Si seulement j'avais pu retourner à Everely. J'avais plus que tout envie de me promener seule dans le parc, de ne plus m'inquiéter de rien ni de personne. Malheureusement, il était encore trop tôt. Je ne pouvais pas rentrer et imposer ma présence à mon frère et à sa femme. Je ne le voulais pas. J'étais donc coincée ici et forcée de me cacher. D'abord des Du Bell et, maintenant, de ce Dr Darrington.

— J'en suis sûre à présent, il m'insupporte, marmonnai-je à l'intention de l'oiseau à la tête orange et au corps vert qui venait de se poser sur une branche non loin. Pourquoi m'a-t-il posé cette question ? En quoi le fait que j'aie envie de m'échapper le regarde-t-il ? Les hommes sont-ils toujours aussi indiscrets quand ils sont amoureux ?

L'oiseau tourna la tête et s'envola, frôlant au passage…

— Docteur Darrington ?

Je me redressai, surprise qu'il m'ait retrouvée. Il ne me prêta pas attention.

Se pouvait-il qu'il m'ait entendue ?

— La marquise ne va pas tarder à remarquer votre absence. Vous devriez les rejoindre, elle est de l'autre côté de cet arbre, sur la gauche, dit-il.

Après m'avoir indiqué la direction à prendre, il fit mine de s'éloigner.

— Je vous prie de m'excuser ! lançai-je brusquement.

Il se retourna.

— De quoi donc ?

— Vous m'avez entendue, n'est-ce pas ? demandai-je, les yeux baissés.

— C'est moi qui devrais m'excuser de ma curiosité. Maintenant, je suggère que vous…

— Vous n'êtes pas indiscret. Et vous ne m'insupportez pas, ajoutai-je après une longue inspiration. Je suis gênée, voilà tout. Je ne pensais pas que qui que ce soit avait remarqué mon trouble.

Il s'approcha et je remarquai une nouvelle fois combien ses yeux noisette étaient beaux.

— Votre « trouble » ? Qu'est-ce qui vous trouble ?

— Les réceptions. La vie mondaine. Londres. Tout. Les gens… Tout le monde est si… J'ai l'impression de ne pas avoir ma place parmi eux. Pourtant, on attend de moi que je tienne mon rang. En tant que jeune aristocrate, je dois être charmante, spirituelle, aimable et gracieuse. Je consacre toute mon énergie à donner le change afin que mon frère ne s'inquiète pas pour moi.

À présent qu'il est parti et que je suis seule ici, je ne souhaite qu'une chose : m'en aller, me cacher. Oui, je cherche à fuir. C'est ce que je désire le plus au monde !

— Puis-je vous confier un secret ? demanda-t-il doucement.

La question me surprit.

— Oui ?

— Celui qui ne cherche pas la fuite est incapable de s'attacher.

— Êtes-vous philosophe ou bien médecin ?

— Duquel avez-vous besoin ?

— Ni de l'un ni de l'autre, répondis-je d'un air boudeur.

Il eut un rire moqueur et je trouvai cela... agréable. Tout son visage s'était illuminé, et il me parut plus beau encore.

— Alors je serai simplement un homme, qui vous dit que ce n'est pas grave, lady Verity. Ils sont nombreux, les lords et les ladies qui ne se montrent jamais en société et qui n'exigent pas que la société vienne à eux. Ils poursuivent tranquillement leur existence sur leurs terres, sans se préoccuper de quoi que ce soit d'autre.

— Que faut-il que je fasse pour cela ?

— Il faudrait épouser un lord possédant un beau domaine, je crois.

J'émis un grognement et mes épaules s'affaissèrent de façon peu gracieuse.

— À vous entendre, c'est la chose la plus facile au monde. Mais le mariage, c'est pour toujours. Et la personne que l'on épouse a le pouvoir de faire de ce grand domaine le plus grand des tourments. Je parle en connaissance de cause, croyez-moi.

— Vous avez été mariée ?

— Quoi ? Bien sûr que non !

De nouveau, ce rire moqueur.

— Alors comment pouvez-vous parler avec autant d'assurance ?

— Je... je... N'êtes-vous pas contre cette institution, vous aussi ? Et n'est-il pas étrange de parler ainsi après m'avoir avoué vos sentiments ?

— Non, cela n'a rien d'étrange, dans la mesure où je n'ai pas l'intention de me marier, rétorqua-t-il en suivant des yeux l'oiseau coloré qui venait se percher sur sa main.

— Reconnaissez-vous être un solitaire ?

— Non, j'admets que je suis un bâtard, répondit-il en caressant l'oiseau. Mes sentiments n'ont pas voix au chapitre, j'en suis conscient. Je n'envisage donc rien d'autre que ce qui peut réellement advenir.

— Si c'était vrai, vous ne m'auriez pas avoué ce que vous éprouvez.

— C'est vous qui avez insisté pour que je vous réponde, à ce dîner.

— Ne savez-vous pas mentir ?

— Vous semblez capable de discerner le vrai du faux dans ce que je dis. De plus, j'étais bien trop troublé pour pouvoir inventer un mensonge crédible.

Son expression boudeuse, enfantine, me fit rire.

— Je croyais que vous étiez un génie, docteur Darrington. Je me suis laissé dire que le marquis et vous aviez d'interminables discussions sur les philosophes de l'Antiquité.

— L'Antiquité n'est pas si éloignée de nous qu'on veut bien le croire et bien que je ne sois pas totalement illettré, je ne suis pas non plus un génie, surtout quand je me retrouve face à...

— Des jeunes femmes cherchant à fuir la bonne société et ses soirées mondaines ? suggérai-je en souriant.

Il sourit à son tour.

— Face à vous, oui.

— Tout de même, vous pourriez mieux faire.

— Que voulez-vous dire ?

— Quand vous avouez vos sentiments. Déclarer votre flamme devant un ragoût de bœuf n'est pas très romantique.

— Très bien. La prochaine fois, je ferai cela autour d'un rôti, plutôt.

Je faillis éclater de rire et couvris ma bouche d'une main.

— Je vous prie de m'excuser !

— De quoi ? Vous êtes magnifique.

Je me figeai. Son doux sourire m'était directement adressé. Plus je le regardais, plus mon cœur cognait fort dans ma poitrine. Je ne savais plus quoi dire.

Soudain, un autre oiseau me passa sous le nez, ressemblant au premier mais entièrement bleu, et se mit à voleter avec lui.

— Se battent-ils ? demandai-je en les regardant se pousser l'un l'autre.

— Non. Ils s'embrassent.

— Les oiseaux s'embrassent ?

— Ceux-là, oui. Particulièrement lorsqu'ils sont amoureux.

— Quoi ? Ils sont amoureux ?

Je suivis les deux oiseaux des yeux. Ils semblaient effectivement incapables de se séparer, exactement comme… deux amants.

— Cette espèce de perruches est connue pour sa fidélité. Au point qu'on les appelle des « inséparables ». Ce sont des oiseaux monogames. Une fois qu'ils se sont fait la cour, ils passent le reste de leur vie ensemble. Si l'un des deux meurt ou si on les sépare, ils dépérissent et peuvent même se laisser mourir.

— Vraiment ? Ils ont plus de chagrin que les humains, alors ?

— Que certains humains, oui, assurément.

— D'où viennent-ils ?

— Ils sont originaires du sud du Sahara et de Madagascar.

— Ceux-ci ont donc eu de la chance, dis-je en me rasseyant.

— Que voulez-vous dire ? demanda-t-il, interloqué.

— Soit ils étaient déjà en couple, soit ils se sont fait la cour ici. Imaginez ce que cela a dû être pour les oiseaux qui ont été séparés ou pour ceux qui ne retrouveront jamais leur moitié. Ceux-là risquent de mourir de tristesse, non ?

Il me regarda longuement, au point que j'en fus mal à l'aise.

— Vous avez raison. Ces deux là ont eu de la chance, déclara-t-il enfin.

— Bien, cela fait au moins un point positif dans toute cette ménagerie.

— Vous êtes une âme charitable, lady Verity, dit-il.

— Moi ? Pourquoi dites-vous cela ?

— Vous êtes venue à Londres pour votre frère, et vous l'avez aidé à obtenir la main de celle qui est désormais sa femme.

— Comment savez-vous cela ?

— L'ignorer aurait été difficile, quand toutes les jeunes filles de la bonne société se plaignaient de ce que, chaque fois qu'elles essayaient de se faire inviter à danser par votre frère, vous les en empêchiez en leur faisant la conversation ou en lui demandant une danse... malgré l'étiquette.

Je ne répondis pas tout de suite. J'étais effectivement coupable de ce dont il m'accusait. J'avais fait de mon mieux pour éloigner les autres jeunes filles et leurs mères de mon frère, afin qu'il ne puisse y avoir ni méprise ni obstacle d'aucune sorte entre lui et celle qu'il aimait. Souvent, cela m'avait conduite à danser avec Evander, ce qui n'était pas conforme aux convenances, mais qui aurait pu nous critiquer sur ce point ?

— C'est bien ce que j'ai fait. Mais je ne suis pas sûre que les autres jeunes filles aient vu en moi une âme charitable, réussis-je enfin à articuler.

— Votre frère, en revanche...

— Mais c'est mon frère, il n'y a donc rien d'étrange à ce que je lui aie rendu service.

— Et lady Clementina ? N'avez-vous pas cherché à l'aider quand elle s'est sentie mal ?

— C'est à Hathor que revient tout le mérite, car c'est elle qui non seulement s'en est aperçue, mais qui a ensuite détourné l'attention des convives.

Je souris en repensant à son numéro de diva ce soir-là.

— Vous fuyez les éloges, mademoiselle. Pourquoi cela ?

— Je ne pense pas les mériter, voilà tout.

— Que pensez-vous mériter, alors ? En dehors d'une déclaration d'amour grandiloquente, bien entendu, ajouta-t-il en souriant.

Je me retins de sourire en retour.

— Mais pas du tout ! Comment pouvez-vous dire une chose pareille sans rougir, d'abord ?

— Mais je rougis intérieurement. Seulement, ce que j'ai dit ne peut être effacé. Par conséquent, je ne peux qu'écouter mon courage et aller de l'avant.

— Vous êtes opiniâtre et étrange, docteur Darrington.

— Oui, et je vous demande de me pardonner.

Je ris une nouvelle fois et j'allais répondre quand j'entendis Hathor qui m'appelait.

Je me levai d'un bond, juste au moment où le Dr Darrington passait derrière le buisson pour qu'on ne le voie pas. Son corps était si proche du mien que je perçus son odeur, un mélange de miel chaud et de pommes. Une nouvelle fois, je sentis sa chaleur courir sur ma peau, malgré mes vêtements.

— Verity ? appelait Amity d'une voix qui semblait plus lointaine.

Le Dr Darrington balaya les alentours du regard.

— Vous devez y aller, Verity, avant qu'un scandale éclate.

— « Verity » ? répétai-je, en le regardant. Cela veut-il dire que je peux vous appeler « Theodore » ?

Il se retourna si brusquement que son cou craqua.

— Je vais donc y aller, *Theodore*. Merci pour tout, murmurai-je avant de courir en direction de l'allée principale.

— Ah, te voilà ! s'écria Hathor en venant à ma rencontre, Amity à ses côtés. Mère était au bord de la panique quand elle s'est aperçue que tu n'étais plus avec nous. Nous sommes tous partis à ta recherche. Où diable avais-tu disparu ?

— Pardonne-moi, j'étais fascinée par ces oiseaux que l'on nomme des « inséparables », mentis-je en souriant.

— S'agit-il vraiment d'oiseaux ? s'étonna Amity.

— Nous verrons cela plus tard, dit Hathor en passant son bras sous le mien. Il faut aller rassurer Mère avant qu'elle appelle la garde de Londres. Vraiment, Verity, j'ai parfois l'impression que tu es à ça de te laisser emporter par le vent.

— Je ne suis pas sûre de comprendre ce que tu veux dire, répliquai-je en jetant un coup d'œil par-dessus mon épaule vers le buisson derrière lequel Theodore se cachait sûrement encore.

Tout à coup, ma journée était radieuse.

C'est alors que je compris qu'il me plaisait.

Restait une question : que faire ?

Theodore

Le sourire à mes lèvres et la joie qui m'animait s'accompagnaient d'un sentiment d'effroi.

Quelle impulsion secrète m'avait poussé à agir de la sorte ? À lui parler ainsi ?

J'avais cru qu'avouer mes sentiments les ferait disparaître. Mais il n'en était rien. Je me répétais que si je l'avais rejointe, c'était uniquement pour qu'elle ne se sente pas perdue ou que la marquise ne s'inquiète pas pour elle. Mais je me leurrais et je le savais. Même en parlant au marquis, je n'avais pu m'empêcher de la regarder, d'observer chacun de ses mouvements comme si elle était la dernière merveille du monde, tout droit arrivée des confins du globe. Quand elle avait ralenti le pas et s'était éloignée du groupe… j'avais saisi ma chance. J'avais menti au marquis, prétextant que des patients m'attendaient, afin de la rejoindre et de lui parler.

Maintenant que c'était chose faite, je me posais de nouveau la question : pourquoi ? Pour elle comme pour moi, rien ne pouvait sortir de bon de ce... rapprochement. Si quelqu'un nous avait vus, sa réputation aurait pu en être entachée.

— Ça suffit, je dois garder mes distances, murmurai-je en me frayant un chemin dans la foule.

C'était mieux pour tout le monde.

Sans le vouloir, je heurtai un frêle individu blond dont la peau était si pâle que je voyais le bleu de ses veines.

— Toutes mes excuses, monsieur, je...

J'avais une certaine carrure, mais pas au point de le faire tomber d'un léger coup d'épaule. Pourtant, l'homme poussa un cri, comme si une armée entière s'attaquait à lui, et s'effondra dans mes bras en se tenant la tête.

— Alistair !

Affolée, une femme en robe pervenche et gants blancs se précipita vers nous tandis que l'homme tentait de se redresser.

— C'est... Je... Pardonnez-moi, réussit-il à articuler, en cherchant à attraper ma main.

Je lui pris le pouls, dont la lenteur m'alarma.

— Reprenez votre souffle, monsieur, dis-je avant de me tourner vers celle que je supposai être sa femme. Madame, il faut le ramener chez lui au plus vite, il est…

— Mon cher frère !

Déjà, un autre homme, blond lui aussi, légèrement plus grand que moi et aussi blond que le premier, accourait.

— Que se passe-t-il ? Yumiko, que s'est-il passé ? demanda-t-il à la femme.

— Je ne sais pas ! Il voulait partir, il se sentait fébrile, et puis soudain, il est tombé en criant…

— Tristian… C'est… AHH ! AHH !

Ayant entendu le nom de sa femme et de son frère, je compris qu'il s'agissait du fils aîné de lord Wyndham, lord Alistair Yves, le vicomte de Tregaron.

Il était trop tard pour que l'incident passe inaperçu. Déjà, autour de nous, tous ceux qui les avaient entendus s'étaient retournés et observaient la scène.

— Monsieur, je suis médecin. Nous devons le ramener chez lui immédiatement ! dis-je, me rappelant à leur bon souvenir car ils semblaient avoir totalement oublié ma présence.

— Je vais vous aider, dit le frère du vicomte en prenant son bras pour le passer sur ses propres épaules.

— Je... je peux marcher tout seul...

— Monsieur, vous arrivez à peine à respirer ! répondis-je tandis que nous nous dirigions rapidement vers la sortie.

— Laissez-nous passer ! ÉCARTEZ-VOUS ! cria Tristian, dont la voix trahissait la peur.

Une dizaine de minutes plus tard, alors que nous arrivions enfin à sa voiture, le vicomte avait perdu connaissance.

— Réveille-toi ! hurla son frère en l'allongeant sur la banquette.

— ALISTAIR ! cria sa femme.

Je comprenais leur réaction, mais cela n'aidait en rien le pauvre homme.

— Monsieur, j'ai besoin que vous alliez jusqu'à l'attelage de lord Fancot ; là, vous trouverez ma sacoche de médecin, dis-je à Tristian.

Déjà, il partait en courant, me laissant avec la femme du vicomte, qui était montée près de celui-ci et lui tenait la main.

— Alistair ? Mon amour, ouvrez les yeux, je vous en supplie, ouvrez les yeux !

Je trouvai ces suppliques idiotes. Le vicomte ne ferait rien de tout cela car, de toute évidence, il était malade. Pourtant, je ne sais comment, il réussit à ouvrir les yeux, regarda sa femme et sourit. Il les referma presque aussitôt et je vérifiai immédiatement son pouls. Il était si faible...

La rumeur courait d'ailleurs depuis quelque temps déjà que l'héritier de lord Wyndham était à l'article de la mort...

— Que diable faisait-il debout ?

Je n'avais posé la question à personne en particulier. Je m'interrogeais simplement, tout en desserrant le foulard du vicomte et en défaisant sa chemise pour qu'il respire plus facilement.

— C'est ma faute, gémissait sa femme. Il savait que j'avais très envie de venir à la Ménagerie et il a tenu à m'accompagner, malgré son état.

Tristian reparut, armé de ma sacoche.

— Tenez, dit-il. J'ai envoyé quelqu'un prévenir la maisonnée de notre arrivée. Allez-y, à présent, je vous suis à cheval, dit-il en claquant la portière et en ordonnant au cocher de faire vite.

Je sortis de ma sacoche un sirop de pulmonaire officinale, menthe poivrée et petite camomille, entrouvris les lèvres de mon patient et lui en fis boire une gorgée. Cela ne le guérirait pas, mais dégagerait ses voies respiratoires et calmerait son cœur.

— Que lui donnez-vous ? s'inquiéta la jeune femme. Je ne vous ai pas demandé votre nom. Qui êtes-vous ?

— Je suis le Dr Theodore Darrington et j'ai besoin que vous me disiez tout de sa maladie. Dans les moindres détails.

Ce qu'elle fit.

Depuis six mois, le vicomte de Tregaron souffrait de violents maux de tête et de pertes d'équilibre, se sentait faible et perdait du poids. Parfois même, du sang coulait de son nez et de ses oreilles. Personne, parmi les nombreux médecins, praticiens ou professeurs consultés, n'avait réussi à établir un diagnostic expliquant son état. Pire encore, personne n'avait trouvé de remède efficace... en dehors de sir Grisham, dont le tonique semblait l'avoir aidé à sortir ce jour-là.

— Dieu merci, nous sommes arrivés ! dit la vicomtesse comme nous nous arrêtions devant la grille de leur maison de ville.

Lord Wyndham attendait devant, bien droit malgré sa petite taille. À ses côtés se tenaient sa femme et presque tous les domestiques de la demeure. Les portières s'ouvrirent brusquement et les valets s'avancèrent pour porter leur jeune maître comme s'il s'était agi du Christ ressuscité.

— Faites-le monter dans sa chambre immédiatement ! Et préparez un bain, conformément aux instructions de sir Grisham ! ordonna lord Wyndham depuis le perron.

La femme d'Alistair disparut à l'intérieur, suivie de celle du vicomte.

À mon tour, je descendis de la voiture.

— Monsieur, en l'état actuel des choses, je ne pense pas qu'un bain lui fasse beaucoup de bien, dis-je.

— Peut-on savoir qui vous êtes ? me demanda le vicomte d'un ton méprisant.

Les présentations semblaient quelque peu hors de propos, mais je m'inclinai.

— Je suis le Dr Darrington…

— Merci pour votre aide, docteur Darrington, mais sir Grisham s'occupe de mon fils. Vous pouvez disposer, déclara-t-il en me tournant le dos.

— Monsieur ! Votre fils a besoin de…

— Le messager envoyé par mon fils Tristian est allé prévenir sir Grisham, qui ne devrait plus tarder.

— Si tel est votre souhait… Mais permettez-moi au moins de rester à son chevet en attendant, proposai-je.

— Père, quel mal y aurait-il à le laisser rester ? J'ai entendu parler de lui, c'est lui qui s'est occupé de lady Clementina, dit Tristian en montant les marches du perron pour rejoindre son père.

— Si le duc d'Imbert souhaite confier la santé de sa fille à un bâtard, grand bien lui fasse. Je refuse de faire subir un tel déshonneur à ton frère.

Sans autre forme de procès, le vicomte disparut dans la maison.

— Je vous prie d'accepter mes excuses, docteur Darrington, me dit Tristian, affligé. Et je vous remercie pour votre aide. Voulez-vous que notre cocher vous raccompagne ?

— C'est inutile, répondis-je calmement. Si vous avez besoin de mes services, vous pourrez me trouver au *Crown Inn*. Tous mes vœux de rétablissement à votre frère.

Je m'inclinai et tournai les talons. Ce rappel de ma condition avait été salutaire. Quoi que je fasse, que je réussisse ou non dans la vie, pour lord Wyndham et ses semblables, je serais toujours un bâtard.

En m'éloignant, je sentis l'amertume monter en moi et retins à grand-peine un juron. Au moment où il allait m'échapper, une goutte de pluie s'écrasa sur mon nez. Puis en vint une deuxième et bientôt ce fut le déluge. J'offris mon visage au ciel, le laissai laver ma colère, planté là tel un fou, le sourire aux lèvres, m'abandonnant à la pluie.

Je finis par recouvrer la raison et me mis à marcher. J'errai jusqu'à la tombée du jour, quittant les quartiers huppés de l'ouest pour arpenter, la nuit venue, les rues sales et surpeuplées de l'est où ivrognes et joueurs s'engouffraient dans les pubs pour dépenser leurs maigres gains. D'humeur joyeuse, les gens riaient et couraient sous la pluie. La soirée commençait tout juste.

Dans une rue aux pavés mangés par la mousse, je m'arrêtai devant la troisième maison, la seule à être bordée par une petite grille, et levai les yeux sur la façade de briques noircie par la suie. J'avais parfois l'impression que cette bicoque ne tenait debout que par l'opération du Saint-Esprit. La porte fermait mal, un trou de souris la perçait dans un coin, et les fenêtres étaient si sales qu'elles laissaient à peine passer la lumière allumée à l'intérieur. Mais personne ne remarquait jamais ces détails, car une une seule et unique famille habitait ici.

Plutôt que de passer par la porte principale, je contournai la maison et entrai par-derrière. Dans l'escalier menant à la cuisine flottait la même odeur nauséabonde que d'ordinaire.

— Il faut que tu gardes cette porte fermée, Grand-père, dis-je en entrant, agitant une main devant mon nez.

— Tu as une sale tête, fut sa réponse.

Penché sur une petite marmite posée sur le feu, il n'avait pas daigné lever les yeux.

— Tu pourrais au moins me regarder avant de me faire des remarques, dis-je en posant ma sacoche sur le seul endroit de la table où il y avait de la place.

Comme toujours, celle-ci était couverte de plantes, de fruits, de racines et d'une multitude d'autres remèdes. Il y avait de tout. Échinacées, ginseng, sureau, valériane, laudanum, sangsues, bicarbonate... Quand j'étais enfant, mon grand-père me racontait que le monde entier se retrouvait dans cette cuisine, à quelques kilomètres à peine des plus grandes familles de notre société, ce qui faisait de lui l'homme le plus riche d'Angleterre... le roi excepté, bien sûr.

— Je n'ai pas besoin de te regarder, tu ne viens me voir que lorsque tu vas mal, répondit-il avant de se retourner.

Son crâne dégarni était ceint d'une couronne de cheveux gris. Son dos était légèrement voûté, sans doute à cause des années passées penché sur des manuels et des creusets d'apothicaire. Ses yeux, comme les miens, étaient noisette.

— Tu vois, c'est bien ce que je pensais. Tu as une sale tête, fit-il remarquer. Que s'est-il passé ?

— Rien. Ne puis-je pas simplement vouloir rendre visite à ma famille ? demandai-je en me penchant sur ce qu'il préparait.

— Tu as besoin d'argent, alors ?

— Grand-Père !

Il eut un petit rire et me poussa du coude.

— Bon, puisque tu ne veux pas parler de toi, parle-moi de tes malades. De quoi souffrent les grands de ce monde ces temps-ci ?

— De goutte, d'avidité et de goinfrerie, dit mon oncle Hamish en entrant dans la cuisine.

Il portait le même gilet élimé que je lui voyais depuis au moins dix ans, qui lâchait aux coutures et avait été ravaudé de partout. Nous, les Darrington, n'étions pas pauvres, car les talents d'apothicaire de mon grand-père et le travail de ferronnier de Hamish nous permettaient de manger à notre faim. Mon oncle, dont la foi était plus solide que celle d'un homme d'Église, avait toutefois la réputation de ne jamais dépenser un sou pour des « fanfreluches » que Dieu, disait-il, trouvait hideuses. Il pouvait porter une chaussette percée jusqu'à ce que le trou soit suffisamment grand pour y faire passer son pied. À cet égard, la plupart du temps, il était difficile de le distinguer des plus nécessiteux.

— Il me semble qu'« avidité » et « goinfrerie » ont un sens identique, mon oncle, remarquai-je. Et les grands de ce monde ne sont pas les seuls à en souffrir.

— Seuls les riches ont les moyens d'en faire une maladie. Les autres souffrent de la faim.

Puis, sans me laisser le temps de répondre, il se tourna vers mon grand-père.

— Combien de fois faudra-t-il que je dise à ton grand-père de ne pas préparer ces horribles potions dans la cuisine à l'heure des repas ?

Je sentis monter l'agacement en moi.

— Ce sont des remèdes. Pas des potions. Grand-père n'est pas un sorcier.

— Le seul vrai remède, en ce bas monde, est la parole de Dieu. L'aurais-tu oublié à force de te démener auprès de *ces* gens ? répliqua mon oncle d'un ton amer, sans chercher à masquer sa grimace de dégoût. Cela fait quelque temps que je ne t'ai plus vu à l'église. Y vas-tu seulement encore, ou as-tu trouvé un veau d'or à idolâtrer ?

— Hamish, ça suffit ! Il vient à peine d'arriver, s'énerva mon grand-père.

Je faillis lui dire de ne pas s'inquiéter. J'avais l'habitude de ce genre de scène et c'était pour cette raison que je préférais loger ailleurs.

— L'Église doit nourrir l'âme et non la condamner, dis-je à Hamish.

— Comme toujours, tu refuses d'entendre la vérité, Theodore, et tu crois en la bonté de ce monde, grommela-t-il en secouant la tête. Pendant que tes grands et nobles amis festoient sans compter de l'autre côté de la ville, ici des enfants pleurent dans la rue. Ces gens sont cupides, dégoûtants, diaboliques...

— Le Seigneur n'est-il pas seul juge ? rétorquai-je en souriant. Vous ne les connaissez pas, pas plus qu'ils ne vous connaissent. Sur ces bonnes paroles, je vous souhaite le bonsoir.

Je jetai un coup d'œil à mon grand-père, qui semblait triste. Il était vieux et n'avait plus envie de se battre, ni de se disputer. Il voulait simplement travailler à ses remèdes et manger sa tourte à la viande arrosée d'une pinte de bière.

— À bientôt, dis-je en revenant sur mes pas pour poser une main sur son épaule.

— Tu es trempé. Reste pour te changer, au moins, et dîne avec nous.

Je préférais de loin grelotter dans des vêtements trempés au risque de prendre froid que de passer la soirée avec mon oncle.

— Grand-Père, je...

— Laisse-le partir puisque c'est ce qu'il veut ! lança sèchement mon oncle avant de s'adresser à moi : Tu pourrais peut-être essayer de voir si ta prétendue médecine marche ici. Sur ces gens, sur les nôtres.

Je serrai les dents et, sans rien ajouter, ramassai ma sacoche et claquai la porte derrière moi. Je restai sur le palier un long moment avant de pousser un soupir et de sortir dans la nuit.

Où que je me trouve dans cette ville, je n'étais jamais le bienvenu.

10

VERITY

Je n'avais pas fait de cauchemar cette fois, car je n'avais pas dormi. J'avais passé la nuit à penser aux oiseaux... et au Dr Darrington. Peut-être était-ce le manque de sommeil et le calme de la nuit, toujours est-il que tout me semblait désormais très clair. Mille fois, je m'étais interrogée.

Pourquoi pensais-je sans cesse à lui ? Pourquoi cela me laissait-il un sentiment aussi étrange ? Pourquoi avais-je malgré tout envie de le voir ?

Pour finir, je m'étais imaginé que c'était quelqu'un d'autre qui me posait ces questions. Mon frère, ou même Hathor. Et ainsi, j'avais eu ma réponse.

Il me plaisait.

Pourquoi avais-je autant de mal à l'accepter ? Pourquoi le reconnaître me donnait-il le sentiment que le sol allait se dérober sous mes pieds et que j'allais tomber dans le vide ?

— Il me pl..., murmurai-je avant de me cacher le visage.

— Tout va bien, mademoiselle ?

Je roulai sur le côté et vis Bernice qui était entrée dans la chambre et me regardait, une bassine entre les mains.

Non, tout n'allait pas bien. Au contraire. J'étais amoureuse du pire prétendant possible. Evander préférerait me voir épouser un éleveur de porcs plutôt que... quelqu'un comme lui. Quelqu'un comme Fitzwilliam. Le simple fait d'évoquer son nom provoquerait... Je n'osais pas y penser.

— Non, je ne vais pas bien du tout, murmurai-je.

Il valait mieux pour moi que je l'oublie complètement... Pourtant, le simple souvenir de son sourire la veille me fit sourire à mon tour.

— Vous êtes malade, mademoiselle ? demanda Bernice en posant la bassine pour mettre sa main sur mon front. Vous avez de la fièvre, mademoiselle !

— Vraiment ? dis-je en touchant mon front, où je ne sentis aucune chaleur anormale. Je ne crois...

— Ne bougez pas, je vais chercher Madame.

Déjà, elle courait vers la porte.

— Ce n'est rien, j'en suis sûre, lançai-je.

Mais elle avait déjà disparu, me communiquant sa panique. Je n'étais pas malade et ne voulais surtout pas déranger qui que ce soit. Je voulais seulement... savourer le bien-être que m'apportaient ces sentiments tout neufs.

Connaissant la marquise, toute la maisonnée serait sur le pied de guerre.

Mais si on me croyait malade, peut-être ferait-on appel à *lui* ?

Une nouvelle fois, je souris, avant de me redresser, inquiète à l'idée qu'il me voie dans cet état.

— Verity !

La marquise entra à grands pas dans ma chambre, suivie de Bernice et d'une autre bonne. Elle s'avança et posa d'autorité une main sur mon front.

— Tu es malade. J'en étais sûre, c'est la pluie d'hier. Je vous avais dit, à Hathor et toi, de rejoindre la voiture en vitesse mais, au lieu de cela, vous avez préféré vous amuser !

— Je ne suis pas malade, protestai-je.

D'ailleurs, je n'avais pas joué sous la pluie. J'avais seulement goûté à sa fraîcheur tout en riant de voir les autres courir se mettre à l'abri.

— Mary, faites monter du thé au citron et au miel, ainsi que de la soupe de carottes au gingembre. Bernice, préparez un bain chaud. Le secret, face à la maladie, est de réagir le plus tôt possible, dit la marquise sans tenir compte de ma présence.

Les femmes de chambre s'empressèrent d'obtempérer et disparurent.

— Vous ne faites pas venir un médecin ? demandai-je, déjà soulagée.

— Pour un rhume ? Ne dis pas de bêtises, répliqua-t-elle avec un sourire en m'aidant à m'allonger. Si j'appelais le médecin chaque fois qu'un de mes enfants a un rhume, les gens finiraient par penser que notre maison est insalubre. Nul besoin de faire tant d'histoires. Nous allons te soigner de la même façon que tous les Du Bell et tu seras d'aplomb dès demain.

— Qui peut bien s'enrhumer au printemps ? demanda Hathor depuis le seuil, tout en finissant de tresser ses cheveux. Qui plus est à cause d'une ridicule averse.

— Si tu n'es pas venue pour la réconforter, Hathor, mieux vaut que tu descendes, pour ne pas attraper... une fessée ! la menaça sa mère.

Je pouffai et me calai contre les oreillers.

— Je ne suis plus une enfant, Mère. Vous ne pouvez plus me corriger, répondit Hathor.

— Es-tu prête à parier là-dessus ?

Elles se dévisagèrent pendant un moment, puis Hathor recula d'un pas.

— Les jeunes filles de bonne famille ne parient pas. Je vais donc aller dessiner, puisque quelqu'un a eu la mauvaise idée de tomber malade, ce qui nous empêche de sortir nous promener.

— Tu peux sortir avec ton père, Hathor.

— Père attend la visite de lord Hardinge, ce qui signifie que je risque de passer le trajet à les écouter disserter sur Descartes.

Elle poussa un profond soupir et me regarda.

— Tu ne m'auras pas été d'un grand secours, jusqu'ici.

— Hathor, enfin ! s'exclama sa mère.

— Je m'en vais ! dit-elle en s'éloignant rapidement.

— Il faut l'excuser, murmura la marquise en me caressant doucement la tête. J'ignore pourquoi mais, quand elle tient à quelqu'un, elle ne veut jamais le montrer.

Une nouvelle fois, j'eus envie de dire à la marquise que je n'étais pas malade. D'un autre côté, j'étais curieuse, étonnée par la façon dont elle s'occupait de sa famille. Elle était bien plus attentive que ce que l'on aurait pu attendre de la part d'une femme de son rang.

— Pourquoi en faites-vous autant ? lui demandai-je doucement.

— De quoi parles-tu ?

— D'après Evander, c'est parce que vous et Mère étiez des amies très proches. Cela fait pourtant déjà dix-huit ans qu'elle nous a quittés. Comment une telle amitié peut-elle perdurer ?

La marquise eut un petit rire.

— C'est justement parce que ta mère nous a quittés que notre amitié perdure, mon enfant. Je ne me souviens plus des moments difficiles et je n'arrive pas à oublier les bons moments. Je dois beaucoup à ta mère. Tout ce que j'ai aujourd'hui, c'est grâce à elle.

— Je ne comprends pas.

— C'est bien trop compliqué et douloureux à expliquer. Tout ce que je peux dire, c'est que pour ta mère... l'amour passait avant tout le reste.

Si tel était le cas, pourquoi l'amour l'avait-il déçue à ce point ?

C'était la question que je brûlais de poser lorsqu'on frappa à la porte. Je vis des valets apporter une baignoire en cuivre et une noria de bonnes y verser des bouilloires d'eau chaude. Décidément, les choses ne traînaient pas, ici.

— Mary, Bernice, aidez-la à se lever, ordonna la marquise.

Je ne protestai pas.

J'avais l'esprit embrumé et savais que cela n'avait rien à voir avec de la fièvre ; mes pensées seules étaient responsables de mon état. Je n'étais pas fragile au point d'être mise à terre par la pluie, sous laquelle je m'étais si souvent trouvée. Non, j'en étais certaine, l'explication de mon malaise était cet homme et mon incapacité à décider de ce que je devais faire le concernant.

Avait-il ressenti la même chose en comprenant ses sentiments à mon égard ? Avait-il été aussi dérouté face à toutes ces émotions ?

J'aurais aimé lui poser la question. À vrai dire, j'avais tant de choses à lui demander… Il nous était cependant impossible de discuter autrement que comme nous l'avions fait la veille, à la dérobée, dans la volière. Je ne pouvais qu'attendre et espérer qu'un enchaînement de circonstances nous rapproche de nouveau. Si cela arrivait, ce ne pourrait être que le fait du destin.

Très bien, je m'en remettrais donc à lui. Et si Theodore parvenait, je ne sais comment, à apparaître aujourd'hui, je ne remettrais pas en question mes sentiments mais trouverais l'audace de voir jusqu'où ils pourraient me mener.

De toute façon, nous revoir aussi rapidement était fort peu probable. Il était médecin. Il avait des patients. Avant ces derniers jours, je ne l'avais vu que deux fois, très brièvement, par le biais de mon frère. Nous rencontrer tiendrait du miracle.

C'était aussi simple que cela.

— Dites, docteur, qu'est-ce que c'est qu'elle a ? Elle a d'jà perdu deux dents, et là, elle bouge presque plus ! geignit la femme à côté de moi, un bébé sur la hanche et un enfant accroché à son tablier.

J'avais décidé d'écouter mon oncle et de rendre visite à quelques patients des quartiers pauvres. De fil en aiguille, je m'étais retrouvé à examiner la vingtaine d'enfants des cinq familles qui vivaient dans la maison où je me trouvais. J'avais fait tous les étages, toqué à toutes les portes. Partout, on m'avait présenté des enfants de moins de sept ans qui ne pouvaient plus se lever.

— J'suis sûre qu'c'est le fils d'Amanda, au premier, qui les a tous rendu malades. Et sa maladie va tuer mon bébé ! beugla la femme en nous regardant, son mari et moi.

Lui se tenait sur le seuil de la pièce, les bras croisés, sa chemise et sa peau couvertes d'encre et de sueur.

— Rebecca, calme-toi, laisse travailler le docteur, tu lui fais peur. C'est qu'des dents, après tout…

— C'est une fille, Tim ! Qui voudra d'une fille sans dents ?

— Elle a six ans ! Ses dents allaient tomber de toute façon.

— Et les bleus, partout sur son corps ?

— C'est une enfant, elle s'cogne, comme tous les gamins. Ils chahutent sans arrêt…

— J'la connais, ma fille, Tim, et j'sais qu'elle est malade ! C'est c'sale môme qui l'a rendue malade, comme tous les autres… Elle va mourir !

— Il lui faut des oranges, dis-je enfin, quittant la blondinette des yeux pour regarder ses parents.

Ils me fixèrent comme si j'étais devenu fou.

— J'vous demande pardon, docteur, dit Tim d'un air mauvais. Des oranges ?

— Des fraises feront l'affaire. Ou même des tomates. Pas seulement pour elle, mais aussi pour le fils de

Mme Miller, au premier étage. Ils ont le scorbut. Le traitement consiste à manger des fruits et légumes frais. Après quelques fruits, d'ici deux jours, elle devrait se sentir un peu mieux. Donnez-lui en pendant deux semaines et elle sera sur pied.

J'avais appris pendant mes études que c'était une maladie courante parmi les marins. Elle n'aurait pas dû toucher autant d'enfants.

Les parents restèrent silencieux, ce qui, d'après ce que j'avais observé, était inhabituel. Rebecca serrait ses deux enfants contre elle. Ce fut Tim qui parla le premier, d'un ton plus amène.

— Z'auriez pas autre chose qui march'rait ?

Je le regardai sans comprendre.

— Malheureusement, non.

— Y a pas beaucoup d'fruits au marché, en ce moment.

— J'ai vu un maraîcher à moins d'une minute à pied d'ici…

— Andy ? Faudrait que j'vende ce petiot rien que pour acheter deux ou trois de ses fruits pourris, rit Rebecca en rajustant le bébé sur sa hanche.

— Pourris ?

— Il rachète les invendus des beaux quartiers et nous les vend au prix fort.

— N'a-t-il pas besoin de clients ? Pourquoi les vendre cher ? Sa marchandise sera perdue, s'il ne la vend pas.

Quel était donc l'intérêt de vendre des produits que personne n'avait les moyens d'acheter ?

— Il s'en fiche. Les prix, c'est les prix, qu'il dit, répondit Rebecca. De toute façon, on a d'jà du mal à payer le loyer et acheter du pain.

— T'inquiète pas, j'vais m'en occuper, dit Tim.

— Comment ? On n'a pas assez…

— J'ai dit que j'm'en occupais ! l'interrompit son mari.

Le ton de sa voix me fit craindre le pire.

— Si z'avez terminé, docteur…

Il me tendit trois pence.

La fillette était le dernier enfant de la maison et j'avais eu affaire à suffisamment de pères dans la journée pour savoir que je ne pouvais refuser son paiement. Riche ou pauvre, un homme avait sa fierté.

— Merci. Je repasserai dans deux jours, dis-je en prenant l'argent et en les saluant d'un hochement de tête avant de me diriger vers la porte.

Sur le palier, une goutte d'eau me tomba sur la tête, signe que le toit fuyait. Sans y prêter attention, je me faufilai entre les enfants qui jouaient dans l'escalier et descendis. Dans ces quartiers, il y avait bien d'autres choses qu'il me fallait ignorer : la puanteur, les pleurs, l'épuisement des adultes...

Les paroles de mon oncle résonnèrent dans mon esprit tandis que je partais à la recherche du fameux Andy.

« Goutte, avidité, goinfrerie. Seuls les riches ont les moyens d'en faire une maladie. Les autres souffrent de la faim. »

Arrivé à l'endroit où j'avais aperçu l'étal, je ne trouvai ni l'homme, ni ses fruits hors de prix.

Je m'adressai à deux autres marchands, mais ils n'avaient que des céréales, des pommes de terre et du porto. Je me décidai donc à regagner les beaux quartiers et en restai sans voix. Comment était-il possible que, dans un quartier surpeuplé comme celui que je venais de quitter, trouver des produits frais pour se nourrir soit impossible alors même que quelques centaines de mètres plus loin, au-delà de ce qui ressemblait à une frontière invisible entre l'est et l'ouest de Londres, les marchés proposent tous les fruits du monde ?

— Qu'est-ce qui vous ferait plaisir, docteur Darrington ? me demanda le maraîcher en me présentant une pleine cagette de pêches. Ces petites merveilles sont arrivées aujourd'hui.

Je m'arrêtai, balayai son étal du regard, certain qu'une dépense pareille allait grever mon budget. Toutefois, l'image des enfants et de la sombre détermination sur le visage du père de la fillette ne cessait de me revenir... J'avais reconnu en cet individu un homme prêt à tout, même au pire et, puisqu'il était en mon pouvoir d'empêcher une tragédie, je ne pouvais tergiverser davantage.

— Si je vous achète tout ce que vous avez là, quand pourrez-vous le livrer ? demandai-je en tirant de ma poche tout ce qui me restait d'argent.

Ses yeux s'arrondirent, un sourire se dessina sur ses lèvres et il tendit la main.

— Tout ? Je... Mes gars pourraient vous livrer ce soir. Où ça, monsieur ?

— Dans une maison de Langley Cross. Je vous écrirai l'adresse.

— Langley Cross ? répéta l'homme, dont le sourire avait disparu. Dans les quartiers est ?

— Cela pose-t-il problème ?

— Je ne peux pas demander à mes gars d'aller livrer là-bas.

— Pourquoi ?

— C'est pas un coin sûr.

— J'en arrive, à pied, et je suis entier. Je serais étonné que vos gars...

— Pardonnez-moi, docteur, mais vous n'aviez pas de marchandise avec vous. Avec une cargaison pareille, mes gars se feraient dévaliser en cinq minutes, dans ce cloaque. On peut pas prendre ce risque.

Déjà, il me rendait mon argent en prenant un air supérieur, comme s'il était le roi du fruit.

— Je...

— Emballez tout ça, fit une voix derrière moi. Mes valets se chargeront de la livraison.

Je me retournai, surpris, et découvris Henry derrière moi, un peu débraillé, un sourire narquois aux lèvres. Il se pencha pour prendre une pomme sur l'étal.

— Alors mon ami, tu joues encore au héros solitaire ?

— Pourquoi faut-il que tu apparaisses systématiquement quand j'ai le moins envie de te voir ?

— Je pourrais te retourner la question, répondit-il en croquant dans la pomme avant de se tourner vers le marchand. Mes valets seront là d'ici une heure pour prendre possession de la marchandise. Veillez à ce qu'elle soit correctement emballée, même les nécessiteux trouvent les pêches écrasées moins bonnes.

— Tu n'es pas obligé, Henry. Je vais...

— Porter tout cela sur ton dos jusqu'à l'autre bout de la ville ? Allons... Tu leur as déjà donné tout ton argent, garde au moins ta santé.

Je m'éloignai donc sans lui prêter plus d'attention, avant de me rendre compte qu'il ne me restait plus assez de sous pour payer ma chambre à l'hôtel ce soir-là. Je n'avais guère le choix. Soit je retournais chez mon grand-père, soit j'allais devoir compter sur Henry. Dans les deux cas, j'étais furieux contre moi-même.

— Eh bien ? Te serais-tu rendu compte que tu avais encore besoin de moi aujourd'hui ? me demanda Henry avec un petit rire en me rejoignant avant de croquer de plus belle dans sa pomme.

— Tes affaires ne t'ont-elles donc pas épuisé ? demandai-je en remarquant la tache rouge sur son col de chemise.

— Concentrons-nous plutôt sur les raisons qui te poussent à acheter des fruits pour au moins un mois en te laissant sans le sou, contra-t-il en rajustant sa chemise et relevant le col de sa redingote pour dissimuler la tache. Cela ne peut pas durer.

— Que veux-tu dire ?

— Tu dilapides tout ce que tu gagnes pour aider les plus démunis. Et ce depuis des années. Tu dois pourtant savoir que tu n'arriveras pas à les sauver à toi tout seul. Je me demande d'où te vient un tel sentiment de culpabilité. Tu n'es pourtant pas responsable de leur situation.

Henry était un homme bien. Un homme bon. Bien meilleur que beaucoup d'autres. Quand c'était nécessaire, il faisait tout son possible pour aider. Il restait néanmoins un aristocrate et était à ce titre incapable de comprendre pleinement à quel point l'injustice prévalait en ce monde. Moi-même, je n'avais jamais trop cherché à lui ouvrir les yeux, car je savais que mes efforts seraient vains.

La vie était injuste et le serait toujours. Ce qu'on pouvait espérer de mieux était qu'un homme se montre aussi bon qu'il pouvait se permettre de l'être.

— Je ne considère pas que cet argent soit dilapidé quand il aide des personnes qui sont dans le besoin, répondis-je.

— La charité est une activité noble, mon cher, mais tu la fais trop souvent à tes propres dépens. Tu vas leur donner à manger aujourd'hui, mais que se passera-t-il demain et la semaine prochaine ? Tu n'as pas suffisamment de bien pour jouer les bienfaiteurs.

— On croirait entendre tes parents...

Il s'arrêta et me regarda, atterré, une main sur la poitrine.

— Tu y vas un peu fort, malgré tout. Pourquoi tant de cruauté ?

— Elle est nécessaire. Pour que tu...

— Monsieur Parwens ? Docteur Darrington ?

Nous nous retournâmes et vîmes lady Hathor, en robe bleu pâle, abritée sous une ombrelle assortie, tenant une de ses petites sœurs par la main. Quelques mètres derrière elles se trouvait leur père, en grande conversation avec lord Hardinge – probablement à propos d'une question philosophique.

— Lady Hathor ! C'est un plaisir de vous voir, dit Henry.

— Et moi ? demanda la petite fille en faisant la moue.

Il ne put s'empêcher de rire.

— Je vous prie de m'excuser, lady Abéona.

Elle sourit.

— Vous pouvez m'appeler « Abéona ». Je ne suis pas vraiment une lady.

— Abéona ! s'agaça Hathor.

— Quoi ?

— Excusez-la, elle est... très jeune, dit Hathor avec un sourire forcé.

— Peut-on savoir ce qui vous amène, mesdemoiselles ? Êtes-vous en manque de rubans ? s'enquit Henry tandis que je cherchais Verity du regard, puisqu'elles sortaient généralement ensemble.

Force était de constater que Verity n'était pas là.

— Nous avions prévu une sortie en famille, mais ce matin nos plans ont changé, et nous sommes maintenant à la recherche de quelque chose de sucré que l'on puisse prendre quand on a un rhume.

— Vous êtes malade, mademoiselle ? demandai-je.

— Non, ce n'est pas elle, répondit Abéona. C'est Verity qui est malade.

J'eus l'impression que la terre tremblait sous mes pieds.

— Nous voulions lui rapporter quelque chose qui lui fasse du bien. Moi j'avais suggéré des chocolats, mais *quelqu'un* n'était pas d'accord, poursuivit la fillette.

— Quand on ne se sent pas bien, les chocolats ne font qu'aggraver notre état, Abéona, expliqua Hathor en secouant la tête.

Je ne pus m'empêcher de les interrompre.

— Lady Verity est malade ? Quels sont ses symptômes ? A-t-elle de la fièvre ? Avez-vous appelé un médecin ? Est-elle...

— Une question à la fois, Theodore, sinon, comment veux-tu qu'elles répondent ? intervint Henry d'un air sévère, en posant une main sur mon épaule. Pardonnez mon ami, ajouta-t-il à l'intention des deux jeunes filles qui me fixaient avec des yeux ronds. Dès qu'il s'agit de médecine, il perd tout sens des convenances.

— Oh, les bons plats ont le même effet sur moi ! s'exclama Abéona.

Hathor poussa un soupir affligé.

— Si j'avais été plus maligne, je serais restée à la maison avec Devana, marmonna-t-elle en nous regardant. C'est gentil à vous de vous inquiéter, docteur Darrington. Je pense qu'elle va mieux et qu'elle n'a pas besoin d'un médecin. Notre mère a déjà vaincu bien des rhumes, vous savez. Nous avions pensé lui rapporter un petit quelque chose de notre promenade. Nous devons y aller, à présent.

Sur ce, elle fit mine de s'éloigner.

— Du thé de Laoshan ! m'exclamai-je.

Elle se retourna.

— Je vous demande pardon ?

— Vous pourriez lui préparer du thé de Laoshan avec un peu de sucre. C'est très doux, et cela a un petit goût de chocolat. C'est également très bon pour la santé.

J'avais essayé de parler calmement, de me contrôler, mais je savais que j'en serais incapable tant que je ne l'aurais pas vue. Que pouvait-elle bien avoir ? La veille, elle m'avait semblé en parfaite santé.

— Un thé qui a le goût du chocolat ? s'enthousiasma Abéona.

Je n'eus pas le temps de répondre.

— Benjamin ! s'écria leur père.

Il avait crié si fort qu'autour d'eux tout le monde s'était retourné et l'avait vu soutenir son ami, qui se tenait la poitrine et semblait s'étouffer.

N'avais-je pas assisté à une scène similaire la veille ?

Je courus vers eux et aidai le marquis à soutenir l'homme, que ses jambes ne portaient plus. De son côté, Henry vint soulager le marquis en prenant sa place.

— Que s'est-il passé ? demandai-je en cherchant son pouls dans le cou de lord Hardinge.

— Je n'en suis pas sûr. Il allait bien quand, tout à coup, il a été pris d'une quinte de toux incontrôlable.

— Vous m'entendez, monsieur ? demandai-je doucement.

Je pouvais voir la panique dans ses yeux.

— Restez calme et respirez lentement.

Il hocha la tête mais ne parvint pas à réguler sa respiration.

— Je ne peux pas l'examiner ici, dis-je en regardant le marquis et la foule qui s'amassait autour de nous. Nous devons le ramener chez lui…

— Chez moi, c'est plus près. Vous vous en occuperez là-bas, dit lord Monthermer en appelant sa voiture.

Je le regardai.

« Vous vous en occuperez. »

Ces quatre mots qu'on m'avait refusés la veille m'étaient accordés aujourd'hui sans aucune hésitation.

Je souhaitais toujours le meilleur à chacun de mes patients mais, dans ce cas précis, je dois avouer que je m'animai d'une détermination plus grande encore.

Sans parler de l'espoir de la revoir.

11

Verity

15 mai 1813

Qu'est-ce donc qu'aimer ?
Qui en décide, qui le sait ?
Est-ce un lien, par le ciel noué,
Grâce auquel, dans un monde inconnu,
Apeurés et perdus
Deux inséparables se découvrent et ne se quittent plus,
Certains que le chemin emprunté
Était le seul jusqu'à l'être aimé ?

— N'es-tu pas censée te reposer ?

Je refermai vivement mon journal intime et me retournai vers la personne qui se permettait d'entrer dans ma chambre sans frapper ni attendre de réponse.

— À tant me reposer, je vais finir par ne faire plus qu'un avec mon lit, Hathor, lui répondis-je tandis qu'elle me tendait une tasse de thé et s'asseyait sur le lit. Merci. Puis-je savoir pourquoi c'est toi qui m'apportes le thé, et non ma femme de chambre ?

— Je n'ai pas eu le choix, il semblerait qu'il y ait une épidémie, soupira-t-elle en s'asseyant sur mon lit.

— Une épidémie ? À Londres ? Je comprends mieux l'inquiétude des domestiques, pouffai-je avant de souffler sur mon thé pour le refroidir.

Elle soupira de plus belle et j'en déduisis qu'elle jouait la comédie et que je n'avais pas à m'inquiéter. De plus, personne ne m'avait rien dit en m'apportant mon dîner.

— Je ne vois pas comment expliquer autrement le fait que tous tombent soudain malades. Comment profiter de la saison si tout le monde est mal en point ?

— Hathor, j'étais seulement un peu fatiguée, ce matin. Tu n'as pas besoin de...

— Il ne s'agit pas uniquement de toi ! D'abord, Clementina. Ensuite, Silva qui ne va pas très bien depuis quelques jours et ne peut plus m'accompagner nulle part. Hier, le fils de lord Wyndham s'est effondré au milieu de la Ménagerie royale. Maintenant, toi...

— Encore une fois, je te répète que je vais bien, l'interrompis-je avant de boire une gorgée de thé.

Tiens, il était beaucoup plus doux que celui de ce matin.

— Et comme si cela ne suffisait pas, cet après-midi, lord Hardinge s'est écroulé pendant notre promenade.

— Vraiment ? Que s'est-il passé ?

— Nous n'en savons rien, mais il n'est toujours pas remis.

Cette fois, Hathor se laissa tomber en arrière sur le lit et soupira à se fendre l'âme.

— Grâce au ciel, reprit-elle, M. Parwens et le Dr Darrington se trouvaient là. Sans eux, Père se serait fait mal au dos en tentant de porter lord Hardinge jusqu'ici... À présent, tout le monde y met du sien pour aider le Dr Darrington.

Je faillis avaler mon thé de travers.

— Pardon ?

— Père a insisté pour que lord Hardinge soit ramené ici afin que le Dr Darrington s'occupe de lui. Mère m'a éloignée, évidemment, mais je...

— Il est ici ? Dans la maison ? En ce moment ?

— Qui ? Lord Hardinge ? Bien sûr ! Est-ce que tu m'écoutes ? Le Dr Darrington s'occupe de lui dans la petite chambre d'ami, en bas.

Je n'en croyais pas mes oreilles.

Le matin même, sur ce lit où Hathor était à présent allongée et occupée à se plaindre, j'avais fait un… Comment appeler cela ? Un pari ? Un serment ? Quoi qu'il en soit, je m'étais clairement dit que si le Dr Darrington se débrouillait, je ne savais comment, pour faire une apparition dans la journée, je ne nierais plus mes… sentiments.

À présent, il était bel et bien ici.

Comment une telle chose était-elle possible ?

Habituellement, les souhaits formulés en plaisantant ne se concrétisaient jamais. C'était d'ailleurs la première fois qu'un de mes vœux se réalisait en l'espace de quelques heures.

Tandis qu'Hathor me racontait le déroulement des événements, mon regard s'abaissa vers le sol.

Il était ici.

À quelques pas de moi, à l'étage en dessous.

Mon cœur se mit à battre si fort que la tête me tourna. Je posai ma tasse sur le bureau, me levai et marchai jusqu'à mon lit avec délicatesse.

— Tu es sûre que ça va ? me demanda Hathor lorsque je me laissai tomber à côté d'elle.

— Je ne suis sûre de rien.

— Est-ce le thé ?

— Non.

— Je devrais peut-être appeler le Dr Darrington…

— Certainement pas.

Cela n'aurait fait qu'aggraver mes symptômes.

— Mais que vous arrive-t-il tous, enfin ? s'agaça-t-elle en se levant. Si ça continue, je vais me retrouver à jouer les infirmières !

— Le plus logique serait qu'à ton tour tu tombes malade, non ?

— Je ne tombe jamais malade, cela ne me va pas au teint. Maintenant, s'il te plaît, dépêche-toi de reprendre tes esprits d'ici demain, que l'on puisse sortir, au moins. Je passerai voir si tu as besoin d'autre chose. Mère risque d'être trop occupée avec nos autres invités.

Je souris car, en vérité, elle n'était pas obligée de s'occuper de moi ; personne ne l'y forçait. Simplement, elle ne pouvait pas s'en empêcher, même si elle se plaignait.

— Hathor, je t'assure que je vais bien, ne t'inquiète pas. Demain, nous irons où tu veux.

— Je veillerai à ce que tu tiennes cette promesse, tu peux en être sûre ! m'assura-t-elle en gagnant la porte. Bonne nuit !

Après son départ, je roulai sur le dos, un oreiller sur le visage, indécise.

Que fallait-il que je fasse ?

Il était ici !

THEODORE

— Il respire à peine, souffla le marquis, debout au pied du lit dans lequel se trouvait lord Hardinge.

Ce dernier, d'une pâleur extrême, respirait difficilement, et son haleine avait une odeur étrange. Il avait de la fièvre et son corps était trempé de sueur, comme s'il était tombé dans une fontaine, plutôt que sur le trottoir. J'avais déjà vu cela.

— Est-ce une attaque ?

— Je ne pense pas, ce ne sont pas là les signes d'une attaque. Je ne pourrai toutefois définitivement écarter cette hypothèse que lorsqu'il aura repris connaissance. Il faut faire prévenir sa femme. Dans son état, il ne pourra pas rentrer chez lui ce soir, dis-je en allant chercher ma sacoche, déposée là par un valet.

— Sa chère épouse nous a quittés l'été dernier, déclara la marquise, debout sur le seuil de la pièce. Il a un fils d'à peine douze ans, mais n'a aucun autre parent. Vous devez absolument le sauver, docteur Darrington, sans quoi l'enfant sera orphelin. C'est ce que Benjamin redoute le plus au monde.

— Il va faire tout ce qu'il peut, ma chérie, répondit le marquis. Laissez-le faire et allez donc voir les enfants. Hathor et Abéona étaient avec nous, elles doivent s'inquiéter.

Elle acquiesça avec un soupir et me regarda de nouveau avant de désigner une femme derrière elle.

— Docteur Darrington, je vous présente notre gouvernante, Mme Ingrid Collins. Si vous avez besoin de quoi que ce soit, faites-le lui savoir, et nous nous en occuperons. Je suppose que vous allez passer la nuit ici, vous aussi, pour prendre soin de lui.

— Si vous le voulez bien. Je vous prie d'excuser ce dérangement.

— Ce n'est rien. Nous vous sommes si reconnaissants d'être là.

Après un dernier soupir et un regard en direction de lord Hardinge, elle prit congé.

— Je vais avoir besoin d'une tasse d'eau bouillante, d'un peu de gingembre et de sucre, d'une cuillère, ainsi que d'une bassine vide et de serviettes, si c'est possible, madame Collins.

La gouvernante acquiesça et sortit sans un bruit, refermant la porte derrière elle.

— Je doute que vous ayez besoin de tout cela pour lui préparer du thé, dit le marquis. De quoi s'agit-il ? À présent que les femmes sont parties, vous pouvez parler librement.

— Je ne souhaite pas m'avancer et risquer d'affoler qui que ce soit, répondis-je en ouvrant la bouche du malade pour examiner sa gorge.

— Pourtant, en ne répondant pas, c'est exactement ce que vous faites. La panique est une conséquence de l'ignorance, déclara le marquis d'un ton docte.

— Ne craignez-vous pas d'attraper sa maladie ? demandai-je. La plupart des gens resteraient derrière la porte ou se couvriraient au moins la bouche et le nez d'un mouchoir.

Le fait qu'il reste au chevet de son ami plutôt que de s'en éloigner par peur en disait long, selon moi, sur l'homme qu'il était.

Il eut un petit rire puis secoua la tête.

— Je vous fais confiance, docteur. Je sais que si la situation l'avait exigé, vous m'auriez demandé de rester dehors, et vous auriez vous-même pris toutes les précautions nécessaires pour vous protéger. Par ailleurs, le ton détendu de notre conversation m'indique que vous n'êtes pas si inquiet que cela.

— Je constate que vous êtes un homme de raison, comme on dit, répliquai-je en me redressant, sans quitter mon patient des yeux.

— Et un homme curieux. Alors, je vous prie, dites-moi ce qui met mon ami dans cet état, insista-t-il.

J'avais pour habitude de ne jamais parler d'un patient à qui que ce soit en dehors de sa famille, mais lord Hardinge n'ayant personne d'autre, je n'avais guère le choix.

— Lord Hardinge a-t-il déjà été soigné par sir Grisham ?

Le visage du marquis s'assombrit, mais il secoua la tête.

— Je ne saurais le dire. Pourquoi ?

— Son cas ressemble beaucoup à celui de lady Clementina Rowley.

— Quoi ? N'avait-elle pas pris une sorte de tonique ? J'ai du mal à imaginer que Benjamin cherche à rapetisser.

— Si. Le tonique en question était extrêmement toxique, raison pour laquelle je me prépare à le faire vomir, au cas où, afin qu'il l'élimine, continuai-je

On toqua à la porte.

— Entrez, dit le marquis.

Mme Collins apparut avec un plateau sur lequel se trouvait tout ce que j'avais demandé. Deux bonnes l'accompagnaient, l'une avec l'eau, l'autre avec la bassine vide.

— Je vais avoir besoin de deux valets pour m'aider à l'asseoir et à le tenir penché au-dessus de la bassine, dis-je en sortant de ma sacoche une fiole d'ipéca, dont je versai une goutte dans la tasse.

En me retournant vers mon patient, je vis que le marquis avait retiré sa redingote et aidait le valet, arrivé entre-temps, à soulever lord Hardinge.

Ce geste me surprit mais j'étais tout à mon travail et je n'y pensai bientôt plus. Délicatement, je glissai une cuillerée de solution à l'ipéca entre les lèvres de lord Hardinge.

Intérieurement, cependant, une question me taraudait.

Quand verrais-je Verity ?

La verrais-je seulement ?

Verity

Je tentai d'abord d'occuper ma soirée en écrivant dans mon journal, puis essayai un peu de broderie pour penser à autre chose. Rien n'y fit. Mes pensées revenaient sans cesse à l'homme qui se trouvait en bas.

Je me surpris même à m'approcher de la porte pour essayer d'entendre sa voix ou de percevoir un signe de sa présence.

Bernice monta un peu plus tard pour voir si tout allait bien. Je la pressai de questions au sujet de lord Hardinge rien que pour l'entendre prononcer le nom du Dr Darrington.

Je m'étais reposée toute la journée, si bien que, le soir venu, une fois tout le monde couché, j'étais fraîche et dispose, et ne pensais qu'à… Theodore. La facilité, la simplicité avec laquelle nous avions échangé, son sourire timide… mais aussi ses sentiments, ceux qu'il m'avait avoués…

J'en frémissais d'excitation.

« Si seulement nous avions pu parler plus longuement », songeai-je en sortant une fiole, me demandant ce qu'il penserait s'il découvrait que je prenais cela, et pourquoi. Ses sentiments resteraient-ils les mêmes ?

Cette question me hanta au point d'en devenir insupportable. Pour mettre un terme à mon tourment, je me levai, la fiole en main.

Il était encore dans la maison et je savais dans quelle pièce puisque Bernice m'avait dit qu'il refusait de s'éloigner du chevet de lord Hardinge.

Je pourrais y aller.

— Mais il ne faut pas, dis-je en me regardant dans le miroir.

J'imaginais déjà les conséquences d'une telle audace si l'on me surprenait. Le simple fait d'y penser était une folie. Pour quelles raisons aurais-je pu me trouver dans l'obscurité, à sa recherche ? Pour lui parler quelques instants ? C'était ridicule. Malgré cela, j'échafaudai bientôt une ruse qui n'aurait pas surpris Evander. Si j'avais autant de scrupules aujourd'hui, c'était parce que la marquise m'avait prise sous son aile. À Everely, j'aurais agi à ma guise.

— J'y vais, dis-je en me tournant vers la porte, pour m'arrêter aussitôt et m'asseoir.

Peut-être dormait-il.

Dans ce cas, je dirais simplement être descendue pour boire un verre de lait.

Résolue, je passai ma robe de chambre avant de reprendre la fiole. Je serais aussi franche qu'il l'avait été avec moi et je saurais enfin si ses sentiments étaient sincères.

J'entrouvris la porte et passai la tête dans le couloir. Je ne distinguai que la lumière vacillante d'une bougie, au pied de l'escalier. Sur la pointe des pieds, je m'approchai pour voir s'il s'agissait d'une bonne et découvris, sur le palier d'en dessous, l'homme qui occupait mes pensées. En chemise et gilet, il fixait attentivement quelque chose au creux de sa main, le renifla même et, lorsqu'il grimaça de dégoût, je ne pus retenir un rire.

Il leva aussitôt la tête. Je courus me cacher, comme une enfant.

— Qui va là ?

— Chuuut ! dis-je en jaillissant de ma cachette, craignant que quelqu'un ne l'entende.

— Lady Verity ?

Il s'adressait à moi comme si nous étions encore au bal.

— Chuuut !

Lentement, je descendis l'escalier, le cœur battant plus fort à chaque marche. Ce fut peut-être la raison pour laquelle je trébuchai en arrivant à la dernière, ayant marché sur le bas de ma robe de chambre. Je tentai de me retenir, craignant de faire du bruit en tombant. Au lieu de heurter le mur, le sol ou la rampe, je le heurtai, lui. Et ses bras se refermèrent sur moi.

Son visage était tout contre le mien et je distinguai les petites rides au coin de ses yeux, qui s'arrondirent lorsqu'il les baissa sur moi.

— Vous… Tout va bien ?

Incapable de prononcer un mot, je me contentai de hocher la tête.

Il en fit de même avant de reculer et de m'aider à retrouver mon équilibre.

— Que faites-vous ici à une heure si tardive ? réussis-je enfin à articuler.

— Je pourrais vous retourner la question.

— Je l'ai posée en premier.

Je n'osai pas lui dire que je ne m'étais pas attendue à le trouver aussi vite. Il eut un petit rire.

— Effectivement.

— Alors ?

Il me montra un flacon vide.

— J'enquêtais.

— Qu'est-ce que c'est ?

Il allait répondre, mais s'interrompit pour balayer le palier du regard.

— Nous ne devrions pas être ici.

J'acquiesçai et avançai de quelques pas.
— Vous ne venez pas ?
— Lady Verity...
— Theodore, il me semblait que nous avions décidé de nous appeler par nos prénoms, dans la volière...
Je le vis soupirer avant de répondre.
— Si qui que ce soit nous voyait...
— C'est exactement ce qui se produira si nous restons là, répondis-je en me dirigeant vers le petit salon.
Sans enthousiasme aucun, il me suivit.
— Lady Verity...
— Verity tout court.
Je me retournai. Il avait laissé se creuser la distance entre nous, et se trouvait sur le seuil alors que j'étais près de la cheminée.
— Rien de tout cela n'est convenable. Si la marquise, ou qui que ce soit d'autre, apprend que vous vous êtes trouvée seule en compagnie d'un homme...
— Pas d'un homme, d'un médecin, dis-je en m'approchant.
Il se raidit, mais ne bougea pas. Arrivée près de lui, je lui montrai ma fiole.
— Si quelqu'un entre, je dirai que j'ai sollicité votre aide parce que je ne me sentais pas bien.
Il voulut prendre la fiole, mais je ne la lâchai pas.
— Qu'avez-vous découvert ? demandai-je.
— Je ne parle pas de mes patients aux personnes extérieures.
— Dans ce cas, pourquoi avoir parlé de cette enquête ?
Il semblerait que j'aie perdu tout bon sens, ce soir, grommela-t-il en soupirant. Lady Verity...
Je fronçai les sourcils.
— Verity, se reprit-il.
Je lui souris.
— Au nom du ciel, à quoi jouez-vous ?
— Je me pose la même question.

12

Theodore

À la seconde où j'avais vu son visage par-dessus la rampe, j'avais eu la certitude que le Très Haut me mettait à l'épreuve. Face à elle, la raison et le bon sens m'avaient brusquement abandonné. J'essayais à présent de trouver la force de fuir.

Elle s'était assise près de la cheminée et me fixait avec la même intensité que je la regardais. À la lueur de ma bougie, elle était aussi impressionnante que magnifique. La reverrais-je un jour aussi... calme ? En robe de chambre qui plus est.

— Je vous en prie, dites quelque chose, l'implorai-je, sentant ma résistance vaciller.

— Pour la première depuis mon arrivée ici, j'ai enfin l'impression de respirer.

— Aussi ironique que cela puisse vous paraître, j'ai l'exacte sensation inverse.

C'était vrai. Je n'avais jamais eu autant de mal à respirer.

— Pardonnez-moi, je ne voulais pas vous déranger..., dit-elle.

— Vous ne me dérangez pas. Simplement...

— Ma conduite est inconvenante. Je le sais bien ; vous me l'avez déjà reproché par deux fois.

— Seulement parce que je ne comprends ni ce que vous faites, ni ce que vous désirez. Une jeune femme de votre rang devrait…

— Se plier docilement à l'autorité de sa mère jusqu'à ce qu'on lui trouve un mari, à l'autorité duquel elle devrait alors se plier tout aussi docilement.

Nous fîmes tous deux la moue.

— J'espère que cela ne sera pas votre cas.

— Vous êtes d'accord avec moi ?

— Comment pourrait-il en être autrement ? Ce que vous dites est vrai.

Elle sourit, paraissant agréablement surprise.

— Je n'ai pas de mère. Le saviez-vous ? dit-elle après quelque temps.

— Nous avons tous une mère. La vôtre n'est plus de ce monde, voilà tout, contrai-je en m'adossant au mur.

— Comme je n'ai pas le moindre souvenir d'elle, on pourrait tout aussi bien me dire que je suis tombée du ciel à Everely. Et vous, vous souvenez-vous de votre mère ?

— Oui.

— Quel âge aviez-vous quand elle est décédée ?

— Voilà des questions bien personnelles.

Ma remarque sembla l'attrister et je trouvai cela insupportable.

— Elle est morte deux semaines avant mes sept ans, repris-je.

— Je suis désolée.

— Tout comme je le suis pour vous.

Elle resta silencieuse un instant et balaya la pièce du regard comme si elle cherchait un sujet de conversation. Quand nos regards se croisèrent enfin, son visage s'assombrit.

Je pris les devants.

— Verity, je dois vous demander ce qui vous amène ici.

— Vous.

— Je vous demande pardon ?

Elle inspira profondément avant de répéter :

— Vous. Votre présence ici, Theodore. Je ne pense plus qu'à vous depuis... je ne sais quand. J'avais envie de vous voir. Seulement, à présent que vous êtes devant moi, je ne sais plus que dire ni que faire.

Je la fixais, sans savoir si je rêvais ou si je perdais la raison.

Comment avais-je pu me retrouver dans pareille situation ?

— Je... Vous... Pardonnez-moi, mais pourriez-vous être plus claire ? réussis-je enfin à lui demander.

Elle eut un sourire très doux.

— Si j'arrivais à mettre un peu d'ordre dans mes pensées, sans doute. Tout ce que je sais, c'est que je crois que vous me plaisez aussi, maintenant. J'ignore comment c'est arrivé, dans la mesure où nous nous connaissons à peine. Pensez-vous que cela soit... normal ?

Je ris, à la fois soulagé et heureux.

— Je ne sais plus vraiment comment définir ce qui est normal.

— Vous ne m'aidez pas. Comment puis-je comprendre ce que je ressens ? Personne ne m'avait jamais incitée à agir et parler de la sorte.

Je la pris par le bras.

— N'en dites pas plus, ou je vais croire que je rêve.

— Je ne peux pas m'arrêter, c'est là le problème. Je ne cesse de me demander : comment ? Comment est-il possible d'aimer quelqu'un aussi soudainement ? Est-il possible, peut-être, que nos âmes se soient reconnues avant que nos esprits s'accordent, empêchant ainsi la raison d'intervenir ?

Je compris en cet instant que jamais je n'oublierais ce moment avec elle. Pourtant, je ne devais pas laisser mes sentiments prendre le dessus.

Je lui pris les mains et sentis mon cœur cogner de plus en plus fort dans ma poitrine, tandis que ma voix se faisait plus ténue.

— Le fait que vous ayez des sentiments pour moi, quels qu'ils soient, me comble de bonheur, Verity. Vos paroles me mettent du baume au cœur. Je me dois cependant d'être honnête : si j'avais imaginé un seul instant que cela puisse être le cas, jamais je ne vous aurais avoué les miens.

— Je ne comprends pas... Pourquoi ?

— Parce que cette histoire ne débouchera sur rien, sinon de la souffrance, Verity. Vous êtes une lady, et je suis le fils illégitime d'un aristocrate. Pareille alliance ne sera jamais acceptée. La meilleure chose à faire est donc de ne pas l'évoquer.

— La meilleure chose pour qui ?

— Pour vous.

— N'est-ce pas à moi d'en juger ?

Je secouai la tête.

— C'est la société qui s'arroge ce droit et vous n'imaginez pas combien elle est cruelle avec ceux qui ne respectent pas ses codes.

— Je ne suis pas si naïve que vous semblez le penser, je sais très bien ce dont elle est capable. Il y a eu dans ma famille de nombreux scandales...

— Un homme, *a fortiori* s'il possède un titre, résistera à la tempête du scandale quand une femme, elle, sera battue par ses vagues. Votre père et votre frère, ce n'est pas la même chose que vous.

Son expression s'était de nouveau assombrie, et elle me fixait d'un air interrogateur.

— Vous me... repoussez ?

— Je vous supplie de *me* repousser.

Je baissai la tête.

J'aurais tant voulu... Oh, j'aurais tant voulu céder. Mais il était hors de question qu'elle souffre à cause de moi.

— Non, dit-elle.

Je la regardai, interdit.

— Non ?

— Oui. Je veux dire : non, je ne vous repousserai pas à cause des circonstances de votre naissance et je vous demande de faire pareil avec moi, car il est ridicule de...

— Verity...

— Si vous cherchez une raison de me repousser, alors prenez celle-ci.

Elle me montra de nouveau la fiole dans sa main et j'eus le sentiment qu'elle cherchait désespérément à changer de sujet pour ne pas m'entendre énoncer la vérité.

— C'est un tonique que je prends depuis des années parce que je fais d'atroces cauchemars. Parfois je suis paralysée, d'autres fois je me réveille en sueur ou en pleurs.

Je me souvins aussitôt que son frère m'avait parlé de cauchemars. J'avais cru, alors, qu'il parlait des siens, même s'il l'avait nié – la plupart des hommes refusaient d'admettre qu'ils souffraient de ce genre de chose. Pas un instant je n'avais imaginé qu'il pouvait s'agir d'elle.

— Les seules personnes à qui j'en ai parlé sont mon frère et le Dr Cunningham. C'est ce dernier, bien sûr, qui m'a prescrit ce tonique. C'était un remède efficace jusqu'à ce qu'il cesse de faire effet il y a quelque temps.

Doucement, je lui pris la fiole des mains, la débouchai et en reniflai le contenu.

— Savez-vous ce que c'est ?

Elle secoua la tête puis demanda :

— Est-ce dangereux ?

— Je ne sais pas. Probablement pas, si les seuls symptômes sont le retour de vos cauchemars. Il est assez courant que les médicaments perdent de leur efficacité avec le temps. Depuis combien de temps suivez-vous ce traitement ?

Je la regardai et compris immédiatement que c'était une erreur, car j'en perdis le fil de mes pensées.

La gêne, dans ses yeux...

Je n'avais plus qu'une envie : tendre la main et lui caresser la joue.

— Il n'y a pas de honte à avoir, vous savez. À certains moments dans la vie, même les plus riches, les plus forts et les plus instruits d'entre nous peuvent avoir besoin d'aide.

— Cinq ans, murmura-t-elle. Le Dr Cunningham m'a donné d'autres médicaments, aussi. Vous dites qu'à certains moments, nous avons besoin d'aide, mais moi j'ai l'impression d'en avoir toujours eu besoin. J'ai fini par accepter cette idée, et c'est cette fiole qui m'aidait le plus.

— Quand votre frère m'en a parlé, j'ai cru comprendre qu'aucun remède n'avait encore été prescrit...

— Mon frère vous a parlé de ça ?

Elle semblait morte de honte, comme si elle ne venait pas elle-même de m'en parler.

— Oui, mais sans me dire qu'il s'agissait de vous. J'ai donc cru qu'il parlait de lui.

Elle sembla se détendre.

— Oh. Et que lui avez-vous dit ?

— Que les cauchemars étaient souvent la conséquence d'autres troubles, d'autres problèmes. Ce médicament aide avant tout à calmer le corps et l'esprit. Malheureusement, plus vous en prenez, plus vous devez en prendre, car votre corps finit par s'accoutumer à ses effets.

— Êtes-vous en train de me dire que je devrais arrêter d'en prendre ?

— Non. Ce que je suis en train de dire, c'est qu'il ne vous guérira jamais tout à fait.

— Dans ce cas... que dois-je faire ? Réveiller toute la maison chaque nuit ? Laisser les rumeurs circuler sur moi ? Laisser les gens se moquer de moi ?

Elle baissa la tête, affligée, et serra un peu plus fort les poings sur ses jupes.

— Verity...

Elle me regarda, les yeux brillants.

— Est-ce que cela vous dérange ? demanda-t-elle.

— Que voulez-vous dire ?

— Que la femme qui vous plaît soit... malade.

— Allons, Verity... n'avez-vous pas entendu ce que je viens de vous dire ? Presque tout le monde souffre de quelque chose. Pourquoi cela devrait-il me déranger ?

Je vis sa poitrine se soulever et elle poussa un long soupir.

— Verity, vous devriez remonter dans votre chambre, maintenant.

— Theodore...

L'entendre prononcer mon prénom...

Une fois de plus, je dus me faire violence pour contenir mes émotions alors même que le désir bouillonnait en moi. Le moindre mot sorti de sa bouche était une tentation.

— Je vous en supplie, partez, murmurai-je, car trop de choses avaient été dites.

— Je ne peux pas.

— Verity, notre conversation dépasse...

— Les limites des convenances, je sais. Mais cette rencontre aussi. Puisque nous les avons franchies, je vais vous le dire : je voudrais comprendre vos sentiments... et les miens.

Le cœur battant, je tentai une dernière fois de me convaincre que tout cela était impossible. Mais la détermination, dans son regard, était évidente.

— Il n'y a pas de mots pour expliquer cela, Verity...

— Des actes, alors ? Montrez-moi.

Je dus me retenir de gémir.

— Verity...

Dante avait visiblement oublié de parler de ce niveau de l'Enfer. À moins qu'il ne s'agisse du Purgatoire ?

— Montrez-moi, insista-t-elle.

Très bien. Quitte à être damné, autant l'être pour quelque chose.

Je posai une main sur sa joue, me penchai vers son visage et effleurai ses lèvres. Ce fut rapide, furtif, à vrai dire, et pourtant, dès l'instant où nous nous touchâmes, je sentis... mon sexe durcir.

Verity leva vers moi de grands yeux.

Merde.

— Pardonnez-moi...

S'appuyant contre moi, elle posa à son tour ses lèvres sur les miennes, quelques secondes à peine, avant de s'écarter.

— Vous n'auriez pas dû, dis-je en secouant la tête.

— J'ai ressenti quelque chose et je voulais voir si cela pouvait se produire deux fois.

— Et ?

— Et oui.

« Mon Dieu, pardonnez-moi », songeai-je en la prenant dans mes bras pour l'embrasser, doucement d'abord, lui laissant le temps de s'habituer à ma bouche sur la sienne. Quand ses mains se posèrent sur mon torse, le baiser se fit plus profond et ma langue se fraya un passage jusqu'à la sienne. Je posai une main derrière sa tête, et une autre sur ses fesses. Presque trop vite, elle vint à ma rencontre, nos langues se trouvèrent, se caressèrent, et mon sexe durcit encore. J'eus bientôt les mains sous sa robe de chambre, et sous sa chemise de nuit.

« Arrête, Theodore ! Tu es fou ! Il faut que tu arrêtes ! » m'exhortait la raison.

C'était plus fort que moi. J'en voulais encore. J'en avais *besoin*. J'avais besoin d'elle.

ÇA SUFFIT !

Sentir ses cuisses nues sous mes doigts provoqua le déclic nécessaire.

Lentement, je m'écartai. Dans son regard brillait le désir, ses lèvres pulpeuses restaient entrouvertes, et elle avait le souffle court.

En la voyant ainsi, je me rendis compte pour la première fois de l'ampleur de ma bêtise, et fis trois pas en arrière, en plaquant mes mains sur mes yeux.

— Bon sang.

J'avais envie de hurler, mais il ne fallait surtout pas que quelqu'un m'entende et découvre ce qui venait de se produire.

— Theodore...

— Regagnez votre chambre immédiatement, lançai-je sèchement. Partez, Verity. Et faites en sorte que personne ne vous voie. J'ai commis une terrible erreur. Partez.

— Mais, Theodore...

— Je ne peux vous parler pour le moment.

Elle quitta la pièce sans dire un mot de plus.

Alors seulement, les mains sur la tête, je me laissai glisser à terre.

Comment avais-je pu faire une chose pareille ? Comment avais-je pu franchir cette ligne ? Chez quelqu'un, en plus ! Enfer et damnation, j'étais devenu fou !

Fou, monstrueux et méchant.

Et le désir de faire bien pire me consumait littéralement.

Verity

J'avais envie de rester avec lui, mais son expression m'en dissuada. Il semblait se retenir, comme s'il avait peur de me dévorer tout entière, et cela, plus que ses paroles, me poussa à partir.

Mon corps... vibrait de toutes parts. Le frisson avait commencé par mes lèvres, au moment où nous nous étions embrassés, puis s'était répandu partout en moi comme une traînée de poudre. J'étais parcourue d'un feu qui me réchauffait sans me brûler et... j'étais prête à tout pour que cela continue.

Ne plus le sentir près de moi, tandis que je quittais la pièce, me donna l'impression d'avoir été jetée dehors dans le froid. Pendant toute l'ascension des marches de l'escalier, j'eus le sentiment de flotter plus que de marcher.

— Où étais-tu ? me demanda Hathor depuis le seuil de ma chambre, réussissant l'exploit de hurler en murmurant.

Je la fixai sans comprendre.

— Que faisais-tu dans ma chambre ?

— Je suis venue voir comment tu allais, mais tu n'étais pas là.

— À cette heure ?

— Visiblement, j'avais bien choisi mon moment, puisque tu étais en bas… avec le médecin.

Elle parlait avec tant de sérieux que je crus voir sa mère et fus prise de panique.

Que fallait-il dire ? Que savait-elle ?

Devant mon silence, elle poursuivit :

— Comme je ne te trouvais pas, je suis descendue, et je t'ai vue entrer dans le salon avec le Dr Darrington… seule. Verity, qu'est-ce…

— Ce n'est pas ce que tu crois !

— Qu'est-ce que ça pourrait être d'autre ? Tu étais seule avec un homme…

— Un médecin, dis-je en lui montrant la fiole.

Décidément, mon secret n'en serait bientôt plus un. J'en parlais de plus en plus librement et à de plus en plus de gens.

Cela eut heureusement l'effet escompté. Hathor sembla se détendre et son regard s'adoucit.

— Est-ce pour tes cauchemars ?

— Oui.

Qui aurait cru que j'en parlerais non pas une, mais deux fois ce soir-là ?

Je l'avais dit à Theodore parce que je tenais à voir sa réaction. Il était resté imperturbable, quand tout le monde me considérait avec gêne ou pitié. Même l'expression d'Hathor s'était teintée de tristesse en voyant la fiole dans ma main. Mais celle du docteur, non.

— Je n'insiste pas, alors. Tu devrais malgré tout faire attention. Les rumeurs se répandent très facilement, dit-elle en s'asseyant sur le lit.

Je commençais à me demander si Aphrodite avait souvent dû supporter ce genre de sermon.

— Oui, je sais, répondis-je en m'allongeant.

Au moins sa présence m'aidait-elle à penser à autre chose.

— Lord Hardinge est quelqu'un de bien, dit-elle soudain en s'allongeant à son tour.

— Je ne le connais pas, mais il semble être de bonne composition.

— Oui, mais il est plus que cela. Il y a des années de cela, quand il a rencontré sa femme, lady Jane, on raconte qu'il a eu le coup de foudre. Mais il n'était pas sûr que ses sentiments soient réciproques. Parce qu'il connaissait son goût pour les gardénias, chaque jour il lui en faisait parvenir en secret, accompagnés d'un poème.

— Il est poète ?

— D'après Père, il se rêve poète, mais il n'a pas réellement de talent lyrique. À l'époque, il a donc écumé notre bibliothèque et recopié les plus beaux poèmes pour les envoyer à lady Jane. C'est comme cela que Père et lui sont devenus de si grands amis. Après avoir épuisé tous les poèmes de sa connaissance, lord Hardinge était venu le voir pour lui en demander d'autres. Et rien n'intéresse plus mon père qu'un défi littéraire. Il possède les meilleurs recueils venus d'Inde, d'Asie et de tout le continent africain.

— Combien de langues ton père connaît-il ?

— Huit, je crois. Mais il n'a pas traduit ces poèmes lui-même. Il a fait appel à d'autres érudits, dont lord Bolen.

— Attends... Pendant combien de temps lord Hardinge a-t-il envoyé des poèmes ?

Hathor sourit.

— Pendant un an. Un total de trois cent soixante-cinq poèmes et autant de bouquets. Cela aurait continué si Mère n'était pas intervenue.

— Qu'a-t-elle fait ?

— Elle est allée voir lady Jane.

— Pourquoi ? Ce secret ne lui appartenait pas.

— Ce n'était plus un secret pour personne, mais lord Hardinge était le seul à l'ignorer. Dans notre milieu, un secret ne le reste jamais très longtemps, surtout quand il va de pair avec un défilé de bouquets et de lettres à l'adresse d'une jolie célibataire.

— Lady Jane était donc au courant de son identité ?

— Oui, et lord Hardinge lui plaisait, mais elle ne savait pas comment répondre à ces attentions.

— Pourquoi ?

— Des années auparavant, elle avait eu un accident de cheval dont beaucoup s'accordaient à dire qu'il aurait dû lui être fatal. Avec ses blessures, il n'était pas sûr qu'elle puisse avoir d'enfants. Or lord Hardinge n'avait aucun parent, en dehors d'une tante éloignée.

À présent, je comprenais mieux la situation.

— Pour elle, il aurait été cruel de l'épouser et de mettre ainsi un terme à sa lignée.

— Tout à fait. C'est la raison pour laquelle Mère est allée lui parler. Elle lui a dit qu'il était plus cruel encore de le laisser faire, et qu'elle lui devait au moins la vérité. Lady Jane lui a donc tout avoué, et devine ce que lord Hardinge lui a répondu.

— Je suppose qu'il lui a demandé de l'épouser, puisqu'elle est devenue sa femme.

— Il lui a dit : « Vous, telle que vous êtes, ni plus, ni moins, êtes celle dont j'ai toujours rêvé. » Moins d'un mois plus tard, ils étaient mariés.

— Et ils ont eu un enfant.

L'espace d'un instant, je me réjouis de savoir que cette histoire s'était si bien terminée. Puis je me souvins que lady Jane n'était plus de ce monde et que lord Hardinge, très malade, était alité dans cette maison en ce moment même.

— Oui. Sa mort lui a brisé le cœur. Il est arrivé ici dans un profond désespoir, en sanglots… Je n'avais encore jamais vu un homme pleurer et je me souviens d'avoir pensé que j'aimerais, moi aussi, que mon mari m'aime autant.

Hathor se tut quelques instants et je lui pris la main.

— Je suis sûre que cela arrivera.

— Je veux le croire mais tout le monde n'a pas la chance de trouver l'amour dans le mariage. Je me demande parfois si l'amour ne serait pas une denrée qui existe en quantité limitée. Si c'est le cas, qu'en reste-t-il ? Mes parents, lord Hardinge, Aphrodite, Damon… Et s'ils avaient déjà tout pris, ou presque ?

L'entendre raisonner de la sorte me surprit, étant donné sa détermination à se marier.

— Alors, que ferais-tu ? demandai-je. Que se passerait-il s'il ne restait que peu d'amour à partager ?

— Je braverais le destin et ferais tout pour m'en assurer une part.

Je souris.

Cette Hathor déterminée était bien celle que j'avais appris à connaître.

— Tu es si sûre de toi.

— Père dit que si l'on ressasse nos peurs, elles finissent par nous vaincre. Je vais donc tout simplement me répéter que je serai duchesse jusqu'à ce que je le devienne.

— Le titre de vicomtesse t'irait bien également. Et le cœur d'Henry est à ta portée.

— Je ne souhaite pas faire concurrence à qui que ce soit et ce n'est pas là l'objet de mon discours.

— Quel est-il, alors ?

— Moi aussi, mes peurs m'empêchent parfois de dormir.

Oh, elle parlait de mes cauchemars.

De nouveau, elle essayait de me rassurer.

— Ta mère avait raison. Au fond, tu as le cœur tendre.

— Oh, tais-toi donc !

Elle me donna un petit coup de coude et je ne pus m'empêcher de pouffer.

Nous discutâmes encore un peu, puis elle s'endormit à côté de moi. Avoir une sœur ne m'avait jamais vraiment manqué, pourtant Hathor semblait décidée à devenir la mienne. Je souris mais, très vite, mon expression changea au souvenir de ce qui m'avait occupé l'esprit un peu plus tôt.

Hathor avait raison, nous souffrions tous de la même maladie : l'amour.

Il était présent à l'esprit de tous les adultes de cette maison, et peut-être même de Londres.

L'amour ne se souciait pas de savoir si on était marié ou non. Vivant ou mort.

L'amour était partout.

13

THEODORE

— Docteur Darrington ? Docteur Darrington ?

J'ouvris les yeux et vis Mme Collins, la gouvernante des Du Bell, plantée devant moi. Un peu perdu, je me redressai, le dos endolori de m'être endormi dans un fauteuil. Mes actions de la veille me revinrent alors. J'étais retourné au chevet de lord Hardinge après le départ de Verity. Je priai aussitôt pour que cette scène n'ait été qu'un rêve. Pour que je n'aie pas franchi cette limite-là.

— Je suis désolée de vous réveiller, docteur Darrington, mais Monsieur m'envoie vous chercher pour le petit déjeuner.

— Le petit déjeuner ?

J'avais du mal à réfléchir. La douleur à mon entrejambe frisait l'insupportable et mes pensées étaient encore captives du souvenir de ses lèvres et de son corps contre le mien.

— Oui, toute la famille sera bientôt descendue.

Je me frottai les yeux et m'étirai, faisant tout mon possible pour calmer mon ardeur avant de m'approcher de lord Hardinge pour voir comment il allait.

— Monsieur a fait monter des vêtements et de l'eau pour que vous puissiez faire un brin de toilette.

— Remerciez le marquis de ma part, mais il est préférable que je mange ici…

— Cela ne plaira guère à Père, dit Damon en apparaissant sur le seuil de la pièce. Il serait peu honorable de notre part de vous avoir retenu ici toute la nuit sans vous offrir de petit déjeuner digne de ce nom.

Mme Collins fit une révérence et s'effaça pour qu'il puisse entrer.

— Je n'étais déjà pas digne de dîner à la table de monsieur le marquis...

— Cela serait-il plus acceptable pour vous si, au lieu d'une invitation, il s'agissait d'un ordre ? Mon père requiert votre présence au petit déjeuner, et vous n'êtes pas en mesure de décliner, n'est-ce pas ?

— Je dois rester au chevet de mon patient.

— Mme Collins va s'occuper de lui pendant que nous mangeons. Malgré les apparences, je peux vous assurer qu'elle court vite. Elle a souvent cavalé après mes sœurs dans tout le domaine.

Il rit et la gouvernante derrière lui esquissa un petit sourire. J'allais parler quand Damon posa sa main sur mon épaule.

— Lord Hardinge est mon parrain. Vous lui avez sauvé la vie. Le moins que nous puissions faire est de vous inviter à notre table. Je vous en prie, ne faites donc pas d'histoires, ou je serai forcé de me montrer désagréable.

— Très bien. Un instant, je vous prie, il me faut me préparer.

Je n'avais pas envie de le suivre, mais il le fallait si je voulais faire la part des choses entre mes rêves et la réalité de ce qui s'était passé pendant la nuit.

Il hocha la tête et se tourna vers lord Hardinge, dont il tapota affectueusement la jambe avant de se retirer. Mme Collins le suivit pour me permettre de me rafraîchir sans témoin. Elle avait apporté de l'eau fraîche, mais aussi une chemise propre, de l'huile parfumée et une petite serviette.

Je reniflai ma propre chemise, fis la grimace, et fus pris de panique. Était-il possible que j'aie senti aussi mauvais, la veille ? Non. Verity n'aurait pas pu embrasser un homme puant de la sorte.

« Verity » ? Avais-je donc réellement pris l'habitude de l'appeler par son prénom ?

Éloignant toutes ces pensées, je fis ma toilette et me changeai rapidement. Dans le couloir, je retrouvai Mme Collins, accompagnée d'une bonne.

— Voici Bernice, dit-elle. Elle va vous conduire à la salle à manger.

— S'il se mettait à tousser, ou s'il se réveillait, venez me chercher immédiatement.

— Bien, monsieur.

— Si vous voulez bien me suivre, fit la bonne.

J'obtempérai.

Plus nous approchions, moins j'avais besoin d'aide pour m'orienter, car des voix me parvenaient distinctement.

— Si tu continues, je ferai en sorte que tu ne manges plus avant demain, Abéona.

— Mère ! Ce serait criminel !

Je souris en entendant l'éclat de rire général qui résonnait dans toute la maison.

— Tu...

— Monsieur, madame, le Dr Darrington, annonça la bonne en s'écartant pour me laisser passer.

Je découvris alors le festin que présidait lord Monthermer et qui s'étalait sur une longue table autour de laquelle était assis tout le clan Du Bell. Tous tournèrent vers moi des regards curieux, particulièrement les plus jeunes. Toutefois, le beau regard noisette qui m'intéressait le plus, celui de Verity, n'était nulle part en vue.

— Soyez le bienvenu, docteur Darrington. Prenez place, je vous en prie, m'invita lord Monthermer en désignant une chaise à côté d'Hathor.

— Merci, monsieur. Bonjour, madame, dis-je en m'inclinant en direction de la marquise.

— J'espère que vous avez faim, docteur Darrington. Notre cuisinière a préparé de quoi nourrir un régiment, plaisanta celle-ci.

— J'espère seulement que je le mérite, répondis-je en balayant du regard toutes les victuailles.

— Il faut mériter la nourriture ? s'inquiéta la plus jeune des Du Bell, les lèvres barbouillées de confiture.

— C'est une façon de parler, Abéona, dit sa sœur aux boucles blondes en face d'elle.

— Ah, souffla Abéona en mordant dans un toast. Vous devriez essayer les œufs et les saucisses. C'est ce qu'il y a de meilleur, mais Mère ne veut pas que j'en reprenne.

— Dernier avertissement, Abéona, la menaça la marquise. Pardonnez ma benjamine, docteur. Elle se comporte parfois comme si elle avait été élevée parmi les loups.

Je dus faire un effort pour garder mon sérieux. Alors que je m'apprêtais à me servir d'œufs et de saucisses, Hathor me donna un coup de coude, et je faillis lâcher les couverts de service. Lorsque je la regardai, elle fit semblant de rien.

— Hathor ! s'indigna sa mère.

Celle-ci se redressa aussitôt sur sa chaise et jeta un œil autour d'elle.

— Présente.

Toute la famille se mit à rire, à l'exception de la marquise.

— Je me demandais comment tu avais réussi à descendre aussi tôt pour le petit déjeuner, et je comprends, maintenant. Tu as laissé ta tête en haut, la taquina Damon en buvant son thé.

— Silva, je te repose la question : de tous les beaux partis de l'aristocratie, mon frère était-il vraiment ce que tu pouvais trouver de mieux ? lâcha Hathor en fusillant Damon du regard.

— Malheureusement, oui, répondit Silva en souriant.

Damon lui jeta une œillade faussement interloquée.

— « Malheureusement » ?

— Docteur Darrington, je vous en prie, ne faites pas attention à mes enfants. Nous nous tenons beaucoup mieux, d'ordinaire, me dit la marquise tandis que je savourais mes œufs – Abéona avait dit vrai, ils étaient excellents.

— Je ne vois pas de quoi vous parlez, madame. Je n'ai jamais rencontré d'enfants aussi bien élevés.

C'était vrai. Cette matinée en famille était un réel plaisir. Jamais je n'avais connu cela, pas même chez Henry.

— La sagesse a parlé, rit le marquis en repliant son journal.

Il allait ajouter autre chose quand Silva, qui ne s'en était pas aperçue, intervint.

— Et Verity ? Elle n'est pas levée ? Est-elle toujours souffrante ?

— Apparemment, Hathor et elle ont veillé tard hier soir. Je l'ai donc autorisée à se reposer, répondit la marquise.

Aussitôt, je m'inquiétai.

Avais-je rêvé ? Quand Hathor était-elle allée dans la chambre de Verity ?

— Mère, encore une fois, je vous le demande : suis-je vraiment votre fille ou suis-je une enfant trouvée ? Pourquoi n'ai-je pas été autorisée à me reposer, moi aussi ? demanda Hathor.

Sa mère se contenta de lui adresser un regard mécontent.

— Parce que c'est toi qui es allée la déranger.

— Elle était déjà réveillée...

— C'est vrai.

Je me retournai en entendant le son de sa voix.

Elle était là, dans une robe rose pâle, ses boucles cascadant sur ses épaules. Lorsque ses yeux rencontrèrent les miens, ils s'y arrêtèrent un instant avant de revenir sur la marquise.

— Bonjour. Je vous prie de pardonner mon retard, Marraine.

— Tu es toute pardonnée ! Viens t'asseoir, je t'en prie, mon enfant.

Cette fois encore, la seule place libre se trouvait à côté de moi. Je retins mon souffle, comme pour me préparer à encaisser un coup de poing.

— Bonjour, docteur Darrington, dit-elle en inclinant légèrement la tête.

Au moment même où j'allais en conclure que ce qui s'était passé n'avait été qu'un rêve, nos regards se croisèrent de nouveau et, à la manière dont elle pinça les lèvres, je compris qu'il n'en était rien.

Je lui avais réellement volé un baiser.

— Bonjour, réussis-je à articuler avant de me reconcentrer sur mon assiette.

Je tâchai de les ignorer, elle et mes pensées, quand le cadet des Du Bell formula très précisément ce que j'avais en tête.

— Tu es très belle, ce matin, Verity, déclara-t-il avec tant de naturel que j'en fus jaloux.

— Merci, Hector, répondit-elle avec un grand sourire.

— Sois prudent, Hector, lança Damon à son frère. Si tu ne fais pas attention, Mère aura tôt fait de vous fiancer.

— Damon ! Ne sois pas ridicule, s'indigna la marquise. Il est beaucoup trop jeune, hélas.

— Tu vois, cela lui a traversé l'esprit au moins une fois, plaisanta Damon. À cause de moi, ses grands projets ont échoué.

— Quoi ? manqua de s'étrangler Hathor en considérant Verity, puis Damon, et enfin sa mère. Ne me dites pas que vous y avez pensé, Mère ! Vous vouliez céder Aphrodite *et* Hector aux Eagleman ?

— Je vois que vous avez tous décidé de me tourmenter, ce matin. Damon, serais-tu encore sous l'influence de l'alcool bu hier ? Pourquoi racontes-tu des bêtises pareilles ? Ne vois-tu pas que tu gênes Silva ?

La jeune femme en question se redressa, visiblement surprise d'entendre son nom.

— Cela ne me gêne aucunement, déclara-t-elle. Damon m'a confié beaucoup de choses et...

— Certes, l'interrompit la marquise. Mais ce qui se dit entre un époux et sa femme doit rester entre un époux et sa femme.

— Je suis tout à fait d'accord mais, en l'occurrence, il s'agissait d'une conversation entre mon frère et moi, répliqua Damon avec assurance. Hector, fais bien attention quand tu manifestes de l'intérêt pour une jeune fille, ou Mère remuera ciel et terre pour vous marier avant la tombée du jour.

— Jamais je ne...

— En ce cas, Mère, puis-je épouser la fille de lord Darvish ? demanda Hector.

On se serait cru au milieu d'un poulailler tant ces dames se mirent à piailler.

J'eus du mal à suivre la conversation qui les anima ensuite. Hector fut assailli de questions, la principale étant de savoir comment quelqu'un d'aussi jeune que lui pouvait être certain de savoir qui il voulait épouser.

L'atmosphère était complètement différente du soir où j'avais dîné avec eux, quelques jours plus tôt.

— Vous avez le sentiment de ne plus exister, n'est-ce pas ? murmura la voix douce de Verity à côté de moi. Ils sont comme cela tous les matins, de véritables rayons de soleil qui changent de trajectoire chaque fois qu'ils rencontrent un obstacle, sans jamais cesser de diffuser leur lumière. Ils ne laissent que très peu de place à qui que ce soit d'autre pour s'intégrer ou intervenir. Nous sommes réduits au rôle de simples spectateurs.

— Pourquoi ne pas tout simplement savourer cette chaleur ? murmurai-je en retour. Le monde est si triste et sombre, n'est-ce pas là un répit bienvenu ?

— Découvrir le bonheur familial dans une autre maison que la vôtre ne risque-t-il pas de provoquer plus de tristesse encore ? demanda-t-elle en me regardant, l'air préoccupée. Ne trouvez-vous pas douloureux de côtoyer ce bonheur sans y prendre part ?

Comme je n'avais jamais connu ne serait-ce que l'ombre d'une telle harmonie chez moi, je voyais parfaitement ce qu'elle voulait dire.

— Si, et j'en suis très jaloux. Mais les Du Bell sont la preuve vivante que de tels liens sont possibles au sein d'une famille. Cela m'inspire et me redonne un peu d'espoir.

Elle se détourna et regarda droit devant elle.

— Pourtant, hier soir, vous m'avez repoussée.

Je répondis sans réfléchir.

— Parce qu'à mon sens, ce bonheur-là est hors d'atteinte.

Je n'avais pas cherché à la blesser, mais j'eus le sentiment que c'était ce que je venais de faire.

— Je veux dire... pour moi, tentai-je de me rattraper. Mais vous... vous pourriez rencontrer...

— Je viens à l'instant de comprendre que c'est vous que je veux. Je ne crois pas que je pourrais même supporter l'idée d'un autre. Le pourriez-vous ?

Nous nous regardâmes, et le vacarme, autour de nous, sembla se taire, comme si nous n'étions plus que tous les deux.

— Vous me poussez dans mes retranchements, murmurai-je.

— C'est vous qui vous êtes dévoilé le premier, répondit-elle doucement.

Elle avait raison. Si je n'avais rien dit... si je n'avais pas désespérément essayé d'attirer son attention ne serait-ce qu'un instant, nous n'en aurions pas été là.

— Verity, tout va bien ? demanda la marquise.

— Oui, très bien, la rassura-t-elle.

Nous n'échangeâmes plus un mot.

Pour éviter de trop nous exposer, je me tournai vers Hathor et Damon et leur fis la conversation tandis que Verity s'entretenait avec Abéona.

L'avoir si près de moi et ne pas pouvoir lui parler était encore plus douloureux.

Enfin, le petit déjeuner terminé, lord Monthermer se leva et me fit signe.

— Docteur Darrington, je vous prie.

Je me levai à mon tour et le suivis dans le hall. Quand la porte de la salle à manger se referma derrière nous, il se tourna vers moi, l'air sévère, plus du tout détendu.

— Comment va Benjamin ?

— Beaucoup mieux, monsieur. Mais je vais devoir m'entretenir un peu plus avec lui à propos de sa maladie dès qu'il sera en état de le faire.

À peine avais-je terminé que Mme Collins apparaissait dans l'escalier.

— Docteur ! Lord Hardinge est réveillé !

*
* *

S'il était une chose, dans la bonne société, que tout le monde avait en quantité, ce n'était pas l'argent mais la fierté.

— Benjamin, allons, soyez raisonnable, dit le marquis à lord Hardinge, qui mettait ses gants. Restez encore un peu.

— Cela ne nous dérangerait pas le moins du monde, je vous assure, ajouta la marquise.

— Je vous remercie tous les deux pour votre généreuse hospitalité, mais je ne me le permettrais pas. Et honnêtement, je me sens en pleine... forme... et...

Une quinte de toux l'empêcha de finir sa phrase.

— Ce n'est pas là une toux d'homme bien portant, n'est-ce pas, docteur Darrington ? demanda le marquis.

Je ne répondis pas, préoccupé comme je l'étais par l'état de mon patient, qui peinait à tenir sur ses deux jambes, même avec l'aide d'un valet. Le front brillant de sueur, il était d'une pâleur cadavérique et respirait avec difficulté, mais sa fierté l'empêchait de garder le repos un jour de plus chez ses amis. Je n'avais donc d'autre choix que de le raccompagner chez lui.

— Ne vous inquiétez pas, monsieur, dis-je au marquis. Je vais le ramener chez lui et rester à ses côtés si cela s'avère nécessaire.

— Pour me saigner, à coup sûr, grommela lord Hardinge tandis que son attelage arrivait. Sinon avec des sangsues, du moins en me vidant les poches.

— Quel que soit le coût, vous devez l'assumer, répondit le marquis en nous suivant jusqu'à la voiture. Il vous a déjà sauvé la vie une fois.

— Oui... oui...

Une nouvelle quinte secoua lord Hardinge.

J'attendais qu'il soit monté et installé dans son véhicule pour l'y rejoindre, mais le marquis m'appela.

— Docteur Darrington ?

L'air grave, il me fit signe d'approcher et se détourna pour que lord Hardinge ne nous voie pas.

— S'il arrive quoi que ce soit, faites-moi prévenir immédiatement. Et ne l'écoutez pas s'il cherche à minimiser la gravité de son état.

— Je vais prendre le plus grand soin de lui, monsieur. Comme je le fais pour tous mes patients. Je comprends votre inquiétude.

Il me fixa un moment, puis hocha la tête et me laissa monter dans la voiture. Lorsqu'il s'adressa à lord Hardinge, son expression avait changé.

— Ne lui rendez pas la tâche trop difficile. Je viendrai vous rendre visite.

Tandis qu'ils parlaient, j'aperçus Verity à la fenêtre. Elle parut surprise, comme si elle ne s'attendait pas à être vue. Je lui souris et je ne m'attendais pas au sourire qu'elle me renvoya. Oh, comme je désirais être auprès d'elle et comme ils étaient nombreux, les obstacles qui nous empêcheraient à jamais d'être ensemble.

— Charles, inquiétez-vous plutôt de votre femme et de vos enfants, si vous ne voulez pas avoir davantage de cheveux blancs. Bonne journée et merci encore, ironisa lord Hardinge avant de donner un coup sur la portière, ordonnant au cocher de démarrer.

Je regardai la silhouette de Verity rapetisser puis disparaître et me tournai ensuite vers lord Hardinge. Il parvenait à se tenir droit, le visage dénué de toute expression. Il sembla retenir son souffle jusqu'à ce que l'attelage franchisse la grille des Du Bell, et à peine étions-nous dans la rue qu'il s'affaissa. Je lui tendis aussitôt la cuvette que la bonne avait placée à ma demande dans la voiture. Des spasmes le secouèrent un long moment puis il se redressa et se cala contre la banquette en inspirant profondément.

— Vous avez tenu bon pendant un long moment, dis-je en reposant la cuvette avant de lui prendre la main pour vérifier son pouls. Je pense que, cette fois, vous avez tout éliminé.

— Que m'avez-vous donné qui soit si violent ? demanda-t-il en se tamponnant les lèvres et le front avec son mouchoir.

— Je sais, c'est désagréable, mais c'était la seule façon de m'assurer que votre corps rejette ce que vous aviez ingéré. Maintenant, pouvez-vous me dire ce que vous preniez ?

Le matin, il avait refusé de me répondre, car sa seule préoccupation était de quitter la résidence des Du Bell.

Il poussa un long soupir.

— Je voulais arrêter de fumer. D'après sir Grisham, cela devait me faire le plus grand bien.

— Sage décision, approuvai-je en l'encourageant à continuer.

— Ce faisant, ma santé a semblé décliner. Maux de tête, nausées, étourdissements, sans parler de ma bouche qui s'asséchait. Pour sir Grisham, c'étaient là les effets du tabac à long terme et la seule solution consistait à purger mon organisme de ce sang contaminé.

Je faillis courber l'échine, accablé, certain, déjà, de ce qu'il allait dire ensuite. Je l'avais suffisamment examiné, la veille, pour pouvoir poser mon diagnostic sans hésitation.

— Et comment a-t-il proposé de vous purger ?

— Comme cela se fait d'habitude, bien sûr : saignées, sangsues, quelques bains à la moutarde et un tonique pour compléter le tout.

— Et combien de fois avez-vous suivi ce traitement ?

— Deux ou trois fois.

Je m'efforçai de rester calme.

— Deux ou trois fois par semaine ?

— Oh non ! D'après sir Grisham, le plus efficace était de l'appliquer une ou deux fois par jour.

Dieu du ciel !

— Monsieur, vous vous êtes gravement mis en danger ! Une seule de ces séances par mois serait déjà beaucoup !

— Sir Grisham m'a assuré que…

— Sir Grisham est…

Je dus me mordre la lèvre pour rester poli.

— Sir Grisham se trompe lourdement quant à ce type de traitement. Vous avez de la chance d'être encore vivant. Vous l'avez constaté vous-même, ces méthodes ont failli vous coûter la vie, hier. Aviez-vous repris son tonique ?

— Oui.

Une fois de plus, je dus me répéter qu'il était la victime d'un mauvais médecin et qu'il ne méritait pas ma colère.

— Je ne me sentais pas bien, encore une fois, reprit-il. Sir Grisham m'avait dit que si cela arrivait alors que j'étais seul et dans l'impossibilité de le joindre, je devais allumer ma pipe mais ne pas la fumer et me contenter plutôt d'en humer l'arôme en buvant son tonique.

Pourquoi ne pas compléter le tout d'une formule magique ?

— Monsieur, vous me connaissez peu et je ne peux vous promettre de guérir tous vos maux. Je peux néanmoins vous assurer que ma méthode vous fera plus de bien, sans nécessiter ni saignées, ni sangsues, ni aucun autre des rituels recommandés par sir Grisham.

Il me regarda, méfiant.

— Comment quelqu'un d'aussi jeune que vous peut-il avoir à ce point confiance en ses compétences ? Un peu de modestie et de respect pour vos aînés ne serait pas de trop. Je ne suis pas aussi influençable que mes jeunes congénères. Sir Grisham a une excellente réputation et a consacré sa vie à…

— Avez-vous remarqué que vous ne toussiez plus, monsieur ? l'interrompis-je.

Il se tut, surpris, tout à coup, de s'apercevoir que je disais vrai. Il posa une main sur son cou et inspira profondément, une fois, deux fois, trois fois.

— Que diantre avez-vous fait ?

— Permettez-moi de m'occuper de vous pendant quelque temps et, si votre état ne s'améliore pas, vous pourrez toujours reprendre le traitement de sir Grisham.

Une nouvelle fois, il se massa la gorge, puis hocha la tête.

— Très bien. Je vais essayer vos méthodes. Mais pas un mot à lord Monthermer. Je dois déjà beaucoup à cette famille et je m'en voudrais de les importuner davantage.

— Bien. Je dois dire que je n'ai jamais eu l'impression que vous étiez une charge pour lord Monthermer ou son épouse.

— Bien sûr que non. Ils sont trop bons pour penser une telle chose, ce qui ne fait qu'aggraver mon sentiment de culpabilité, car…

Il se tut, comme s'il venait de se rendre compte que ses propos étaient du registre de la confidence.

— Rien de ce que vous me direz sur votre santé ou votre état ne sera répété, lui assurai-je.

Il demeurait toutefois sur la défensive, ne paraissant pas tout à fait convaincu.

— Le secret n'est-il pas le propre du bâtard ? ajoutai-je.

Il eut un petit rire.

— Si c'était le cas, personne ne saurait qui est votre géniteur.

— Si ce n'était pas le cas, j'aurais pu provoquer un plus grand scandale encore, ce qui m'aurait valu une triste réputation. Pourtant, toute la bonne société cherche discrètement à en savoir davantage sur mes origines.

— Ah. Vous êtes donc au courant.

— Je l'ai toujours su. Voilà pourquoi, si vous êtes mon patient, tout ce que vous me direz restera confidentiel.

Cette fois, il sourit et hocha la tête.

— Je commence à comprendre ce que Charles a voulu dire à votre sujet.

Je ne voyais pas de quoi il voulait parler, mais la culpabilité m'étreignit une fois encore comme je repensais à la façon dont j'avais trahi la confiance de Verity.

La voiture s'immobilisa devant chez lord Hardinge et le sujet fut heureusement clos, ce qui me permit d'écarter ce sentiment de mon esprit.

Je passai les deux heures qui suivirent chez lui, avant d'être suffisamment rassuré sur son état pour regagner mon logement. Il n'était pas dans mes habitudes d'utiliser le véhicule de mes patients, mais comme j'étais arrivé chez les Du Bell avec Henry – sans mon cheval –, je n'eus guère le choix. J'aurais pu rentrer à pied, mais j'étais épuisé. Ce qui ne m'empêcha pas de regretter immédiatement ma décision en arrivant au *Crown Inn*, où l'assemblée me vit descendre de la voiture d'un lord.

— Ah ben, v'là aut' chose ! Un gars d'la haute qui frappe à ma porte ? fut la première chose que me lança l'aubergiste, avec un grand sourire. On dirait qu'ça va pour vous, docteur Darrington ! J'ai entendu vot' nom plus souvent que celui de n'importe quelle fille, n'importe quel ivrogne ou n'importe quel vaurien, ces derniers temps.

— Bonsoir à vous aussi, madame Howard, répondis-je poliment. Y a-t-il du courrier pour moi ?

— J'l'ai d'jà monté dans votre chambre, *milord*, dit-elle en exagérant une révérence.

— Laisse-le tranquille, vieille pie ! lança son mari depuis l'arrière-salle. Ou il finira par s'installer dans un établissement plus raffiné pour r'poser sa délicate tête de docteur.

Dans la salle, les clients éclatèrent de rire.

— Je m'en souviendrai, monsieur Howard, quand vous aurez de nouveau besoin de traiter ces rougeurs, répondis-je haut et clair, même si je ne l'avais jamais traité pour cela.

Cela eut au moins le mérite de détourner l'attention de sa femme.

— De quoi il parle ? s'enquit-elle.

Je m'engouffrai dans l'escalier et grimpai les marches quatre à quatre jusqu'à ma petite chambre. Enfin, je pus respirer, m'allonger et reprendre quelque peu mes esprits. Trois choses se mêlaient dans mon cerveau : mon travail, elle et mon avenir.

Il fallait que je me contienne, au moins pour empêcher que d'autres rumeurs se répandent à mon sujet. Avant toute chose, je ne devais pas donner l'impression de chercher à me faire une place dans la bonne société, puisque ce n'était pas ce à quoi j'aspirais.

Mais à quoi aspirais-je vraiment ?

Quelques semaines plus tôt, j'aurais donné comme réponse : « Une vie simple, honnête et heureuse. » Aujourd'hui, quand je me posais cette question, un visage me venait aussitôt à l'esprit. J'avais le sentiment d'être chaque jour un peu plus épris et cela m'inquiétait profondément.

Que fallait-il que je fasse ?

En toute logique, le mieux était de garder mes distances, mais je n'en avais aucune envie.

Je soupirai et jetai un coup d'œil à mon courrier, posé sur le bureau. Il n'y avait aucune demande de consultation, mais plusieurs lettres cachetées, en provenance de membres éminents de la bonne société. La première question qui me vint ne fut pas « Quels maux va-t-on me demander de traiter ? » mais « Comment, en soignant ces gens, vais-je pouvoir m'introduire un peu plus dans leur milieu, et donc me rapprocher d'elle ? »

Cette pensée me rebuta. Ce n'était pas là le genre d'homme que je souhaitais être.

Je rassemblai tous les plis, les glissai dans un de mes tiroirs et décidai de relire les notes prises à propos d'autres patients soignés depuis mon arrivée à Londres. Je ne les avais que trop négligés.

Et je devais absolument éviter Verity pour le moment, lui donner le temps d'oublier ses sentiments.

Verity

16 mai 1813

Jusqu'à présent, mon séjour à Londres m'a permis de côtoyer une large variété de caractères et de personnalités, qui m'ont tous incitée à m'interroger sur moi-même. De cette introspection, il ressort que je suis hantée par une question : « Pourquoi ? » Pourquoi les choses sont-elles ainsi ? Pourquoi suis-je dans l'impossibilité de changer les choses afin qu'elles me conviennent mieux ?

Je levai les yeux de mon journal et regardai par la fenêtre, en direction de l'endroit où Theodore se tenait avec lord Hardinge, devant le marquis et la marquise. Je n'entendais pas ce qu'ils disaient, mais peu m'importait. Je restai là et l'observai tout en repensant à notre conversation, au petit déjeuner. J'avais été prise de court en le voyant assis à la table des Du Bell mais, très vite, j'en avais aussi éprouvé de la joie. Theodore Darrington, tout comme moi, n'était pas de la famille Du Bell. J'avais donc cru pouvoir m'en faire un allié. Il avait toutefois semblé plutôt à l'aise avec eux. Heureux, même.

Les enfants illégitimes n'avaient-ils donc pas tous un passé sordide qui faisait d'eux des êtres amers et aigris ?

Je savais que cela avait été le cas dans ma famille. Imaginer Fitzwilliam aussi à l'aise et heureux que Theodore à cette table m'était tout bonnement impossible. Theodore réussissait à s'intégrer, chose qui, personnellement, m'était difficile.

Cela était-il de mon fait ?

Non. Silva m'avait dit avoir des difficultés, elle aussi. Peut-être était-ce parce qu'il était un homme. Cela lui conférait-il des avantages dont je n'avais pas conscience ?

Quoi qu'il en soit, ses confidences m'avaient attristée. Savoir que, du fait de sa naissance et de nos positions respectives dans la société, il ne pourrait pas fonder une famille – non, pas *une famille* mais une famille *avec moi* – me troublait. Jusque-là, je n'avais jamais imaginé fonder ma propre famille, mais savoir que cette possibilité lui était purement et simplement refusée était… douloureux. Je comprenais son raisonnement, mais ne supportais pas cette injustice.

— Que dois-je faire, Theodore ? murmurai-je en direction de de sa silhouette.

Comme s'il m'avait entendue, il leva la tête vers moi.

Quelle expression était la mienne ?

Je l'ignorais. Je vis néanmoins parfaitement le sourire qui se dessina alors sur ses lèvres et je sentis qu'à mon tour je souriais.

Puis, bien trop vite à mon goût, il disparut dans la voiture et celle-ci s'ébranla.

— Que regardes-tu ?

Je me tournai et vis qu'Abéona était entrée dans ma chambre. De toute évidence, les habitants de cette maison ne prenaient pas la peine de toquer avant d'entrer.

— Rien. J'écrivais, dis-je en refermant mon journal. Que me veux-tu ?

Elle s'approcha.

— Quand rentreras-tu chez toi ?

— Ma présence ici te déplaît-elle ?

Elle secoua la tête.

— Non, ce n'est pas ça. Seulement, Mère a dit que je ne pourrais aller voir Odite que trois semaines après ton départ.

J'ignorais l'existence d'une telle règle, mais je compris ce qu'elle m'avouait à demi-mot.

— Ta sœur te manque ?

Abéona fit une grimace et me rejoignit en sautillant.

— Et toi, ton frère ne te manque pas ? Est-ce à lui que tu écrivais ?

— Non, je m'écrivais à moi-même.

— À toi-même ? Pourquoi ? Tu es pourtant avec toi-même tout le temps.

— C'est vrai, dis-je en riant. C'est parfois ce qui me pose problème. Je pense à tant de choses à la fois qu'il faut que j'écrive pour mettre un peu d'ordre dans mes pensées.

— Que fais-tu une fois que tes pensées sont rangées ?

— J'essaie d'en tirer des leçons. Je n'en suis pas tout à fait sûre, mais j'ai l'impression que cela m'aide à me sentir mieux.

La notion d'introspection étant un peu compliquée pour elle, Abéona se désintéressa de la question et revint à sa préoccupation première.

— Bon. Alors, quand retourneras-tu à Everely ?

— Malheureusement, je crains que ce ne soit pas avant quelques semaines.

Elle écarquilla les yeux.

— Quelques semaines ? Cela va encore être si long…

— Je suis désolée.

— Puisque c'est comme cela, j'espère que personne d'autre ne se mariera !

— Ne dis pas cela, tu vas nous porter malheur ! s'écria Hathor en arrivant en trombe.

— À toi, surtout, j'espère ! répliqua Abéona avant de chercher à filer.

Hathor l'attrapa au passage et la retint.

— Lâche-moi !

— Retire d'abord ce que tu viens de dire.

— Pas question !

— C'est ce qu'on va voir ! dit Hathor en la chatouillant. Retire ce que tu as dit !

Abéona hurlait de rire et se débattait comme un beau diable.

— Non ! Ha, ha !

— Retire ça immédiatement !

— Ha, ha, ha !

— Tout va bien ?

C'était au tour de Silva d'intervenir depuis le seuil où elle se tenait avec Devana. À croire que toutes les filles de la maison avaient décidé de faire salon dans ma chambre.

Je me gardai de faire la moindre remarque et me contentai de sourire en imaginant ce que serait peut-être ma propre famille un jour.

Celui avec qui je voulais la regarder évoluer s'appelait Theodore.

Pourtant... Alors même que j'avais dit ne pas vouloir lutter contre mes sentiments, Theodore, lui, semblait déterminé à lutter contre les siens.

Que pouvais-je faire pour l'en empêcher ?

Il était hors de question que je le laisse s'éloigner.

14

Verity

Theodore m'évitait, c'était flagrant.

Je l'avais croisé quatre fois en trois jours et, chaque fois, il avait détourné le regard ou avait tout fait pour se dérober.

Quelle attitude ridicule !

J'aurais voulu pouvoir l'ignorer en retour, mais j'en étais incapable et, au contraire, me surprenais à me tordre le cou chaque fois que nous sortions, dans l'espoir de l'apercevoir. J'étais moi aussi devenue ridicule par sa faute.

— Verity, tu es prête ? demanda Hathor en entrant dans ma chambre.

Elle ajustait son chapeau tout en marchant. Je pris le mien, ainsi que mes gants, et vins à sa rencontre.

— Oui, mais je crains de faire pâle figure à tes côtés…

Elle sourit et fit un tour sur elle-même pour me permettre d'admirer une fois de plus sa ravissante robe bordeaux galonnée de doré, ses gants assortis, son chapeau décoré de plumes et, bien sûr, le manteau qui allait avec.

— C'est là mon objectif. Et toi, vas-tu vraiment sortir dans cette tenue ?

— Cette toilette est déjà bien plus belle que celles que je porte habituellement pour une promenade à cheval, dis-je en la suivant dans le couloir.

— C'est loin d'être une simple promenade. Tout le monde y sera, aujourd'hui.

— Comment le sais-tu ?

Et qu'entendait-elle par « tout le monde » ?

— Nous sommes le troisième mercredi du mois, dit-elle sur le ton de l'évidence tandis que nous arrivions dans l'entrée.

— Vous êtes toutes deux ravissantes, mais je doute que vous puissiez vous rendre au parc à cheval ainsi vêtues, dit son père lorsque nous fûmes à la porte.

Sa femme, qui arrangeait la robe d'Abéona, le regarda comme s'il avait perdu la tête.

— Aller au parc à cheval ?

— N'avez-vous pas demandé aux domestiques d'amener les chevaux ? demanda-t-il. Dans quel but, sinon pour monter ?

Hathor éclata de rire.

— Nous avons prévu de nous rendre au parc en voiture et de faire du cheval une fois sur place, Père. Comme vous le disiez si justement, aller au parc à cheval abîmerait nos toilettes et nous aurions fait tous ces efforts pour rien.

— Nos toilettes ne risqueront-elles donc plus rien une fois au parc ? demandai-je.

J'avais cru, moi aussi, que nous devions nous rendre au parc à cheval, comme je l'avais fait si souvent par le passé.

— Tu m'ôtes les mots de la bouche, renchérit le marquis.

— Si elles montent à une allure raisonnable, leurs tenues resteront présentables bien assez longtemps pour que tout le monde ait le temps de les admirer, expliqua la marquise, ce qui lui valut un hochement de tête complice de la part d'Hathor.

Le marquis se désintéressa de la conversation et posa une main sur la tête d'Abéona.

— Fais donc ce que tu veux, aujourd'hui, ma chérie.

— Merci, Papa ! s'exclama Abéona avant de s'enfuir en direction du jardin.

— Charles, voyons ! le réprimanda sa femme.

Il se contenta de rire.

— Laisse-la donc s'amuser avant qu'elle grandisse et soit contrainte à son tour de s'adonner à ces manigances ridicules.

— Si elle fait la moindre bêtise aujourd'hui, ce sera ta faute, dit la marquise en enfilant ses gants. Il est temps d'y aller, mes chéries.

— Des regrets, Père ? demanda Hathor.

— J'en ai, mais je ne reviendrai pas sur ma décision. Après tout, que peut faire Abéona de si grave ? Et puis, s'il y avait un problème, tu me viendrais en aide, n'est-ce pas ?

— Et risquer ainsi de faire de Mère mon ennemie ? Certainement pas. Verity vous assisterait bien mieux que moi.

— Pourquoi dis-tu cela ? demandai-je.

— Parce que Mère refusera de se fâcher contre toi, répliqua Hathor en sortant.

Je lui emboîtai le pas.

Je savais bien qu'elle n'avait pas voulu me blesser, mais sa remarque m'avait tout de même atteinte. Une nouvelle fois, elle me rappelait que j'étais une étrangère.

Sa mère ne se privait pas de les gronder, sermonner et punir, elle et ses sœurs, car elles étaient ses filles. Elles faisaient partie de sa famille, et rien ne pourrait changer cela. Moi, en revanche, du fait que je n'étais pas sa fille et qu'elle voulait prendre soin de moi, elle me traitait comme si je risquais de me briser à tout moment.

— Il fait très beau temps, finalement, constata la marquise, ce qui me sortit de mes pensées. Le parc sera très agréable.

Une fois installée, je remarquai qu'elle avait relégué son mari dans l'autre voiture, en compagnie de Devana, Hector et Abéona.

— Le duc d'Alfonce est-il encore en ville ? demanda Hathor.

— Hathor, allons ! répondit la marquise d'un air sévère.

— Quoi ?

— Est-ce sur lui que tu as des vues ? demandai-je en la regardant.

— Il est beau, grand et...

— Et n'a pas manifesté le moindre intérêt à ton égard. Je crois même qu'il t'a évitée, dit sa mère sans tenir compte de l'air dépité de sa fille. Que cela te serve de leçon à toi aussi, Verity. Les jeunes femmes de votre rang ne doivent jamais manifester trop d'enthousiasme ni se montrer prêtes à tout pour un homme. Ce sont les prétendants qui doivent vous courtiser et jamais le contraire.

— Il faut bien au moins montrer un peu de sympathie, non ?

— Un sourire, quelques mots échangés et plusieurs danses à un bal suffisent à lui indiquer que vous n'êtes pas insensible à ses attentions. Un homme doté d'un minimum d'intelligence le comprendra aisément et entamera sa cour sans plus attendre. Vous ne devez en aucun cas manifester davantage votre intérêt. Ce serait indigne de vous. Ai-je été bien claire ?

— Oui, Mère, grommela Hathor.

La marquise se tourna vers moi, me prenant par surprise. Je m'empressai d'acquiescer.

— Oui, Marraine.

— Parfait, dit-elle en regardant par la fenêtre. Au fait, Hathor, lady Fancot m'a laissé entendre qu'un rapprochement entre son fils Henry et toi ne serait pas pour lui déplaire. Je serais tentée d'aller dans son sens.

— Pas moi. Je sais bien que vous ne m'imaginez pas avec un duc, mais ne trouvez-vous pas que vous visez un peu bas pour moi ?

— Tu ne devrais pas te montrer aussi matérialiste, Hathor.

— Bon, alors dans ce cas, laissez-moi épouser le Dr Darrington.

— Ne sois pas ridicule !

Visiblement déterminée à pousser sa mère à bout, Hathor se tourna vers moi.

— Il faut reconnaître que le Dr Darrington est beau, intelligent et de fort agréable compagnie, tu ne trouves pas, Verity ?

— Si, en effet, reconnus-je.

La marquise poussa un soupir, ce qui fit rire Hathor. De mon côté, je me rendis compte que je pensais vraiment tout cela.

— Je sais bien que tu plaisantes, Hathor, mais tu devrais t'abstenir, dit sa mère. Il ne faut pas se moquer de lui. Il a beau être un prétendant tout à fait indigne de toi, j'ai entendu dire qu'il faisait beaucoup de bien autour de lui. Il mérite un minimum de respect.

— Oui, Mère, dit Hathor, qui s'était détournée et regardait le paysage.

Je fis de même, mais les mots de la marquise résonnaient dans mon esprit.

« Un prétendant tout à fait indigne de toi. »

Pourtant, depuis qu'il avait décidé de m'éviter, on ne parlait plus que de lui ou presque. En effet, il avait refusé ses services à plusieurs nobles familles pour pouvoir se consacrer aux nécessiteux. Le marquis avait été stupéfait d'apprendre qu'une invitation de sa part, pourtant envoyée en début de semaine, était restée sans réponse. Toutefois, plutôt que d'en prendre ombrage, tout ce petit monde cherchait à en savoir davantage à son sujet. Pour ma part, sans douter de son dévouement aux plus démunis, je restais convaincue qu'il cherchait à me fuir.

— Enfin, nous voilà arrivées ! s'exclama joyeusement Hathor comme la voiture s'immobilisait.

Elle ajusta une nouvelle fois son chapeau tandis que sa mère sortait la première.

En la suivant, je m'aperçus que le parc était bondé.

— Pourquoi le troisième mercredi du mois est-il si important ? demandai-je tandis que les cochers allaient chercher nos chevaux.

— À cause du Parlement, bien sûr.

C'était Henry Parwens qui m'avait répondu. En redingote bleu clair et gris, il tenait un cheval blanc par la bride. Ce fut plus fort que moi, je balayai les alentours du regard. Si Henry était là, il devait y avoir...

Cela ne manqua pas. À sa suite apparut Theodore, qui menait un cheval noir.

Je vis ses yeux s'écarquiller et sa mâchoire se crisper lorsqu'il se rendit compte de ma présence.

— Mesdames, dit Henry en s'inclinant.

— Cela m'a tout l'air d'un guet-apens, me murmura Hathor sans quitter des yeux sa mère qui était à présent en grande conversation avec lady Fancot.

— Avez-vous également prévu de monter ? demanda Henry alors que les cochers nous tendaient les rênes de nos chevaux respectifs. Verriez-vous le moindre inconvénient à ce que nous nous joignions à vous ?

— Tous les deux ? demandai-je en regardant Theodore.

— Oui, bien sû..., voulut répondre Henry.

— Pardonnez-moi, mesdemoiselles, j'ai de mon côté des patients à...

— Je suis sûr qu'ils peuvent attendre, Theodore, rétorqua Henry en le fusillant du regard et en saisissant les rênes du cheval noir.

— On ne devrait jamais faire attendre un patient, grommela Theodore.

— Si vous appliquiez cette règle, les médecins ne seraient rien d'autre que des esclaves. Mais peut-être cherchez-vous simplement à éviter notre compagnie ? demandai-je.

Les lèvres pincées, il ne dit plus un mot tandis que les cochers nous aidaient à monter aussi élégamment que possible en selle. En voyant Hathor se tenir telle une princesse sur sa monture, je regrettai quelque peu de ne pas avoir fait plus d'efforts pour ma toilette.

— Comme je vous le disais, lady Verity, le troisième mercredi du mois attire beaucoup de monde ici du fait du Parlement, reprit Henry alors que nous commencions notre promenade.

— Est-ce donc le seul jour de congé accordé aux parlementaires ?

J'avais dit cela sur le ton de la plaisanterie, mais Theodore resta de marbre, le et fixait sur l'horizon.

— Non, bien sûr que non, répondit Hathor. En réalité, les séances se tiennent en fin d'après-midi les lundis, mardis, jeudis et vendredis. Or, quand il y a un vote, les sessions peuvent se prolonger jusque très tard dans la soirée, surtout si l'opposition est virulente. Ainsi, quand vient la troisième semaine, la plupart d'entre eux, épuisés par les débats, se retrouvent ici.

— Vous êtes bien renseignée, mademoiselle, s'étonna Henry.

— Moi, non, mais mon père, oui. Il se tient au courant de ce genre de choses, ce qui fait que j'en entends parler même sans le vouloir, ironisa-t-elle.

Entre eux, la conversation alla bientôt bon train et j'en profitai pour me concentrer sur Theodore, qui ne m'accordait toujours aucune attention.

— Vous aurais-je offensé, docteur Darrington ? demandai-je doucement.

Il daigna enfin me regarder, d'un air interloqué.

— Pas que je sache.

— Alors vous m'évitez délibérément.

— Pardonnez-moi, mademoiselle. Je suis fatigué, voilà tout.

— Pourquoi ai-je le sentiment que vous me mentez ?

Il se rembrunit et demanda d'un air las :

— Que voulez-vous que je vous dise ?

— La vérité.

— Vous savez bien que cela m'est impossible.

— Non, je n'en sais rien.

Il soupira.

C'était à croire que j'étais celle qui rendait cette conversation difficile !

Nous continuâmes en silence. Du moins, Theodore restait mutique, sauf quand Hathor ou Henry s'adressaient à lui. Chaque fois qu'il leur répondait, j'avais le sentiment qu'il se montrait moins froid qu'avec moi.

Comment étions-nous passés d'un baiser à... cela ?

Plus le silence durait, plus je sentais un mélange de frustration et de contrariété monter en moi.

— Theodore ? dis-je en haussant la voix.

Il tourna vers moi avec de grands yeux.

— Ah, enfin vous me regardez. L'espace d'un instant, j'ai cru que vous aviez oublié ma présence à vos côtés, ajoutai-je.

— Mademoiselle, vous ne devriez pas m'appeler ainsi par mon pré...

— Pourquoi pas ? Que comptez-vous faire ? M'ignorer ?

Il allait répondre lorsque quelqu'un l'appela.

— Docteur Darrington !

C'était lady Clementina qui, très élégante dans une tenue violet foncé et coiffée, étonnamment, d'un haut-de-forme, venait vers nous à cheval.

— Lady Clementina, dit-il en la saluant. Comment allez-vous ?

— Enfin, vous vous préoccupez de ma santé ! J'avais fini par croire qu'une fois guérie je ne vous intéressais plus.

Elle lui sourit avant de se tourner vers Hathor et moi.

— Hathor, Verity, pardonnez-moi de ne pas vous avoir fait signe plus tôt. Je vous dois des remerciements, à vous aussi.

— Je suis heureuse de vous voir en meilleure forme, répondit Hathor avec un grand sourire.

— Comment pourrais-je tous vous remercier ?

— En chantant nos louanges partout où vous irez, pour commencer, intervint Henry, nous surprenant tous les trois.

— Qu'as-tu fait, exactement, pour mériter de telles faveurs ? demanda Theodore.

Henry feignit de s'offusquer.

— Sachez, mesdemoiselles, que cet homme a fait de moi son homme de main. C'est à moi qu'il a ordonné de courir jusqu'à la voiture pour lui rapporter sa sacoche de médecin. C'est pourquoi j'ai dû gravir en courant les nombreux escaliers que compte votre demeure, lady Clementina, pour lui remettre ce qu'il m'avait demandé.

Theodore leva les yeux au ciel et lady Clementina pouffa.

— Merci, monsieur, pour ces précieux détails. Je m'en serais voulu de négliger l'un de mes chevaliers servants. Je chanterai donc vos louanges, comme vous me le demandez.

— Je vous en remercie.

— Lady Clementina, pourrais-je m'entretenir avec vous en privé ? demanda Theodore, sautant sur l'occasion de nous fausser compagnie.

— Bien sûr ! À plus tard, Hathor. Et vous aussi, Verity.

Elle tira sur les rênes de son cheval et changea de direction, entraînant Theodore dans son sillage. Je les regardai s'éloigner, de plus en plus contrariée.

— Qu'ai-je donc fait pour mériter la compagnie de deux belles demoiselles, aujourd'hui ? demanda Henry.

— Je crains que nos mères n'y soient pour quelque chose, hélas, soupira Hathor. Ce qui m'amène à vous poser la question : quand vous déciderez-vous à annoncer à votre famille que votre cœur est pris par une autre ?

— Hathor, enfin ! la grondai-je, certaine qu'Henry ne tenait pas à ce que l'on discute de sa vie privée en public.

— Je vois que vous n'avez pas su garder mon secret pour vous, répondit-il tandis que nous reprenions notre promenade.

— Je ne l'ai dit qu'à Verity, et cela ne compte pas, puisqu'elle ne parle à personne d'autre qu'à son journal intime.

Je la gratifiai d'un regard noir, mais elle était d'humeur badine, et ne se tut donc pas.

— Une chose est sûre, reprit-elle. Soit vous acceptez le fait que cette femme n'est pas celle qu'il vous faut – cela me semble évident –, soit vous annoncez vos intentions publiquement, de façon à éviter toute confusion.

— Hathor ! Cette décision ne concerne que lui ! dis-je sèchement. Pardonnez-lui, monsieur Parwens. Elle est assez directe.

— Je m'en étais aperçu, oui. Mais ne vous en faites pas, c'est justement pour cette raison que je me suis confié à elle. De plus, elle n'a pas totalement tort. Oh, et je vous en prie, appelez-moi « Henry ».

— Henry, alors, reprit Hathor. Avez-vous fait votre choix ?

Elle aurait mérité une bonne tape sur le bras. Je me contentai cependant de jeter un regard à Henry.

— Ne lui répondez pas.

— Il ne peut pourtant pas se contenter de ne nous raconter qu'une partie de l'histoire.

— Rien ne l'oblige à nous raconter quoi que ce soit, marmonnai-je.

Après tout, évoquer sa situation amoureuse était peut-être douloureux pour lui. Je comprenais cela, puisque je vivais la même épreuve.

— Vous voudriez que je vous donne une réponse simple, dit-il. Mais je ne peux prendre cette décision seul. Dans ce domaine, il faut que les deux partis soient d'accord.

— Et elle ne l'est pas ? Pourquoi ? insista Hathor.

Se rendait-elle compte qu'elle lui demandait là de mettre son cœur à nu ?

— C'est compliqué, soupira-t-il. Dès qu'il s'agit d'amour, tout est compliqué, mesdemoiselles. Car l'amour fait parler le meilleur et le pire en nous. On est heureux, on se croit invincible et, l'instant d'après, on est perclus de douleur.

— Ce doit être épuisant, lâcha Hathor, comme si elle en avait déjà trop entendu.

Elle qui appelait sans cesse l'amour de ses vœux lui semblait pourtant si hostile. Comment ferait-elle s'il croisait un jour son chemin ?

Sa remarque avait toutefois fait rire Henry.

— Ça l'est, croyez-moi. Mais on ne choisit pas de qui on tombe amoureux. Pour le moment, elle semble se satisfaire de garder ses distances. Je ne sais comment Theodore et elle réussissent un tel exploit.

— Theodore ? m'exclamai-je.

Henry se figea un instant, s'en voulant visiblement d'avoir mentionné son ami.

— Oubliez ce que je viens de dire, mesdemoiselles, je...

— Impossible ! Que vouliez-vous dire à propos du Dr Darrington ? demandai-je, me surprenant moi-même par mon insistance.

Il soupira.

— Si la moindre rumeur se répand, je saurai que c'est à vous deux que je le dois, nous avertit-il.

— Allez-vous parler ? intervint Hathor. Que se passe-t-il avec le docteur ?

Henry regarda par-dessus son épaule, comme s'il craignait que l'homme en question ne soit revenu.

— Il semblerait qu'il soit épris d'une femme de la bonne société.

Mon cœur fit un bond dans ma poitrine.

— Qui ? demanda Hathor.

— Je l'ignore, il refuse de m'en parler. Mais c'est la première fois que je le vois dans cet état et je le connais depuis des années.

— Il refuse d'en parler parce qu'il sait qu'il n'est pas un prétendant convenable, c'est évident, dit Hathor.

— Il est très convenable, au contraire, protesta Henry.

— Je ne parle pas de sa personnalité, mais de sa naissance, répondit Hathor avec douceur. S'il est épris d'une demoiselle de la bonne société, comme vous semblez l'affirmer, quelle mère autoriserait sa fille à épouser un...

— Bâtard, terminai-je à sa place.

L'expression d'Henry s'assombrit.

— Il est très injuste que la vie d'un gentleman soit gênée par les choix de son père. S'il était né avec un titre, tout Londres serait à ses pieds et il ne serait pas contraint de se rabaisser devant tous ceux qu'il rencontre.

— Se rabaisser ? Que voulez-vous dire par là ?

— Dès qu'il fait l'objet de la moindre attention, que ce soit aujourd'hui ou autrefois, à l'université, il essaie de se faire oublier. Pourquoi ? Parce qu'il craint qu'on ne le prenne pour un ambitieux qui essaie de se faire une place parmi nous par des moyens détournés.

— Pourquoi penserait-on que c'est le cas quand tout indique que c'est un homme intelligent ? demandai-je, la colère me gagnant à mon tour.

— À l'université, quand les autres étudiants se moquaient de lui à son insu, je savais très bien que ce n'était que par jalousie. Après tout, leurs propres pères avaient tous de la considération pour lui et auraient aimé qu'il soit leur fils, pour pouvoir se vanter de lui. Theodore avait beau être enseignant, il avait presque notre âge, et il nous était donc difficile de le considérer comme tel. Le temps passant, je m'attendais à ce que les autres fassent preuve de davantage de maturité, mais ce ne fut pas le cas. En fin de compte, je trouve qu'on se moque toujours plus durement de ceux qui sont différents de nous.

— C'est ce qui est arrivé à ma sœur, ajouta Hathor. C'était la plus belle fille de Londres et pourtant elle a dû disparaître pendant quelque temps afin de se soustraire à tout ce que l'on racontait sur elle.

— Au moins votre sœur avait-elle sa famille pour la protéger, dit Henry. Theodore, lui, n'a personne et n'a nulle part où se cacher. Il est contraint d'exercer un métier et fait de son mieux pour dissimuler son exceptionnel talent.

— Voilà qui est proprement insupportable, dis-je en serrant les poings autour des rênes.

— Je sais bien.

Je jetai un regard derrière nous pour essayer de l'apercevoir, en vain. Mon cheval, jusque-là fort calme, profita de cet instant d'inattention pour partir au galop.

La dernière chose que j'entendis fut Hathor qui hurlait mon nom.

— Avez-vous des maux de tête ou le souffle court ? demandai-je à lady Clementina tandis que nous nous dirigions vers l'étang, au bord duquel se trouvait sa famille.

— Rien de tout cela. Je me sens vraiment mieux, répondit-elle en souriant.

J'avais bien remarqué que les femmes de ce milieu réagissaient toujours ainsi : elles souriaient, quels que soient leurs pensées, leurs sentiments ou leur état. Verity, elle aussi, m'avait déjà affirmé être en bonne santé quand il était évident que ce n'était pas le cas.

— Il n'empêche que monter à cheval si vite après votre malaise n'est pas une très bonne idée, mademoiselle. Je suppose que c'était une suggestion de votre mère, ajoutai-je en regardant celle-ci.

Elle bavardait avec entrain au centre de son groupe d'amies, sa robe lui donnant des airs de flamant rose.

— Ne soyez pas trop dur avec elle, docteur Darrington, dit Clementina en la regardant à son tour. Si elle fait tout cela, c'est pour assurer mon avenir.

Cette femme lui avait fait prendre du poison. Sans le savoir, certes. De plus, elle l'avait forcée à suivre un traitement alors qu'elle ne souffrait d'aucune maladie.

— Votre grande taille ne menace pas votre avenir, lady Clementina.

C'était la seule chose que je pouvais dire sans risquer d'être grossier.

— Si seulement vous disiez vrai. Je sais que vous ne cherchez pas à me blesser, mais la vérité est que, comparée à mes congénères, je suis une géante. Même parmi les hommes, je suis souvent la plus grande, et de loin. Qui voudrait d'une telle épouse ?

— Si c'est là votre opinion, je ne la discuterai pas. Laissez-moi cependant vous poser une question : pensez-vous être la seule dans cette situation ?

— Que voulez-vous dire ?

— Si vous êtes une géante, vous n'êtes sûrement pas la seule en ce monde. Pour chacun d'entre nous, il y a quelque part quelqu'un qui nous est destiné, géant ou non. Il suffit d'y croire.

Elle éclata de rire.

— Je ne vous savais pas si idéaliste, docteur Darrington.

— Je ne le suis pas, mais je ne souhaite pas que vous vous fassiez du mal, ou que l'on vous en fasse, simplement pour trouver un mari.

— Pour vous qui êtes un homme, il s'agit simplement de « trouver un mari » quand pour nous, qui sommes des demoiselles, c'est vital, me rappela-t-elle.

Elle avait raison. J'en voulais pour preuve la foule qui nous entourait au parc.

— Je vais toutefois suivre votre conseil, reprit-elle. Et Mère aussi. Je crois que vous êtes la première personne à oser la réprimander comme vous l'avez fait. Elle s'en veut beaucoup de ce qui est arrivé et m'a même dit que je n'étais pas obligée de venir aujourd'hui, que je devrais me reposer. C'est moi qui ai insisté pour montrer à tous que j'allais bien.

— Très bien, dans ce cas. Toutefois, à la moindre inquiétude, faites-moi appeler.

— Viendrez-vous ? On dit dans les salons que vous nous avez laissés tomber pour vous occuper des plus démunis.

Je soupirai.

Ces gens et leurs « on-dit »...

— Je n'ai tourné le dos à personne. Je souhaite simplement être au service de tous. Dans la mesure où vous faites déjà partie de mes patients, je serai toujours là pour vous.

Elle allait répondre quand elle fut interrompue par une voix qui provenait d'un point derrière nous.

— Docteur Darrington !

Je me retournai et vis s'avancer vers nous un individu d'un certain âge, suivi par un groupe d'hommes. Grand, mince et grisonnant, les joues constellées de taches de vieillesse, il portait un costume de très beau velours et s'appuyait sur une canne noire très élégante.

Je mis quelques secondes à le reconnaître.

— Sir Grisham ? s'étonna lady Clementina.

— Comment allez-vous, lady Clementina ? lui demanda-t-il. J'espère que cet... individu ne sème pas plus de confusion encore dans votre esprit.

— Mais non, dit-elle en me jetant un coup d'œil. En quoi pourrait-il me troubler ?

— Lady Clementina, je pense que vous feriez mieux de rejoindre votre mère, lui dis-je.

Elle hocha la tête.

— Messieurs, nous salua-t-elle, avant de s'éloigner au petit trot.

Je mis pied à terre et me tournai vers le petit groupe. Sans doute ces hommes étaient-ils tous médecins. Pour quelle autre raison auraient-ils ainsi fait corps avec sir Grisham ?

— En quoi puis-je vous aider, messieurs ?

— En retournant là d'où viennent tous les bâtards ! répondit sir Grisham.

— Ma mère n'étant plus de ce monde, je crains que cela ne soit pas possible, monsieur.

Il fit un pas vers moi.

— Ainsi, vous le prenez sur le ton de la plaisanterie, mon garçon ? Pour qui vous prenez-vous donc, à ruiner ainsi ma réputation ? J'étais médecin bien avant votre inavouable conception. Et aujourd'hui vous cherchez à dénigrer mon travail et à me voler mes patients ? On dit que ceux de votre espèce n'ont pas d'honneur, mais vous pourriez au moins avoir du bon sens.

Je serrai le poing et sentis la fureur se répandre en moi. J'aurais voulu lui expliquer que c'était lui qui en manquait cruellement.

— Je vous prie de m'excuser, monsieur, si je vous ai offensé, me forçai-je à dire.

L'affronter ne mènerait à rien, que ce soit avec mes mots ou avec mes poings. En fin de compte, tout ce que l'on dirait, partout, c'est que le bâtard de Whitmear semait le trouble dans la bonne société londonienne.

— Vous m'avez gravement offensé et je vous demande de réparer les torts que vous m'avez causés en me rendant tous mes patients et en retirant tout ce que vous avez dit sur mes méthodes.

— Je n'en ferai rien, car mes diagnostics sont sûrs, monsieur. Libre à vous de revoir ces patients et de vous expliquer avec eux. Quant à moi, je ne reviendrai pas sur ce que j'ai dit.

— Je ne me répéterai pas, mon garçon…

Je sentis mes belles résolutions céder face à pareille arrogance.

— Que ferez-vous si je n'accepte pas ? Allez-vous me corriger, ici, dans ce parc ? C'est un fait que vos remèdes n'ont fait qu'aggraver les maladies qu'ils étaient censés guérir.

— Je peux vous rendre la vie impossible, *docteur* Darrington.

J'éclatai de rire.

— Ma vie a toujours été impossible, monsieur. Pardonnez-moi de douter que cela fasse une grande différence.

— Vous…

— Theodore !

Je me retournai et vis Henry, débraillé et visiblement paniqué, arriver au galop.

— Vite ! Lady Verity est tombée de cheval !

Ce fut comme si le monde s'effondrait autour de moi. Un étau me broya le cœur et je crus mourir. En un éclair, je remontai à cheval et partis au grand galop.

15

VERITY

Je ne me sentais pas si mal, mais je saignais beaucoup et, par conséquent, la terre entière s'était précipitée jusqu'à l'endroit où la famille Du Bell s'était installée, près de l'étang, et où l'on m'avait portée après ma chute. Ainsi, de nombreuses personnes autour de moi s'agitaient dans tous les sens, ordonnant ceci ou cela.

— Elle saigne toujours, dit Bernice en maintenant un linge sur mon front.

— Que fait donc ce fichu docteur ! s'impatientait la marquise en me tenant les épaules.

C'était la première fois que je l'entendais parler de la sorte. À croire que j'étais mourante.

L'étais-je ?

Tout était allé si vite. Quand, soudain, mon cheval s'était lancé au galop en direction d'un bosquet, j'avais chuté dans la poussière, désarçonnée.

Je baissai les yeux sur mes mains et vis que mes gants étaient déchirés et ma peau, meurtrie et salie d'avoir amorti ma chute.

— Place ! entendis-je le marquis hurler. Laissez-nous passer !

— Lady Verity ?

Cette voix posée, qui ne trahissait aucune panique, me fit lever la tête. Theodore était là et me couvait d'un regard rassurant.

— Docteur Darrington ?

— C'est bien, vous me reconnaissez, dit-il avec un léger sourire. Où avez-vous mal ?

— Ne voyez-vous donc pas que sa tête saigne ? s'emporta la marquise.

Sa voix tremblait tant que je crus qu'elle pleurait.

— Laissez-le faire son travail, mon amie, intervint le marquis en essayant en vain de l'éloigner de moi.

— Lady Verity ? répéta Theodore, en soulevant cette fois le linge posé sur ma tête.

La sensation de l'air frais sur ma blessure me fit grimacer.

— Est-ce à la tête que vous avez le plus mal ? demanda-t-il.

— Honnêtement, je ne sens rien du tout, pour le moment, répondis-je enfin.

— Mon Dieu, qu'est-ce que cela peut bien signifier ? s'inquiéta la marquise.

— Il est possible qu'elle soit en état de choc, suggéra-t-il sans me quitter des yeux.

Puis, sans crier gare, il me pinça durement le bras.

— Aïe ! m'écriai-je en me frottant la peau. Que faites-vous ?

— Un... deux...

Pourquoi comptait-il ? Je n'eus pas le temps de m'interroger plus longuement car, presque aussitôt, il appuya sur ma blessure et je poussai un cri de douleur.

— Vous lui faites mal ! s'exclama la marquise.

— La douleur est parfois une bonne chose. Je ne peux soigner que les maux dont je connais l'existence, expliqua-t-il en se retournant vers moi. Où avez-vous mal ?

— À la tête, aux mains, et maintenant au bras, grâce à vous, dis-je en faisant la moue.

— Et vos jambes ? Votre dos ? Avez-vous senti quoi que ce soit lors de votre chute ?

— Je ne m'en souviens pas, mais je n'ai mal ni aux jambes ni au dos.

— Vous voulez bien remuer vos pieds pour moi ?

Je m'exécutai.

— Très bien. Lord Monthermer, faites venir la voiture immédiatement. Je terminerai les soins chez vous. L'entaille est profonde, mais ne met pas sa vie en danger. Comprimer la blessure était une excellente idée.

— Je ne veux pas rentrer, j'ai été enfermée toute la semaine, marmonnai-je.

— Allons, Verity, mon enfant, tu saignes ! Nous devons te ramener immédiatement, dit la marquise.

— La voiture est déjà là, renchérit le marquis.

— Parfait, je vais la porter, dit Theodore.

Je manquai de m'étrangler.

— Je peux très bien marcher...

— Ça suffit, Verity, ne sois pas ridicule. Tu es blessée, insista la marquise. Docteur Darrington, je vous en prie, faites ce que vous estimerez nécessaire.

Il ne se le fit pas dire deux fois. Je sentis qu'il passait ses bras autour de ma taille et sous mes cuisses. Lorsque je levai les yeux vers lui, je fus éblouie de le voir venir ainsi à mon secours.

— Accrochez-vous, murmura-t-il.

J'en frissonnai de la tête aux pieds et me détournai, médusée par ma propre réaction.

La foule s'écarta devant nous. Tant de gens nous regardaient...

Je fermai les yeux. Tout cela était un peu gênant. En réalité, je n'étais pas si mal en point. Pourtant, tout à coup, on me traitait comme une princesse.

— La douleur augmente-t-elle ?

Il m'avait parlé au creux de l'oreille. J'ouvris les yeux et plongeai dans les siens, qui semblaient s'être rapprochés.

— Non, chuchotai-je tandis qu'il m'allongeait sur la banquette de la voiture en s'agenouillant à mes côtés, sans me lâcher un seul instant.

— Bien, dit-il avant de se tourner vers Bernice. Dites au cocher de conduire aussi doucement que possible et faites prévenir les domestiques, qu'ils préparent des pansements.

— Très bien, monsieur, répondit-elle avant de descendre du véhicule.

— Pourquoi feignez-vous à présent de vous intéresser à moi ? demandai-je lorsque nous fûmes seuls dans la voiture.

— Croyez-vous que je fasse semblant ?

— Je ne sais plus que penser. Un instant, vous prétendez être amoureux de moi, vous êtes omniprésent, vous m'embrassez et, l'instant d'après, vous m'ignorez, comme si je ne comptais pas et...

Il ne me laissa pas terminer la liste de mes griefs et posa ses lèvres sur les miennes, délicatement et bien trop furtivement.

— Je remercie le ciel que vous n'ayez pas été plus gravement blessée. Vous voir ainsi est déjà bien plus que je ne peux en supporter, murmura-t-il.

Je le fixai d'un regard sévère... tout en priant pour qu'il m'embrasse de nouveau.

— Vous m'avez évitée, ces derniers temps.

— Oui.

— Je vous ordonne d'arrêter immédiatement, car cette attitude me cause bien plus de douleur que cette blessure.

— Verity... Vous et moi... C'est impossible...

— Essayons tout de même.

— Que voulez-vous dire ? Verity, je tente de...

— Docteur Darrington ! l'interrompit Bernice. Tout est prêt. Pouvons-nous y aller à présent ?

Il lui répondit d'un mouvement de tête.

Mon cœur battait à tout rompre ; j'étais sûre qu'il le sentait, puisqu'il me tenait contre lui. Le réconfort et la sensation de sécurité que je ressentais au creux de ses bras m'étaient inconnus. C'était comme si, à lui seul, il pouvait me protéger du reste du monde. Je posai la tête sur son torse, inspirai profondément et me laissai envelopper par son odeur chaude. Il sentait bon, comme un jardin.

Jamais je n'avais été aussi heureuse d'être blessée, car personne, en cet instant, ne pouvait remettre mon honneur en question, ni exiger qu'il me lâche.

— Buvez, cela vous soulagera, murmura-t-il en portant un liquide à mes lèvres.

Nos regards se croisèrent de nouveau, j'entrouvris les lèvres et, pourtant, ce fut lui qui sembla avoir du mal à déglutir.

Quel que soit le charme qui opérait en cet instant, il fut rompu par l'amertume de la potion qu'il venait de m'administrer, et qui me fit grimacer de dégoût.

— Pouah ! protestai-je en me détournant.

— Il faut tout boire, mademoiselle.

Je faillis lui reprocher de ne pas m'appeler par mon prénom, mais je savais qu'il ne pouvait pas, car Bernice était présente.

Je bus ce qui restait. À n'en pas douter, c'était un remède puissant car, en l'espace de quelques instants, je sentis la fatigue me prendre.

Une nouvelle fois, je regardai Theodore… et plongeai dans le regard sévère de mon père.

« Faut-il toujours que tu sois si pénible ? »

Je voulus parler, mais les mots restèrent coincés dans ma gorge. J'essayai de crier, mais aucun son ne sortit… puis ce fut le noir.

Non.

Non. Arrêtez !

NON !

— Mademoiselle Verity ! Mademoiselle Verity !

J'ouvris les yeux et vis, penché sur moi, m'agrippant par les épaules…

— Theodore ?

Je sentis sa main sur mon front et compris que je ne rêvais pas. Il était là. Bien réel. Mais pourquoi tremblais-je autant ? J'étais réveillée, à présent, alors pourquoi avais-je encore si peur ? Au point de me sentir aussi vulnérable qu'une enfant et de ne plus pouvoir parler.

Il voulut s'éloigner, mais je m'agrippai à lui.

— Tout va bien, Verity, murmura-t-il. Vous allez bien, je vous le promets.

Je regardai autour de moi. Sans savoir comment, je me trouvais à présent dans ma chambre.

Combien de temps s'était-il écoulé depuis le parc ? Quoi qu'il en soit, la nuit était tombée dans l'intervalle. Était-il resté à mon chevet tout du long ? Qu'avait-il entendu ?

— Restez allongée, dit-il en me repoussant doucement sur les oreillers.

— Combien de temps ai-je dormi ?

— Quelques heures.

— Et vous êtes resté tout ce temps ?

Il répondit d'un hochement de tête, puis écarta d'un geste tendre une mèche tombée sur mon front.

— La marquise tenait absolument à ce que je reste jusqu'à votre réveil.

— Est-ce la seule raison pour laquelle vous êtes encore là ?

Il me prit la main.

— Vous savez bien que non. Mon cœur ne m'aurait jamais laissé partir, même si on me l'avait ordonné.

Je souris et serrai sa main en retour.

— Theodore, j'ai du mal à vous suivre. Désirez-vous rester avec moi ou souhaitez-vous au contraire prendre vos distances ?

— Les deux, avoua-t-il en souriant. La raison me souffle de fuir. Mon cœur me supplie de rester. Je suis en guerre contre moi-même.

— Si je vous dis que je souhaite que vous restiez, cela fait-il pencher la balance en faveur de votre cœur ?

Il porta ma main à ses lèvres et y déposa un baiser.

— Tout ce que vous faites ravit mon cœur, Verity. Vous savez combien je voudrais être auprès de vous. Cependant...

— Peu m'importe votre condition. Avec ou sans titre, avec ou sans domaine, dans un château ou une chaumière, tout ce que je veux, c'est avoir à mes côtés quelqu'un auprès de qui… j'oublie de chercher la sortie.

Il se rapprocha de moi.

— Vous êtes pleine d'audace, pour une lady. Face à vous, je me sens capable de faire n'importe quoi et cela ne nous attirera que des ennuis. Ce que nous sommes en train de faire est…

— Amusant.

Je souris.

— Que vous tombiez de cheval n'a rien d'amusant.

— Certes. Mais être soignée par un aussi bon médecin que vous l'est.

À son tour, il ne put s'empêcher de sourire.

— Que vais-je faire de vous ?

— Que voudriez-vous faire de moi ?

— La décence m'empêche de vous le dire.

— Rien ne vous empêche de l'écrire.

Ma réponse sembla l'agacer, bien qu'il continue à sourire.

— Vous vous moquez de moi, dit-il en secouant la tête.

Il allait reprendre quand la porte s'ouvrit brusquement. Il me lâcha les mains en toute hâte. C'était la marquise, Bernice sur ses talons. Elle se rua vers moi, visiblement en proie à la panique, et me serra dans ses bras.

— Verity ! Dieu merci, tu es réveillée. Je n'arrivais pas à dormir tant mon inquiétude était grande. Comment te sens-tu, mon enfant ?

— Beaucoup mieux, maintenant. Pardonnez-moi de vous avoir causé tant de désagréments, dis-je en regardant Theodore gagner un coin de la pièce et récupérer sa sacoche.

— Elle va bien, confirma-t-il à l'intention de la marquise. Je repasserai la voir demain après-midi.

Il partait ? Encore ? Me fuyait-il de nouveau ? Nous venions pourtant à peine de recommencer à nous parler.

— En êtes-vous sûr ? demanda la marquise, tout en resserrant son étreinte. Vous ne pensez pas qu'il lui faudrait quelque chose pour dormir ?

— Non, dis-je en essayant de me redresser. J'en ai assez de dormir, Marraine.

— Mais tu dois te reposer, Verity. N'est-ce pas, docteur ?

— En effet. J'ai déjà donné des consignes à la bonne concernant son traitement. C'est une simple soupe, mais elle l'aidera à se détendre.

— Une soupe ? s'étonna la marquise.

— Oui. Il vaut mieux qu'elle ne mange rien d'autre aujourd'hui. Après sa chute, je lui ai donné un sirop pour la calmer. La soupe lui fera du bien, car je pense qu'elle est encore fatiguée et que le sirop agit toujours, dit-il d'un ton presque détaché.

Il se tourna vers Bernice, qui se tenait à quelques pas de là.

— Pouvez-vous la lui apporter maintenant, s'il vous plaît ?

J'avais envie qu'il reste, mais je ne pouvais le lui dire, pas en présence de témoins. Il y avait toujours tellement de gens entre nous deux que les occasions de discuter étaient rares, et de courte durée.

— Bonsoir, madame. Bonsoir, lady Verity. Je vous dis donc à demain.

— Oui, merci, docteur Darrington. Nous avons décidément souvent recours à vous, ces derniers temps, répondit la marquise.

— Ce n'est rien.

Il nous salua et se retira.

Une fois de plus, je me sentis... triste.

— Verity ? As-tu besoin de quoi que ce soit ? s'enquit la marquise.

— Non, tout va bien.

J'avais répondu sans hésitation et cela sembla la contrarier. Elle poussa un long soupir.

— Je ne peux plus continuer comme cela. C'est au-dessus de mes forces.

— Je ne comprends pas. Qu'est-ce qui est au-dessus de vos forces ?

— Je n'en peux plus d'attendre, mon enfant. Hathor a raison. Tu ne feras pas le premier pas, à moins d'y être contrainte.

Je ne voyais pas de quoi elle voulait parler.

— Je suis au courant, pour tes cauchemars, reprit-elle. Et pour le médicament que tu prends. Depuis des semaines, j'attends que tu te sentes plus à l'aise et que tu te confies à moi. Au lieu de cela, tu me regardes en face et tu me répètes que tout va bien alors même qu'il est évident que ce n'est pas le cas.

— Marraine…

Je baissai la tête, les mains nouées, ne sachant que dire. D'un doigt, elle me souleva le menton.

— Verity, je ne peux pas t'aider si tu ne me parles pas.

— Que voulez-vous que je vous raconte, Marraine ? lâchai-je dans un souffle. Toutes les horreurs de mon passé, que vous connaissez déjà ? Pardonnez-moi mais, en admettant que je vous raconte quoi que ce soit, que croyez-vous pouvoir faire, quand aucun médecin n'est parvenu à me guérir ?

— Il y a toujours une solution et deux têtes valent mieux qu'une ; je suis sûre que nous arriverons à trouver quelque chose.

Comme si c'était aussi simple.

Cette façon qu'ils avaient tous, dans cette famille, de croire qu'il suffisait de désirer quelque chose pour que cela se produise… Cela m'exaspérait.

— Verity, ne me dis pas que tout va bien quand…

— Je n'ai pas envie d'en parler parce que je sais que vous ne comprendrez pas, Marraine, dis-je sèchement.

Devant son expression défaite et son mouvement de recul, je regrettai aussitôt mes paroles.

— Pardonnez-moi. C'est la fatigue.

Je me tournai sur le côté. Ce n'était guère charitable de ma part de me mettre ainsi en colère contre celle qui, j'en étais certaine, ne voulait que mon bien. Je n'y pouvais rien, j'étais à bout.

Elle parut le comprendre.

— Je vais te laisser. Bernice restera auprès de toi, au cas où tu aurais besoin de quelque chose.

Elle posa doucement une main sur mon épaule, puis je la sentis se lever.

Quand la porte se referma derrière elle, je me remis sur le dos. J'avais envie de rentrer chez moi. Je voulais dormir dans mon lit, là où personne ne me dérangerait, ni ne chercherait à m'extirper des ténèbres qui encombraient mon esprit.

Toc, toc.

— Bonsoir, mademoiselle.

Décidément, je ne pouvais pas être seule un instant, dans cette maison.

— Entrez, dis-je en me redressant contre les oreillers tandis que Bernice approchait, un plateau dans les mains.

Sur celui-ci étaient posés un bol et une cuillère.

Elle déposa le tout devant moi. Je regardai le bol, dont le contenu jaune clair sentait le poulet. Il y flottait des morceaux de carottes et des petits pois.

— C'est tout ?

Sans savoir pourquoi, je m'étais attendue à autre chose.

— Oui, mademoiselle, répondit-elle en me tendant une cuillère.

Je pris un peu de soupe pour la goûter. Elle était délicieuse, chaude et parfumée.

Je souris.

— C'est très bon.

— Je suis soulagée, alors. J'ai eu un peu peur quand le Dr Darrington a dit qu'il allait la préparer lui-même.

— Comment ? C'est lui qui a fait cette soupe ?

— La cuisinière était déjà montée se coucher. Je voulais aller la chercher, mais le docteur a dit qu'il s'occupait de tout.

— Il n'a pas mis la pagaille dans les cuisines ?

— Non, mademoiselle. Il avait l'air de savoir ce qu'il faisait. Je me suis contentée de lui apporter les ingrédients qu'il demandait.

Je regardai mon bol de soupe. Je venais d'apprendre quelque chose. Non seulement Theodore était un érudit et un médecin de talent, mais il savait aussi cuisiner. Je ne pus retenir un petit rire. Au moment même où je me laissais aller à mon malheur, il réussissait à me redonner le moral.

— Avez-vous besoin de quoi que ce soit, mademoiselle ?

— Non, non, dis-je sans cesser de sourire.

J'avalai une autre cuillerée et imaginai Theodore aux fourneaux.

Cette soupe était décidément exquise.

THEODORE

J'avais perdu la tête, je ne voyais pas d'autre explication. Pourquoi, sinon, me serais-je retrouvé dans leur cuisine ?

À l'arrivée de la marquise dans la chambre de Verity, je m'étais forcé à prendre congé, ne pouvant supporter l'idée d'être auprès de Verity sans la tenir dans mes bras. Toutefois, je supportais encore moins l'idée de la quitter. À peine le seuil de sa chambre franchi, j'avais cherché une excuse pour demeurer sur place. C'était plus fort que moi. Je savais que c'était impossible mais j'aurais tant voulu qu'elle me demande de rester auprès d'elle...

— Je vais devenir fou, marmonnai-je en me lavant les mains avant d'aller chercher ma sacoche, posée sur la table.

Il fallait que je m'en aille.

— Docteur Darrington !

La voix m'était familière et venait de la porte de service.

C'était Damon Du Bell en personne qui attendait au pied de l'escalier, habillé simplement mais pas encore en vêtements de nuit, malgré l'heure tardive.

— Monsieur ?

Il balaya le couloir d'un regard avant de me faire signe de le suivre à l'étage.

— Auriez-vous l'amabilité de m'accorder un instant ?

« Bon Dieu, je n'arriverai donc jamais à quitter cette maison ? » fut la première chose qui me traversa l'esprit.

Je le suivis néanmoins. Il attendit d'être sur le palier pour me donner un début d'explication, à voix basse.

— Je ne veux pas alerter toute la maisonnée, mais vous serait-il possible d'examiner ma femme ?

— Est-elle malade ?

— Ces derniers temps, elle est prise de terribles nausées, parfois suivies de vomissements, le jour comme la nuit. Il en résulte une grande fatigue. Chaque fois, elle dit qu'il s'agit simplement d'un problème de digestion, mais je commence à me demander si ce n'est pas plus grave que cela.

Nous nous étions arrêtés devant la porte de sa chambre.

— Se plaint-elle d'autre chose ?

— Pas à ma connaissance.

Il allait ajouter quelque chose mais y renonça.

— Monsieur ?

Il secoua la tête.

— Non, rien. C'est peut-être mon imagination, mais...

— Mais ?

Une nouvelle fois, il attendit avant de répondre.

— Il vaut mieux que vous vous fassiez votre propre avis.

Il entra et je le suivis. Sa femme lisait, assise dans leur lit. En me voyant, elle s'alarma aussitôt.

— Docteur Darrington ? Damon ? Que se passe-t-il ?

— Ma chérie, je ne supporte pas de te voir malade, alors je l'ai fait venir pour essayer de trouver ce qui…

— Damon ! Je t'avais dit que je ne voulais pas faire d'histoires ! Je vais très bien.

— Il y a quelques instants à peine, tu semblais sur le point de vider le contenu de ton estomac sur notre lit, répondit-il avant de se tourner vers moi. Je vous en prie, examinez-la. Elle préférerait souffrir en silence que de s'avouer malade devant ma mère.

Je fis un pas en avant.

Elle sauta hors du lit et croisa les bras sur sa poitrine, comme pour se protéger.

— Je ne veux pas être examinée. Je vais très bien.

— Silva, s'il te plaît… Ne fais pas de manières.

— Des manières ?

Elle toisa sévèrement son mari et je fus tenté de fuir, car je ne tenais pas à être témoin d'un meurtre.

— Docteur Darrington…, dit-elle doucement.

— Oui, madame ?

— Je vous remercie du dévouement dont vous avez fait preuve aujourd'hui. Nous avons abusé de votre temps, je le crains. Et je puis vous assurer qu'il est encore trop tôt pour que je consulte un médecin. Bien trop tôt. Dans quelques mois, peut-être, conclut-elle avec un regard dans lequel je lus aussi clairement que dans un livre.

— Ah. Je comprends. Je vais donc prendre congé…

— Attendez ! me retint Damon. Que veux-tu dire par « dans quelques mois » ? Tu sais donc de quoi tu souffres et tu ne veux pas te soigner tout de suite ? C'est absurde ! Et je suis tout à fait surpris de vous entendre l'approuver, docteur Darrington.

Je baissai la tête. Bénis soient les innocents.

— Si cet enfant affiche un goût marqué pour l'absurde, c'est plutôt de toi qu'il le tiendra, répliqua la jeune femme.

Dans le silence qui suivit, je lus sur le visage de Damon l'effet des paroles de son épouse. Stupéfait, il regardait droit devant lui, bouche bée, les yeux exorbités, tandis qu'elle faisait de son mieux pour ne pas éclater de rire. Puis il se tourna vers moi. Jamais je n'avais vu Damon Du Bell aussi heureux.

— Je vais vous laisser, dis-je simplement. Bonne soirée, et félicitations.

Je me retirai sans faire de bruit, les laissant sans voix l'un et l'autre.

Je n'entendis leurs rires qu'une fois la porte refermée, et ne pus m'empêcher de sourire, malgré une pointe de jalousie. La vie de Damon Du Bell était si merveilleuse, si simple. C'était la vie à laquelle chacun aurait dû avoir droit : trouver un partenaire que l'on désirait, l'épouser et avoir un enfant sans se préoccuper de sa position sociale, de sa fortune ou de son nom.

Sur le perron, je me retournai, parcourus du regard l'imposante demeure, et réussis enfin à partir. Ce monde n'était pas fait pour moi, et m'y attarder ne me causerait que davantage de soucis.

Rêver de s'extraire de sa condition ne pouvait mener qu'à la tragédie.

16

Verity

J'attendis jusqu'à midi, puis le reste de la journée, mais Theodore ne vint pas.

Il me fit parvenir un mot à la place, expliquant qu'il était retenu par un autre patient, dont l'état exigeait sa présence. Il avait laissé des consignes à Bernice, qui le ferait mander si je ne me sentais pas bien. J'en fus très contrariée, tout en étant consciente que cette réaction était puérile. Il avait très bien pu avoir une urgence, comme cela semblait être le cas partout où il allait. Malgré tout, j'espérais, non, je *voulais* qu'il vienne, et je souffris de son absence.

Je descendis un moment au jardin, car la marquise était persuadée que prendre l'air me ferait du bien. Je m'inquiétais pour elle aussi. Elle n'avait pas dit un mot sur mon comportement, mais je sentais bien qu'elle était désormais plus réservée en ma présence. De retour dans ma chambre, j'ouvris mon journal en soupirant.

20 mai 1813

J'ai l'impression d'être un rosier avec une seule rose et beaucoup d'épines. Je voudrais produire plus de fleurs, mais tout ce que j'arrive à faire ce sont des ronces. Combien lui faut-il porter de roses pour qu'une plante soit nommée rosier et non roncier ?

À quoi sert d'être bien née
Et de grandir dans les ténèbres ?
Sage le jour, hantée la nuit.
Une horreur...

Bernice toqua et entra dans ma chambre.

— Mademoiselle ? Le Dr Darrington voudrait vous voir.

Je me levai aussitôt et me retournai. Il était là, en redingote bleu nuit, sa sacoche à la main, les joues un peu rouges, comme s'il était venu en courant. Il posa sur moi un regard très calme.

— Lady Verity...

— Docteur Darrington...

Nous avions parlé en même temps et nous fîmes chacun simultanément signe à l'autre de poursuivre. Dans le silence qui suivit, nous nous regardâmes, sans savoir que faire.

Ce fut lui qui prit l'initiative.

— Lady Verity, pardonnez-moi de venir ainsi à l'improviste. Comment vous sentez-vous ?

— Négligée par mon médecin, ces derniers temps, répondis-je platement.

— Je suis navré, il y a eu une épidémie de fièvre à Langley Cross, toutes les familles étaient touchées... Mon intention n'était pas de vous négliger.

Je le fixai un moment sans rien dire.

— Avez-vous réussi à venir à bout de cette fièvre ?

— J'ai fait de mon mieux... mais tous ne s'en sont pas remis, répondit-il.

Devant sa peine, je culpabilisai de m'être plainte.

— Comment va votre tête ? reprit-il. Vous voulez bien vous asseoir pour que je vous examine ?

J'obtempérai immédiatement, et ce faisant, mon regard se posa sur mon journal intime. Je voulus le refermer trop vite et renversai l'encrier ; l'encre se répandit sur le secrétaire et coula sur ma robe.

— Mademoiselle ! s'écria Bernice en venant à mon secours.

Comme elle n'avait rien pour essuyer l'encre, elle se contenta de pousser le secrétaire pour que celle-ci ne coule plus sur ma robe.

— Venez, mademoiselle, il faut vous changer.

Il me vint alors à l'esprit que j'allais pouvoir tirer parti de la situation.

— Ce n'est qu'une robe, Bernice, n'en faisons pas tout un plat. Je m'en voudrais de faire perdre son temps au Dr Darrington, qui a d'autres patients à voir. Contentez-vous de faire monter quelqu'un pour nettoyer et d'aller me chercher une robe pendant que le docteur et moi discutons. Je me changerai après.

— Bien sûr, mademoiselle.

Après une rapide révérence, elle se retira, nous laissant seuls.

— J'ai cru que vous m'aviez oubliée, Theodore, trouvai-je le courage de dire en me tournant vers lui.

Il semblait surpris.

— Avez-vous fait exprès de renverser l'encrier ?

— Mon frère vous dirait que je suis parfois sournoise mais, en l'occurrence, il s'agit seulement d'un accident dont je souhaite tirer parti.

— Dont vous souhaitez « tirer parti » ?

Il se tenait à distance et cela m'agaça.

— Comment envisagez-vous de m'examiner d'aussi loin ?

— Il vaut mieux que je ne vous touche pas. Vous êtes seule et… je crains que la tentation ne soit trop grande.

Cette retenue, ce ton solennel, c'était insupportable.

— Nous n'avons jamais de temps pour parler librement. Alors dites-moi franchement : si je vous plais et que vous me plaisez, que pouvons-nous y faire ?

— Rien, c'est bien là le problème.

— Je ne le crois pas. Pourquoi dites-vous cela ?

Il finit par s'approcher de quelques pas et regarda ma blessure.

— Comment va votre tête ? Est-ce encore douloureux ?

— Ma tête va très bien. J'ai à peine senti les points de suture. Merci de les avoir aussi bien dissimulés. C'est encore un peu douloureux, mais tout à fait supportable.

J'avais répondu à toutes ses questions. J'attendis un court instant avant de revenir sur le sujet qui me tenait le plus à cœur.

— Pourquoi êtes-vous certain que l'on ne peut rien y faire ?

— Parce que je suis le fruit de deux êtres persuadés qu'ils pouvaient défier la société et ses règles.

— C'est-à-dire ?

— Quand deux personnes qui ne doivent pas être ensemble osent espérer qu'elles le peuvent malgré tout, cela donne un bâtard.

J'allais répondre quand j'entendis Bernice s'adresser à quelqu'un dans le couloir. Nous n'allions plus être seuls très longtemps. À ce rythme, il allait me falloir des années pour le connaître vraiment.

— Je trouverai un moyen pour que nous puissions nous voir *en privé* afin de discuter plus tranquillement.

Il me regarda mais ne répondit pas.

— Tout va bien, mademoiselle ? demanda Bernice en entrant.

— Oui. Le *Dr Darrington* attendait que vous soyez de retour pour examiner ma blessure d'un peu plus près. Vous vouliez voir si elle se refermait correctement, c'est bien cela ?

— C'est cela, *mademoiselle*.

Je n'aurais su dire ce qu'il pensait vraiment, mais j'étais prête à tout pour le savoir. Il fallait que je trouve un moyen d'éloigner Bernice, afin qu'elle nous laisse seuls de nouveau et que nous puissions parler librement, pendant un peu plus longtemps.

La chose n'allait pas être facile.

Elle ne se rendait pas compte de ce qu'elle demandait. Une femme et un homme ne demandaient à se voir en privé que pour des affaires... privées. Elle était encore bien trop naïve pour savoir cela et, pourtant, rien que de nous imaginer m'excitait. Toutes les choses que je lui aurais fait si je l'avais pu... Si elle l'avait su, elle m'aurait traité de tous les noms, et plutôt deux fois qu'une. J'aurais voulu ne plus y penser mais, de nouveau, elle avait réussi à éloigner sa femme de chambre.

— Pensez-vous que quelque chose soit possible ? murmura-t-elle.

— Non.

— Pourquoi ?

Verity et ses fichus « pourquoi ».

Pourquoi ? Parce qu'elle était elle et que j'étais moi. Pourquoi ? Parce que je manquais de retenue et que, seul avec elle, je ne répondais de rien. Pourquoi ? Parce que je l'aimais. Ne comprenait-elle donc pas que la vérité était difficile à dire ?

— Ne voulez-vous donc pas me voir ? demanda-t-elle avec une ingénuité qui me mit hors de moi.

— Bien sûr que si, grommelai-je.

— Alors venez.

Cette tentation... C'en était trop.

— Vous ne savez pas de quoi vous parlez. Sinon vous sauriez que vous vous exposez à la vindicte générale, que votre réputation en sera ruinée à jamais. Si quelqu'un l'apprenait...

— Faisons en sorte que personne ne l'apprenne, dit-elle en cherchant mon regard tandis que je refaisais son pansement. Vous êtes l'une des rares personnes avec qui je me sens bien, Theodore.

Elle était trop près et me disait exactement ce que j'avais envie d'entendre.

J'aurais tout donné pour l'embrasser, l'écouter me chuchoter mille questions à l'oreille, la prendre dans mes bras. J'aurais tout donné pour accéder à sa demande. Le vouloir ne suffisait pas. Ce qu'elle me demandait était impossible.

Je soupirai, m'écartai et tâchai d'empêcher le sang dans mes veines de se précipiter là où il n'était pas correct qu'il aille en présence d'une lady.

— Verity, Londres ne permet pas ce genre de… relation, répondis-je.

Comme pour nous le prouver, la marquise apparut.

— Eh bien, docteur Darrington, comment va-t-elle ?

— Apparemment, ma blessure s'est un peu enflammée, Marraine, mentit Verity. Sans doute parce que je bouge trop dans mon sommeil. Je lui ai demandé de me préparer un nouveau tonique, mais il insiste pour m'ausculter régulièrement.

— Eh bien, faites, docteur Darrington, je vous en prie, répondit la marquise.

— Marraine, à quoi bon me faire examiner de la sorte ? dit Verity, jouant à la perfection le rôle qu'elle s'était attribué dans je ne sais quel stratagème sorti tout droit de son imagination. Et de quoi aurai-je l'air si cela se sait ? Il ne peut pas venir chaque soir, les gens me croiront mourante.

— Dieu nous en préserve, dit la marquise, horrifiée, avant de se tourner vers moi. Personne ne dira rien, parce que le Dr Darrington viendra chaque soir s'entretenir avec le marquis.

— Madame, je ne puis…

— Va te changer, mon enfant, dit la marquise à Verity, coupant court à mes protestations. Nous avons un invité, ce soir.

Une fois Verity partie, la marquise me regarda, l'air grave.

— Cette jeune fille compte beaucoup pour moi, docteur Darrington. Mais chaque fois que j'essaie de lui parler, elle se ferme comme une huître. Elle préfère toujours me réciter des banalités plutôt que de me dire ce qui la préoccupe. À mon avis, elle redoute d'être mal considérée si la vérité venait à se savoir.

Je me tus un instant. Toute concupiscence en moi s'était dissipée et avait été remplacée par une inquiétude sincère.

— La « vérité » ?

— Si je vous raconte cela, c'est dans l'espoir que vous puissiez la guérir, mais vous ne devez jamais le répéter à qui que ce soit. Il y a bien longtemps, alors que Verity n'était encore qu'une enfant, elle fut complètement délaissée par son père et... maltraitée par... la méchante femme qui osait se considérer comme sa belle-mère.

— « Maltraitée » ? répétai-je en serrant les poings. De quelle façon ?

— Personne, pas plus moi que d'autres, ne sait vraiment à ce jour ce qui s'est passé. Cependant, je sais que, enfermée dans un réduit ou dans je ne sais quel placard minuscule, elle a failli mourir de faim.

J'eus la plus grande difficulté à contenir la rage qui me secoua. Je voulus parler, mais craignis que des flammes ne sortent de ma bouche à la place des mots.

— Comment ont-ils pu ? réussis-je enfin à articuler. Cette femme, ce monstre, est-elle toujours de ce monde ?

J'appris que cette femme, cette maudite femme qui lui avait fait tant de mal, avait eu le culot d'accompagner Verity lorsqu'elle avait été présentée à la reine. Cette femme vivait ici, à Londres.

Dès lors, comment s'étonner que le sommeil de Verity soit si troublé, chargé comme il l'était d'un lourd bagage ?

— Croyez bien que si je pouvais effacer Datura de nos vies à tous, je le ferais sans hésiter, dit la marquise, presque aussi indignée que moi.

Je dis « presque », car il était évident qu'elle avait envisagé de pousser elle-même cette femme dans la tombe.

— Voilà pourquoi j'ai besoin de votre aide, reprit-elle. Je voudrais libérer Verity de ses peurs. Mon mari a toute confiance en vous et je veux à tout prix croire qu'il a raison.

Je ne méritais pas une telle confiance, car Verity ne m'intéressait pas seulement comme patiente. Mes intentions étaient beaucoup moins pures. Pourtant, après ce que je venais d'apprendre, je n'eus pas le courage de me défiler. Mon désir de rester auprès d'elle n'en était que plus fort.

— Je ne suis pas sûr de pouvoir la guérir. D'ailleurs, je ne sais pas si cela est possible, mais je vais tout faire pour y parvenir.

Une nouvelle fois, alors que j'avais essayé de m'éloigner d'elle, les circonstances me poussaient dans ses bras.

17

Verity

Je ne m'étais pas imaginé que mon plan pouvait fonctionner. D'où m'était venue cette idée ? Je n'en savais trop rien. Peut-être était-elle tout simplement le fruit de ma détermination sans faille. Je le voulais à mes côtés, et n'acceptais pas qu'il en soit autrement. J'avais donc utilisé la seule arme à ma portée : mon état. Toutefois, comme je ne voulais pas paraître trop désireuse qu'il s'occupe de moi, j'avais feint le dépit à l'idée d'être « examinée ». Je n'avais pas imaginé une seule seconde que la marquise accepterait que nous passions du temps ensemble et que nous pourrions nous parler.

Maintenant qu'il se tenait devant moi, dans le bureau du marquis, j'éprouvais des remords. La marquise devait vraiment se faire du souci pour autoriser ces entretiens et nous laisser seuls dans la pièce. Bien sûr, la porte était restée ouverte, et j'avais parfaitement conscience de la présence de Bernice et Ingrid dans le couloir, mais c'était déjà plus que ce que j'avais osé espérer. Quoi qu'il en soit, je me réjouissais trop de pouvoir enfin échanger avec Theodore pour me repentir tout à fait.

— Je suis surprise – et ravie aussi, bien sûr – que mon plan ait fonctionné, dis-je en prenant place dans un des fauteuils.

L'expression sur le visage de Theodore était loin de refléter ma bonne humeur. Devant mon air interrogateur, il prit la parole :

— Je ne veux pas vous mentir.

— Et je vous en remercie, car je ne souhaite pas que l'on me mente. Qu'y a-t-il ?

— La marquise m'a parlé de... ce qui vous est arrivé quand vous étiez enfant. De ce que votre belle-mère vous a fait.

Ces mots me firent l'effet d'une gifle. Si j'avais tenu quoi que ce soit entre les mains, je l'aurais lâché. Rien n'aurait pu effacer ma joie aussi brutalement. Je restai muette et, tout à coup, je ne voyais plus rien. Comme si l'on m'avait de nouveau traînée et enfermée dans ce placard. Tout autour de moi régnait l'obscurité et j'étais terrifiée, avec la douleur comme seule compagne.

Pourquoi la marquise avait-elle fait cela ?

Ne m'appartenait-il pas de décider de parler ou non de mon passé ?

Je voulais rentrer chez moi.

Je vous en prie...

— Verity !

J'entrouvris les yeux et le vit là, devant moi.

— Verity..., répéta-t-il.

— Je suis fatiguée. Il vaut mieux que nous remettions notre entretien à plus tard.

— Après avoir déployé tant d'efforts pour être seule avec moi, vous me fuyez, à présent ? gronda-t-il.

— Pas du tout, me renfrognai-je.

— Allons, je sais à quoi ressemble la fuite, j'excelle en la matière. Je la pratique souvent pour oublier mon passé, moi aussi, dit-il en tirant une chaise. J'aimerais aller au bout de ce que j'avais commencé à vous raconter dans le jardin.

— Que voulez-vous dire ?

— Puisque, à présent, j'en sais davantage sur votre passé, laissez-moi évoquer le mien, murmura-t-il en s'asseyant en face de moi.

— Vous ne m'en parlez donc pas parce que vous en avez envie, mais parce que vous vous sentez coupable de vous être immiscé dans mon histoire ?

— Je ne me suis pas « immiscé » dans votre... enfin, si, mais je ne m'en sens pas coupable. Ne voulez-vous pas en savoir davantage sur moi ?

Je ne répondis pas et détournai le regard, ce qui me permit de voir au passage qu'Ingrid jetait un coup d'œil dans la pièce.

— Maintenant que c'est à mon tour de parler, je ne sais par où commencer, dit-il avec un petit rire, les mains nouées.

Je me rendis compte alors de sa nervosité.

— Comme vous le savez je suis né hors mariage, bâtard du marquis de Whitmear, reprit-il. Ma mère s'appelait Sarah Darrington, elle était fille de médecin. Et elle aurait aimé être médecin, elle aussi.

Je souris, n'ayant jamais entendu une chose pareille.

— Médecin ? Une femme ? Pas sage-femme, ou aide-soignante ?

— Non, elle voulait être médecin. Mon grand-père raconte qu'elle n'en démordait pas. Elle travaillait d'ailleurs avec lui comme aide-soignante, même s'il faisait tout pour la décourager. Elle se plaignait constamment de ne pas pouvoir poursuivre des études et avait déclaré qu'elle ne se marierait pas s'il ne lui enseignait pas la médecine.

J'eus une pensée pour Hathor, qui aurait été scandalisée par le comportement de cette femme. Quant à moi...

— Elle me plaît, dis-je en souriant. Votre grand-père est-il toujours de ce monde ?

— Oui, tout comme mon oncle, le jeune frère de ma mère. Lui a délaissé la médecine pour devenir ferronnier.

— Pourquoi ?

— C'est une longue histoire, dans laquelle ma mère joue un rôle. Voyez-vous, elle aimait profondément la médecine, elle y croyait et adorait guérir les gens. Pour elle, s'occuper d'un patient et le voir se remettre au point qu'il semblait impossible qu'il ait été malade tenait un peu du miracle. Ce travail lui apportait aussi beaucoup de liberté.

— Entendre cela me donne envie d'être médecin, moi aussi.

Il sourit un peu tristement.

— Ce fut sans doute la période la plus heureuse de sa vie. J'aurais aimé la connaître à cette époque, car ce n'est pas le souvenir que j'ai d'elle. Elle a changé après avoir, tout à fait par hasard, rencontré mon père un jour qu'elle et mon grand-père avaient été appelés pour soigner un de ses amis de passage à Londres. Tout le monde s'accorde à dire que ce fut le coup de foudre. Une telle chose m'était inconcevable, jusqu'à ce que j'en fasse l'expérience à mon tour.

Je souris.

— Vous êtes donc aussi sentimental que vos parents ?

— On dirait bien. Raison pour laquelle j'essaie de vous fuir. Car leur amour fut synonyme de tragédie, répondit-il en chuchotant presque. Ils s'aimaient, mais elle était fille de médecin, et lui, futur marquis de Whitmear. De lourdes responsabilités l'attendaient, seulement il n'arrivait pas à renoncer à ma mère. On raconte même qu'il avait prévu de s'enfuir avec elle contre l'avis de ses parents.

— S'enfuir ? Pour aller à Gretna Green ?

— Vous connaissez Gretna Green ?

C'était un village écossais où, disait-on, les jeunes amants se réfugiaient pour se marier sans autorisation.

— Je ne sais peut-être pas grand-chose, mais je ne suis pas complètement ignorante non plus. À Everely, je jouissais d'une grande liberté, et j'ai eu vent de beaucoup de choses. Suffisamment, en tout cas, pour comprendre ce genre de situation. Mais nous nous éloignons du sujet, repris-je. Que s'est-il passé ensuite ? Qu'est-il arrivé à votre mère ?

— Ce qui arrive toujours dans ces cas-là. La rumeur s'est répandue comme une traînée de poudre. La famille de mon père avait les moyens de faire face au scandale.

C'était certes fâcheux, mais cela ne suffirait pas à ruiner leur réputation. Du côté de ma mère, les choses furent bien différentes. Tout le monde avait coupé les ponts avec mon grand-père à la suite de ces rumeurs. Il n'était pas pauvre, mais il avait besoin de revenus et de maintenir sa réputation. Mon père avait prié ma mère de ne pas s'inquiéter, et lui avait promis qu'une fois qu'ils seraient mariés il veillerait à redresser la situation. Il avait également promis de revenir la chercher le premier jour de l'été.

— A-t-il manqué à sa parole ?

— Non... C'est ma mère qui n'était pas au rendez-vous.

— Quoi ? Pourquoi faire une chose pareille si elle l'aimait ?

— Elle l'aimait du fond du cœur. Toutefois, elle aimait aussi son frère, mon oncle. De plus, mon père était promis à lady Charlotte Griffinham, et la famille de celle-ci refusait qu'il se défile. Ils se sont servis de son frère pour faire pression sur ma mère. Alors qu'elle tardait à satisfaire leurs exigences, un soir, mon oncle est rentré à la maison en sang, après avoir été battu et laissé pour mort. Ma mère a aussitôt rompu.

— Attendez... Ils s'en sont pris à son frère ? À votre oncle ?

J'avais du mal à y croire.

Ce genre de choses n'arrivait-il donc pas que dans les romans de quatre sous ?

— Elle a écrit à mon père et, plutôt que d'évoquer le scandale, elle lui a menti en disant qu'elle ne souhaitait pas se marier mais consacrer sa vie à ses patients. Il est tout de même venu et elle a refusé de lui parler. Il est reparti le cœur brisé. Ce n'est que plus tard qu'elle a su qu'elle était enceinte. Elle a souffert de dépression pendant sa grossesse, et plus encore après ma naissance, mais personne ne s'en est aperçu, parce qu'elle gardait le sourire en toute occasion. Elle a fait de son mieux pour s'occuper de moi, malgré le mépris et les brimades dont elle faisait l'objet, jusqu'à ce qu'un jour...

Il se tut et détourna les yeux, soudain aussi immobile qu'une statue de pierre.

— Theodore ?

Il battit des paupières et me regarda, comme s'il s'apercevait soudain de ma présence.

— Pardonnez-moi. Cela fait bien des années que je n'avais pas évoqué cette histoire.

— Je vous en prie. Vous en avez déjà tant dit.

— Rien de ce que je vous ai raconté n'a de sens si je ne vous dis pas comment elle est morte. Ma mère avait toujours le sourire pour moi, elle me disait toujours que tout allait bien. C'est d'ailleurs la dernière chose qu'elle m'ait dite ce soir-là, quand elle m'a bordé, avant de regagner sa chambre, d'y boire de la ciguë et de s'endormir pour ne plus jamais se réveiller. C'est moi qui l'ai trouvée le lendemain.

Je plaquai une main sur ma bouche, sous le choc.

— Oh, Theodore, c'est terrible.

— Cela fait maintenant vingt ans qu'elle est partie, et il m'arrive encore de faire des cauchemars à ce sujet, de me demander si je m'étais aperçu qu'elle n'allait pas bien.

— Vous étiez un enfant. Vous ne pouviez pas savoir ce qui allait se passer.

— Vous aussi, me rappela-t-il doucement. Vous aussi vous n'étiez qu'une enfant quand on vous a enfermée dans ce placard. Nous avons beau nous répéter encore et encore que nous n'y étions pour rien, cela ne suffit pas à effacer notre sentiment de culpabilité, n'est-ce pas ?

— Non, en effet, concédai-je. Qu'a fait votre père ?

— En apprenant le décès de ma mère, il a été anéanti. Aujourd'hui encore, à ce qu'on m'a dit, son chagrin est immense. Mais je me sens incapable de l'aider. Cela fait plusieurs années que nous ne nous sommes plus vus.

— Vous ne l'avez pas côtoyé, enfant ? Peut-être votre belle-mère l'a-t-elle interdit ? J'ai un frère illégitime, moi aussi. Il s'appelle Fitzwilliam et, après la mort de ma mère, il est venu s'installer avec nous, mais je ne le voyais que rarement. À ce jour, Evander et lui sont incapables d'être en présence l'un de l'autre sans en venir aux mains.

— J'ai entendu certaines rumeurs à propos de votre famille, mais j'essaie de ne pas y prêter attention. Je préfère ne rien savoir de la vie des autres enfants illégitimes. Je crains que cela ne m'encourage à comparer mon existence à la leur. En ce qui me concerne, mon père aurait souhaité que je grandisse sur son domaine, mais j'ai refusé de me plier à cette décision.

— Pourquoi ? La vie dans une grande propriété fait pourtant rêver nombre de gens.

Ce qui n'était le cas que parce que personne n'imaginait les drames qui se jouaient derrière les hautes grilles d'un domaine prestigieux.

— Après le décès de ma mère, je me suis très vite rendu compte que se sentir chez moi n'avait rien à voir avec l'endroit où je me trouvais mais dépendait des gens qui m'entouraient. Si ceux-ci ne me plaisaient pas, il fallait que je m'en aille. Les années passant, j'ai découvert que je ne me sentais vraiment chez moi nulle part, pas même chez mon grand-père, parce que toute ma famille avait souffert de cette mort tragique. Mon oncle en est venu à haïr tous les aristocrates, sur les visages desquels il retrouve systématiquement les traits de ceux qui l'ont agressé et ont causé la mort de sa sœur. Je pensais que la foi l'aiderait, mais elle n'a rien changé. Après quelque temps, je n'ai plus supporté de vivre avec lui chez mon grand-père. Mais j'ai refusé de vivre avec mon père, parce que… je lui en veux toujours autant.

— Si vous me permettez, je ne pense pas que votre père soit le pire des hommes, dis-je doucement. Mon père… je crois qu'il n'a jamais vraiment voulu de moi. J'ignore pourquoi. D'aussi loin que je me souvienne, il a toujours été fâché contre moi. Le seul fait que j'existe semblait l'agacer. J'ai longtemps cru que c'était parce que j'avais tué ma mère...

— Vous n'avez pas tué votre mère, m'interrompit-il sèchement. Une maladie, ou un quelconque problème a compliqué son accouchement et c'est cela qui l'a tuée. Vous n'avez rien à vous reprocher.

— Peut-être, mais c'est ce que j'ai longtemps pensé. Saviez-vous que je suis née ici, à Londres, dans la maison familiale ? C'est donc ici qu'elle est morte. J'ai compris que mon père n'en avait que faire, de moi ou d'elle, quand, un jour, Evander a dû le lui rappeler. Alors que votre père ait au moins cherché à vous voir... Cela fait de lui un bien meilleur père que le mien.

— Vous avez raison. Je le sais, et j'ai tout fait pour surmonter mes réticences. Mais ma colère ne faiblit pas, et je ne peux me résoudre à le voir, même si j'aimerais parfois savoir comment va mon jeune frère, Alexander, qui n'a que onze ans.

— Dans ce cas, faites en sorte de tisser des liens avec lui. En vouloir à votre père ne devrait pas vous empêcher d'avoir une relation avec votre frère.

— Je n'en suis pas sûr. Nos existences sont déjà suffisamment compliquées comme cela.

Une nouvelle fois, je pensai à Fitzwilliam et au fait qu'il se fichait comme d'une guigne de nous compliquer la vie. Theodore était tellement plus attentif à autrui.

— Puis-je vous demander pourquoi vous êtes en colère contre votre père ?

— Au fond, j'ai toujours pensé qu'il aurait dû disparaître de nos vies. Il aurait dû comprendre que ce n'était pas possible et ne pas donner de faux espoirs à ma mère. Aujourd'hui, j'ai peur de comprendre pourquoi renoncer à elle a été si difficile pour lui.

— Pensez-vous que vous allez pouvoir faire la paix avec lui ?

Il serra la mâchoire et ses traits se tendirent.

— Theodore, ne laissez pas votre orgueil décider pour vous..., dis-je.

— Si je vous ai raconté tout cela, Verity, ce n'est pas pour que vous m'aidiez à renouer avec mon père, mais pour que vous compreniez…

Il inspira profondément avant de terminer sa phrase en chuchotant.

— … que malgré le bonheur que vous m'apportez, je ne peux pas continuer à vous laisser espérer. Si j'étais le seul à encourir des reproches, à devoir endosser la responsabilité de ce qui se passe, cela n'aurait pas d'importance. Mais vous ? Si votre réputation était ruinée, si votre vie devait être brisée comme l'a été celle de ma mère… je ne me le pardonnerais jamais. Voilà pourquoi je vous supplie de m'oublier.

Je le comprenais mieux, maintenant, et cela me donna de la force.

Alors je souris et répondis simplement :

— Non. Il est hors de question que je vous oublie.

— Ne voyez-vous donc pas que cela aura de graves conséquences pour vous ? s'emporta-t-il.

— J'ai été blessée de bien des façons, par bien des gens, sans jamais pouvoir rien y faire. Si notre histoire doit causer ma ruine, alors au moins l'aurai-je choisie.

— Quelle opiniâtreté, grommela-t-il.

— Je vais le prendre comme un compliment.

— Verity…

— Si nous devons chuter, ce sera ensemble, main dans la main, *docteur Darrington*, sinon…

— Sinon ?

— Il est possible que je me ridiculise encore dans l'espoir d'attirer votre attention.

Il me regarda longuement.

— Alors je crains de devoir rester à vos côtés pour vous empêcher de concocter quelque nouveau stratagème, *mademoiselle*.

Je souris.

Pour la première fois depuis mon arrivée à Londres, j'étais réellement heureuse d'être là.

18

Theodore

Comme souvent ces derniers temps, je fus poussé à l'action par lady Verity Eagleman en personne.

Pendant des années, j'avais pris soin de rester en marge de la bonne société, sans attirer l'attention ni disparaître pour autant. Or voilà que j'y plongeai volontairement. En cette fin d'après-midi, je n'étais pas, comme à mon habitude, chez moi, à étudier mes notes médicales ou à lire un bon livre, mais dans un des clubs les plus sélects de Londres. J'y avais été invité, non par Henry et sa famille, mais par l'arrière-petit-fils d'un des membres fondateurs, le marquis de Monthermer lui-même.

Pourquoi ?

En partie pour rendre plus crédibles mes visites régulières à son domicile, durant lesquelles j'étais censé m'entretenir avec lui et son fils, et non avec lady Verity. Mais aussi parce qu'il souhaitait simplement m'y voir bien ce que ce ne fût pas le clou de la soirée, toute la famille devant se retrouver plus tard au théâtre – où, d'ailleurs, ma présence était également attendue.

On me salua de part et d'autre tandis que je traversais la pièce.

Un mois auparavant, personne, ici, ne connaissait mon nom. Personne n'aurait souhaité me connaître.

Aujourd'hui, tout le monde était dans les meilleures dispositions qui soient à mon endroit.

Que s'était-il passé ? M'acceptaient-ils à présent parce qu'ils avaient eu vent de mes compétences ?

J'en doutais. À travers moi, c'étaient probablement à mes bienfaiteurs que l'on témoignait son respect.

Je n'étais pas sûr que cela me plaise davantage.

Alors pourquoi étais-je venu ?

Pour Verity.

Plus ces messieurs m'apprécieraient, plus j'aurais de chances de... peut-être...

J'osais à peine y penser.

— Ah, docteur Darrington ! lança Damon Du Bell en interrompant sa conversation pour venir à ma rencontre.

— Monsieur Du Bell, répondis-je en inclinant la tête.

— Allons, oublions les convenances, nous nous connaissons trop désormais. Appelez-moi Damon, cela suffira, dit-il en faisant signe à un serviteur de m'apporter à boire.

— En ce cas, je vous invite à m'appeler Theodore, répondis-je en prenant le verre que, déjà, on me tendait.

Il se rapprocha, tournant le dos à la table où son père était installé.

— Parfait. En ce qui concerne l'autre soir... mon épouse... J'apprécierais que mes parents et ma famille ne soient pas au courant pour l'instant. Silva le leur dira quand elle se sentira mieux.

— Pas un instant je n'avais songé à leur en parler. Comment va-t-elle ?

— Elle affirme que tout va bien. Quant à savoir si c'est vrai...

— Je ne comprends pas.

— J'oubliais que vous n'avez ni sœur ni épouse, soupira-t-il, comme s'il m'enviait. Parfois, « tout va bien » signifie en réalité le contraire. Elles souhaitent alors que vous insistiez. Là, soit vous comprenez, soit votre incompétence les irrite et elles vous révèlent la vérité. D'autres fois, « tout va bien » signifie effectivement que tout va bien. Malheureusement, elles ne donnent que très peu d'indices qui permettent de comprendre dans quel cas de figure on se trouve.

J'eus un petit rire.

— N'y a-t-il pas une chance sur deux ?

— C'est là que tout se complique. Si vous demandez comment elles vont en pensant qu'elles ne vont pas bien mais qu'en réalité *elles vont bien*, elles se vexeront, ce qui mettra un terme à leur bien-être.

— Je comprends maintenant pourquoi votre père a tant de cheveux blancs.

— C'est ce qui m'attend sous peu, je le crains, dit-il en riant avant de se tourner vers l'homme en question, qui nous fit signe d'approcher. Ah, je crois qu'on vous demande.

— Comment savez-vous qu'il s'agit de moi, et non de vous ?

— S'il s'agissait de moi, il se contenterait de hurler mon nom.

Comme pour confirmer ses dires, son père l'appela.

— Damon !

— Les parents sont, en général, assez prévisibles. Combien êtes-vous prêt à parier qu'il veut simplement qu'on le regarde jouer ?

— Je ne parie jamais.

— Si vous passez suffisamment de temps ici, vous vous y mettrez, m'assura-t-il avant de se diriger vers son père.

Je le suivis.

J'avais beaucoup entendu parler du *Black's*, et ce club correspondait en tout point aux descriptions qu'on m'en avait faites. Un lieu de réunion des plus respectables pour lords instruits, où livres, alcools et jeux de cartes étaient à disposition. Je fus cependant surpris par la facilité avec laquelle ces messieurs passaient de l'évocation de leur vie privée à des débats philosophiques. En l'espace de quelques minutes, j'entendis au moins trois hommes parler de leurs maîtresses respectives dans un coin de la pièce, tandis que dans un autre on évoquait Aristote et les six traités de logique de son *Organon*.

— Avez-vous perdu notre fortune, Père ? demanda Damon en arrivant à sa hauteur.

— Je préférerais perdre ta tête, rit le marquis. Bienvenue au *Black's*, docteur Darrington.

— Merci de m'avoir invité, monsieur, répondis-je.

— Je vous en prie. Vous venez au théâtre, ce soir, n'est-ce pas ? Notre loge est très spacieuse, dit-il en examinant son jeu.

— Si la compagnie de toutes ces femmes vous intimide, vous pourrez vous joindre à nous autres dans la mienne, dit lord Hardinge en ricanant.

— Quels généreux bienfaiteurs vous avez là, docteur Darrington, lâcha lord Bolen en secouant la tête. On ne jure plus que par vous. N'est-ce pas un peu déloyal envers sir Grisham, Benjamin ?

— Comment parler de loyauté quand il s'agit de santé ? répondit lord Hardinge. Grâce au Dr Darrington, je respire de nouveau. Je préfère un médecin qui soigne mes maux plutôt que de m'en infliger d'autres. Ce fichu Grisham a failli me saigner à mort. Et contrairement à vous, j'ai encore un jeune enfant sous ma responsabilité.

— Touché, dit lord Bolen en portant une main à sa poitrine avant d'éclater de rire en regardant lord Monthermer. Et vous, quelle est votre excuse, Charles ? Je ne vous savais pas assez souffrant pour pouvoir juger qui des deux est le meilleur médecin.

— Ce n'est qu'une intuition… un instinct, répliqua le marquis en jetant négligemment cent livres sur la table.

Il me fit un petit signe de tête auquel je répondis, sans toutefois comprendre le sous-entendu.

— Jusque-là, reprit-il, ce choix s'est avéré judicieux. On ne peut guère en dire autant de votre décision de jouer aux cartes ce soir.

— Traîtres, grommela lord Bolen en posant ses cartes.

D'un signe, il demanda qu'on lui apporte à boire, puis il me regarda.

— Pardonnez-moi, docteur Darrington. N'y voyez rien de personnel. Seulement, je ne souscris pas à l'idée que les jeunes puissent remplacer leurs aînés avant l'heure. Vous avez volé tous ses patients au Dr Grisham. N'y a-t-il donc pas d'honneur chez les médecins ?

— Entre bons médecins, si, répliquai-je, provoquant l'hilarité générale.

Il fallait que j'arrête de boire, car je risquais sinon de révéler le fond de ma pensée.

— Vraiment ? Et vous croyez-vous bon ?

Bon sang.

Je me tournai lentement et me retrouvai une nouvelle fois face à sir Grisham. Il serrait sa canne si fort que les veines de sa main semblaient sur le point d'éclater.

— Dites-moi donc, docteur Darrington, ce qui fait de vous un tel expert, à un si jeune âge.

— Je ne nie pas ma jeunesse, ni mon peu d'expérience, monsieur, mais, avec le temps, l'un et l'autre changeront. Cela étant dit, comme je vous l'ai déjà affirmé, vos méthodes et vos toniques ne font de bien à personne, dis-je d'un ton que je voulais ferme mais pas insultant.

— Nul doute que vous vous y connaissez en mauvais toniques, puisque c'est par ce moyen que votre mère a mis fin à ses jours, n'est-ce pas ?

Il avait haussé le ton et, dans la pièce, le silence se fit.

Je serrai les poings, avec une seule idée en tête : lui faire ravaler ses mots. Il était toutefois évident qu'il n'attendait que cela, afin de me faire passer pour une brute indigne de ces lieux. Exactement comme à l'école, dans ma jeunesse.

— Oui, monsieur, c'est ainsi qu'elle est morte. Et c'est la raison pour laquelle vos traitements me déplaisent tant. Avez-vous autre chose à annoncer à l'assistance ?

Y a-t-il qui que ce soit ici qui ignore encore mon passé ? demandai-je en balayant la pièce d'un regard.

Comme personne ne disait rien, je repris :

— C'est bien ce que je pensais. Sir Grisham, cette façon d'humilier les gens est aussi archaïque que votre pratique de la médecine. Même les élèves de mon école avaient dix ans d'avance sur vous en la matière.

À côté de moi, Damon étouffa un rire. Sir Grisham s'approcha encore d'un air menaçant, mais s'adressa finalement à celui qui se tenait derrière moi.

— Lord Monthermer, ce club est un club de *gentlemen*, si je ne m'abuse. Le discernement est de rigueur lorsqu'il s'agit d'y inviter quelqu'un.

— Je prends note de votre remarque, sir Grisham, répondit calmement le marquis tout en étudiant son jeu.

Sir Grisham se retira. Je ne me détendis pas pour autant, car tout le monde me regardait encore en silence.

— Que joue-t-on au théâtre, ce soir ? me demanda Damon.

— *Hamlet*, répondis-je.

— N'était-ce pas cette pièce qui était à l'affiche l'an dernier quand le théâtre a pris feu ? Il a rouvert il y a quelques mois à peine. N'est-ce pas tenter le diable ?

— Devrions-nous renoncer pour toujours à voir *Hamlet* à cause de cet accident ? intervint son père. Il est peu probable que cela se répète, j'ai entendu dire qu'ils avaient pris mille précautions.

Et, comme par magie, les conversations reprirent, et l'incident sembla oublié… du moins momentanément. Les commentaires iraient bon train à mon propos plus tard, j'en étais certain.

J'aurais voulu quitter cet endroit, dans lequel une petite voix me soufflait que je n'aurais pas dû me rendre. Toutefois, lorsque le marquis se leva pour partir, il me rappela qu'une place m'attendait dans sa loge et le visage de Verity m'apparut.

J'allais pouvoir m'asseoir à côté d'elle et cela valait tout l'or du monde.

24 mai 1813

Sous son regard mon âme se fend
Entre tourment
Et apaisement.
Parfois la terreur hante mes nuits,
Pièces sombres sans sortie,
Malédictions infinies.
D'autres soirs sont délicieux,
Pièces désertées ; habitées de nous deux
Ses baisers me font prendre feu.
Mais tourmentée je reste...

Tourmentée, je l'étais, en effet. Je n'arrivais plus à me reposer, je dormais à peine. Quand je ne faisais pas de cauchemars, je pensais à Theodore. Chaque instant passé loin de lui ne faisait qu'attiser mon désir de le voir.

— Seigneur Dieu !

Ce cri strident me fit me lever d'un bond. Je me tournai vers la porte.

Quand d'autres suivirent, je refermai mon journal et courus jusqu'au salon, où tout le monde était habillé et prêt à partir pour le théâtre. Hathor sautait de joie et étreignait vigoureusement Silva.

— Que se passe-t-il ? demandai-je.

Silva se tourna vers moi et posa une main sur son ventre.

— Verity, je vais...

— Elle va avoir un bébé ! hurla Hathor. Je vais être tante !

— Calme-toi, Hathor, et lâche-la avant de lui faire mal, ordonna Damon en la repoussant avec tant de vigueur qu'Hector dut la rattraper.

— Damon ! s'indigna Silva. Je ne suis pas si fragile que tu le crois !

— Cette nouvelle nous réjouit tous, dit la marquise si calmement que j'en déduisis qu'elle avait déjà été informée de l'heureux événement.

— Félicitations ! lançai-je aux futurs parents.

— Comment le bébé est-il entré là ? demanda Abéona en fixant le ventre de Silva.

Un grand silence lui répondit et la panique se dessina sur les visages.

— Quelle question ! dit enfin Hathor en resserrant son châle autour de ses épaules. Un enfant est un don de Dieu. C'est lui qui le met là, quand un couple est marié.

Je me mordis les lèvres pour ne pas rire.

— Exactement, fit sa mère, qui était probablement à l'origine de ce mensonge.

Hathor fronça les sourcils, soudain songeuse.

— Si tel est le cas, comment se fait-il qu'il y ait des enfants illégitimes ?

— Oh, nous allons être en retard ! intervint la marquise. Il faut y aller, jeunes filles. Soyez sages, mes amours. Nous ne rentrerons pas tard.

Elle embrassa Devana, Hector et Abéona puis s'avança vers moi. Hathor la suivit, visiblement encore en pleine réflexion. De leur côté, son père et son frère semblaient mi-inquiets, mi-amusés.

— Tu aimes *Hamlet* ? me demanda Hathor tandis que nous nous dirigions vers la voiture.

— Oui. Je trouve rassurant de voir qu'il existe au moins une autre famille dysfonctionnelle, plaisantai-je en oubliant à qui je m'adressais.

Elle me dévisagea.

— J'ai entendu beaucoup de choses à propos de cette pièce, mais jamais qu'elle était « rassurante ».

— Je voulais dire « distrayante », mentis-je avec un sourire.

J'eus l'impression que, si j'avais dit la même chose à Theodore, il aurait compris.

Hathor sembla se satisfaire de cette réponse et monta en voiture. Damon et Silva nous suivirent. Le véhicule se mit en mouvement et la conversation alla bon train. Comme toujours, Damon se moquait de sa sœur, mais ses railleries étaient empreintes d'affection. Il y avait tant de sensiblerie dans ces échanges que j'avais hâte d'assister à une tragédie, ne serait-ce que pour compenser.

— Ah, pendant que j'y pense, dit Damon, il faudra faire la conversation au Dr Darrington, pour qu'il ne se sente pas seul.

— Pourquoi ? demandai-je.

Au fond, j'étais bien plus impatiente de le voir, lui, que la pièce.

— Il y a eu un incident au club, aujourd'hui, et on peut être sûr que, ce soir, tout le monde parlera de lui. Père l'a invité dans notre loge et, dans la mesure du possible, je souhaite lui éviter tout embarras.

— Depuis quand es-tu aussi attentionné envers les inconnus ? demanda Hathor.

— Ce n'est plus vraiment un inconnu, à présent, lui rappela Silva. Il est désormais... Comment pourrais-je dire ? Nous ne sommes pas tous ses patients, mais c'est...

— Un ami, dis-je, ce qui m'attira tous les regards. Notre ami.

— Il ne sied pas à une jeune fille de bonne famille d'avoir des hommes pour amis, répliqua Silva. Nous dirons donc que c'est un ami de Damon. Ou un ami de ton frère, Verity.

Je ne pus qu'acquiescer.

— N'aurait-il pas dû nous retrouver à la maison ? demandai-je néanmoins.

— Il avait quelques affaires à régler. Il nous rejoindra là-bas, répondit Damon alors que nous approchions du théâtre.

— J'espère que mon actrice préférée jouera Ophelia, dit Hathor. Celle de la dernière fois faisait d'insupportables grimaces.

Elle parlait sans doute encore lorsque la voiture s'arrêta, mais je ne l'écoutais plus. Devant la porte du théâtre se tenait Theodore, sur son trente-et-un.

Mon cœur se mit à battre la chamade.

J'eus le sentiment d'attendre pendant des heures tandis qu'il saluait successivement lord et lady Monthermer, Damon et Silva, Hathor puis, enfin, moi.

— Lady Verity, dit-il avec un sourire légèrement plus grand.

— Docteur Darrington, réussis-je à articuler, j'espère que vous aimez *Hamlet*.

— Aussi étrange que cela puisse paraître, il m'arrive de trouver un certain réconfort dans les tragédies de Shakespeare.

Déjà, je n'étais plus capable de détacher mon regard de son visage et voyais qu'il en allait de même pour lui.

— Comme c'est étrange, en effet, dit Hathor. Verity me disait exactement la même chose tout à l'heure. Pour ma part, je suis venue pour pleurer élégamment et non pour être réconfortée.

— « Pleurer élégamment » ? répéta Damon en la regardant. Cela m'étonnerait. J'ai connu des corgis qui pleuraient avec plus de raffinement que toi.

— Je te souhaite d'avoir une fille qui se moquera de toi sans arrêt, répliqua-t-elle vertement.

— Hathor ! souffla-t-il en regardant autour d'eux.

Elle écarquilla les yeux, plaqua une main sur sa bouche et regarda le Dr Darrington.

— Heureusement pour toi, il est déjà au courant. S'il te plaît, abstiens-toi malgré tout d'en informer le reste de la bonne société ce soir, la pria Damon avant de s'éloigner avec sa femme.

— Toutes mes excuses ! s'écria Hathor en les suivant.

— Se comportent-ils donc toujours ainsi, tous autant qu'ils sont ? me murmura Theodore.

— Toujours.

— Vous devez beaucoup vous amuser.

Une ouvreuse s'approcha pour nous conduire jusqu'à la loge de lord Monthermer et je dus attendre d'être installée à côté de lui pour lui répondre.

— Oui, c'est parfois amusant. Il m'arrive néanmoins souvent de me sentir furie parmi les anges.

— Vous êtes bien trop belle pour être une furie.

Je le regardai, mais il observait les spectateurs du parterre. Il me jeta néanmoins un coup d'œil furtif. Puis, sans que je sache comment exactement, peut-être par hasard, ou à cause de son désir ou du mien, nos mains se touchèrent et j'en fus bouleversée.

Ses doigts effleurèrent les miens une nouvelle fois et, même si j'essayais de me concentrer sur la pièce qui avait commencé, je ne pensais qu'à lui. J'avais de plus en plus de mal à respirer, comme si l'air se raréfiait autour de nous. Les choses ne s'arrangèrent pas quand je m'aperçus qu'il ne m'avait pas quittée des yeux. Il me fixait avec une telle intensité que, malgré l'obscurité, mon trouble s'accentua. Je sentis sa main remonter délicatement sur mon bras et cela me rappela la nuit où, dans le salon, nous nous étions embrassés.

Je brûlais d'envie de recommencer.

— Silva ? Tout va bien ? fit la voix de Damon.

Je me détournai et vis Damon penché vers sa femme, dont le visage semblait congestionné.

— Pardonnez-moi, j'ai un peu chaud, murmura Silva, qui essayait de sourire, gênée de l'attention qu'on lui portait.

La main de Theodore quitta mon bras lorsqu'il se leva pour voir de quoi il retournait. Doucement, avec l'aide de Damon, il escorta Silva hors de la loge.

— Ne vous inquiétez pas, mes chéries, c'est normal, dans son état, dit la marquise tandis que nous les regardions sortir.

Seule Hathor était véritablement inquiète. En ce qui me concernait, je déplorais simplement le départ de Theodore. Mon égoïsme et mon indifférence me surprirent. Je n'étais pas insensible à la situation de Silva ;

seulement, la mienne me préoccupait davantage. Elle avait un mari à ses côtés, qui pouvait la serrer dans ses bras et s'occuper d'elle autant qu'elle le souhaitait. Quant à moi... j'aurais voulu la même chose.

Ne plus être seule.

J'attendis, dans l'obscurité, qu'il revienne et me prenne la main. Après plus de dix minutes, je ne tins plus en place.

— Puis-je sortir prendre l'air, Marraine ? murmurai-je.

Elle m'observa attentivement.

— Laisse-moi t'accompagner...

— Je vous en prie, je m'en voudrais d'interrompre votre soirée. Je reviendrai avec Damon et Silva.

Elle hocha la tête. Je me faufilai entre les chaises, passai le rideau et gagnai l'antichambre. Au moment où j'atteignais la porte, celle-ci s'ouvrit et Theodore apparut. Il fut aussi surpris que moi. Ainsi face à lui, si près que j'aurais pu le toucher, j'eus de nouveau la sensation d'étouffer. Il recula pour me laisser passer puis referma la porte derrière nous. Je remarquai alors que nous étions seuls dans l'antichambre.

— Où sont Damon et Silva ? chuchotai-je.

— Ils ont préféré rentrer, murmura-t-il en retour.

— Nous sommes donc seuls ?

— Nous ne sommes absolument pas seuls, souligna-t-il en faisant allusion aux Du Bell qui se trouvaient de l'autre côté de la porte. Mais c'est suffisant.

— Suffisant pour quoi ?

— Pour perdre la tête.

Sans plus de commentaire, il posa ses lèvres sur les miennes.

Mon corps tout entier alla à sa rencontre, comme s'il s'éveillait à ce contact. Sa langue plongea en moi. Ses mains agrippèrent ma taille, se promenèrent sur moi, l'une remontant jusqu'à ma poitrine tandis que l'autre saisissait ma cuisse et la hissait sur sa hanche. Ses baisers couvrirent mon visage et descendirent au creux de mon cou. Je frissonnai et entendis sortir de ma gorge un son nouveau.

Cette sensation...

Jamais je n'en avais éprouvé de semblable.

— Si vous saviez ce que j'aimerais vous faire en ce moment, vous penseriez que je suis un monstre, murmura-t-il à mon oreille, avant de l'embrasser.

— Jamais je ne pourrais penser une chose pareille, répondis-je dans un souffle quand il redressa la tête et que son regard croisa le mien. Dites-moi.

— Vous ne comprendriez pas.

— Dans ce cas, expliquez-moi.

— Les mots ne suffisent pas.

De nouveau, il m'embrassa, plus délicatement toutefois, puis il s'écarta et inspira profondément, les yeux fermés.

— Theodore ?

— Retournez dans la loge, Verity.

— Pourquoi me repoussez-vous systématiquement après m'avoir embrassée ?

— Pour m'empêcher d'en faire plus.

— Que pourriez-vous faire de plus ?

— Tant de choses, tant d'autres choses.

— Montrez-moi.

— Je ne peux pas.

— Pourquoi ?

— C'est à votre mari que reviendra ce devoir.

— Je n'épouserai personne d'autre que vous, c'est donc *votre devoir*.

Une nouvelle fois, il inspira profondément. Puis il s'approcha de moi et me souleva le menton.

— Cette bouche, *ma chère*, vous attirera des ennuis.

Je souris.

— Quelle chance que vous soyez médecin, alors. Votre devoir ne sera-t-il pas aussi de me soigner ?

Il m'embrassa sur le front.

— Face à vous, je suis toujours à court d'arguments. Je vous en supplie, maintenant, retournez dans la loge. Dans notre intérêt à tous les deux.

Je fis la moue et il m'embrassa sur la tempe.

— Ne vous inquiétez pas, nous aurons d'autres occasions d'être seuls. Allons, retournez dans la loge.

Il fit un pas en arrière et je me tournai vers la porte. J'attendis un instant et tentai de retrouver mon calme en m'interdisant de le regarder, de peur de réduire mes efforts à néant. Quand je rejoignis enfin ma place, ce fut pour compter les secondes qui me séparaient de l'instant où nous pourrions de nouveau nous enlacer.

19

VERITY

— Qu'êtes-vous sans cesse en train d'écrire dans ce journal ? demanda Theodore tandis que nous marchions. Vous n'en parlez jamais, comme s'il s'agissait de secrets.

Nous nous trouvions une nouvelle fois au parc, et la famille d'Henry avait fait en sorte que celui-ci puisse s'entretenir avec Hathor, nous laissant ensemble, Theodore et moi.

— Ce ne sont pas des secrets.

— Pourtant, chaque fois que quelqu'un approche, vous le fermez précipitamment, comme si vous craigniez qu'on ne le lise, remarqua-t-il avec un sourire en coin. Alors ? Vous ne voulez rien me dire ? Très bien.

Il feignit de bouder.

— Il ne s'agit pas de cela. Seulement…

— Oui ?

— Il y a bien des années, mon frère Evander m'a offert mon premier journal en me disant d'y consigner tout ce qui me contrariait. Au fil du temps, j'y ai aussi écrit des poèmes et de petites histoires. Un jour, ma gouvernante en a lu une et m'a dit d'arrêter.

— Pourquoi ?

— Apparemment, cela ressemblait à des incantations.

Il s'arrêta pour me regarder bien en face et éclata de rire.

— Des « incantations » ? À présent, j'ai très envie de le lire.

— Jamais, répondis-je.

— Je comprends mieux, maintenant.

— Quoi donc ?

— Pourquoi j'ai tant d'affection pour vous, murmura-t-il, son ton de nouveau sérieux alors qu'il posait sur moi un regard attendri. Vous m'avez ensorcelé.

J'eus un petit rire.

— Qu'y a-t-il de si drôle ? demanda Hathor.

Elle s'était retournée vers nous et faisait tournoyer son ombrelle en nous dévisageant. Henry aussi nous regardait, et il me sembla qu'il fixait Theodore d'un air songeur.

— Cette comédie que vous jouez tous les deux, mentis-je en leur rendant leur regard. Ne disiez-vous pas que votre cœur penchait pour quelqu'un d'autre, Henry ?

— D'après Henry, on s'intéressera plus à moi si je semble inaccessible et il espère rendre sa bien-aimée jalouse en se montrant avec moi, répondit Hathor à sa place sans la moindre gêne.

— À ce rythme, les gens vont finir par croire que vous allez vraiment vous fiancer, tous les deux, remarqua Theodore.

— Il n'a pas tort, dit Hathor. Vous devriez peut-être fréquenter également d'autres jeunes filles, Henry.

— Et passer ainsi pour un débauché ? Ou, pire encore, paraître pathétique ? Jamais. *Elle* comprendrait alors que je cherche à la rendre jalouse.

Le seul fait d'en parler lui tirait des grimaces. À ses côtés, Hathor approuva d'un hochement de tête, comme si elle comprenait.

— Ne craignez-vous donc pas de tomber amoureux l'un de l'autre à force de passer tant de temps ensemble ? demandai-je.

Ils me regardèrent comme si j'étais devenue folle.

— Ne sois pas ridicule, Verity, pouffa Hathor. Nous ne sommes pas au théâtre.

Elle me tourna le dos et reprit son chemin, jouant de plus belle avec son ombrelle.

Theodore secoua la tête en les regardant.

— Je me demande bien lesquels sont les plus ridicules. Eux, ou nous ?

— Eux, assurément.

— Vous manquez cruellement d'impartialité, me taquina-t-il.

— J'aime quand vous dites « nous ».

Je souris et hâtai le pas pour rattraper Henry et Hathor. Theodore me suivit sans un mot. J'avais appris au cours de ces derniers jours que ce silence signifiait qu'il était d'accord avec moi, mais n'osait pas le dire tout haut.

Nous nous étions beaucoup vus, avions beaucoup parlé et avions échangé… de nombreux baisers. Me revenaient sans cesse ces moments d'intimité, la douceur de ses lèvres, la chaleur qui me parcourait au souvenir de ses mains qui enserraient ma taille, puis se refermaient sur ma poitrine.

J'écartai ces souvenirs de ma mémoire pour me concentrer sur nos conversations. Il m'avait parlé de ses années à l'université, de ses voyages à travers le pays, en quête de médecins auprès desquels effectuer son apprentissage. À mon tour, je lui avais raconté mes randonnées à cheval et mes promenades dans le domaine d'Everely. Mon univers était bien plus restreint que le sien, mais il m'avait écouté avec le même intérêt que si j'avais parcouru de vastes territoires inconnus et vécu de grandes aventures.

Ce que je préférais chez lui était sa franchise. Quelles que soient mes questions, il y répondait avec sincérité et m'enjoignait d'en poser d'autres. J'étais résolue à connaître Theodore Darrington mieux que quiconque.

Tandis que nous marchions en silence, je levai les yeux vers lui et constatai qu'il me regardait. Je détournai alors les yeux pour éviter de sourire.

— À quoi pensez-vous ? demanda-t-il.

— À rien.

— Je ne vous crois pas. Dites-moi de quoi il s'agit.

Comme je n'osais le lui dire en face, je me perdis dans la contemplation de l'étang.

— Je me disais que je voulais être celle qui vous connaît le mieux au monde.

Le silence me répondit.

Je savais ce que cela signifiait, mais ne pus m'empêcher de me tourner vers lui.

Il fixait, au loin, une femme brune vêtue d'une toilette jaune pâle. Sa silhouette menue et son visage rond lui donnaient un air un peu juvénile. Elle discutait avec plusieurs autres femmes, mais son regard s'égarait régulièrement en direction de Theodore.

— Vous la connaissez ? demandai-je.

Henry apparut soudain à côté de lui et nous fit faire demi-tour.

— Je crois que nous avons suffisamment promené ces pauvres jeunes femmes, mon ami. Rentrons, voulez-vous ?

Et, avec un rire qui sonnait faux, il éloigna Theodore.

— Que s'est-il passé ? demandai-je à Hathor, qui m'avait rejointe.

— La marquise de Whitmear est ici, chuchota-t-elle malgré la distance qui nous séparait de la femme en jaune qu'elle m'indiqua d'un mouvement de menton.

La belle-mère de Theodore.

— Voilà qui est terriblement gênant, poursuivit Hathor tandis que nous marchions derrière Theodore et Henry. Il vaudrait peut-être mieux qu'il parte, tout simplement.

— Pourquoi partirait-il ? Le parc n'appartient pas à cette dame.

— Non, bien sûr. Seulement, leur présence à tous les deux, ici, au même moment, va faire jaser.

— Quoi qu'il fasse, les rumeurs iront bon train. S'il s'enfuit, on pensera qu'il est coupable de quelque chose. Or, si je ne m'abuse, être un enfant naturel ne constitue pas un crime !

— Pourquoi te mets-tu dans un état pareil ? s'étonna Hathor. Ce n'est pas moi qui dicte les règles.

Je tentai de me calmer.

— Je sais. Mais tout cela semble... si injuste. C'est plus fort que moi.

— Je suis d'accord, mais nous ne pouvons rien y faire, si ce n'est éviter de nous retrouver dans une situation gênante.

Rien que d'y penser, elle frissonna. Puis son visage s'éclaira et je crus qu'elle avait trouvé une solution au problème.

— Et si nous faisions un tour en barque ?

Je n'étais pas d'humeur à cela.

— Il y a des chances que l'un d'entre nous tombe à l'eau et il nous faudra alors lui porter secours.

Hathor éclata de rire.

— Comment peux-tu dire une chose pareille ?

Elle poursuivit son chemin d'un pas léger, la tête ailleurs, déjà. Je regardai Theodore, qui restait insensible au discours visiblement animé d'Henry.

Que lui arrivait-il ?

THEODORE

En l'apercevant, j'avais été paralysé de stupeur. Ma belle-mère et mon père quittaient rarement leur domaine. Sa présence à Londres ce jour-là m'avait pris de court. Cela signifiait-il que mon père était ici ?

— Theodore ? Theodore !

Je me tournai vers Henry.

— Quoi ?

— As-tu entendu un seul mot de ce que je t'ai dit ?

— Non.

— Je m'en doutais.

Il rit et se baissa pour ramasser des cailloux et faire des ricochets sur l'étang.

— Alors, que comptes-tu faire ? reprit-il. Vas-tu aller la saluer ?

— Es-tu devenu fou ?

— Tu comptes donc l'éviter ?

— Je ne vois aucune raison de faire quoi que ce soit. Elle a sa vie, j'ai la mienne. Cesse de t'inquiéter pour moi. Il me semble que, de ton côté, tu as quelques affaires à régler. Ta mère arrive.

J'étais en train de chercher Verity des yeux et je m'étais tourné vers l'endroit où les Du Bell s'étaient installés pour pique-niquer, ce qui m'avait permis de voir lady Fancot venir vers nous.

Exaspéré, Henry leva les yeux au ciel.

— Elle ne me laissera donc jamais tranquille !

— Tu es son fils unique, à quoi t'attendais-tu ?

Je tentai de m'éloigner, mais il me retint.

— Reste !

— Ne sois pas ridicule. Ceci n'est pas mon affaire.

— Qu'est-il arrivé à ton sens de la loyauté ? Je t'ai aidé, moi.

— Je ne t'avais rien demandé.

— Si, tu étais...

— Henry !

La voix perçante de lady Fancot interrompit notre chamaillerie et ramena le sérieux sur nos visages.

— Mère ! s'exclama Henry sur un ton tout aussi aigu, tandis que je me contentais d'un mouvement de tête.

— Je t'ai encore vu te promener avec Hathor. N'est-elle pas adorable ? Mûre pour son âge, mais pleine de vie et d'esprit. Une perle, dit-elle avec un grand sourire avant de me regarder. N'êtes-vous pas d'accord avec moi, Theodore ?

— Si. Vous avez raison, madame. Elle est ravissante.

Henry me donna une tape dans le dos.

Peu m'importait. Il était hors de question que je contredise sa mère pour lui faire plaisir.

— Bien sûr que j'ai raison. Qu'en penses-tu, Henry ?

— C'est une fille bien, en effet. Et je suis heureux de l'avoir comme *amie*.

L'accent sur le dernier mot était évident, tout comme le changement qu'il provoqua dans l'expression de lady Fancot.

J'aurais voulu disparaître.

— Henry.

— Mère.

Les lèvres pincées, elle inspira par le nez et me regarda une nouvelle fois.

— Voulez-vous bien nous excuser, Theodore ? J'aimerais parler à mon fils en privé.

— Bien sûr.

Déjà, je m'éloignais.

Henry me lança un regard noir auquel je répondis par un haussement d'épaules, me retenant de rire. Je fis quelques pas, le nez en l'air. La journée était ensoleillée, chose rare, et je n'avais pas de rendez-vous à honorer. Je n'avais envie que d'une chose, m'asseoir au bord de l'étang avec Verity, comme le faisaient les familles alentour.

Une nouvelle fois, je regardai en direction des Du Bell mais, étrangement, elle n'était pas avec eux.

— Vous cherchez quelqu'un ?

Je fis volte-face.

Elle se tenait là, devant moi, seule.

— Vous, murmurai-je, abasourdi.

Était-elle vraiment là ou étais-je en train de rêver ?

— Plus besoin de chercher, maintenant, dit-elle en souriant.

— Où est donc votre chaperon ?

Elle fit la grimace.

— Je lui ai faussé compagnie.

— « Faussé compagnie » ? Pourquoi ?

— Pour vous voir, bien sûr. C'est déjà assez difficile avec Marraine toujours sur mes talons. Rien ne se passe chez eux sans qu'elle soit au courant, et cela commence à m'indisposer.

— Elle est responsable de tant de jeunes filles, il lui faut veiller au grain. Venez, je vous raccompagne.

— Si nous étions à Everely, je pourrais disparaître toute une journée sans que personne s'en rende compte, dit-elle en partant dans la direction opposée.

— J'espère tout de même que quelqu'un s'en inquiéterait, car cela peut être dangereux. Les Du Bell, à mon avis, s'en rendraient compte.

Elle sourit, mais ne s'arrêta pas pour autant.

— Je sais. Vous inquiétez-vous pour moi ?

— Oui.

Je m'inquiétais aussi beaucoup pour moi en la suivant.

— Dans ce cas, puis-je m'inquiéter pour vous ?

Elle était si directe que j'avais du mal à lui répondre. J'étais à la fois sidéré et bien trop ravi pour trouver les mots justes.

— Vous n'avez aucune inquiétude à avoir à mon sujet, si ce n'est à propos du risque que je fais courir à votre réputation, réussis-je enfin à articuler.

— Cela m'est tout à fait égal.

— À en juger par le temps que nous passons ensemble, c'est ce qu'il m'avait semblé comprendre, en effet. Mais…

— N'allons pas plus loin ? Nous enfreignons toutes les règles de la décence ? dit-elle avec espièglerie. Vous n'avez cessé de me le répéter et, pourtant, quand je me jette dans vos bras, vous ne me repoussez pas.

Je n'avais rien à répondre, elle avait raison.

Chaque fois, j'émettais des réserves et, pourtant, dès que l'occasion s'en présentait, je franchissais les limites, encore et encore. Il lui suffisait de me tendre la main pour que je la suive jusqu'au bout du monde.

— Puisque vous ne niez pas, changeons de sujet. Est-ce que tout va bien ?

— Mais oui ! Pourquoi cette question ?

— Votre belle-mère. En la voyant, vous n'étiez plus vous-même. Êtes-vous en mauvais termes avec elle ?

— Je ne pense pas que nous puissions être en bons termes. Je ne la considère toutefois pas comme une ennemie, car elle ne m'a jamais fait de mal.

— Pourquoi avoir fait demi-tour, dans ce cas ?

— Je n'en sais rien, c'était une idée d'Henry.

C'était vrai. J'avais si peu l'habitude de côtoyer ma belle-mère que je n'avais pas su réagir.

— J'ai souvent envie de faire demi-tour, moi aussi, dit-elle doucement. Particulièrement en présence des Du Bell, comme vous le savez. Ils sont toujours de bonne composition, tellement gentils et heureux. À côté d'eux, je me sens… insignifiante. Je les aime bien mais, en même temps, je suis jalouse, car je n'aurai jamais une famille comme celle-là.

— Vous ne vous considérez pas comme membre d'une famille heureuse ?

— Ne connaissez-vous donc pas mon histoire ?

— Je connais votre passé, qui n'est ni votre présent ni votre avenir. Vous appartenez à une famille heureuse, Verity. Vous avez votre place chez les Du Bell…

— Non.

— Si. Votre frère n'est-il point leur gendre ? Vos futurs neveux et nièces ne seront-ils pas leurs petits-enfants ? Vous faites partie de cette famille. Par alliance, sinon par naissance. Je suis bien placé pour savoir que tout lien, aussi ténu soit-il, a son importance.

J'avais personnellement des liens par alliance avec l'épouse de mon père, même si elle ne m'avait jamais adressé la parole.

Verity fit la moue.

— N'étions-nous pas censés parler de vous ? Comment se fait-il que nous parlions encore de moi ?

J'eus du mal à garder mon sérieux.

— Je crois bien que c'est vous qui avez changé de sujet.

— Ah bon ? Dans ce cas, je vais en changer de nouveau.

— Mademoiselle Verity, nous devrions vraiment rejoindre les autres, dis-je en remarquant deux femmes qui chuchotaient en nous observant.

— Je...

Un grondement de tonnerre l'interrompit. En l'espace de quelques secondes, le ciel d'un bleu immaculé disparut derrière d'épais nuages déversant des trombes d'eau sur le parc. Les promeneurs en panique s'éparpillèrent pour se mettre à l'abri.

— Theodore !

Elle me prit par la main et cette sensation me paralysa. Tandis que l'eau ruisselait sur son visage, elle me sourit.

— Venez, courons !

Sous le charme, proprement ensorcelé, je serrai sa main et la suivis, fuyant la pluie sur ses talons.

L'espace d'un instant, j'eus l'impression que nous étions seuls au monde. Combien de temps dura cette course folle, je ne saurais le dire. Avec elle, j'étais prêt à courir pour l'éternité. Avec elle, la joie faisait bondir mon cœur. Je me sentais libre, prêt à tout.

— Oh ! Cela faisait des années que je n'avais plus couru de la sorte, lâcha-t-elle, essoufflée, lorsque nous nous arrêtâmes sous un pont qui enjambait un petit chemin à l'abri des regards.

Sa robe bleu clair, son chapeau, ses cheveux... elle était trempée de la tête aux pieds. Elle leva pourtant vers moi le plus lumineux des sourires.

— Theodore...

— Je vous aime. Je ne sais ni quand ni comment, mais vous êtes devenue ma plus grande joie. Je n'ai rien à vous offrir et je sais que je ne vous mérite pas mais, plus que tout au monde, je souhaite que vous deveniez ma femme.

Pas plus que le ciel ne pouvait retenir la pluie, je n'avais pu retenir ces mots.

Elle fit un pas en avant mais, sans attendre qu'elle réponde, je sortis de ma poche un ruban de soie bleue sur lequel était glissé un pendentif en forme de fleur, orné d'une petite perle.

— Ce n'est pas grand-chose, mais c'est tout ce qu'il me reste de ma mère.

Elle leva vers moi un regard interrogateur.

— Et vous me l'offrez ?

— Si vous voulez bien l'accepter.

— Comment pourrait-il en être autrement ? dit-elle en se tournant lentement. Voulez-vous bien m'aider à le mettre ?

Je ramenai ses boucles sur le côté et je m'exécutai, mais mes mains ne purent s'empêcher de s'attarder sur sa peau. Ce seul contact me réchauffa et, lorsqu'elle me fit face de nouveau, ses beaux yeux bruns m'hypnotisèrent. Je glissai une main sous son menton. Déjà, je sentais son souffle sur mes lèvres. Elle s'approcha encore, ferma les yeux. Nous allions nous embrasser quand une voix courroucée s'éleva.

— Theodore !

Verity fit un bond en arrière pour tenter de sauver les apparences et se retourna. À l'entrée du chemin se tenait une dame en jaune – ma belle-mère – accompagnée d'un cocher, parapluie à la main. Elle nous regarda, l'un après l'autre, stupéfaite.

— Je... Nous... Lady Whitmear, bredouilla Verity.

— La pluie s'est calmée, lady Verity. Je vais vous raccompagner jusqu'à votre voiture, venez, ordonna sèchement lady Whitmear, tout en me foudroyant du regard.

J'étais sous le choc. Incapable de parler, incapable de réfléchir.

Nom de Dieu.

Qu'avais-je fait ?

VERITY

Comme je ne savais pas quoi dire, je fis que ce que l'on me demandait et rejoignis lady Whitmear pour repartir. En me retournant, je vis Theodore, seul sur le chemin, tête baissée, poings serrés. Je ne voyais pas son visage, mais je sentais, dans cette voiture qui m'éloignait de lui, que ce qui venait d'arriver n'augurait rien de bon.

Misère !

Que faire ?

Allait-elle raconter ce qu'elle avait vu ?

Pire, allait-elle s'en servir pour nuire à Theodore ?

Mon inquiétude ne cessa d'augmenter jusqu'à ce qu'enfin, elle parle.

— A-t-il abusé de vous ? demanda-t-elle à voix basse. Répondez-moi franchement, sinon il me sera impossible de vous protéger.

— Je n'ai pas besoin qu'on me protège de lui.

— Peut-être ignorez-vous…

— Il n'a rien fait, si ce n'est m'aider, être bon avec moi et veiller sur ma santé. Il ne s'est rien passé de plus que ce que vous avez vu.

— Ce que j'ai vu dépassait de loin les limites, mademoiselle. Comment a-t-il pu…

Je m'arrêtai net et la fusillai du regard.

— Vous ne le connaissez pas. Il m'a souvent mise en garde et a toujours essayé de garder ses distances. C'est moi qui ai pris sa main et lui ai demandé de me suivre. S'il vous plaît, ne causez pas d'esclandre. Je vous en supplie.

Elle me regarda, surprise.

— Verity !

J'aperçus Damon et son valet qui s'étaient visiblement lancés à ma recherche. Je me retournai vers lady Whitmear.

— Je vous en supplie, répétai-je à mi-voix.

— Verity ! Tout va bien ? Nous t'avons perdue de vue juste avant l'averse ! s'exclama Damon en arrivant à notre hauteur.

— Oui, c'est ma faute. Je voulais m'entretenir avec lady Verity et nous avons été surprises par la pluie, expliqua lady Whitmear avec un sourire. Vous présenterez toutes mes excuses à votre mère pour l'inquiétude que l'absence de Verity a pu lui causer.

— Merci de vous être occupée d'elle, lady...

Il ne termina pas sa phrase, ne sachant visiblement pas à qui il avait affaire.

— Lady Whitmear, dit-elle.

La stupéfaction de Damon fut évidente.

— Bien sûr. Je vous prie de m'excuser.

Il s'inclina, puis me regarda et m'offrit son bras.

— Encore une fois, merci, dit-il.

— Merci, Votre Grâce, soufflai-je en faisant la révérence, ayant enfin retrouvé mes bonnes manières.

— Prenez soin de vous, lady Verity, dit-elle.

Cela ne fit que m'inquiéter davantage. Theodore ne nous avait pas suivies et je ne pouvais qu'imaginer ce qu'il ressentait. Si quelqu'un avait fourni à ma bellemère des preuves indiscutables à mon encontre, j'aurais volontiers disparu à jamais.

Quelle idiote j'avais été !

20

THEODORE

— Que s'est-il passé ? demanda Henry en me rejoignant.

— Rien. J'ai besoin de…

— Ne me mens pas, s'il te plaît, m'interrompit-il en se plantant devant moi. J'ai tout vu… C'est lady Verity ? C'est elle, que tu…

Je lui attrapai fermement le bras.

— Tu nous as suivis sous la pluie ?

Il se dégagea.

— Je ne vous suivais pas, je suivais sir Grisham, qui te suivait, lui.

— Merde ! hurlai-je.

Le monde entier s'était-il donné rendez-vous pour nous épier ?

— Calme-toi. Je l'ai retenu. Il n'a rien vu. Quant à moi, je voulais simplement vous prévenir avant que quelqu'un vous voie, mais quand je suis arrivé là où je pensais vous trouver, il n'y avait que lady Whitmear et elle.

Piètre soulagement.

Celle-ci en avait trop vu, car nous étions allés trop loin. Depuis le début, je savais que ce n'était qu'une question de temps, que nous finirions par être démasqués. Malgré cela, je n'avais pas été capable de me contrôler.

— Que comptes-tu faire ?

— Je n'en sais encore rien, mais il faut que je parle à lady Whitmear.

J'allais sans doute devoir la supplier à genoux, comme si ma vie en dépendait, car l'avenir de Verity était en jeu.

— Je passerai te voir à l'auberge un peu plus tard, dit Henry.

Sans répondre, je me dirigeai vers la voiture de lady Whitmear. Il m'était facile de la reconnaître ; elle arborait les armes de la famille de mon père. J'étais prêt à faire tout ce que me demanderait la marquise, pourvu qu'elle ne salisse pas la réputation de Verity. C'était là ma plus grande crainte. Verity n'y était pour rien ; des sentiments nouveaux lui étaient montés à la tête. J'étais le plus âgé de nous deux, j'aurais dû me douter de ce qui allait arriver. Tout était ma faute.

— Theodore.

Lorsque j'arrivai près de sa voiture, Lady Whitmear semblait également se diriger vers celle-ci.

— Votre Grâce, dis-je en la saluant.

— Montez avec moi, m'ordonna-t-elle tandis que son cocher lui ouvrait la portière.

Je la suivis.

Ce n'est qu'une fois la portière refermée que les mots jaillirent.

— Je vous supplie de ne parler de cela à personne. Pas pour moi mais pour elle. Sa réputation...

— De toute évidence, vous connaissiez le risque encouru et cela ne vous a pas arrêté... Me suis-je trompée à votre sujet pendant si longtemps ? Êtes-vous sournois au point de chercher délibérément à compromettre cette jeune femme ?

— Je n'ai rien cherché de tel !

— Dans ce cas, comment avez-vous pu agir de la sorte ? L'étreindre ainsi, en plein jour, dans un lieu public ? N'importe qui aurait pu vous voir ! Vous auriez pu réduire à néant l'avenir de cette jeune fille en un instant. À quoi pensiez-vous donc, si ce n'était pas à la déshonorer ?

— Je ne pensais plus ! Quand je suis avec elle, je perds la tête. Vous avez raison, j'étais conscient des risques. J'ai essayé de respecter les convenances, mais il ne se passe pas un jour sans que je me trouve en sa compagnie ! Pour une fois, je voulais...

— Que vouliez-vous ? Vous prendre pour un lord ? Pour l'héritier de Whitmear ?

Son raisonnement ne me surprit pas. Comment aurait-elle pu penser autrement ?

— Non. Pour une fois, je voulais simplement être heureux.

Elle ne répondit pas tout de suite. Quiconque nous aurait vus en cet instant aurait pu croire que nous étions proches. Jamais je n'avais imaginé que notre première conversation serait de cet ordre.

— Elle m'a suppliée de ne pas vous incriminer, dit-elle enfin, tout en regardant dehors. Pas un instant, elle ne s'est préoccupée de sa réputation. Pour une jeune femme de son rang, c'est signe qu'elle tient beaucoup à vous. Je suppose que vous tenez à elle aussi ?

— Oui, admis-je, tête baissée.

— Dans ce cas, vous devez mettre un terme à cette histoire. Si vous tenez réellement à elle, oserai-je dire *si vous l'aimez,* vous ne pouvez pas lui faire une chose pareille, Theodore.

Je levai les yeux. Son regard était compatissant.

— Elle ignore ce que c'est que d'être en butte aux rumeurs et aux moqueries. Quoi que l'on ait dit de sa famille, ces péchés n'étaient pas les siens, et elle a toujours été respectée par notre milieu. Perdre ce respect serait pour elle une catastrophe.

Je savais déjà cela. Je me l'étais répété, sans parvenir à l'accepter.

Aujourd'hui, je n'avais plus le choix.

Je devais la quitter.

— Je ne peux plus vivre sans elle, murmurai-je. Je ne *veux pas* vivre sans elle.

— Êtes-vous donc résolu à ternir sa réputation ?

Je ne répondis pas.

— Laissez-moi vous aider, dit-elle alors.

— Vous ? Et qu'attendez-vous en échange ?

— Je voudrais que vous rendiez visite à votre père.

J'avais imaginé beaucoup de choses, mais pas celle-là.

— Non.

— Theodore...

— Avec tout le respect que je vous dois, Votre Grâce, ma réponse est non. Je n'ai aucune envie de voir cet homme.

Et encore moins après ce qui venait de se passer.

— N'y a-t-il pas autre chose que je puisse faire ? demandai-je.

— Autre chose ? Vous n'avez rien à offrir ni à moi, ni à aucune lady de la bonne société. Ce que je désire est très simple. Votre présence à Wentwood House.

— Dans quel but ? Je n'ai rien à faire avec lui, ni lui avec moi.

— Votre père est malade.

Elle se tut et, pour la première fois, je la regardai en face.

— Il souhaiterait vous voir avant qu'il soit trop tard. C'est la raison de ma présence ici.

— De quoi souffre-t-il ?

— Personne ne le sait. Il a consulté de nombreux médecins, qui n'ont pas réussi à le soigner. Puisque vous avez vous-même acquis une certaine renommée dans ce domaine, le moins que vous puissiez faire est de lui rendre visite, non ?

— C'est tout ? Il ne sera pas question de...

— Si la réputation de lady Verity est en danger, c'est de votre seul fait.

J'eus envie de disparaître dans un trou de souris. Déjà, la voiture s'arrêtait devant le *Crown Hill*. J'allais descendre lorsqu'elle reprit la parole.

— Theodore, ce n'est pas parce que la vie semble parfois injuste qu'il faut s'estimer en droit de se rebeller contre elle.

— Paroles d'une femme dont la grandeur et la noblesse se sont bâties sur le cadavre d'une autre, lâchai-je, pris entre amertume et colère. Ne vous inquiétez pas, madame, je ne le sais que trop. Au revoir !

Je descendis et m'éloignai sans un regard en arrière. En entrant dans l'auberge, je n'entendis ni les clients attardés au bar, ni l'aubergiste qui me salua.

Dans ma chambre, j'arrachai ma veste, la jetai sur le sol et écrasai mon poing sur le mur le plus proche. Cédant ensuite sous le poids de la fureur qui m'étreignait sans que je parvienne à l'exprimer, je me laissai tomber à terre et restai assis là, priant, suppliant, exhortant la vie de m'accorder un répit.

Rien ne vint.

Rien ne venait jamais.

*

* *

Les heures passèrent, la nuit tomba. Alors seulement je me relevai et me dirigeai vers la malle au pied de mon lit.

Toc, toc.

— Theodore ?

Un soupir d'agacement m'échappa en entendant sa voix. Ils étaient nombreux ceux que je n'avais pas envie de voir ce soir-là, mais lui était tout en haut de la liste.

— Theodore ? répéta-t-il.

La porte s'ouvrit et Henry entra. Sans répondre, je me dirigeai vers mon secrétaire pour trier mes papiers.

— Que s'est-il passé ? Je suis venu voir si...

— Rentre chez toi, Henry.

— Pas question ! Que t'a dit ta belle-mère ? T'a-t-elle menacé ? Ne fais pas attention à elle. Personne ne la croira, les gens penseront qu'elle cherche à te détruire...

— Rentre chez toi, Henry, répétai-je.

— Que fais-tu ? Tu n'as aucune raison de fuir...

— Pour l'amour de Dieu, HENRY, LAISSE-MOI TRANQUILLE !

— Je veux t'aider, Theodore…

— Il n'y a rien que tu puisses faire ou dire ! Tu ne comprends même pas ce qui se passe. Comment pourrait-il en être autrement ? Tu es le fils unique de lord Fancot, futur vicomte. Le plus bel avenir t'est destiné depuis ta naissance, toutes les portes te sont ouvertes et, malgré cela, tu te plains, tu en veux à tes parents qui ne vivent et ne respirent que pour assurer ton bonheur auprès des jeunes femmes les plus délicieuses de votre milieu. Comment pourrais-tu m'aider ? Vas-tu faire de moi un enfant légitime ? Vas-tu m'accorder la main de celle que je désire ? Non. Tu ne peux rien de tout cela, alors tout ce que je te demande, c'est de ME LAISSER TRANQUILLE ! Tu ne peux pas imaginer ce que c'est que d'être un bâtard, Henry, lâchai-je en guise de conclusion, tête baissée.

— Très bien. Je te laisse, dit-il simplement.

Il tourna les talons et sortit, refermant doucement la porte derrière lui. Dans un geste de désespoir, je jetai les papiers que j'avais à la main.

Plus rien ne m'importait… plus rien d'autre qu'elle. Et ma douleur n'en était que plus grande.

VERITY

Incapable de trouver le sommeil ou d'avaler quoi que ce soit, j'avais attendu, au comble de l'angoisse, de savoir quelles rumeurs se répandraient à mon sujet le lendemain. Je n'aurais pas été surprise que Mme Loquac vienne toquer à ma porte, en quête d'informations destinées à satisfaire la curiosité de ses autres clientes. Dieu merci, je n'intéressais visiblement personne et on ne parlait que de la charmante et ravissante lady Whitmear, qui venait d'arriver à Londres.

— Elle nous a invitées à prendre le thé ? Aujourd'hui ? demanda Hathor à sa mère en prenant place à côté de moi. J'ignorais que vous la connaissiez si bien.

— Je ne la connais guère. Seulement, elle ne prévoit pas de passer beaucoup de temps à Londres et souhaiterait malgré tout rencontrer quelques-unes d'entre nous avant de repartir, expliqua la marquise en faisant tourner sa cuillère dans son thé, penchée sur un catalogue de tissus à rideaux. Je n'avais aucune raison de refuser son invitation.

— Ses liens avec le Dr Darrington auraient pu en être une, avança Hathor. Après tout, nous l'avons ouvertement soutenu.

— Leurs différends ne nous regardent pas, ma chérie. Elle nous a invitées pour le thé, nous irons donc prendre le thé.

— Croyez-vous qu'elle cherchera à nous déconseiller sa fréquentation ? dit Hathor avant de se tourner vers moi. Il s'est fait une réputation dans notre milieu et on dit le plus grand bien de lui. Père a sûrement raison de prédire sa notoriété future. Peut-être en a-t-elle entendu parler, et est-elle venue mettre fin à tout cela.

— Ne sois pas si pessimiste, Hathor, dit la marquise. Il s'agit d'un simple thé, et non du troisième acte d'une tragédie shakespearienne.

— C'est tout de même étrange, cette invitation soudaine, alors que nous nous connaissons à peine. Tu étais avec elle, Verity. A-t-elle dit quoi que ce soit ?

— Non, rien de particulier, mentis-je, la main sur le collier que m'avait offert Theodore.

— Tout va bien, Verity ? demanda la marquise.

— Oui. Je suis seulement un peu fatiguée.

— Tu devrais te reposer, dans ce cas. C'est la première fois que tu portes ce collier, il me semble. Où l'as-tu... ?

Ingrid apparut sur le seuil, l'interrompant au bon moment.

— Madame ? Mme Loquac vient d'arriver.

Oh, non !

Je me redressai, le cœur battant. Était-elle finalement venue aux renseignements ?

— Faites-la entrer.

— Bonjour, madame. Mesdemoiselles, dit Mme Loquac en faisant la révérence.

Elle était accompagnée d'une seule de ses assistantes, cette fois.

— Bonjour, madame Loquac, comment allez-vous ? Asseyez-vous, je vous en prie. Ingrid, servez-lui une tasse de thé, je vous prie.

— Merci. J'aurais aimé pouvoir vous dire que tout va bien, mais je viens d'apprendre la plus troublante des nouvelles.

— Mon Dieu ! De quoi s'agit-il ? demanda la marquise.

Je me penchai vers Mme Loquac en grimaçant et me tordis les mains au point de ne plus les sentir.

La couturière, pour ménager ses effets, prit tout son temps pour boire une gorgée de thé.

— Hum. Il est excellent.

— Vous m'en voyez ravie, dit la marquise, dont le sourire dissimulait mal son impatience.

— Vous ne me croirez jamais, mais la plus scandaleuse des liaisons vient d'être révélée. Juste sous notre nez, une traînée, une Marie-couche-toi-là !

La marquise fronça les sourcils.

— Je ne comprends pas.

Je fermai les yeux et tâchai de me préparer à la catastrophe.

— Mlle Edwina Charmant a été surprise dans la plus compromettante des situations en compagnie du cocher de sa famille, hier, au parc !

Je laissai échapper un discret soupir de soulagement.

— Quoi ? La nièce de Mme Frinton-Smith ?

— Oui. Et on dit qu'ils sont amants depuis déjà plusieurs semaines. Là, dans les buissons...

La marquise se tourna vivement vers nous.

— Montez vous préparer pour notre sortie, jeunes filles.

— Mais Maman...

— Immédiatement !

Nous nous levâmes, Hathor plus à regret que moi.

— Quel est l'intérêt d'avoir fait notre entrée dans le monde, si c'est pour continuer à être traitées comme des enfants ? me demanda-t-elle tandis que nous quittions la pièce. Nous avons bien le droit de savoir, nous aussi.

— Je suis sûre que nous finirons par avoir le fin mot de l'histoire.

— Exactement ! Alors pourquoi nous renvoyer maintenant ? s'écria-t-elle en m'attrapant par le bras. Tu te rends compte ? Avec son cocher ? Elle n'est peut-être pas une aristocrate, mais tout de même... une liaison avec un domestique...

— On ne choisit pas de qui on tombe amoureux, Hathor.

J'étais certes soulagée de ne pas être l'objet du scandale, mais je plaignais la pauvre fille qui allait subir toutes sortes d'attaques.

— Je sais, mais...

— Ah, vous voilà. Justement, je vous cherchais. Je viens de recevoir des nouvelles.

Le marquis sortait de son bureau, deux lettres entre les mains. Nous nous arrêtâmes dans l'escalier.

— Des nouvelles d'Edwina ? Déjà ? Qui vous a écrit ? Vous êtes au coude à coude avec Mme Loquac, dit Hathor en riant.

— Pardonne-moi, ma chérie, mais je ne comprends rien à ce que tu me dis, dit-il, visiblement perplexe.

— Edwina. La nièce de Mme Frinton-Smith, répéta Hathor.

— Eh bien ? Que lui arrive-t-il ?

— Peu importe, soupira Hathor. Mère vous racontera. Et vous, de quelles nouvelles parlez-vous donc ?

— Ah, oui, dit-il en brandissant les lettres. Je viens d'apprendre que le fils aîné de lord Wyndham a succombé à sa maladie.

L'enthousiasme d'Hathor retomba brusquement.

— Oh. C'est terrible.

— Oui. Au moins le pauvre garçon ne souffre-t-il plus. Je vais consulter ta mère pour décider du moment opportun pour leur adresser nos condoléances.

Il se tourna vers moi.

— Et seconde nouvelle, Verity, le Dr Darrington a quitté Londres.

— Comment ? dis-je en redescendant quelques marches.

— Apparemment, son père est malade et il s'est rendu à son chevet. Il m'a écrit pour s'excuser de ce départ si soudain, il ne sait pas quand il sera de retour. Il a confié ses patients à...

Je n'entendis pas la suite. J'avais l'impression que la terre entière s'était tue. Je n'arrivais plus à penser et j'avais du mal à respirer.

Il m'avait quittée.

D'un seul coup ? Sans prévenir ? Sans se battre ?

— Verity ?

Je pris conscience que je tombais en sentant des bras me retenir. Je ne savais pas à qui ils appartenaient et cela m'était égal. J'entendis prononcer mon nom, je perçus de l'inquiétude, mais plus rien ne m'importait. La tête me tournait. J'aurais voulu hurler mais je restai muette. Plus que tout j'aurais voulu pleurer, pleurer et pleurer encore, mais je n'y parvenais pas.

— Appelez un médecin ! Vite, s'exclama quelqu'un.

Je fermai les yeux et tentai de fuir dans mes rêves. Hélas, seuls mes cauchemars m'attendaient.

DEUXIÈME PARTIE

21

Theodore

Le domaine de mon père, le marquis de Whitmear, s'appelait Wentwood House et, jusqu'à ce jour-là, je ne l'avais jamais vu. Je savais où il se trouvait – en bordure du Peak District, dans le Cheshire – et j'en savais la splendeur. Ses terres couvraient près de six cents hectares sur lesquels je n'avais jamais posé le regard, malgré les nombreuses invitations de mon père. Si les choses en étaient restées là, cela ne m'aurait jamais manqué. À présent que je les découvrais, je mesurais plus que jamais la grandeur du nom de celui qui m'avait donné la vie et l'immensité de sa fortune.

S'attendant de toute évidence à accueillir lady Whitmear, les domestiques s'étaient alignés devant la maison. Quand je descendis de sa voiture, dans laquelle elle avait insisté pour que je voyage seul, un homme assez petit, vêtu de noir et aux cheveux gris clairsemés, s'avança. Son air solennel m'indiqua qu'il devait être le majordome.

— Vous êtes, monsieur ? me demanda-t-il. Où est la marquise ?

— Je suis le Dr Theodore Darrington. Madame m'a chargé de rendre visite à lord Whitmear.

Tout le personnel eut l'air surpris.

— Bienvenue à Wentwood, maître Theodore. Je suis Ralph Pierce, le majordome, dit-il, confirmant ainsi ma déduction. Avez-vous fait bon voyage ?

Il s'inclina devant moi et le reste des domestiques l'imita.

— Très bon. Je ne suis cependant pas « maître » de qui que ce soit, mais simplement un médecin venu voir le marquis, rectifiai-je en me demandant ce qui me valait tant d'affabilité.

— Pardonnez-moi, maître Theodore. Le marquis a demandé que l'on vous appelle ainsi au cas où vous viendriez à Wentwood. Mon devoir est d'obéir à ses ordres.

— Il a dit cela ?

— Oui, à maintes reprises. Tout le personnel est au courant, dit-il avant de s'adresser aux valets : Montez les bagages de maître Theodore et préparez-lui une chambre. William, prenez un cheval et allez prévenir le marquis immédiatement.

— Un cheval ? m'étonnai-je. N'est-il pas ici ?

— Non, monsieur. Le jeune maître Alexander et lui sont sortis se promener.

Cette fois, je n'y comprenais plus rien. Comment pouvait-il faire du cheval ?

— Le marquis n'est-il pas gravement malade ?

— « Malade » ? Dieu nous en préserve. Pour autant que je sache, le marquis est en excellente santé. Maître Alexander et lui montent presque tous les jours.

— Ce n'est pas ce qu'on m'avait dit, lâchai-je à mi-voix en me tournant vers les collines avoisinantes.

Une petite voix me soufflait de fuir.

Je m'étais préparé à trouver un homme alité, à m'installer à son chevet et à m'occuper de lui jusqu'à son décès, avant de repartir. Où ? Je l'ignorais, mais plus rien n'allait se passer comme prévu, à présent.

— Par ici, maître Theodore, dit M. Pierce en s'effaçant pour me laisser passer. Je vais vous conduire jusqu'à votre chambre.

Comme mes bagages avaient déjà été emportés, je n'avais d'autre choix que d'obtempérer.

— Il vaut peut-être mieux que j'attende le marquis.

Je ne me sentirais à l'aise que lorsque j'aurais compris ce qu'il se passait, et encore... Debout dans l'entrée dallée de noir et blanc, je me faisais l'effet d'un pion sur l'échiquier de lady Whitmear.

Pourquoi diable m'avait-elle demandé de venir ?

— Très bien, je vous emmène dans son bureau, dans ce cas. Voulez-vous que je fasse apporter du thé ?

Il ne faisait que son travail, mais sa sollicitude m'agaça.

— Non, merci. Je vais simplement attendre.

Je le suivis jusqu'à une grande porte de bois sculpté. Il en ouvrit les deux battants et me fit entrer.

La première chose que je vis était un portrait de mon père, de lady Whitmear et d'un petit garçon aux cheveux bouclés, mi-longs. Ils semblaient heureux, comme une famille doit l'être. Le visage de mon père ressemblait au mien, bien que son teint soit plus foncé et ses traits, un peu plus épais.

À quand remontait notre dernière entrevue ?

Sept ans ?

Il était venu passer quelques jours à Oxford – pour affaires, avait-il dit –, et avait voulu voir comment j'allais. Sa présence m'avait mis fort mal à l'aise. Cachés derrière leurs manuels, les autres étudiants avaient observé la scène. Me savoir bâtard était une chose, mais la présence de mon père les avait amusés au plus haut point en leur fournissant une occasion supplémentaire de me railler. Je n'avais même pas pu écouter ce qu'il tentait de me dire. Je n'en avais pas envie et, pour finir, je l'avais supplié de me laisser tranquille.

Ce qu'il avait fait.

Quel imbécile j'avais été. Non, pas imbécile, égoïste. Car je ne lui avais pas demandé de cesser de payer mes études. J'avais délibérément ignoré ce détail, me persuadant que c'était mon grand-père qui subvenait à mes besoins. Or, nul besoin d'intelligence pour savoir que c'était impossible. Pour soulager ma conscience, je m'étais dit que je ne dépenserais que le strict minimum et que je travaillerais pour couvrir le reste de mes dépenses. Quelle naïveté ! Personne ne voulait des services d'un jeune médecin aux origines troubles. Je n'avais eu comme patients que les pauvres et les nécessiteux qui, s'ils me permettaient d'en apprendre beaucoup du point de vue médical, ne pouvaient pas grand-chose pour mes finances. Une fois, j'avais même été payé en œufs. Pourtant, j'étais résolu à ne demander d'aide à personne. Henry seul n'avait rien voulu entendre, et avait insisté pour m'introduire auprès de la bonne société. Grâce à lui, et non grâce à mon seul talent, j'avais de meilleurs contacts et des patients plus fortunés. Sans aide, je n'y serais pas arrivé. Je m'étais consolé en me disant que celle-ci venait d'un ami, et non de mon père.

Aujourd'hui, en repensant à la façon dont j'avais renvoyé Henry, je me trouvais encore plus ridicule. Il faudrait que je lui écrive pour lui présenter mes excuses. Non, je l'avais insulté en face, je devais donc avoir la décence de m'excuser de la même manière.

Mais je ne pouvais pas rentrer à Londres tant qu'elle s'y trouvait.

Verity.

Penser à elle me bouleversait. Je baissai les yeux sur mes mains, songeai à mon ravissement lorsqu'elle les avait prises entre les siennes. À la sensation de liberté éprouvée en cet instant, si bref. À mon désir de...

— Theodore ?

Je me tournai vers la porte. Mon père se tenait là, bien droit, comme sur le tableau, mais les cheveux plus gris.

— Tu es donc vraiment ici ? demanda-t-il, le souffle court. Quand on me l'a annoncé, j'ai cru à une mauvaise plaisanterie.

Les domestiques plaisantaient-ils avec leurs maîtres ? J'en doutais.

— Eh bien... sois le bienvenu, reprit-il, le sourire aux lèvres. Je suis très heureux de te voir, mais je m'interroge. Qu'est-ce qui t'a enfin décidé à venir ?

— Votre épouse m'a dit que vous étiez mourant, lâchai-je enfin.

— « Mourant » ?

— Elle m'a affirmé que vous étiez gravement malade.

— Comme tu le vois, il n'en est rien.

— Raison pour laquelle je suis un peu perplexe, moi aussi.

Dans l'entrebâillement de la porte, j'aperçus un jeune garçon qui nous observait. Il se retira précipitamment quand nos regards se croisèrent, mais j'avais eu le temps de remarquer ses cheveux bouclés.

— Alexander, viens donc dire bonjour à ton frère Theodore, lança notre père.

Il avait parlé avec un naturel déconcertant. Ce qui acheva de me décontenancer fut qu'Alexander ne sembla pas surpris et entra calmement pour venir me tendre la main.

— Bonjour.

— Bonjour, répondis-je.

— Tu dois être épuisé par ton voyage, reprit mon père. Les bonnes vont te préparer un bain et nous parlerons plus tard.

— Je ne veux pas déranger...

— Tu es mon fils, comment pourrais-tu déranger ? Est-ce qu'il te dérange, toi ? demanda-t-il au jeune Alexander.

Celui-ci secoua la tête.

— Dans ce cas, je vous remercie de votre hospitalité. Je ne prendr...

— Inutile de faire des manières, Theodore. Va prendre un bain. Ici, tout le monde sait qui tu es. Cette maison est aussi la tienne.

— Merci encore, mais cette maison n'est pas la mienne.

Je me dirigeai vers la porte. Le majordome m'y attendait déjà. Sans un mot, je le suivis. Une fois certain que l'on ne pouvait plus m'entendre, je me décidai à l'interroger.

— Dites-moi, monsieur Pierce, que savez-vous de moi ?

— Seulement que vous êtes le fils de monsieur le marquis et un grand médecin à Londres.

— « Grand », c'est beaucoup dire, marmonnai-je. Vous savez quel *genre* de fils je suis, n'est-ce pas ?

— Quel genre de fils êtes-vous ?

— Le genre qui n'héritera rien, même si je suis l'aîné. Est-ce trop vague ? Dois-je être plus clair ?

Il eut un petit rire.

— Inutile. Je vous ai compris. Mais comme je vous l'ai dit à votre arrivée, mon travail est avant tout de satisfaire les désirs de monsieur le marquis et non les vôtres. Or, il dit que vous êtes son fils, en conséquence de quoi vous devez être traité avec le plus grand respect lorsque vous êtes chez lui.

— Pourquoi vous avoir donné ces ordres, puisque je ne suis jamais venu ici ?

— Je n'en sais rien, maître Theodore. Vous devriez lui poser la question. Nous ne sommes que ses domestiques.

— Après tant d'années à son service, vous devez bien avoir une idée de ce qu'il pense, non ?

— Je suis sûr que quelqu'un d'aussi brillant que vous connaît la réponse à cette question. Dans le cas contraire, ceci éclairera peut-être votre lanterne.

Nous étions arrivés au bout d'un long couloir, et il ouvrit la porte de la chambre que l'on me destinait. Ce n'était pas n'importe quelle chambre réservée aux invités. Choix des livres et des tableaux, style des meubles et tons de la décoration – tout semblait avoir été pensé spécialement pour moi, en accord avec mes goûts. Comment avait-il su ? Néanmoins, ce qui attira mon attention par-dessus tout fut le tableau accroché au-dessus de la cheminée. Lentement, je m'en approchai, incrédule.

— Mère, murmurai-je.

— Monsieur le marquis vous attend depuis longtemps, maître Theodore, dit doucement M. Pierce. Depuis très longtemps. Cette chambre n'est pas une simple chambre d'ami, c'est la vôtre. Rien que la vôtre.

— Cela ne doit guère plaire à la marquise.

— Au contraire, rétorqua-t-il en tirant une enveloppe de sa poche pour me la tendre. À ce propos, Madame a confié cette lettre au cocher pour qu'elle vous soit remise à votre arrivée.

Je la pris d'un geste hésitant.

— Merci.

— Je vous en prie.

Pierce se retira.

Fallait-il que j'attende avant d'ouvrir la lettre, pour me préparer à ce que j'allais lire ? Serais-je jamais prêt ?

Je décachetai l'enveloppe.

Cher Theodore,

Je le reconnais, cette affaire va plutôt à l'encontre des convenances et, oui, je vous ai menti. Toutefois, je ne vous demanderai pas pardon – je l'ai fait pour votre bien, le vôtre et celui de votre père. Vous lui manquez terriblement. Il demande de vos nouvelles à tous ceux qui seraient susceptibles de lui en donner. Je lui ai souvent dit de vous rendre visite, mais il a toujours refusé, préférant s'enfermer ici. Il craint de vous imposer sa présence et, comme vous le savez, Londres reste pour lui synonyme de douleur, ce qui est le cas pour vous aussi, j'en suis certaine.

Je regrette souvent de ne pouvoir m'excuser auprès de votre mère. Si j'avais su ce que ma famille avait fait, jamais je n'aurais consenti à ce mariage, jamais je n'aurais été aussi jalouse d'elle. Pétrie comme je l'étais de culpabilité et de douleur après l'avoir appris, j'ai tout fait pour vous éviter et je suis sûre qu'il en a été de même pour vous. Nous partageons un lourd passé et je doute que nous puissions un jour le mettre de côté.

Bien des années se sont écoulées cependant, et je me surprends à espérer que la situation s'améliore. Par-dessus tout, je désire que votre père connaisse la joie et le bonheur. J'ai longtemps essayé d'être pour lui une source de réconfort mais, tant qu'il ne sera pas réconcilié avec vous, je n'y parviendrai pas. En attendant mon retour, je vous les confie, lui et mon fils.

Lady Whitmear

Pour la première fois depuis mon arrivée, je me laissai tomber dans un fauteuil, totalement abasourdi.

22

Theodore

Toc, toc.

— Entrez, dis-je en ajustant ma chemise.

Je m'attendais à voir une bonne ou M. Pierce, mais c'était Alexander. Il n'était pas très grand pour un garçon de onze ans, mais j'avais moi-même grandi très tard. Il referma la porte derrière lui et me fixa.

— Qu'y a-t-il ? Avais-tu quelque chose à me dire ?

— Tu es mon frère.

— Demi-frère, mais oui.

Je m'éloignai du miroir et me tournai vers lui. Il serrait les poings.

— Cela te contrarie-t-il donc tant que ça ? lui demandai-je.

Il croisa les bras.

— Oui. Si tu es mon frère, pourquoi ne m'as-tu jamais écrit ? Pourquoi ne m'as-tu jamais envoyé la moindre carte, ni le moindre cadeau pour mon anniversaire ? Tu aurais pu m'envoyer quelque chose… N'importe quoi.

— M'as-tu envoyé quoi que ce soit, toi ? demandai-je, amusé.

— Tu es le plus grand de nous deux.

— Et toi, tu es le fils légitime.

Il soupira, s'approcha du lit et se laissa tomber dessus.

— Je ne comprends pas ce que cela veut dire. Comment un être humain peut-il être illégitime ?

— S'il est né hors mariage.

— Qu'est-ce que ça change ?

— L'Église n'aime pas cela.

— Et qu'est-ce que ça change ? répéta-t-il.

Cette fois, je ris et vins m'asseoir à côté de lui.

— Tu comprendras quand tu seras plus grand.

— Ne peux-tu pas me l'expliquer, puisque tu es plus âgé ?

— Père... Personne ne te l'a jamais expliqué ?

Il secoua la tête et ses boucles s'agitèrent sur ses épaules.

— Non, pas vraiment. Maman m'a dit que Père avait eu un autre fils, qu'il était plus âgé que moi, qu'il s'appelait Theodore et qu'il ne pouvait pas hériter du domaine. Elle a ajouté que je ne devais pas poser de questions à Père à ce sujet parce que cela lui faisait beaucoup de peine. C'est tout.

— En effet, ce n'est guère satisfaisant comme explication.

Malheureusement, étant donné son jeune âge, je n'en voyais pas de meilleure.

— Alors ?

— Tu comprendras quand tu seras plus grand.

Il ne dit plus rien et resta assis au bord du lit, jambes pendantes, jusqu'à ce qu'enfin il lève les yeux vers moi.

— Qu'y a-t-il ? demandai-je.

— Tu vas rester ici, maintenant ?

J'ignorais de quoi ma vie allait être faite, mais je savais que je ne resterais pas ici.

— Non. Je ne vais rester que quelques jours.

— Ah.

Ses traits s'assombrirent et ses épaules s'affaissèrent.

Ne sachant que dire, je me tus et nous restâmes ainsi dans un silence gêné, au point que lorsqu'on toqua à la porte, je répondis presque en criant.

— Oui, entrez !

Là encore, ce n'était pas le majordome.

C'était mon père.

Il me regarda, puis considéra Alexander.

— Je croyais t'avoir dit de ne pas le déranger.

— Je ne l'ai pas dérangé ! N'est-ce pas, Theo ?

Theo ?

Perplexe, j'optai pour la sincérité.

— Non, tu ne m'as pas dérangé.

— Ton précepteur t'attend, Alexander, dit mon père en lui faisant signe de filer.

Alexander soupira et se leva, puis se retourna en arrivant près de la porte.

— Viendrais-tu faire du cheval avec moi, demain ? me demanda-t-il.

— Si tu veux.

— Oui !

Il s'en alla, tout sourire, et je restai en compagnie de mon père. Un nouveau silence pesant s'installa.

— Si tu es prêt, viens avec moi, dit enfin mon père en se dirigeant vers la porte.

J'obtempérai.

Où allions-nous ? Je l'ignorais, mais cela avait-il une importance ? Quoi que nous fassions, le malaise resterait palpable entre nous.

Je m'interrogeai néanmoins lorsqu'il prit la direction du parc, où deux chevaux, un bai et un blanc, nous attendaient, sellés et tenus par un garçon d'écurie. Mon père se dirigea vers le bai.

— Vous allez quelque part ?

— *Nous* allons quelque part, rectifia-t-il en enfourchant sa monture. Tu préférerais sans doute te reposer, mais je ne pense pas que cela puisse attendre.

Son ton était un peu plus grave qu'à mon arrivée, et je ne discutai pas.

Il attendit que je sois en selle pour lancer son cheval au galop.

Il était en excellente forme. À Londres, la plupart des hommes de son âge montaient, mais avec bien plus de retenue. Lui semblait vouloir fuir le monde entier. À vrai dire, il filait à une telle allure que j'avais du mal à le suivre. Le vent glacial me fouettait le visage, transperçait mes vêtements et m'ébouriffait, le paysage défilait dans un flou teinté de vert, mon cœur battait si fort que je le sentais pulser dans mes veines. Une fois lancé et le rythme pris, je ne pus m'empêcher de sourire, pris d'une envie d'accélérer pour le dépasser. Lorsque mon père passa au trot, à l'approche d'une demeure assez imposante, il me sembla que notre galop n'avait duré que quelques instants. La bâtisse était loin d'être aussi grande que Wentwood, mais elle était du même style néoclassique et était bordée d'une roseraie. On y accédait par une allée verdoyante. Le plus impressionnant restait ses immenses fenêtres.

— Voici Glassden Hall. Elle domine quarante des six cents hectares du domaine. Une grande partie des terres peut servir à l'agriculture et à l'élevage de chevaux. La maison compte environ cinquante pièces et est entourée de trois jardins, dont un avec un très joli étang, mais je pense que ce que tu trouveras le plus extraordinaire, c'est sa bibliothèque, dit-il tandis que je m'arrêtais à côté de lui.

— Impressionnant, reconnus-je, tout en me demandant pourquoi il m'avait amené jusqu'ici.

Soudain, comme il me fixait, je compris. Il ne pouvait y avoir d'autre raison.

— Non...

— Tout cela t'appartient, Theodore.

Je sentis la panique me gagner.

Comment pouvait-il s'attendre à ce que j'accepte ?

— Ce n'est pas pour cela que je suis venu !

— Pour quoi, alors ?

— Je vous l'ai dit. Votre épouse m'a annoncé que vous étiez gravement malade...

— Et pas un instant tu n'as mis sa parole en doute, obsédé comme tu l'étais par le désir de fuir la jeune femme que tu aimes, lady Verity Eagleman.

Je me figeai, sans comprendre.

Comment pouvait-il être au courant ?

Il tira une lettre de sa poche.

— Il y avait une lettre pour moi dans la voiture qui t'a amené ici. Une lettre de ma femme.

— Comment a-t-elle pu ? Révéler ainsi le nom de Verity est tout à fait déplacé. Et si cette lettre avait été interceptée ?

— Tous les domestiques, ici, lui sont dévoués corps et âme, et pareille lettre ne pouvait qu'arriver à son destinataire. Te rends-tu seulement compte que tu ne nies pas les faits ?

Je serrai les mains si fort sur les rênes que mon cheval s'ébroua. Je le calmai, tout en cherchant quoi dire.

— Lady Verity Eagleman est la fille du duc d'Everely. Sa dot s'élèvera au moins à quarante mille livres, si ce n'est beaucoup plus...

— En quoi cela aurait-il de l'importance pour moi ? demandai-je sèchement.

— Je prévois de te laisser cinquante mille livres...

J'éclatai de rire.

Il était devenu fou. Peut-être était-il vraiment malade, après tout.

— Cinquante mille livres et ce domaine ? Quoi d'autre ? Une douzaine de chevaux ? Un carrosse en or ? Pourquoi diable aurais-je besoin de toutes ces richesses ? Avez-vous tant pitié de moi que vous vous sentiez obligé à tant de largesses ? Je ne vous ai rien demandé !

— Tu n'as pas demandé à être un bâtard non plus et, pourtant, tu as accepté la vie que cela t'a imposé ! s'emporta-t-il.

— Parce qu'on n'y peut rien changer, à cause de vous, répliquai-je.

Devant sa tristesse, je tentai de me contenir.

— Loin de moi l'idée de vous reprocher ce qui appartient au passé. Nous n'en sommes plus là. Je ne vous méprise pas. Ne cherchez donc pas à vous faire pardonner de cette façon...

— Crois-tu que je fasse cela pour mériter ton pardon ? dit-il en riant. Penses-tu que c'est la culpabilité qui guide ma conduite ?

— Le niez-vous ?

— Oui. Theodore, je fais cela pour toi parce que tu es mon fils. Si le reste du monde refuse de te considérer ainsi, c'est son affaire. La mienne est ton bien-être. Je regrette sincèrement tous les obstacles qui ont jalonné et qui jalonneront toujours ta route à cause de moi, mais cela ne change en rien l'affection que j'ai pour toi. Ce que j'ai fait pour toi, je l'ai fait aussi pour Alexander, car le devoir d'un homme est de subvenir aux besoins de sa famille, de ses enfants. Pensais-tu réellement que je quitterais ce monde sans rien te laisser ?

Je restai songeur un instant.

— Je vous remercie de votre générosité, mais je n'ai pas besoin de tant de...

— Parce que tu crois que c'est pour toi seul ? m'interrompit-il. N'envisages-tu donc pas de te marier ? D'avoir des enfants ? Crois-tu que ta petite auberge soit digne d'une femme comme lady Verity ?

— Je ne peux pas l'épouser ! Ni elle ni aucune femme de son rang, d'ailleurs.

— Tu n'aurais pas cherché à fuir et à venir ici s'il n'y avait pas déjà eu entre vous l'ébauche d'une relation.

— Je... C'est..., bafouillai-je.

— Dois-je en déduire qu'elle partage tes sentiments ?

— Quelle importance ? Je ne peux pas l'épouser !

— As-tu essayé ?

— Pourquoi me torturez-vous de la sorte ? Vous savez aussi bien que moi qu'aucun aristocrate, et encore moins son frère, ne m'accordera sa main.

— Tu n'as donc pas essayé, dit-il à mi-voix. Tu es parti du principe que cela ne marcherait pas, tu as accepté la défaite et tu es parti. Exactement comme ta mère et moi à l'époque.

— Quoi ?

Il secoua la tête.

— L'erreur que nous avons commise, ta mère et moi, a été de ne pas nous battre davantage. Elle avait peur de s'opposer à un homme important, car elle craignait que cela ne nous fasse du tort, à sa famille et à moi. Elle a préféré fuir et je ne l'ai pas suivie. Malgré notre amour, nous n'avons pas osé nous battre jusqu'au bout. Cela a été lourd de conséquences pour nous tous. Je le regrette. Souvent, j'ai souhaité pouvoir remonter le temps et changer ma destinée, mais c'est impossible. Alors j'essaie de faire ce qu'il y a de mieux pour la famille qui est la mienne. Je ne veux pas que tu commettes la même erreur.

— Les choses étaient différentes, pour vous. Le titre de marquis vous attendait...

Il posa une main sur mon épaule.

— Si tu te bats, quel que soit ton rang, quelle est la pire chose qui puisse t'arriver ? Un prétendant est libre de demander la main d'une jeune femme. Ce n'est nullement un crime. Si sa famille t'éconduit, fais tout ton possible pour qu'ils changent d'avis. Montre-leur ta valeur, je sais qu'elle est grande.

— Est-ce la raison pour laquelle vous souhaitez me laisser une telle fortune et un pareil domaine ?

— Ils sont à toi, quelle que soit celle sur qui tu jetteras ton dévolu, dit-il en souriant. Entre, visite cette maison et imagine ta vie ici. Vois ce qu'elle pourrait vraiment être. Puis retourne te battre pour obtenir ce que tu veux. Peu importe l'issue du combat, je peux t'assurer que tes regrets seront pires si tu n'y vas pas.

Il s'éloigna et je regardai la maison un long moment avant de descendre de cheval. Ma monture attachée, je remontai l'allée et fus accueilli par le parfum des roses. Je me penchai pour en effleurer une lorsque j'entendis Verity.

« Elles auront besoin de beaucoup de soins, mais n'est-ce pas le cas pour toutes choses ? »

Elle était là, à mes côtés, et se penchait pour les sentir. Je savais que c'était mon imagination qui me soufflait cette présence, et je souris.

Dans la maison, je la vis partout.

« *Il faudrait mettre un piano, dans cette pièce,* disait-elle en allant d'un coin à l'autre d'un pas léger, ravie. *Et si nous mettons une table ici, nous pourrons profiter de la vue pendant les repas. Lever du soleil au petit déjeuner, coucher du soleil au dîner.* »

— Il est bien trop tôt pour dîner, murmurai-je.

« *C'est vrai. Quoi qu'il en soit, j'adore ces fenêtres !* »

Elle rit et je continuai à l'imaginer ici, à penser à la vie qui pourrait être la nôtre.

À l'étage, je visitai toutes les pièces jusqu'à la plus spacieuse. Là, je l'imaginai assise en chemise de nuit, devant sa coiffeuse, cheveux défaits, pieds nus.

« *Mon chér…* »

Non, même mariée, jamais elle ne m'appellerait ainsi.

« *Theodore, viens te coucher. Je sais que tes patients sont importants, mais tu dois te reposer. À quoi servirait un médecin malade ?* » dirait-elle en venant à ma rencontre pour m'aider à retirer ma redingote. Et moi, comblé par sa présence, je l'embrasserais. Je la prendrais dans mes bras, la porterais jusqu'au lit et lui ferais l'amour jusqu'à l'aube. Et, même le jour levé, je ne pourrais me résoudre à quitter son corps nu.

— C'est de la folie, chuchotai-je devant cette vie rêvée qui défilait devant mes yeux, plus précise encore que la réalité.

Plus je rêvais et plus je voulais que ces rêves se concrétisent.

En quittant la maison, je nous imaginais sans difficulté vivre ici, mais était-ce vraiment possible ?

J'y réfléchis en reprenant le chemin de Wentwood.

Un valet m'attendait. Je lui confiai mon cheval et regagnai la maison. Au moment où j'arrivais dans l'entrée, mon père sortait de son bureau.

— Ah, tu es de retour. As-tu pris ta décision ? demanda-t-il.

Je hochai la tête.

— Je ne sais pas si j'y parviendrai, mais je ne veux pas renoncer avant d'avoir essayé. J'ai décidé de rentrer à Londres et de lui parler.

— N'aurais-tu pas pu t'en rendre compte avant ? Cela aurait été plus simple, tout de même, ronchonna alors quelqu'un dont la voix m'était familière.

Mon père s'écarta et je vis, derrière lui, Henry, son chapeau encore à la main.

— Je me sens bête à présent d'avoir fait toute cette route pour te raisonner.

Je n'en revenais pas.

— Henry ? Tu m'as suivi après tout ce que je t'ai dit ?

— Je ne suis pas parti tout de suite, car je t'en ai beaucoup voulu, d'abord. Je suis parti dès le lendemain, après avoir réfléchi au nombre de coups de poing nécessaires pour apaiser ma colère.

Il brandit un poing en souriant.

— Finalement, je me suis dit que deux, ce serait suffisant.

Je souris à mon tour.

— Cela me paraît raisonnable, oui. Préfères-tu commencer par l'œil droit ou par l'œil gauche ?

Il éclata de rire.

— Nous verrons cela une autre fois. Il y a plus important à faire, avant.

— Tout le monde va bien ? lui demandai-je.

Par tout le monde, je voulais dire *elle*, bien sûr, et Henry ne s'y trompa pas.

— Avant de partir, je suis allé *leur* dire que je m'en allais et j'ai appris que lady Verity quittait Londres, elle aussi. Elle retourne chez son frère. Si cela se trouve, elle y est déjà.

— D'ici, le trajet est plus court, dit mon père. Cela devrait prendre trois jours, si tu y vas à cheval. Tu peux partir demain...

— Non, je veux partir aujourd'hui...

— Tu n'as ni mangé ni dormi ; il n'en est pas question. Venez, jeune Henry, racontez-moi votre vie à Londres avec mon fils.

— Avec plaisir, monseigneur, répondit Henry, tout sourires. Le fait est qu'il y a beaucoup de choses à dire.

Dieu me préserve.

Je t'en supplie, Verity, attends-moi.

23

VERITY

— Verity ?

J'ouvris les yeux et vis ma belle-sœur, lady Aphrodite Eagleman, née Du Bell, la femme dont tout le monde s'accordait à dire qu'elle était la plus belle du pays. Vêtue de rouge, elle se tenait debout entre moi et le soleil, dont le halo, derrière elle, me fit penser à une auréole.

— Pardonne-moi, mais tu étais partie depuis si longtemps… Je venais voir si tout allait bien, dit-elle en s'asseyant sur le plaid à côté de moi, au bord de la rivière.

— Depuis combien de temps suis-je ici ? demandai-je en refermant les yeux.

— Plus d'une heure, presque deux. J'ai pensé que tu t'étais endormie.

Si seulement.

— Il ne faut pas t'inquiéter. Cela m'arrive souvent. Je pourrais passer la journée entière à paresser ainsi. Je suis tellement mieux qu'à Londres, ici.

Comme elle ne répondait pas, j'ouvris les yeux et me redressai pour m'assurer que je ne l'avais pas offensée.

— Ce n'est pas à cause de ta famille. Je voulais dire qu'ici il n'est jamais question de bals ou d'événements mondains et que, pour moi, c'est un soulagement.

Elle rit et hocha la tête.

— Je comprends. Moi aussi, j'ai passé beaucoup de temps à paresser au domaine familial. Tout y est paisible, l'ambiance y est propice à faire le point sur sa vie.

— Je suis bien d'accord.

Dieu sait que j'avais besoin de faire le point mais, ça, elle l'ignorait. J'étais de retour à Everely depuis quelques jours déjà et je n'étais pas encore remise de la façon dont mon séjour à Londres avait pris fin. Pour éviter de ressasser celle-ci, je me retrouvais à penser en permanence au drame qui se déroulait dans cette maison.

— Et toi, Aphrodite, es-tu heureuse, à Everely ?

— D'abord, j'aimerais que tu m'appelles « Odite », ou « Dite », si tu préfères.

— Evander ne t'appelle jamais comme cela.

— Parfois, si, mais il préfère...

Elle sourit et se détourna pour suivre des cygnes du regard, songeuse.

— ... Peu importe. Pour répondre à ta question, oui, je suis heureuse ici, bien que mes efforts pour être la maîtresse de maison parfaite ne soient pas toujours couronnés de succès. Il en va de même avec la petite Emeline. Je découvre qu'être une bonne mère ne va pas de soi. La mienne donnait l'impression que tenir une maison et une famille était si simple... Mais tu t'en es sans doute aperçue.

Quand on venait d'une famille aussi animée que la sienne, l'adaptation devait être difficile. Ici, même Emeline, la fille de mon frère, était discrète.

— C'est vrai, ta mère mène sa famille comme un capitaine son bateau. Elle est aussi très bonne avec les domestiques : elle les remercie sans cesse pour leur travail, elle les appelle par leur prénom – ce que j'ai trouvé étrange au début, avant de me mettre à faire la même chose.

— Mère dit qu'il faut toujours considérer un bon domestique comme un membre de la famille.

Encore une différence entre l'éducation qu'avait reçue Aphrodite et celle qu'on m'avait dispensée.

— Pour mon père, il était nécessaire de faire une distinction très nette. Question de position sociale. La famille d'un côté, les domestiques de l'autre, et on ne leur demandait pas leur avis.

Raison pour laquelle, sans doute, ils m'évitaient quand j'étais enfant, même lorsque je cherchais à être gentille avec eux. Ils craignaient trop que mon père ne l'apprenne et ne les punisse.

— Avec tout le respect que je te dois, je pense que votre père était un hypocrite, murmura Aphrodite, visiblement agacée.

— C'était pour ainsi dire l'incarnation du précepte « Faites ce que je dis, pas ce que je fais », renchéris-je. Il n'y a qu'à voir les problèmes qu'il nous a légués avec Fitzwilliam.

Nous soupirâmes de concert.

Ces derniers temps, mon frère avait été très irritable et je savais qu'Aphrodite n'y était pour rien car, pour lui, elle était la perfection faite femme. Je n'avais jamais constaté de mauvaise humeur, chez lui, que lorsqu'il était question d'une personne, et d'une seule - notre demi-frère Fitzwilliam.

— Evander refuse d'en parler, mais il est clair que l'existence de Fitzwilliam l'affecte profondément, reprit ma belle-sœur.

— Elle affecte tout le domaine. Jamais je n'avais vu de gardes, ici.

Pas des valets mais de véritables gardes, disséminés un peu partout sur nos terres. Comme pour illustrer mes propos, l'un d'entre eux apparut sur l'autre berge de la rivière. Lorsqu'il nous aperçut, il s'inclina brièvement puis reprit sa ronde.

— Evander y tient. Pour ma part, malgré tout ce que je sais de ce Fitzwilliam, je n'arrive pas à croire qu'un homme puisse vouloir du mal à son frère.

Cela ne m'étonna guère. Ses frères à elle l'adoraient.

— Le premier meurtre commis dans la Bible n'était-il pas un fratricide ? fis-je remarquer.

Elle s'assombrit.

— Si. Tu dois me trouver bien naïve.

— Peut-on savoir de quoi vous parlez avec autant de sérieux en mon absence ?

Nous nous retournâmes. Mon frère descendait de la colline. Aphrodite retrouva le sourire et se leva pour aller à sa rencontre.

— Es-tu donc jaloux au point de nous interrompre, mon cher frère ? le taquinai-je sans me lever.

— Mais non. Je me demandais quelles sombres histoires tu avais trouvé à raconter sur moi, dit-il en prenant la main de sa femme pour la serrer entre les siennes.

— Toutes nos conversations ne tournent pas autour de toi, Evander. Odite et moi parlions de mon séjour à Londres, si tu veux tout savoir. Et de la façon dont je suis tombée merveilleusement amoureuse d'un beau jeune homme, qui a rompu, hélas, et m'a brisé le cœur. Quel désespoir. J'en ai pleuré toutes les larmes de mon corps.

Aphrodite ouvrit de grands yeux. Evander, lui, leva les yeux au ciel.

— Ne fais pas attention à elle. Voilà ce que je voulais dire quand je parlais d'histoires. Tu ne le sais peut-être pas, mais ma sœur écrit.

— Pas du tout !

— Plusieurs journaux intimes sont là pour le prouver.

— Vraiment ? demanda Aphrodite. Pourrais-je les lire ?

— Cela m'étonnerait fort, répondit Evander. Elle interdit à quiconque de lire ses œuvres. Si cela se trouve, nous avons devant nous la nouvelle lady Elizabeth Cary ou une Aphra Behn[1], mais nous ne le saurons jamais.

— Tu aurais pu prendre d'autres exemples, grimaça Aphrodite en me regardant. Elles n'ont pas connu des destins très heureux.

---

1. Elizabeth Cary (1585-1639) était une poétesse, dramaturge et historienne anglaise reconnue dès son plus jeune âge comme une savante accomplie. La plupart de ses écrits ont été perdus. Aphra Behn (1640-1689) était une dramaturge et romancière, considérée comme l'une des premières femmes de lettres professionnelles anglaises. Elle est morte pauvre et endettée. *(N.d.T.)*

Il réfléchit un instant et proposa :

— Lady Margaret Cavendish[1], peut-être ?

— Elle a épousé un homme plus âgé qu'elle de trente ans et n'a pas eu d'enfants, remarquai-je.

— Très bien, je me tais, dans ce cas.

Devant son air renfrogné, Aphrodite et moi éclatâmes de rire.

— Changeons plutôt de sujet. Tu allais quelque part ? demandai-je en notant qu'il était très élégant.

— Oui, je venais t'emprunter mon épouse, si tu n'y vois pas d'inconvénient.

— J'en vois beaucoup.

— Tu t'en remettras, va.

Aphrodite me sourit, prit le bras de son mari, et tous deux remontèrent le chemin par lequel il était arrivé. Ils s'éloignèrent en devisant tranquillement et j'en conclus qu'elle savait où ils allaient.

J'attendis qu'ils ne soient plus que deux points dans le lointain, puis attrapai le panier qui se trouvait à côté de moi, en sortis mon journal, un encrier et une plume.

9 juin 1813

Passe le temps, vif-argent,
Il n'y a plus que dans mes rêves
Que ses lèvres
M'ont effleurée.
Rayon de lune sur le tumulte d'un torrent,
Éphémère douceur
Et le jour m'étrille le cœur.

Je levai ma plume, ne sachant comment continuer. J'avais souhaité revenir à Everely pour laisser mes peines

1. Margaret Cavendish, duchesse de Newcastle upon Tyne (1623-1673), est une philosophe et scientifique anglaise. Elle est l'autrice du roman *Le Monde glorieux*, paru en 1666, considéré comme un des premiers livres de science-fiction. *(N.d.E.)*

de cœur à Londres. Comment avais-je pu imaginer un instant que ce serait possible ? Certes, ici, on ne m'accablait pas de questions, ni de regards lourds de sous-entendus. Mais dans ce silence, je ne pensais qu'à lui.

S'était-il réellement rendu au chevet de son père malade ? Lors de nos conversations, j'avais pourtant cru comprendre qu'il ne voulait jamais le revoir. Dans ce cas, où était-il ? Reviendrait-il à Londres un jour ? Le reverrais-je ?

Tout cela était tellement injuste.

Comment avais-je pu tomber amoureuse ? Pourquoi n'y avait-il pas eu de signe avant-coureur, qui m'aurait mise en garde, aurait annoncé ma chute ? Il me semblait que je l'avais regardé et que, l'instant d'après, ne plus le voir m'était devenu impossible.

C'était arrivé beaucoup trop vite.

Mais après tout, avait-on jamais parlé de lenteur quand il s'agissait de chute ?

THEODORE

J'étais bel et bien devenu fou.

C'était la seule explication. Pourquoi, sinon, me serais-je retrouvé à traverser le pays sans le moindre plan, sans même savoir vraiment pourquoi ?

Ma folie portait le doux nom de Verity.

À cet instant, si on m'avait dit qu'elle se trouvait en France, j'aurais embarqué dans l'heure.

— Désirez-vous déjeuner, docteur ? me demanda Mme Stoneshire quand je descendis.

La veille au soir, j'avais atteint Allerton, le village le plus proche d'Everely House. Il était si tard alors que j'avais craint de devoir réveiller l'aubergiste des *Trois Sangliers* pour me loger. Celle-ci s'était toutefois présentée sur le pas de sa porte et m'avait demandé s'il me fallait une chambre, puis avait exigé une somme exorbitante pour un village aussi petit. À croire qu'elle m'attendait.

— Oui, s'il vous plaît, répondis-je.

Il fallait que j'établisse une stratégie. Je ne pouvais pas aller toquer à la porte d'un duc sans m'annoncer, même si nous avions déjà été présentés.

— Tout de suite, docteur, dit la femme avec l'air d'un chat qui regarde une souris. Je mettrai cela sur votre note.

— N'est-ce pas inclus ?

Quel genre d'auberge offrait le gîte sans le couvert ?

— À Londres, peut-être, mais pas ici.

Elle s'essuya les mains dans son tablier et disparut en cuisine.

Je m'installai à une table en secouant la tête.

— Elle va vous saigner à blanc, mon ami.

Assis à une table en face de la mienne, un homme brun aux yeux verts et au visage parsemé de taches de rousseur riait, un gobelet de ce qui ne pouvait qu'être du vin à la main. Il devait avoir mon âge, ou était peut-être un peu plus jeune.

— Rosemary Stoneshire n'a aucune pitié pour ceux d'entre nous qui ont de l'argent à dépenser, reprit-il.

— Qu'est-ce qui vous fait croire que j'en ai ?

À vrai dire, lui non plus n'avait pas particulièrement l'air en fonds.

— Me prenez-vous pour un imbécile ? fit-il sans cesser de rire, en me regardant des pieds à la tête. Tout indique que vous êtes bien né. La façon de votre gilet et de votre redingote, votre accent, sans parler de ce magnifique cheval blanc qui vous attend dehors, et dont la selle à elle seule a dû coûter cinquante livres.

Diantre.

Pour pouvoir partir au plus vite, j'avais accepté de prendre Etheria, l'un des plus beaux chevaux de mon père.

— À quelle grande famille appartenez-vous, *monseigneur* ? demanda-t-il en buvant ses dernières gorgées de vin.

— Je ne suis pas lord, répondis-je tandis qu'il se levait et venait s'asseoir en face de moi. Je ne suis qu'un simple médecin. C'est ce qui me permet de dire, à la couleur de vos joues, que vous avez assez bu.

Pris de hoquet, il me dévisagea.

— Médecin ? Si vous avez un métier, c'est que vous êtes le second ou le troisième fils. Pas de terres, mais de l'argent, donc ?

Malgré son état d'ébriété avancé, force était de reconnaître qu'il avait une perception fine de la situation.

— Avez-vous pour habitude d'interroger ainsi tous les gens que vous rencontrez, monsieur... ?

— Humphries. Simon Humphries.

Il retint sa respiration et je crus qu'il allait vomir. Il se contenta d'émettre un rot retentissant.

— Vous allez trouver cela difficile à croire, reprit-il, mais je suis le fils du juge du village. Je vous prie de m'excuser. Interroger, c'est le rôle de mon père mais, en voyant votre cheval, je n'ai pas pu m'en empêcher. Combien en demanderiez-vous ?

— Il n'est pas à vendre et vous n'êtes pas dans votre état normal, dis-je en me penchant pour lui prendre le pouls.

— Ne me touchez pas ! hurla-t-il en essayant de retirer son bras.

Une soudaine douleur à l'estomac sembla le faire grimacer et étouffer un gémissement. Comme il était sur le point de tomber, je me levai précipitamment pour le rattraper. Il était brûlant de fièvre.

Mme Stoneshire, qui revenait avec mon repas, jeta plus qu'elle ne posa mon assiette sur la table.

— Nom d'une pipe, ça ne va pas recommencer ? grommela-t-elle avant de se retourner. John ! C'est encore Simon qui fait des siennes ! Foutu ivrogne ! Ça vient ici boire toute la journée, ça dérange les clients, et on ne peut rien faire à cause de son père. Je le jure, s'il me salit le plancher encore une fois, il va voir de quel bois je me chauffe !

Rapidement, j'examinais ledit Simon. Il avait de l'urticaire partout dans le cou et respirait avec difficulté.

— Il faut le ramener chez lui.

— Vous inquiétez pas pour lui, docteur. Il a l'habitude, dit Mme Stoneshire tandis qu'un colosse faisant une bonne tête de plus que moi attrapait Simon par le bras sans difficulté aucune.

— John, je présume ? demandai-je à l'aubergiste.

— Oui, il ramène tous les traîne-savates chez eux quand ils n'ont plus de quoi se payer à boire. Vous allez pouvoir manger tranqui…

— Je viens avec vous, dis-je à John. Attendez-moi un instant.

— Et votre repas ? s'enquit l'aubergiste.

— Plus tard.

— Je l'ajoute à votre note !

Le moins que l'on puisse dire était que la compassion ne l'étouffait pas, mais peu m'importait. Je remontai en courant jusqu'à ma chambre pour y prendre ma sacoche. Ce n'était sans doute rien de grave, mais je préférais m'en assurer. Lorsque je redescendis, Simon avait perdu connaissance et Mme Stoneshire fulminait.

— Il n'habite pas très loin, me dit John.

Je lui fis signe de passer devant.

— Avez-vous besoin d'aide pour le porter ?

— Non, docteur, ça ira. Il pourrait salir vos vêtements et, en plus, je ne suis pas sûr qu'il ait les moyens de s'offrir vos services, répondit John en riant.

Je le suivis sans rien dire et gardai un œil sur Simon tout en regardant autour de nous. Il y avait peu de chance que je croise Verity ici, mais c'était plus fort que moi.

Il nous fallut dix bonnes minutes pour atteindre une maison en pierres blanches qui était de toute évidence la plus jolie du village. Des domestiques sortirent pour faire signe à John, qu'ils semblaient bien connaître. Nous passâmes par-derrière.

— Va prévenir monsieur le juge, dit une bonne à une autre comme nous entrions dans la cuisine.

— Il a des invités…

— Préviens-le tout de même, il voudra être mis au courant. Qui êtes-vous ? demanda-t-elle alors en me remarquant.

— Je suis le Dr Darrington. J'ai rencontré Simon à l'auberge. Il faut le mettre au lit.

— Par ici, dit-elle d'un ton plus amène après m'avoir dévisagé.

Cela arrivait souvent. Les domestiques me considéraient comme supérieur à eux quand leurs employeurs, une fois au courant de ma position sociale, me considéraient comme inférieur. Indifférent à toutes les réactions, je les suivis jusqu'à la chambre de Simon.

— Ça ira, John, merci. Tu peux y aller, dit la bonne une fois Simon déposé dans son lit.

Le ton sec et méprisant qu'elle avait employé ne parut pas affecter John, qui se retira en silence. Elle se tourna ensuite vers moi.

— Je ne pense pas que nous aurons besoin de vos services, docteur Darrington...

— J'ai bien compris que cela arrivait souvent. Néanmoins, j'aimerais l'examiner. Ses symptômes sont très prononcés, bien plus que chez la plupart des ivrognes, répondis-je en défaisant la chemise de Simon, révélant des boutons jusque sur les épaules. Dites-moi, a-t-il souvent le visage rouge comme ça ?

— Seulement quand il a bu.

— Et cette urticaire, sur sa poitrine, est-ce récent ?

— Je n'en sais rien, docteur. Pourquoi ?

J'exerçai une pression au niveau de l'estomac et Simon grogna, sans pour autant reprendre connaissance. Je palpai son cou mais n'y trouvai pas de grosseur. Il n'avait rien aux aisselles non plus.

— Qui êtes-vous et que faites-vous à mon fils ? s'écria soudain un homme depuis le seuil de la pièce.

— C'est le Dr Darrington, expliqua la bonne. Il est arrivé avec votre fils et...

— S'il fréquente mon fils, ça ne doit pas être un très bon médecin, l'interrompit sèchement M. Humphries.

— Je n'ai fait sa connaissance que tout à l'heure, à l'auberge, monsieur. Je viens de Londres, expliquai-je, sans toutefois parvenir à le dérider.

Il fixait son fils, visiblement furieux.

— Quoi qu'il en soit, ce serait gâcher votre talent que de soigner un imbécile pareil. Et ce serait gâcher mon argent que de vous payer pour le faire. Alors je vous souhaite bien le bonsoir, monsieur.

— Il me semble que votre fils a besoin de soins.

— Il a surtout besoin de bon sens et de retenue. Malheureusement, cela ne s'achète pas. Si cela avait été le cas, j'aurais été prêt à payer une fortune, vous pouvez me croire.

Il avait de la repartie, mais il ne m'écoutait pas vraiment. Je ne pouvais toutefois pas le forcer à accepter mon aide. Alors que j'allais prendre congé, j'entendis un fracas en bas, suivi d'une voix tonitruante.

— Vous êtes bien pareils, ta mère et toi ! Des porcs ignobles et goinfres qui piétinent tous ceux qu'ils croisent !

Je me figeai, les yeux écarquillés, certain de connaître cette voix.

— Bon Dieu, qui cela peut-il bien être ? s'exclama le juge.

Il se rua dans l'escalier et je le suivis. Plus nous approchions, plus le ton montait.

— J'ai pris ce qui me revenait *de droit* !

— Je suis l'aîn...

— *Tu es un bâtard !* Ta mère est fille de boucher ! Tu n'as aucun droit sur Everely, tu n'as aucun titre de noblesse ! Tu ne fais pas partie de la famille, tu as déjà reçu bien plus que ce que tu méritais !

Au pied de l'escalier, je m'immobilisai, incrédule. C'était bien lui. Evander Eagleman, le frère de Verity. Même si ses paroles ne m'étaient pas destinées, elles résonnèrent en moi avec une telle violence que je perdis toute capacité de raisonnement. La peur me glaça et je n'eus plus qu'une envie, fuir – car, assurément, il devait penser la même chose de moi.

Quand Evander s'aperçut de ma présence en sortant de la pièce, sa stupéfaction fut évidente.

Faute de savoir quoi dire, je montrai sa main.

— Vous avez besoin d'un pansement, Votre Grâce.

Il m'ignora et se tourna vers ceux qui l'accompagnaient. Ceux-ci lui conseillèrent de s'en aller. Il se dirigeait vers la sortie lorsque je compris que c'était là *ma chance*. Je ne devais pas la laisser passer.

Je le suivis.

— Qu'y a-t-il ? demanda-t-il.

— Vous avez besoin d'être soigné. Avez-vous été blessé ailleurs ?

— Je vais très bien, merci.

— Docteur ! appela une bonne. M. Topwells aura besoin de votre aide une fois que vous aurez vu le duc.

— Je vais très bien, je vous dis. Bonsoir, lança sèchement Evander en sortant pour gagner sa voiture.

Bon sang !

— Ça va aller, monsieur Topwells ? dit la bonne.

Je me retournai et vis un homme ensanglanté fusiller du regard la porte que venait de franchir Evander. Je sus immédiatement qu'il s'agissait de Fitzwilliam, le demi-frère de Verity.

— Je vais très bien, ricana-t-il à l'intention de la bonne.

— Vous saignez, dis-je en m'approchant.

Il me toisa et me congédia d'un geste de la main.

— Je n'ai pas besoin de vos soins...

— Je constate que vous et votre frère êtes dans des dispositions similaires, au moins pour ce qui est de la médecine, remarquai-je en lui faisant signe de s'asseoir.

— Cet homme n'est pas mon frère. C'est... Pourquoi vous en parlerais-je ? gronda-t-il.

Et, m'écartant du passage, il sortit à son tour.

J'hésitai à renoncer et à retourner à l'auberge, mais je ne pouvais laisser passer cette occasion. Me rendre à Everely maintenant ne serait pas si étrange et la perspective de, peut-être, l'apercevoir m'encourageait plus que tout.

24

Verity

Je n'en crus pas mes yeux. Je rentrais de promenade lorsque je l'aperçus au loin. Je faillis reprocher à mon imagination de me jouer des tours en faisant miroiter sa silhouette juchée sur un cheval blanc. Pourtant, il était bien là. Que se passait-il ? En proie à la panique, ne sachant que faire – j'hésitai même à me cacher derrière un arbre –, j'attendis qu'il entre pour gagner la maison à mon tour. Les bonnes chuchotaient à propos de mon frère, qui avait visiblement été mêlé à une bagarre. Cela ne suffisait pas à expliquer la présence de Theodore à Everely. Il ne pouvait être venu dans le seul but de soigner mon frère, si ?

— Verity ? Que fais-tu ? s'enquit Aphrodite, qui traversait le hall.

— Est-ce mon imagination ou le Dr Darrington vient-il d'arriver ? trouvai-je enfin la force de demander.

— C'est bien lui, me confirma Aphrodite.

Oh.

— Vraiment ?

— Vraiment.

Comme je ne savais plus quoi dire, je la remerciai et m'éloignai vers les jardins.

— Que fait-il ici ? murmurai-je.

Il devait être venu pour moi, non ? Penser une chose pareille était-il présomptueux ? Était-il possible qu'il soit venu pour affaires, si vite après être parti de Londres sans me laisser un mot ? N'était-ce pas cruel de sa part ? Mais peut-être ignorait-il ma présence ici ?

Je ne me sentais pas le courage de lui poser directement ces questions.

Que fallait-il que je fasse ?

Les mots de la marquise me revinrent en mémoire :

« Vous ne devez en aucun cas manifester davantage votre intérêt. Ce serait indigne de vous. »

Je décidai donc de ne pas aller à sa rencontre. Après tout, c'était lui qui m'avait quittée. S'il voulait me parler, il viendrait me chercher. Et s'il ne le voulait pas, je me résignerais à le détester jusqu'à la fin de mes jours en remerciant Dieu de ne pas m'être couverte de ridicule.

— Voilà, c'est très bien comme ça, dis-je en redressant la tête...

... pour aussitôt me demander ce qui arriverait si, en partant à ma recherche, il se perdait dans la maison. Après tout, Everely House était immense.

— Tu es complètement folle, ma pauvre fille, soupirai-je, affligée par ma propre réaction.

— Ainsi je ne suis pas le seul ?

Je sursautai et fis volte-face. Il était là, les mains dans le dos, un doux sourire aux lèvres. Je devais être en train de rêver. Le voir ainsi dans le hall, alors que j'essayais de démêler mes pensées... Tout allait si vite, je n'avais pas encore pris conscience qu'il était là, et il n'avait même pas eu à me chercher !

— Je sais que..., commença-t-il.

Je lui tournai le dos et traversai le hall, faisant comme si je ne l'avais pas vu.

— Pardonnez-moi ! cria-t-il.

Je faillis en perdre l'équilibre.

— Moins fort ! ordonnai-je à mi-voix. Les domestiques vont vous entendre.

— Je m'en moque. Je suis ici pour vous. Pour implorer votre...

Je courus vers lui et plaquai une main sur sa bouche tout en regardant autour de nous. Dieu merci, l'arrivée de mon frère avait provoqué un mouvement de panique vers l'extérieur et il n'y avait personne autour de nous. Cela pouvait néanmoins changer à tout instant.

— Verity...

La sensation de ses lèvres vibrant contre ma paume éveilla en moi quelque chose d'indescriptible.

— Chut !

Je le pris par le bras, l'entraînai dans la pièce la plus proche et refermai vivement la porte derrière nous.

— Comment pouvez-vous dire de telles choses à voix haute ? Et si... ?

Il m'enlaça et me serra contre lui. J'aurais voulu fermer les yeux et l'étreindre en retour, au lieu de quoi je le repoussai de toutes mes forces.

— Avez-vous perdu la tête, docteur ? hurlai-je. Votre comportement est indécent !

— Pardonnez-moi...

— Non ! Je ne vous pardonnerai pas ! Je ne veux pas de vous ! Vous n'auriez pas dû venir !

Seule la colère m'habitait.

L'air contrarié, il me fixait intensément.

— Est-ce là vraiment ce que vous souhaitez ?

— Oui, mentis-je.

— Très bien, souffla-t-il en se dirigeant vers la porte.

J'aurais dû le laisser partir, mais ce fut plus fort que moi. Les mots jaillirent de ma bouche.

— Comment avez-vous pu m'abandonner de la sorte ? lançai-je, au bord des larmes, incapable de le regarder. J'avais peur, je ne savais plus où j'en étais et... vous avez disparu, sans un mot.

— N'avez-vous pas reçu ma lettre ?

— Quelle lettre ? Celle que vous avez adressée au marquis ?

— Non. Je vous ai écrit *à vous*, personnellement. Je savais que je ne pouvais pas envoyer ma lettre chez les Du Bell, car lady Monthermer lit sans doute tout le courrier. Je l'ai alors confiée à lady Whitmear, qui devait vous inviter à prendre le thé pour vous la remettre discrètement. N'est-ce pas ce qu'elle a fait ? s'enquit-il, étonné.

Je repensai à cette journée.

— Elle nous a invitées, mais... je ne me sentais pas bien et n'y suis pas allée. Par la suite, j'ai quitté Londres en toute hâte, accompagnée de Damon et Silva, qui souhaitaient regagner leur domaine à la campagne.

— Oh.

Il eut un petit rire et baissa les yeux.

— Qu'y a-t-il ?

— Rien. C'était une... longue lettre.

— Que disait-elle ?

— Cela n'a plus d'importance.

— J'en déduis qu'elle n'expliquait en rien les raisons de votre départ. Je sais que notre histoire a été brève...

— Que voulez-vous dire ? Comment cela, « brève » ?

Je voulus répondre, mais les mots me manquèrent. Je n'arrivais pas à le regarder. Devant son silence et sa façon de me fixer, je sentis la colère enfler en moi.

— Je ne suis pas naïve au point d'ignorer que les hommes, gentlemen ou non, s'entichent parfois d'une femme, puis s'en lassent...

— Me croyez-vous à ce point volage ?

À présent, c'était lui qui se fâchait.

— Je préfère ne pas penser à vos sentiments, tout comme vous avez préféré ne pas prendre les miens en considération.

— Je ne vis que pour vous. J'ai quitté Londres par peur de ce qui pouvait vous arriver...

— Je ne vous avais rien demandé.

— Verity, la situation était grave...

— Vous n'avez même pas attendu que les choses se calment pour partir. Et si notre relation avait été découverte ? J'ai redouté ce moment, j'ai vécu dans la crainte d'être prise pour une traînée par toute la bonne société, de voir l'effroi et le dégoût de lady Monthermer lorsqu'elle aurait vent de mon comportement. Je ne dormais plus, je ne mangeais plus. Je ne pouvais plus qu'attendre, plongée dans l'angoisse de ce qui allait se passer. Pourtant, je n'ai éprouvé aucun remords. Jamais je n'ai regretté d'avoir pris votre main ce jour-là, j'ai seulement déploré que l'on nous ait surpris. J'étais prête à le clamer haut et fort et à en assumer les conséquences. Mais vous, vous étiez déjà parti.

— Pardonnez-moi, me supplia-t-il.

— Nous ne pouvons pas nous permettre d'être surpris une deuxième fois, docteur Darrington. Adieu.

Je me dirigeai vers la porte.

— Verity, c'est pour vous que je suis ici, et je ne repartirai que lorsque vous serez ma femme.

— Dans ce cas, je suggère que vous achetiez des terres dans les environs, sur lesquelles vous installer pour passer le temps.

— Très bien. Si vous désirez que je vive ici, il en sera ainsi. Je ferai tout ce que vous souhaitez, mais je ne repartirai pas.

Je l'entendis s'approcher et retins mon souffle.

— Verity, tant de mots pourraient décrire mes sentiments à votre égard. Je rêve de vous jour et nuit. Vous êtes tout pour moi, murmura-t-il en posant une main sur ma taille pour m'inciter à me retourner, ce que je fis. Je suis venu ici parce qu'il n'existe rien ici-bas de plus fort que mon amour pour vous. Je suis prêt à me battre contre quiconque se mettra en travers de mon chemin, et cela jusqu'à mon dernier souffle.

La gorge serrée, je ne parvenais plus à détacher mon regard du sien.

— Dites-le. Dites que vous voulez bien de moi, et j'irai parler à votre frère.

— Mon frère vous tuera, murmurai-je.

— Cela m'est égal. Je ne veux plus vivre dans la crainte d'être surpris. Je ne veux plus être seul avec vous dans une pièce et devoir lutter contre mes pulsions. Je veux que nous nous aimions au grand jour.

— Qu'en est-il de mes désirs ? demandai-je.

— Je vous écoute.

— Je ne veux pas en parler.

— Pourquoi ?

— Je suis furieuse contre vous.

— Fort bien. Soyez donc furieuse, fit-il en s'écartant. Comme je vous l'ai dit, je ferai tout ce que vous désirez. Je continuerai à vous aimer, et je vous attendrai. Si vous avez besoin de moi, faites-moi signe. Je suis descendu à l'auberge des *Trois Sangliers*.

Sans plus attendre, je quittai la pièce. Il fallait que je respire, que je retrouve mon calme. Si j'étais restée une minute de plus, je l'aurais embrassé.

Oh, oui, comme je l'aurais embrassé, là, dans cette pièce ! J'aurais enfreint toutes les règles. Une fois de plus.

THEODORE

Dès l'instant où nous avions été surpris, fuir m'avait semblé la meilleure solution. J'avais eu le sentiment de protéger Verity ainsi. Je comprenais aujourd'hui qu'en bon égoïste j'avais surtout cherché à *me protéger*. Elle avait raison. Que serait-il arrivé si l'affaire s'était sue ? Elle aurait été seule pour affronter le scandale. Je savais pertinemment que plus personne n'aurait fait confiance à une femme – lady ou non – dont la réputation était entachée.

— Docteur Darrington ?

Aphrodite descendait l'escalier, tenant par la main une fillette.

— Votre Grâce, dis-je en m'inclinant.

— Je tenais à vous remercier de vos bons soins. Vous semblez toujours être là quand mon mari a besoin de vous. Nous sommes vos obligés, dit-elle avec un sourire.

— Non, vous ne me devez rien, Votre Grâce. J'ai été payé pour mes services.

Elle eut un petit rire.

— C'était une façon de parler, mais je comprends. Puis-je vous demander ce que vous faites aussi loin de Londres ?

Lui mentir n'était pas dans mes intentions, surtout si j'espérais un jour proclamer la vérité. Ce n'était toutefois pas le moment de tout lui révéler.

— J'avais des affaires personnelles à régler, me contentai-je de répondre.

— Ah, je vois. Nous n'en sommes pas moins ravis de vous avoir parmi nous.

Elle se tut et j'eus l'impression qu'elle ne savait comment poursuivre.

— Je vous remercie, Votre Grâce, repris-je pour la sortir de l'embarras. J'ai soigné la blessure de monsieur le duc, il se repose. Je reviendrai demain pour l'examiner. Je vous souhaite une bonne soirée.

Je les saluai, elle et l'enfant, et me dirigeai vers la porte.

Un valet avait déjà amené mon cheval. En me mettant en selle, je regardai la maison. Là, debout à une fenêtre, Verity m'observait. J'eus du mal à déchiffrer son expression.

Ce jour-là, j'avais connu simultanément la victoire et la défaite. J'avais réussi à la voir, mais elle m'en voulait profondément, ce qui renforçait ma détermination à la reconquérir.

J'attrapai les rênes et me mis en route. Je quittais le domaine pour le moment, mais ne quittais pas Verity.

Je ne fuirais pas, cette fois.

Sur le chemin de l'auberge, je réfléchis à la stratégie à adopter. Le fait est que je n'avais guère le choix. Lui apporter des fleurs chaque jour et lui faire la cour n'était pas envisageable. L'occasion que j'avais eue aujourd'hui relevait du miracle, et il me fallait maintenant attendre que Verity veuille bien de moi.

25

VERITY

Je me réveillai en sursaut. Le soleil était aveuglant et le livre que j'avais emporté avait glissé sur le sol, sous mon arbre préféré. J'étais installée au milieu d'un champ de véroniques, ces belles plantes bleues rampantes souvent qualifiées de mauvaises herbes. Assez éloigné de la maison, cet endroit était presque à l'abandon. Le puits tout proche était à sec. J'avais trouvé là un sentiment de paix et, pourtant, mon sommeil avait été peuplé de rêves étranges. Je passai une main sur mon front et mon cou. Ils étaient brûlants.

— Verity ?

Cette voix. Pourquoi l'entendais-je partout ?

Je levai les yeux. Marchant dans ma direction, son cheval resté près d'un arbre, je vis l'homme de mon rêve.

Peut-être rêvais-je encore ?

Il s'agenouilla devant moi, l'air inquiet.

— Tout va bien ?

— Êtes-vous vraiment ici ?

— Où voudriez-vous que je sois ?

Comme je ne savais quoi répondre, je me redressai et approchai mon visage du sien. Nos lèvres étaient sur le point de se toucher quand il posa une main sur mon épaule et m'arrêta.

— Cela signifie-t-il que vous n'êtes plus en colère contre moi ? murmura-t-il.

— Comment ? demandai-je en scrutant son visage avant de fermer les yeux, puis de les rouvrir. Je ne rêve pas, alors ?

Un sourire amusé se dessina sur ses lèvres.

— Rêvez-vous souvent de moi ?

— Pourquoi êtes-vous venu ? Vous aviez dit que vous ne viendriez que si je vous le demandais.

— Il fallait que je passe voir votre frère. Pardonnez-moi si je vous ai dérangée.

Il fit mine de se relever et je fus prise de panique.

— La maison est loin et l'auberge se trouve à l'opposé d'ici. Êtes-vous vraiment venu pour lui et lui seul ?

— Bien sûr que non. Et vous le savez, répondit-il. En arrivant, je vous ai vue partir dans cette direction et je n'ai plus pensé qu'à vous. Je n'ai pas écouté un mot de ce que m'a dit votre frère. Après ma visite d'hier, mon intention était de rentrer à l'auberge et d'attendre un signe de votre part, mais je n'ai pas pu.

— Vous m'avez cherchée.

— Oui, vous vous étiez bien éloignée. Il faut dire que je me suis perdu en route. J'ai même cru que vous étiez rentrée.

— Qu'espériez-vous, en me trouvant ?

— De quoi avez-vous rêvé pour être dans cet état ? demanda-t-il sans me répondre.

Je fis la moue et son sourire s'élargit. Dans la lumière du soleil, il semblait positivement radieux.

— Verity, cessons de faire comme si nous n'étions pas attirés l'un par l'autre, dit-il en s'agenouillant devant moi. J'étais sincère, hier. Je veux vous épouser, et j'irai demander votre main à votre frère. Tout ce qui m'en empêche dorénavant, c'est vous.

— Je vous en veux encore, grommelai-je.

— À quoi bon vous fâcher, si vous ne pouvez pas manifester votre colère ? Si vous étiez ma femme, vous pourriez me hurler dessus, me dire tout ce que vous avez sur le cœur.

— Cela ferait de moi une épouse très désagréable, ricanai-je.

Il me prit la main.

— Rien ne peut vous rendre désagréable. Vous êtes la perfection incarnée.

— Vous oubliez mes cauchemars, on dirait…

— Non.

— Ils continuent, malgré tous mes efforts. Voudriez-vous d'une femme qui hurle de terreur à côté de vous, toutes les nuits ?

— Ce serait une bonne excuse pour vous prendre dans mes bras et vous réconforter.

— Je suis sérieuse, Theodore.

— Moi aussi.

Il porta ma main à ses lèvres. Je me sentis fondre. J'aurais dû lui en vouloir, mais je m'apercevais qu'il m'avait manqué.

Dans la voiture qui me ramenait à Everely, je m'étais demandé pourquoi il me plaisait tant et je m'étais aperçue que c'était parce qu'avec lui je ne me sentais pas différente. Lui non plus n'était pas parfait. Ses origines laissaient à désirer. Il était bon, toujours prêt à aider son prochain, mais, en société, il pouvait se montrer hautain et désagréable.

Je… je l'aimais car, comme moi, il était en ébullition permanente, en proie à une multitude d'émotions dont il tentait désespérément de garder le contrôle pour offrir au monde un calme de façade. Nous étions faits l'un pour l'autre.

— Verity, vous ne dites plus rien. J'ai fait une erreur en vous quittant et j'en suis sincèrement désolé. Je ne sais que dire de plus. Je…

— N'avais-je pas accepté de vous épouser ?

J'avais parlé sans réfléchir.

Il me regarda, déconcerté. Je tendis la main et ouvris mon journal pour en tirer le pendentif de sa mère.

— Ne me l'aviez-vous pas demandé, en m'offrant ceci ? ajoutai-je.

— Si.

— J'ai accepté, et puis vous...

— Je suis parti. À présent, me voilà de retour, et vous l'avez toujours.

— Il est bien trop précieux pour que je m'en défasse... Si seulement vous étiez dans les mêmes dispositions... Bonne journée.

Je me levai pour mettre de la distance entre nous.

— Que faut-il que je fasse pour obtenir votre pardon ?

— Je l'ignore. Qui me dit que vous ne changerez pas une nouvelle fois d'avis ? Que vous ne fuirez pas encore ?

— Vous ne me faites pas confiance..., dit-il avec un soupir avant de me regarder avec une détermination nouvelle. Je vais vous prouver que je suis sincère.

— Comment ?

— Je ne vois guère d'autre solution que d'aller sur-le-champ demander votre main à votre frère.

Déjà, il repartait à grands pas en direction de son cheval.

— Non, attendez ! lançai-je, stupéfaite.

Je courus pour le rattraper, et tirai si fort sur son bras que je le déséquilibrai. Nous tombâmes tous les deux dans les fleurs sans que je le lâche.

— Vous êtes-vous fait mal ? demanda-t-il en se redressant.

— Non, grimaçai-je.

— Doucement, laissez-moi vous aider à vous relever...

D'un geste, je l'arrêtai.

— Vous ne pouvez pas parler à mon frère.

— Si vous voulez la garantie que je ne m'enfuirai pas de nouveau, c'est le seul moyen...

— Mon frère vous tuera !

Délicatement, il retira quelques brins d'herbe de mes cheveux.

— Pensez-vous que je n'étais pas conscient de ce risque en venant ici ?

— Theodore...

— Je préfère mourir pour votre main plutôt que de vivre sans, Verity, dit-il avant de m'embrasser sur le front et de m'aider à me relever. Allez, venez. Je dois lui parler.

— Vous traitez votre vie avec beaucoup trop de désinvolture, dis-je sèchement. S'il s'agit seulement de vous croire alors, très bien, je vous crois. Maintenant, s'il vous plaît...

— Il faudra bien que je lui parle, Verity.

— Pour le moment, Evander est en conflit ouvert avec Fitzwilliam, expliquai-je. J'ai peur que tout cela ne soit un peu trop pour lui.

— Jusqu'à quand durera cette guerre fratricide ?

— Je l'ignore.

— Verity, je crains qu'attendre ne soit... dangereux. Je me sens incapable de rester loin de vous et, si on nous surprenait, cette fois, ce serait pire encore.

Il avait raison, mais quoi qu'il fasse mon frère n'accueillerait pas cette demande en mariage avec enthousiasme.

— Si vous tenez à le faire, il vaut peut-être mieux que ce soit moi qui lui parle...

— C'est hors de question. Il va falloir être très persuasif, et...

— C'est exactement pour cette raison que je vais...

Theodore me prit la main et la tint sur son cœur.

— Verity, c'est à moi de me battre pour vous. Votre frère sera en colère, se demandera comment tout cela est arrivé. Si je vous laisse lui en parler, sa colère n'en sera que plus grande. Il vaut mieux que ce soit moi qui lui parle, d'homme à homme. C'est une question d'honneur.

— Theodore, mon frère a de très forts préjugés concernant...

— Concernant les bâtards ? Je le sais.

— Dans ce cas, vous devez savoir qu'il sera très difficile de lui faire entendre raison. Il n'est pas violent mais, sur ce point, je redoute... Il serait tout à fait capable de vous frapper à s'en briser la main !

— J'esquiverai, dit Theodore avec un sourire.

Malgré moi, je souris aussi.

— Vous êtes ridicule.

— Non, je suis amoureux de vous, fit-il en prenant mon visage entre ses mains. Autorisez-moi à le crier sur tous les toits.

— D'accord, mais pas tout de suite. Peut-être... peut-être pendant le bal qu'Aphrodite organisera prochainement à Everely. Evander devra contenir sa colère devant les invités.

— Très bien. Puisqu'il en est ainsi, puis-je vous supplier de m'accorder la première danse ?

— Accordée, dis-je, aux anges, avant de me reprendre. Comment avez-vous fait pour me convaincre aussi rapidement ? Je pensais vous en vouloir pendant encore au moins quelques jours.

Il rit.

— Oserai-je dire que c'est parce que vous partagez mes sentiments et n'avez jamais eu envie que je m'en aille ?

J'aurais voulu le fusiller du regard, mais il m'embrassa sur la joue.

— Il faut que j'y aille, dit-il. Nous avons suffisamment couru de risques comme cela. Écrivez-moi à l'auberge, car j'ai bien peur de ne plus avoir d'excuse pour venir à Everely, désormais.

— Je n'écrirai pas.

— Oh que si, vous écrirez, répliqua-t-il en souriant. Et j'attendrai vos lettres avec impatience.

— Au fait, lançai-je comme il s'éloignait, comment va votre père ? L'avez-vous vu ? Ou vous êtes-vous servi de lui comme prétexte ?

— Je me suis vraiment rendu chez lui, car je le croyais malade. En réalité, il va très bien. Lady Whitmear voulait simplement me convaincre d'aller le voir.

— Quoi ? Tout Londres vous croit à son chevet. Que pensera-t-on lorsqu'on apprendra qu'il est en parfaite santé ?

— Henry a déjà trouvé une solution à ce problème.

— Henry ? Il est parti avec vous ?

— On peut dire cela. Il m'a suivi pour me dire qu'il désapprouvait mon attitude vis-à-vis de vous. Je lui en suis reconnaissant, car c'est grâce à lui que j'ai appris que vous aviez quitté Londres. Je crois bien que son intention est de rentrer sans moi et de raconter à qui voudra l'entendre que j'ai « miraculeusement » sauvé mon père d'une mort certaine.

Je souris.

— J'envie l'amitié qui vous lie.

— J'ai le sentiment de ne pas la mériter. Mais après tout, c'est pareil avec vous, et vous êtes là. Peut-être suis-je simplement béni des dieux.

— Cela pourra vous servir au moment de parler à mon frère.

— En effet ! Bonne journée, *lady Verity.*

— Pareillement, *docteur Darrington.*

J'attendis qu'il ait disparu pour me laisser retomber sur le tapis de fleurs. Une nouvelle fois, tout était allé si vite...

Un instant, je pleurais son départ et, l'instant d'après, il était devant moi, prêt à défier le monde entier pour obtenir ma main.

La vie était décidément bien étrange.

Je restai là encore un moment puis, ne pouvant contenir mon excitation et mon inquiétude, je repris le chemin de la maison, en serrant contre ma poitrine mon journal et le pendentif. Je souhaitais ardemment que Theodore demande ma main à mon frère, mais je savais exactement comment ce dernier réagirait.

— Mademoiselle ? Vous étiez dehors pendant tout ce temps ? Seule ? me demanda la femme de chambre d'Aphrodite en me voyant rentrer par les cuisines.

— Oui, répondis-je en riant. Je me promenais dans le domaine. Cela vous choque-t-il ?

— Pardonnez-moi, mademoiselle, je vous croyais dans votre chambre. La prochaine fois que vous souhaitez sortir, pourriez-vous me le dire, que je demande à une bonne de vous accompagner ?

La dernière chose dont j'avais envie était bien un chaperon.

— Je vous en prie, ne vous inquiétez pas pour ça, dis-je en gagnant l'escalier.

Des domestiques se succédaient dans le salon où se trouvait Aphrodite, plongée dans les commandes passées pour ce bal qu'elle semblait avoir décidé à l'improviste. Elle était l'image même de la parfaite maîtresse de maison, impeccable jusque dans sa coiffure. Pas étonnant qu'Hathor trouve cela insupportable. Je retins un rire. En réalité, les commentaires désobligeants de celle-ci me manquaient. J'avais aussi conscience que j'avais été un peu injuste avec elle, les jours précédant mon départ.

— Ah, Verity, te voilà ! dit Aphrodite en brandissant deux verres. À ton avis, lequel convient mieux pour le vin ?

Je les regardai, perplexe.

— Ils sont pareils, non ?

À l'expression des domestiques, je compris que je me trompais. Aphrodite éclata de rire.

— Mais non, enfin ! Celui-ci est un prestigieux verre Pacôme, d'un brillant incomparable. Et celui-là est un verre Winston, un peu plus banal mais tout de même très élégant, et il est plus léger, ce qui a son importance.

— Son importance ?

— Oui. Nos invités pourraient trouver déplaisant de passer la soirée un verre trop lourd entre les mains.

Je voyais à peine la différence entre les deux et n'en revenais pas qu'elle pense à ce genre de détail.

— Je te laisse choisir, tu t'y connais mieux que moi, dis-je en m'installant près de la fenêtre.

— Très bien. Nous commencerons la soirée avec le Pacôme et nous sortirons le Winston ensuite, annonça-t-elle aux domestiques qui attendaient autour d'elle.

Je la regardai faire et me demandai si, un jour, je serais capable de l'imiter.

Je n'aimais guère les soirées mondaines et n'étais pas sûre que Theodore les apprécie beaucoup lui non plus. Il serait naturel que nous organisions des soirées... mais en aurions-nous les moyens ? Pour la première fois, je me demandai ce que serait la vie ailleurs que dans un si grand domaine. J'étais certaine que nous ne vivrions pas dans le dénuement, mais ma vie changerait assurément. C'était une perspective plutôt angoissante et, pourtant, ni la qualité des verres, ni les bals ne me feraient changer d'avis.

— Pardonne-moi d'insister, Verity, mais es-tu sûre que tout va bien ? demanda Aphrodite, me sortant de mes pensées.

— Tu ressembles beaucoup à ta mère, le sais-tu ? dis-je en riant, en partie pour détourner la conversation.

— Vraiment ? Ton frère m'a dit exactement la même chose, ce matin ! s'écria-t-elle, horrifiée.

— C'est plutôt un compliment, ta mère est une femme admirable.

— J'adore Maman, mais je n'ai pas envie de lui ressembler, répondit-elle.

Elle se plongea de nouveau dans ses commandes mais, au contraire de sa mère qui serait passée à autre chose, elle s'interrompit de nouveau pour me regarder d'un air songeur.

— Serais-tu amoureuse ?

Je paniquai.

— Moi ? Je...

La porte s'ouvrit alors, et mon frère apparut, l'air étonné.

— Ma chérie, qu'as-tu ordonné pour provoquer une telle agitation parmi les bonnes ? Je viens de les croiser qui couraient vers les cuisines.

Aphrodite se leva d'un bond.

— Les gâteaux doivent être terminés !

— *Les* gâteaux ?

Evander et moi avions posé la question de concert mais, déjà, elle quittait la pièce en courant.

Evander me regarda, essayant de retenir un éclat de rire.

— À ton avis, de combien de gâteaux parle-t-elle ?

— Comment le saurais-je ? J'essaie encore de m'habituer à t'entendre dire « ma chérie », plaisantai-je en me levant à mon tour.

Ma remarque le fit presque rougir.

— Cela me fait drôle à moi aussi…

— En tout cas, même si cela me met mal à l'aise, je trouve que le bonheur te va à ravir, grand frère, dis-je en regrettant de ne pouvoir lui parler du mien.

— Je te remercie, petite sœur. N'en parle pas trop, cela pourrait me porter malheur.

Il reprit son sérieux avant d'ajouter :

— Cela fait un moment que je voulais te parler. Mais je ne t'ai pas demandé comment tu allais ! Pardonne ma négligence.

— Je vais bien, mentis-je. N'as-tu pas eu la visite de Th… du Dr Darrington ? Comment va-t-il ?

— Je l'ai remercié. Cet homme s'affole pour un rien. Il a même oublié sa montre ici. Je demanderai à un valet de la lui rendre quand il viendra pour le bal.

Il s'approcha et posa une main sur ma tête. L'idée qu'il ait « remercié » Theodore me contrariait, mais je mis cela de côté et le regardai.

— Permets-moi de te rappeler que je ne suis pas ta fille et que je ne suis plus une enfant. Cette sollicitude ne marche plus avec moi.

— Faut-il toujours que tu sois aussi agressive ? soupira-t-il en retirant sa main.

— J'ai été trop douce, ces derniers temps, répliquai-je en souriant.

— Pourquoi ?

À cause de Theodore. Il était l'explication de tous mes actes, de chacune de mes paroles.

— De quoi voulais-tu me parler ? lui demandai-je.

— Tu changes de sujet.

— Je ne souhaite pas débattre avec mon frère de problèmes féminins. Que voulais-tu me dire ?

— Il faut que tu sois plus prudente lorsque tu te promènes dans le domaine, dit-il, l'air soucieux. Fitzwilliam est de retour en ville.

— Je sais. Odite et moi l'y avons aperçu. Que cherche-t-il, exactement, en revenant ici ?

— J'ai bien peur de le savoir et, puisque tu n'es plus une enfant, je vais te le dire. Il espère que je meure sans héritier mâle pour que le domaine revienne à Gabrien. Si pareille chose arrivait, tu sais que notre jeune frère, qui n'a que seize ans, n'aurait guère les moyens de s'opposer à sa mère et lui. Une nouvelle fois, Everely tomberait entre leurs mains.

— Gabrien n'est pas comme Fitzwilliam. Il est timide et a bon cœur. Il ne vient presque jamais ici, par crainte d'envenimer la situation.

Il me manquait d'ailleurs cruellement. Seuls nos échanges épistolaires me donnaient de ses nouvelles.

— Je sais, dit Evander en posant cette fois sa main sur mon épaule. Gabrien n'est pour rien dans tout cela et je n'ai aucune envie de l'impliquer dans nos histoires. Je te dis ce qu'il en est, voilà tout. Aphrodite me reproche de ne pas assez exprimer ce que je ressens. Et je m'inquiète pour toi.

— Pour moi ? Notre demi-frère essaie apparemment de te… Je n'arrive même pas à le dire. Et tu t'inquiètes pour moi ? Dans le pire des cas…

— Si je n'étais plus là, Datura et Fitzwilliam pourraient très bien te déshériter et te forcer à épouser le premier imbécile venu.

— Je n'aime pas le tour que prend cette conversation. Tu me parles comme si ta disparition était imminente.

Il eut un petit rire, même si la situation n'avait rien de drôle.

— Je n'ai aucune intention de disparaître. Au contraire, je projette de vivre très vieux.

— Bien. Je préfère entendre cela.

— Il n'en reste pas moins que je dois être prudent et ne rien laisser au hasard. Ces gens sont cruels. C'est la raison pour laquelle je me suis entretenu avec M. Marworth, notre banquier, et j'ai ouvert un compte séparé pour ton héritage.

— Quoi ?

— Comme tu n'es pas encore mariée, il ne pouvait être ouvert à ton nom, alors je l'ai confié à lord et lady Monthermer, qui le géreront jusqu'à ce qu'il puisse être transféré à ton mari. Tu restes propriétaire de ta dot et de tous les bijoux de Maman.

— Et Aphrodite ? Et Emeline ?

— J'ai fait ce qu'il faut pour les mettre à l'abri, ne t'inquiète pas. Encore une fois, je n'ai pas l'intention de mourir bientôt. Je pense seulement que tu es en droit de savoir à quoi t'attendre. Si tu souhaites d'autres explications, M. Marworth est à ta disposition.

Voilà donc ce qui l'avait tant occupé ces derniers temps. Mon bien-être, comme toujours. Dire que me voir avec un homme comme Theodore lui briserait le cœur… Malgré moi, je chancelai sous l'assaut de la culpabilité.

— Haut les cœurs ! s'exclama-t-il soudain. Dans deux jours, il y aura un bal à Everely. Te rends-tu compte ? Jamais je n'ai connu pareille effervescence au domaine. Aphrodite est au comble de l'excitation. Si seulement Fitzwilliam avait la bonne idée de ne pas venir…

— Il est invité ? Ici ?

— Oui. Cette idée ne me plaisait guère non plus, mais après notre… bagarre, Aphrodite a insisté pour que nous sauvions les apparences. Il viendra avec son épouse, Marcella, et avec Datura, j'en ai peur. Est-ce que ça ira ?

— Cette femme n'a plus sur moi l'emprise d'autrefois. Je te le promets. Ce qui m'inquiète, c'est la présence de celui qui a juré de te tuer. Comment Aphrodite a-t-elle pu l'inviter ?

— Ne lui en veux pas. Elle n'arrive pas à croire que ce soit vraiment son intention. Tu connais les Du Bell, c'est plus fort qu'eux, ils sont d'un optimisme forcené. Dans le cas d'Aphrodite, elle veut prouver au monde entier que je suis un homme bon.

— Qui dirait le contraire ? Tu es le meilleur des hommes, dis-je en souriant.

— Ah, tu es si pleine de bon sens, petite sœur.

— Après tout, c'est toi qui m'as élevée.

— Maintenant, tu m'inquiètes. Peut-on savoir ce que tu mijotes ? demanda-t-il en me fixant d'un regard pénétrant.

— Rien. Va plutôt t'occuper de ta « chérie », répondis-je.

Il eut un petit rire et hocha la tête avant de quitter la pièce.

Je m'assis devant le secrétaire, pris une plume et du papier, et écrivis – à Theodore, bien sûr.

26

THEODORE

Il était encore tôt.

Je ne voulais pas arriver en avance et être le premier au bal de la duchesse, mais l'attente était devenue insupportable. Je ne l'avais pas vue depuis deux jours et, même si elle m'avait écrit, je n'avais pas été en mesure de lui répondre, de peur que ma lettre soit interceptée. Heureusement, une vingtaine d'invités se promenaient déjà dans les jardins. Je la cherchai du regard. Peut-être n'était-elle pas encore prête, mais je la cherchai tout de même.

— Je me demandais à quelle heure vous arriveriez.

Je me retournai vivement et la vis, tout en blanc, des perles glissées dans sa coiffure, un peu de rouge profond sur les pommettes et les lèvres, comme si je ne brûlais pas déjà de l'embrasser.

Comme souvent, elle m'avait trouvé la première.

— Je suis venu le plus tôt possible. Chaque instant passé loin de vous est une torture, murmurai-je en tentant de retenir le large sourire qui menaçait d'illuminer mon visage.

— Que voilà des propos charmants. Vous exagérez, *docteur Darrington*, dit-elle avec un rire léger qui me bouleversa.

— Pardonnez-moi, *lady Verity*.

— Je vais y réfléchir. En attendant, dites-moi : avez-vous reçu ma lettre ? Nous ne pourrons pas mettre notre projet à exécution ce soir. Evander est d'humeur massacrante.

Y aurait-il jamais un bon moment ?

— Je l'ai reçue, ne vous inquiétez pas, dis-je en hochant la tête. Nous essaierons plus tard.

Elle poussa un soupir de soulagement. Quant à moi, je ne voyais plus que sa poitrine.

— Theodore, vous me fixez avec un peu trop d'insistance.

— Vous êtes si belle... Vous me donnez envie de...

— Chut, dit-elle doucement. Vous allez nous faire prendre.

— Je crains que ma patience n'atteigne ses limites, répondis-je franchement, le cœur battant à tout rompre.

— La mienne aussi, souffla-t-elle en levant les yeux pour les plonger dans les miens. J'ai envie de vous embrasser.

Un sentiment de joie intense m'envahit.

— Moi aussi. Mais c'est impossible.

— Peut-être pas.

— Verity, nous ne sommes pas seuls ! répliquai-je, redoutant son audace.

— Faisons en sorte de l'être !

— Comment ?

Elle regarda à droite puis à gauche et me chuchota :

— Je vais aller faire un tour dans les jardins. Entrez dans la maison. Il me semble que vous avez oublié votre montre ici ; demandez à un valet où elle se trouve... Je vous suivrai.

Qu'avait-elle en tête exactement ?

Je l'ignorais et, pourtant, j'étais impatient de faire ce qu'elle me demandait. La gorge nouée, je l'observai s'éloigner et saluer les invités qui continuaient d'arriver.

Dans le hall d'entrée, les domestiques s'agitaient en tous sens pour satisfaire aux besoins de chacun. Il me fallut presque cinq minutes pour trouver un valet disponible.

— Puis-je vous aider ? me demanda-t-il comme je m'approchais.

— La duchesse m'a invité à réclamer ma montre, lui répondis-je. Je l'ai oubliée ici lorsque je suis venu soigner le duc.

— J'ignore où elle se trouve, mais si vous voulez bien…

— Que se passe-t-il, ici ?

Verity était revenue et s'adressait au valet sans me regarder. Celui-ci se redressa en la voyant.

— Monsieur cherchc sa montre. Je vais devoir en référer à monsieur le duc…

— Inutile. Je sais où elle est. Je vais aller la chercher. Allez donc vous occuper des invités dans les jardins, j'ai l'impression que le personnel est un peu dépassé.

— Oui, bien sûr, mademoiselle.

Il la salua et s'éloigna sans réfléchir davantage au fait qu'il laissait une jeune femme seule avec moi.

— Suivez-moi, docteur Darrington, dit-elle lorsque nos regards se croisèrent.

J'eus alors plus que jamais conscience du danger que je courais.

En silence, je la suivis à l'étage puis dans le couloir, comme si de rien n'était. Personne ne nous vit. Elle pénétra dans une chambre qui, sans les riches illuminations des jardins, aurait été dans l'obscurité la plus complète. Lorsqu'elle se tourna vers moi… Il ne fallait pas, je le savais. C'était un péché dans tous les sens du terme. Mais le désir que j'éprouvais pour elle était… insurmontable.

— Avec tout ce monde, personne ne remarquera notre absence avant un bon…

Je pris ses lèvres comme un homme affamé, voracement, ma langue dans sa bouche, tandis qu'elle repoussait ma redingote et libérait mes épaules. C'était censé n'être qu'un baiser, je ne voulais pas franchir d'autre limite et, pourtant, quelques instants plus tard, nous tombions tous deux sur le lit et mes lèvres glissaient de sa bouche à sa gorge et jusqu'au rebondi de sa poitrine palpitante, ses jupons remontant sur ses cuisses tandis qu'elle s'installait sur moi. Je repris mes esprits lorsqu'elle voulut me dévêtir.

— Verity, si nous ne nous arrêtons pas maintenant... je ne pourrai plus me contenir, chuchotai-je.

Elle prit mon visage entre ses mains.

— Theodore, pensez-vous que nous soyons faits l'un pour l'autre ?

— Oui.

— Alors continuez.

— Vous ne savez pas à quoi vous vous exposez...

— Montrez-moi. S'il vous plaît.

Elle était brûlante de désir, et moi aussi. Lentement, je fis descendre ses bas, révélant sa peau brune, puis je retroussai ses jupes jusqu'à découvrir le ravissant spectacle de son intimité. Je faillis me mordre la lèvre jusqu'au sang, tant ma virilité était douloureuse d'être contenue devant pareil délice. Lorsque, d'une main, je recouvris son sexe, elle poussa un petit cri.

— Voilà à quoi vous vous exposez, murmurai-je en la caressant, recueillant sa moiteur au creux de ma paume.

J'aurais voulu lui décrire ce qui allait suivre, mais parler était au-dessus de mes forces. J'allais déjà trop loin et rêvais pourtant d'aller plus loin encore. Sans un mot, donc, je me penchai sur elle et ma langue prit la place de ma main.

— Theodore !

Dieu que mon nom sur ses lèvres me procurait de plaisir. Je voulais l'entendre le crier encore, alors... je la dévorai. Ma langue se glissa en elle, la tourmenta, encore et encore.

— Theo... Theodore... Oh, oui..., gémit-elle en basculant le bassin pour venir à ma rencontre.

La voir ainsi abandonnée décupla mon ardeur.

Elle était si proche de l'extase que, lorsque je me redressai pour respirer et glissai deux doigts en elle, un tremblement puissant la secoua. Je la caressai encore, allant et venant dans cet étroit fourreau, le cœur battant à tout rompre. La tension, dans mon sexe, devenait insupportable. Verity méritait tellement mieux que d'être prise ainsi, à la sauvette, sa famille et tous les invités à l'étage en dessous ignorant notre péché. Mais l'idée d'arrêter m'était insupportable. Lentement, je retirai mes doigts, le temps de me dévêtir... et me libérai enfin.

Il y avait de la peur dans son regard. Pour l'apaiser, je me penchai et l'embrassai sur la tempe, puis sur la joue avant de l'aider à retirer sa robe. Devant ses seins nus, dont les pointes brunes étaient dressées, mon sexe palpita de plus belle.

— Cela risque d'être douloureux. Dites-moi si je vous fais mal.

En guise de réponse, elle noua ses bras autour de mon cou et y enfouit son visage. Délicatement, je me positionnai entre ses cuisses et la pénétrai, serrant les dents pour garder le contrôle. C'était si bon que j'en tremblai de tout mon être et ne pus retenir un grognement de plaisir une fois en elle. Elle agrippait fermement mes épaules, je la sentais tendue.

— Tout va bien ? murmurai-je.

J'attendis qu'elle se détende un peu. Quelques instants passèrent, puis elle leva la tête et me regarda.

— Est-ce fini ?

Je me retins de rire.

— Au contraire, mon amour. Cela ne fait que commencer.

Sans lui laisser le temps de répondre, d'un coup de reins, je plongeai un peu plus loin en elle.

Cette fois, il n'était plus possible de faire machine arrière.

Jamais je n'avais éprouvé pareille sensation.

Un peu comme si tout mon être était... mis sens dessus dessous. Au lieu d'être désagréable, ce « retournement » provoquait un plaisir intense qui semblait ne jamais devoir prendre fin.

— Oooh ! Oui ! hurlai-je tout en m'agrippant à lui, à bout de souffle, le suppliant de continuer.

Je le sentais s'éloigner, puis il revenait quelques secondes plus tard, avec plus de ferveur encore, et s'abîmait en moi encore une fois.

Nos regards ne se quittaient pas. La bouche entrouverte, il gémissait parfois. Son front était moite.

— Verity... Je... je t'aime, souffla-t-il en me tutoyant pour la première fois.

Sans me laisser le temps de répondre, il prit ma bouche. Nos langues se trouvèrent et se nouèrent avec frénésie tandis qu'il allait et venait en moi avec chaque fois plus de puissance. Ses mains me caressaient les seins, les pétrissaient, en pinçaient les pointes. Là encore, ce qui aurait dû être douloureux n'était que plaisir intense. Je ne comprenais pas comment c'était possible, je ne sentais que l'embrasement de mon corps et la vague, au creux de mon ventre, qui menaçait de me submerger.

— Theodore... Je... je... Qu'est-ce qu'il m'arrive ? hoquetai-je, certaine d'être sur le point d'exploser.

— Ne lutte pas, laisse venir, dit-il en se redressant sans lâcher mes hanches.

D'un dernier puissant coup de reins, il me fit basculer dans un univers encore inconnu. Mon corps se cambra sous l'effet de la vague ; j'étais à la fois tétanisée et entièrement abandonnée à la déflagration qui m'étreignait. Je ne savais pas ce qui m'arrivait, mais j'aurais voulu être dans cet état pour l'éternité.

— Oh, Verity...

Dans un état semi-conscient, je sentis qu'il se retirait et s'allongeait près de moi, la main sur son sexe. Il semblait souffrir terriblement, et je posai une main sur son épaule.

— Tout va bien ?

Il ne répondit pas. Un violent soubresaut le secoua puis, dans un cri, il lâcha :

— Pardonne-moi. Je ne pouvais pas prendre le risque de me répandre en toi.

— Que veux-tu dire ? demandai-je en le tutoyant à mon tour.

À bout de souffle, il me regarda un moment avant d'éclater de rire.

— Ça n'a pas d'importance.

— Si, dis-moi.

Il resta les paupières baissées, reprenant son souffle.

— Theodore ?

— Je te l'expliquerai lorsque nous serons mariés, murmura-t-il.

— N'avons-nous pas dépassé les limites en faisant cela ? répondis-je en tirant sur le drap pour couvrir ma nudité.

Il ouvrit les yeux et fit la moue.

— C'est vrai. Il est impératif, à présent, que je parle à ton frère. Même si, après ce que nous venons de faire, je ne pourrai plus l'aborder la conscience tranquille.

Je changeai de position et ne pus retenir une grimace.

— As-tu mal ? s'inquiéta-t-il aussitôt.

— Ce n'est rien, dis-je.

Comme il ne me croyait visiblement pas, j'ajoutai :

— Tout va bien, je t'assure. Je suis seulement un peu… étourdie.

Il m'embrassa sur le front.

— Tu devrais te reposer. Je dois retourner me mêler aux invités.

— Il faut que j'y retourne aussi, sans quoi on s'inquiétera de mon absence.

— Verity…

— Je me sens bien, vraiment.

— Il est inutile que tu te forces. D'ailleurs, comment expliqueras-tu l'état de ta tenue ?

— Je vais me changer. Si quelqu'un s'en aperçoit, je dirai que j'avais taché ma robe, répondis-je en voulant me lever.

C'était une erreur. Mes jambes… ne me portaient presque plus. Theodore me rattrapa et m'adressa un regard de reproche.

— Vite, tu devrais t'habiller, toi aussi, dis-je sans lui laisser le temps de parler.

— Prends ton temps, murmura-t-il.

Je hochai la tête et me tins au montant du lit pour atteindre ma coiffeuse. Là, je tentai de me concentrer sur les tâches à accomplir, jusqu'au moment où je me tournai pour lui parler et le vis debout, nu, dans ma chambre… Je m'embrasai alors de plus belle.

Il sourit lorsqu'il croisa mon regard.

Avait-il compris l'effet qu'il me faisait ?

— Verity, tu dois t'habiller.

— Oui, oui, répondis-je en me retournant.

Nous nous rhabillâmes avec, en bruit de fond, le brouhaha du bal, dans les jardins. C'était étrange. J'entendais la musique et les rires mais, en même temps, les gémissements de plaisir de Theodore résonnaient encore dans mon esprit. Remettre ma robe n'en fut que plus difficile. Visiblement, il éprouvait aussi quelques difficultés, car je sentis tout à coup ses mains sur moi. À son contact, je fermai les yeux et m'abandonnai contre lui.

— Il faut que tu mettes du parfum.

— Est-ce que je sens mauvais ? m'écriai-je, paniquée.

— Non, tu portes mon odeur… *notre* odeur et celle de ce qu'on vient de faire, dit-il en m'aidant à nouer mon corset avant de tomber à genoux devant moi.

Le souvenir de sa langue caressant mes parties intimes était encore vif dans mon esprit, mais l'envie qu'il recommence s'évanouit face à la douceur de ses gestes. Je l'agrippai, le laissant m'habiller, et tentai de ne pas rire. Enfin, lorsqu'il eut terminé, habillé à son tour, il m'examina de pied en cap et fronça les sourcils.

— Je crains de ne pas pouvoir faire grand-chose pour tes cheveux.

— Je vais m'en occuper. Vas-y le premier, je te suivrai.

— C'est comme cela que nous en sommes arrivés là, fit-il remarquer.

— As-tu des regrets ?

— C'est plutôt à toi qu'il faudrait poser la question.

— Aucun.

— Alors moi non plus.

Il m'embrassa sur le front, soupira, et se dirigea vers la porte.

J'attendis qu'il ait disparu pour, à mon tour, soupirer longuement. Je ne savais plus du tout où j'en étais.

Qu'avais-je fait ?

Je ne regrettais rien, mais… j'étais allée bien plus loin que ce que j'aurais pu imaginer. Mon esprit – et mon corps – était en ébullition. Malgré tout, je réussis à me recoiffer, à tout remettre en place et à cacher les draps tachés en attendant de pouvoir m'en débarrasser.

Lorsque enfin je reparus en bas, ce fut la peur au ventre. Tout le monde saurait, devinerait que quelque chose d'important venait d'arriver. Dans le meilleur des cas, tous auraient constaté mon absence. Pourtant, lorsque je sortis dans les jardins, je ne fus accueillie que par les sourires aimables et la bonne humeur de la bonne centaine d'invités. À l'entrée, Aphrodite et son mari accueillaient encore de nouveaux venus.

Personne ne s'était aperçu de rien. La seule personne à connaître mon secret était Theodore… que je vis à quelques mètres de là, en grande conversation avec d'autres gentlemen. Nos regards se croisèrent, se retinrent…

Sans un bruit de verre cassé, nous nous serions regardés ainsi pour l'éternité.

Je fis volte-face et vis Fitzwilliam, en redingote d'un rouge si éclatant qu'on aurait pu le croire arrivé tout droit du régiment. À côté de lui se tenaient Marcella, son épouse, et Datura, sa mère, que je reconnus immédiatement à son visage bien trop poudré et au rang de perles autour de son cou. Aphrodite s'approcha d'eux.

Quelque chose ne tourne pas rond.

Je n'aurais su dire quoi, mais l'expression sur leurs visages et le fait que Fitzwilliam soit mêlé à cette situation, tout me soufflait que cela allait mal finir.

27

THEODORE

Plusieurs jours s'étaient écoulés depuis le bal, mais je n'avais pas encore eu l'occasion de parler au duc et d'évoquer avec lui la véritable raison de mon séjour. Les mauvaises nouvelles se succédaient pour lui et je ne me résolvais pas à ajouter au stress qui devait être le sien. J'étais retourné à Everely pour évoquer la santé de Marcella avec la duchesse, lui assurant que j'avais fait tout ce qui était en mon pouvoir lors de ma visite, sans préciser quoi. Le mari et la belle-mère de Marcella m'avaient à peine laissé soigner la pauvre jeune femme. Ce que j'avais vu et entendu m'avait laissé un goût amer, au point que j'avais à peine su quoi dire à Verity avant de prendre congé. Notre entretien avait été très bref – comment parler de la pluie et du beau temps après avoir partagé les plaisirs de la chair ?

Je ne pouvais plus attendre.

Je ne voulais pas que Verity se fasse du souci. Je la savais forte mais inquiète, aussi. Alors, c'était décidé, je parlerais au duc aujourd'hui.

*

* *

— Ce bâtard ! Oh, ce bâtard de malheur ! Vous comprenez pourquoi je ne veux pas de son argent ? s'emporta l'aubergiste en venant à ma rencontre, un exemplaire d'un journal à scandale à la main. Dire que le duc a dû subir ces horreurs !

Je pris le journal, le parcourus, et tombai, horrifié, sur un entrefilet consacré à Verity et à sa situation, à ses cauchemars. Parce que je la connaissais bien, je sus immédiatement qu'elle ne s'en remettrait pas. L'idée qu'on puisse la plaindre lui faisait horreur.

Je courus chercher mon cheval.

— Où allez-vous ? Et votre repas ?

Manger était hors de question. Il fallait que je voie Verity.

— Docteur Darrington !

Un cheval s'arrêta devant le mien, monté par un homme que je ne reconnus pas, mais dont la livrée m'indiqua immédiatement d'où il venait.

— Docteur Darrington, le duc d'Everely vous demande.

— Pour quelle raison ?

— Une urgence, monsieur. Vous devez me suivre.

Déjà, il avait fait demi-tour et repartait.

Une nouvelle fois, je pensai à Verity. Son frère ne m'aurait pas fait venir si la situation n'était pas grave, j'en avais la certitude. Il détestait qu'on le soigne pour quoi que ce soit.

Je suivis l'homme à cheval. Cinq bonnes minutes plus tard, je m'aperçus que l'on ne se dirigeait pas vers le domaine. Nous galopions à travers bois quand apparut devant nous un petit manoir à la façade mangée par le lierre.

— Le duc est à l'intérieur. Vite ! dit l'homme en prenant les rênes de mon cheval.

La première chose que je vis fut le sang sur le seuil. Je compris alors que je ne verrais pas Verity ce jour-là.

La veille, j'avais écrit à l'auberge, mais il n'était pas venu, malgré mes suppliques.

J'avais également cherché Evander, sans plus de succès.

Ma colère m'avait empêchée d'aller voir Aphrodite, car c'était elle qui avait parlé de mes cauchemars et de mon enfance malheureuse, sans se préoccuper du mal que cela pourrait me faire. Elle s'inquiétait beaucoup trop pour Marcella pour comprendre à quel point j'avais été blessée par son attitude. Je n'avais vu personne de toute la journée, n'avais pas dormi de la nuit et, alors que l'aube pointait, je n'avais toujours pas réussi à trouver qui que ce soit.

Toc, toc.

— Entrez.

C'était Eleanor, la femme de chambre d'Aphrodite. D'ordinaire très soignée, elle avait aujourd'hui le teint cireux et ses cheveux étaient lâchés et non relevés en chignon comme les autres jours. De plus, le bas de sa robe était taché de boue – déchiré, même, à certains endroits. À croire qu'elle avait traversé le comté à pied.

— Que vous est-il arrivé, Eleanor ?

— Lady Verity, le duc et la duchesse sont rentrés et voudraient vous voir. Ils vous attendent au salon.

— Que se passe-t-il ? Tout va bien ?

Déjà, j'étais à la porte. À en juger par son expression, non, tout n'allait pas bien. Je soulevai mes jupons et sortis en courant. La seule chose qui me rassurait et qui m'aidait à garder mon calme, c'était le fait que mon frère *et* Aphrodite m'attendaient. J'en déduisis que ni l'un ni l'autre n'était gravement blessé. Malgré tout, être convoquée de la sorte... ce n'était pas bon signe. Mes doutes se confirmèrent lorsque je vis les autres domestiques. Qu'ils se taisent et détournent le regard quand quelqu'un passait n'augurait rien de bon.

Étais-je en cause ?

Savaient-ils que Theodore et moi avions... ?

Non. C'était impossible. Pourtant, la panique me gagnait.

En entrant dans le grand salon, j'étais au comble de l'inquiétude et le tableau qui m'attendait n'arrangea pas les choses. Le regard perdu dans le vague, Aphrodite était assise dans un fauteuil, les mains nouées, sa tasse de thé encore pleine devant elle. L'attitude d'Evander n'était pas plus rassurante. Debout, il fixait, songeur, l'unique portrait de notre père.

Ils ne réagirent pas à mon arrivée.

— Que s'est-il passé ? demandai-je. Votre silence ne fait que m'inquiéter davantage.

Aphrodite se leva et Evander me regarda comme s'il craignait de parler.

— Assieds-toi, Verity, dit-il finalement.

— Je préfère rester debout pour le moment, répondis-je.

S'ils avaient décidé de me hurler dessus, je préférais leur faire face ainsi.

Evander inspira profondément.

— Ces choses-là sont difficiles à annoncer, mais mon devoir est de te le dire. Fitzwilliam est mort hier soir.

— Quoi ? Mort ? Fitzwilliam ?

C'était impossible. Pourtant, leur expression le confirmait. Je secouai la tête, regardai Evander.

— Est-ce toi qui l'a... ?

— Non, Evander n'y est pour rien ! s'empressa de préciser Aphrodite. Tout s'est passé si vite, nous-mêmes avons du mal à saisir l'horreur de la situation.

Ils me racontèrent comment ils avaient voulu aider Marcella à quitter Fitzwilliam. Comment celui-ci, furieux, s'était interposé, et comment M. Wildingham, le père de Marcella, venu armé de son fusil, avait tiré. Theodore avait tout tenté pour sauver Fitzwilliam, en vain.

Comment les choses avaient-elles pu si mal tourner ?

En un instant, Fitzwilliam, éternelle épine dans le pied des Eagleman avait cessé de nous tourmenter.

Mort, abattu. Je ne comprenais plus moi-même ce que je ressentais.

— Verity ? Tout va bien ? s'inquiéta Evander.

— J'ai besoin de m'éclaircir les idées. Je crois que je vais aller marcher un peu. Je vous prie de m'excuser.

Ils me laissèrent partir sans un mot.

Peut-être étais-je en proie à un étrange chagrin. Peut-être n'avais-je pas de chagrin du tout. Quel que soit mon état, je puisai de l'énergie dans ma promenade et marchai au hasard, offrant mon visage aux premiers rayons du soleil, humant l'air tiède, goûtant la caresse de l'herbe sur mes chevilles. C'était une journée magnifique, l'atmosphère était à la fois pure, exceptionnelle et… étrange.

Mon frère était mort.

— Je savais que tu finirais par venir.

Theodore était assis contre mon arbre préféré, sur le tapis de véroniques, la chemise tachée, les cheveux en bataille et les traits tirés par un mélange d'épuisement et de peine. Il se leva et je courus me jeter dans ses bras. Il m'étreignit, la joue contre mes cheveux.

— Je suis tellement désolé, je n'ai pas pu le sauver, murmura-t-il.

— Ce n'était pas quelqu'un de bien.

— Mais c'était ton frère. Tu as le droit de pleurer celui qu'il aurait pu être.

C'était exactement ça.

Fitzwilliam aurait pu être un frère exceptionnel. Si nous avions eu la même mère – non, si notre père s'était comporté honorablement avec nous –, nous aurions pu être plus heureux. S'il avait été comme Theodore, s'il ne s'était pas sans cesse disputé avec Evander à propos de l'héritage, nous aurions pu être une famille plus heureuse.

Les larmes roulèrent sur mes joues. Je pleurai dans ses bras comme une enfant.

— Je suis désolée que tu aies été mêlé à tout cela, dis-je en m'écartant pour le regarder. Merci d'avoir été là.

— J'étais en route pour Everely. J'ai lu l'article… Je voulais te voir, et puis… les événements se sont précipités.

— Je suis lasse de tous ces événements qui nous empêchent d'être ensemble. D'être là l'un pour l'autre.

— Moi aussi, murmura-t-il en me caressant la joue.

— Dans ce cas, allons parler à mon frère.

— Es-tu sûre que ce soit le bon moment ?

— Le temps n'attend pas. Nous devons lui parler.

Quelques secondes s'écoulèrent puis, d'un ton résolu, Theodore déclara :

— Après l'enterrement, je viendrai lui parler.

— Je serai là.

— Verity…

— *Je – serai – là*, dis-je en insistant sur chaque mot. Tu peux dire tout ce que tu voudras, mais je serai à tes côtés pour affronter mon frère.

— Je t'aime, Verity Eagleman.

— Moi aussi, je t'aime, Theodore Darrington.

Evander

C'était comme si on m'avait retiré un poids. Je me sentais plus léger. Néanmoins, au souvenir de ce qui s'était passé et de qui en était responsable, mon sang se glaçait. J'aurais voulu ne plus jamais penser à Fitzwilliam, seulement c'était impossible.

Ce n'était pas ma faute. J'avais fait ce qu'il fallait pour protéger ma famille et en aider une autre. La raison avait cependant parfois du mal à contrôler les émotions. Ma source de réconfort, c'était ma merveilleuse épouse, Aphrodite.

Elle ne s'aperçut pas de mon arrivée dans le salon, trop occupée qu'elle était à coudre l'ourlet de la robe de l'horrible poupée qu'elle avait fabriquée pour Emeline.

— Nous aurions pu en acheter une neuve, tout simplement, dis-je.

Elle me regarda en fronçant les sourcils.

— Là n'est pas le but. La poupée est censée être fabriquée par une *maman*. Si elle vient d'un magasin, tout le monde le verra.

— Alors peut-être que quelqu'un d'un peu plus… expérimenté pourrait s'en charger ? suggérai-je en choisissant mes mots avec soin.

— Serais-tu en train de dire que ce que je fais est affreux ?

— Tu ne peux pas être parfaite dans tous les domaines, mon amour. Ce serait injuste pour les autres femmes, répondis-je avec un large sourire.

Elle me fixa d'un air menaçant.

— Emeline m'appelle « Maman », maintenant. Elle veut une poupée, alors je lui en fais une, et elle l'adorera, même si elle ressemble à…

— Un mort-vivant ?

— Evander !

J'éclatai de rire et déposai un baiser sur sa joue.

— Je suis sûr qu'Emeline va l'adorer.

— Exactement.

Elle rayonnait, tellement heureuse qu'Emeline l'appelle désormais « Maman ». Cette fois, ça y était, nous étions une famille.

N'étais-je pas le plus heureux des hommes ?

— Demain, nous pourrions…

Toc, toc.

Je m'interrompis et me tournai vers la porte.

— Entrez.

Wallace, notre majordome, s'avança, l'air perturbé.

— Qu'y a-t-il, Wallace ? demanda Aphrodite.

— Le Dr Darrington désirerait vous voir, Votre Grâce, dit-il en me regardant.

— Tu l'attendais ? me demanda Aphrodite.

— Non, mais faites-le donc entrer.

Il avait tant fait pour nous que sa compagnie n'était pas pour me déplaire. Aphrodite posa la poupée et se tourna vers la porte.

Le Dr Darrington entra. Il portait une élégante redingote bleu foncé, était coiffé et rasé de frais et tenait un haut-de-forme entre les mains. On aurait dit qu'il allait au bal. Comme j'ouvrais la bouche pour l'interroger sur la raison de sa venue, Verity entra à son tour.

— Monsieur le duc. Madame la duchesse, dit-il en s'inclinant.

Je regardai Verity, sans parvenir à m'expliquer ni sa présence ni la raison pour laquelle elle se tenait aux côtés du Dr Darrington.

— Comme vous le savez sans doute, commença ce dernier, je suis le fils illégitime du marquis de Whitmear, lord Francis Theodore Greycliff.

Devant sa nervosité et la façon qu'avait Verity de le regarder, un frisson désagréable me parcourut.

— Pourquoi nous dire cela ? demandai-je doucement, le cœur battant, tout en redoutant sa réponse.

Il n'allait tout de même pas…

— Je suis ici pour vous demander la main de votre sœur, lady Verity Eagleman.

Verity souriait, mais je n'en croyais pas mes oreilles. Je regardai Aphrodite, qui les fixait, bouche bée.

— Ma chérie, ai-je mal entendu ? Est-ce un cauchemar ? lui demandai-je, figé par la stupeur.

Elle ne répondit pas.

— Evander, dit Verity. S'il te plaît…

— Aphrodite, fais-la sortir d'ici, ordonnai-je. Aphrodite !

— Ne t'énerve pas. Reste calme, m'intima celle-ci en se levant avant de poser sur moi un regard sévère.

— Fais-la sortir, répétai-je.

— Evander, Theodore et moi…, tenta Verity.

— « Theodore » ? répétai-je en m'avançant, fou de rage. En plus, tu l'appelles par son prénom ? Sors d'ici immédiatement, Verity !

— Non, écoute…

— Tais-toi ! hurlai-je.

Aphrodite se précipita vers Verity tout en tendant une main pour m'arrêter.

— Evander, du calme !

L'homme, à côté d'elles, regarda ma sœur et sourit.

— Vous pouvez y aller, Verity, je vous assure.

C'est à lui qu'elle obéit, et non à moi, malgré ma colère. Aphrodite l'entraîna hors de la pièce et referma la porte derrière elles, me laissant seul avec ce... ce *bâtard*.

— Je comprends que ce soit un choc pour vous. Je sais que mes origines vous contrarient, mais nous ne pouvions plus garder le secret, car nous nous aim...

— Taisez-vous. Dans votre intérêt, taisez-vous.

Je levai une main tremblante, avant de serrer le poing. J'avais une boule dans la gorge mais je m'efforçai, comme me l'avait conseillé ma femme, de rester calme.

— Je n'ai qu'une seule question, repris-je. Qu'avez-vous fait à ma sœur ? Pour être plus précis, jusqu'où êtes-vous allé ?

Il ne répondit pas.

— Nous vous considérions comme un homme d'honneur, docteur Darrington.

— C'est ce que j'ai essayé d'être...

De nouveau je fis un pas dans sa direction.

— Je sais que les Du Bell ont fait appel à vous pour la soigner. Il est à présent clair que vous vous êtes servi de votre position pour vous immiscer dans sa vie et y semer le trouble. Un vrai gentleman ne se comporte pas ainsi !

— Je l'ai vraiment soignée...

— Vous avez manipulé une jeune femme fragile et impressionnable, d'un rang bien supérieur au vôtre. Et vous voilà à présent devant moi, qui me demandez sa main sans la moindre honte ? Ma réponse est non. Jamais ! Quittez mon domaine, avant que je vous fasse jeter dehors. Ne remettez plus jamais les pieds ici. Et ne prononcez plus jamais le nom de ma sœur !

— Si vous souhaitez me mettre dehors, c'est votre droit. Je tiens tout de même avant de sortir à vous dire ce que je suis venu vous dire, eut-il l'audace de rétorquer. Je suis follement et profondément amoureux de votre sœur, Votre Grâce. Elle m'a fait part de la réciprocité de ces sentiments. Je suis ici pour elle. Je ne partirai pas sans elle. J'attendrai chaque jour à la limite de vos terres, aussi longtemps qu'il le faudra.

— Wallace ! hurlai-je.

La porte s'ouvrit aussitôt.

— Assurez-vous que cet homme quitte la maison immédiatement. Et veillez à ce qu'il n'y revienne jamais.

Wallace voulut le prendre par le bras, mais le Dr Darrington sortit de son propre chef. Je sentis alors retomber sur mes épaules le poids qui m'avait quitté quand Fitzwilliam était mort.

— Theodore !

Au cri de ma sœur, je me précipitai dans le couloir et la vis courir vers lui.

— Verity, reviens ici immédiatement ! criai-je.

Elle se retourna, affolée, avant de repartir vers lui.

— Theodore !

— Verity, je t'ordonne de...

— Ne vous inquiétez pas. Nous savions que cela se passerait ainsi. J'ai pris mes dispositions pour rester dans les environs, dit le docteur à ma sœur d'un ton calme.

— Je croyais avoir dit qu'il n'avait plus rien à faire ici ! criai-je.

Un valet se précipita pour l'escorter jusqu'à la porte.

Après son départ, Verity fit volte-face vers moi avec une telle violence que ses jupons tournoyèrent autour d'elle.

— Tu n'as même pas écouté, n'est-ce pas ?

— Écouté quoi ? Qui perd son temps à écouter les rufians et les traîtres, Verity ?

— Il n'est ni l'un ni l'autre ! hurla-t-elle. Tu devrais pourtant le savoir, toi ! Après tout ce qu'il a fait pour toi. Combien de fois est-il venu t'aider dans tes démêlés avec Fitzwilliam ?

— Ce n'était que dans le but de te séduire, ne le vois-tu donc pas ? Comment a-t-il fait pour t'aveugler à ce point ? Pour les hommes comme lui, les jeunes filles riches sont des proies faciles. Il y a moins d'une semaine, le chaos a manqué de ravager notre famille à cause d'un bâtard qui s'est servi d'une pauvre fille pour s'élever socialement !

— Theodore n'est pas Fitzwilliam ! Si tu l'avais écouté, tu le saurais. Il a son propre...

— Ma chère sœur, il ne t'a raconté que des mensonges. C'est ce que font les gens comme lui. Voilà pourquoi il s'est rapproché de toi quand tu étais seule, loin de ta famille. C'est ma faute, je t'ai laissé trop de liberté en t'autorisant à sortir sans chaperon. À partir de maintenant, c'est terminé. Tout comme tes relations avec cet homme. Je t'interdis de le revoir. Tu m'entends ? *Je te l'interdis !*

— Sais-tu à qui tu ressembles quand tu parles ainsi ? demanda-t-elle soudain, visiblement abattue. À Père. Tu lui ressembles trait pour trait.

Je me figeai. Je m'étais attendu à tout sauf à cela. Le plus douloureux fut la déception dans son regard, tandis qu'elle passait près de moi pour gagner l'escalier.

La voix d'Aphrodite résonna soudain à côté de moi.

— Viens, tu as besoin d'air, dit-elle en posant une main sur mon bras.

— Mes frères et sœurs doivent-ils donc tous me torturer ainsi ? Faudra-t-il que je méfie de Gabrien, à présent ? demandai-je tandis que nous sortions dans le jardin.

— Respire.

L'air frais ne me fit aucun effet. Ce dont j'avais besoin, c'était de calme.

Aphrodite

À son retour de Londres, j'avais tout de suite senti que quelque chose n'allait pas avec Verity. J'avais imaginé que c'était à cause de ses cauchemars et je n'avais donc pas posé trop de questions. Néanmoins, la voir si souvent songeuse près d'une fenêtre, les yeux dans le vague, avait fini par raviver certains de mes souvenirs. Moi aussi, j'avais été comme elle, rêvant qu'Evander apparaisse et vienne vers moi. Pourtant, je n'avais rien dit. Puis le conflit entre Evander et Fitzwilliam s'était aggravé, je m'étais inquiétée pour Marcella, et je n'avais plus vraiment pensé à Verity.

Evander avait raison. Elle avait beaucoup trop de liberté pour une jeune femme de son âge et de son rang. Bien plus que je n'en avais jamais eu. Cela découlait cependant du décès de leur père et je ne souhaitais pas intervenir pour lui imposer soudain des limites.

À de nombreuses reprises, j'avais perçu des signes et je m'étais tue. Mais cette fois, je devais lui parler.

Je toquai à sa porte.

Pas de réponse.

— Verity, c'est moi.

Silence.

J'ouvris la porte, craignant de ne pas la trouver. Mais elle était bien là et, assise à son secrétaire, elle écrivait dans son journal.

— N'ai-je donc plus le droit d'être seule dans ma chambre ? lâcha-t-elle sans lever les yeux.

— Tu ne répondais pas, dis-je en entrant et en refermant la porte derrière moi.

— Je n'avais pas envie de te parler.

— Verity...

— Evander t'a peut-être pardonnée d'avoir révélé la vérité sur notre famille, mais pas moi. Tu m'as causé du tort et, maintenant, tu voudrais me parler ? Pourquoi ? Les lecteurs réclament-ils la suite du récit de mon existence ?

Ses paroles étaient dures, mais cela se justifiait. Je l'avais exposée au ridicule sans réfléchir aux conséquences de mon geste.

— Une nouvelle fois, je te présente mes excuses, et te demande de me pardonner...

— Aide-moi à convaincre mon frère, dit-elle en refermant son journal pour me regarder, les yeux pleins d'espoir. Ce qui s'est passé avec Fitzwilliam l'a bouleversé, il est encore en colère et c'est pour cela qu'il refuse de donner sa chance à Theodore. Ta famille, toi, et même Evander, vous l'avez rencontré de nombreuses fois, et vous savez que ce n'est pas quelqu'un de dévoyé.

— Certaines personnes cachent parfois leur véritable personnalité, Verity. Evander cherche à te protéger parce qu'il tient à toi.

— Et c'est ainsi qu'il manifeste son affection ? Nous avons évoqué plusieurs fois mes perspectives de mariage ensemble. Mais arrive un homme que je suis prête à épouser et il refuse tout net. Pourquoi ? Parce que Theodore est un enfant illégitime. S'il était né fils légitime du marquis de Whitmear, Evander se réjouirait, et toute la bonne société avec lui. Theodore aurait ainsi pu me faire ouvertement la cour.

— Sais-tu ce qu'être illégitime veut dire ? Te rends-tu compte de ce qui pourrait t'arriver ? Je connais une femme, qui s'appelle Marie Loquac. Elle…

— Je l'ai rencontrée, oui. Hathor m'a raconté l'histoire de la disgrâce de sa mère. Ce n'est pas avec cela que tu me feras peur, répondit Verity en se levant, furieuse et résolue. Nombreux seront ceux qui nous mépriseront. Beaucoup se moqueront de moi, d'autres me tourneront le dos, mais cela m'est égal. La vie mondaine ne m'a jamais attirée. Ceux qui railleront Theodore seront les mêmes qui fréquentaient Père. Je l'aime et je *l'épouserai*. Ma seule crainte est… d'y perdre un autre frère.

J'étais censée être sa tutrice, mais je ne sus quoi répondre. Sa détermination m'impressionnait beaucoup. M'étais-je opposée aussi farouchement à mon père afin d'épouser Evander ?

— Tout ce que je te demande, c'est de ne pas agir précipitamment, et de ne rien faire que tu pourrais regretter. Nous allons… réfléchir à tout ça, assurai-je.

Elle hocha la tête et se rassit.

— À tout à l'heure, pour le déjeuner, dis-je en quittant sa chambre.

Je trouvai Evander l'oreille contre la porte. Je refermai celle-ci prestement derrière moi, l'attrapai par le bras et l'entraînai dans le couloir.

— Peut-on savoir ce que tu fais ?

— J'étais venu voir si tu avais réussi à lui faire entendre raison. Mais tu as cédé et tu es partie, grommela-t-il.

— Que voulais-tu que je lui dise ?

— « Verity, c'est de la folie. Écoute ton frère », énonça-t-il avec une telle suffisance qu'il en était ridicule.

— Et tu crois qu'elle aurait accepté sans discuter ? demandai-je, incrédule.

Il soupira et se prit la tête entre les mains.

— Comment en sommes-nous arrivés là, Aphrodite ? Il y a quelques semaines à peine, quand on lui parlait amour et mariage, elle éclatait de rire. Aujourd'hui, elle perd la tête pour ce... cet individu. Elle ne va pas bien, j'en suis sûr. Elle se sent probablement seule, et il a profité de mon absence. Ta mère...

— Parce que c'est la faute de Maman, à présent ? l'interrompis-je sèchement. Lui reproches-tu aussi les moments où j'ai été seule avec toi ?

— Ce n'est pas la même chose, Aphrodite.

— Bien sûr que si ! Deux êtres qui le désirent trouveront toujours un moyen de se voir.

— Là, c'est moi qui commande, et je ne le permettrai pas. Jamais.

Il s'éloigna en fulminant.

Cette obstination hors du commun était un trait de caractère qu'il partageait avec ses frères et sa sœur. Je craignais fort que cela n'ait des conséquences irréversibles sur sa relation avec Verity.

28

Theodore

Son frère s'en était tenu à ce qu'il avait dit, et moi aussi. Il m'avait interdit de mettre un pied sur ses terres, et avait même donné mon signalement à ses domestiques. Plus aucune lettre de Verity ne me parvenait.

Chaque jour pendant six jours, je pris mon cheval, me rendis jusqu'à la limite de son domaine et attendis de l'aube au crépuscule. Cela servait-il à quelque chose ? Je n'en étais pas sûr, mais je le fis tout de même. Je m'étais préparé à ce combat et n'avais aucune intention de capituler. Néanmoins, chaque soir, je vivais mon retour à l'auberge de Mme Stoneshire comme un échec. Pour elle, en revanche, ma présence prolongée était une aubaine.

— Bonsoir, docteur Darrington, dit-elle en m'ouvrant la porte. Vous avez de la visite. Je le mets sur votre note.

Je soupirai.

— Est-ce encore Simon ? Ne pouvez-vous pas présenter la note au juge, pour une fois ?

— Et attirer sur mon établissement l'attention de la justice ? Sûrement pas. De toute façon, ce n'est pas Simon.

Je fronçai les sourcils.

— Qui est-ce, alors ?

Elle haussa les épaules, me fit un clin d'œil et retourna dans sa cuisine. Un mauvais pressentiment me poussa à monter les marches quatre à quatre. Devant ma porte, je repris mon souffle. Plutôt que de l'ouvrir, je me décidai à toquer.

— Tu gâches l'effet de surprise en me forçant à dire « Entrez ».

J'ouvris la porte.

Elle était là, dans ma petite chambre, plus belle que jamais en manteau sombre et gants assortis, le pendentif de ma mère autour du cou, les cheveux lâchés sur ses épaules.

— Verity, murmurai-je sans savoir comment réagir.

Je ne pouvais pas me trouver seul dans cette pièce avec elle.

— Theodore, dit-elle en souriant.

— Je suis profondément heureux de te voir, mais tu ne peux pas rester, dis-je sans m'avancer vers elle.

Son sourire disparut.

— Il fallait que je te voie. Evander m'a littéralement enfermée. Malheureusement pour lui, je connais depuis longtemps toutes les portes dérobées qui permettent de sortir sans attirer l'attention.

— En venant ici, tu ne fais qu'attiser sa colère.

Ce qui signifiait qu'il me faudrait batailler encore plus longtemps et plus âprement pour le faire céder.

Elle s'approcha.

— Je sais. Voilà pourquoi je suggère que nous fuyions ensemble.

En entendant cela, j'entrai précipitamment et refermai la porte.

— Verity...

Elle me serra dans ses bras et, l'espace d'un instant, je respirai son doux parfum. Elle m'avait terriblement manqué.

— Verity... Je croyais t'avoir pourtant dit qu'il ne fallait pas nous précipiter. Je suis prêt à attendre autant de temps qu'il le faudra.

— Il refuse d'entendre raison, souffla-t-elle en desserrant légèrement son étreinte.

— Tu savais qu'il en serait ainsi. Pourquoi tant d'impatience, maintenant ?

— Je déteste être enfermée, dit-elle, les yeux baissés. Il le sait et croit me consoler en me disant que je peux sortir me promener dans le domaine, mais seulement accompagnée de deux bonnes et d'un valet. On croirait une princesse et sa suite. Il est devenu fou.

— Il veut te protéger…

— Tu prends son parti ? répliqua-t-elle sur le ton du reproche.

— Bien sûr que non. Je suis toujours de ton côté, mais cela ne veut pas dire que je ne le comprends pas.

— Alors allons à Gretna Green, proposa-t-elle en souriant.

— Est-ce vraiment ce que tu souhaites ? Très bien. Allons-y, lançai-je en la prenant par la main.

— Attends !

Comme je l'escomptais, elle se dégagea.

— Ce n'est pas ce que tu souhaites, je le sais, dis-je. Tu veux la bénédiction de ton frère et ce n'est pas comme cela que nous l'obtiendrons. Tu dois rentrer chez toi.

L'air contrariée mais consciente du fait que c'était la seule solution, elle tendit la main vers la porte. Délicatement, je relevai la capuche de son manteau sur ses cheveux.

— Où est ton cheval ? Je vais te raccompagner.

— Je suis venue à pied.

Je la regardai, stupéfait, puis baissai les yeux et remarquai que l'ourlet de sa jupe était tout crotté.

— Quoi ? Seule ? En pleine nuit ? Tu…

— Si j'étais venue à cheval, quelqu'un m'aurait forcément vue ou entendue, murmura-t-elle. C'est un trajet que j'ai souvent fait par le passé.

De nouveau, je compatis avec son frère, brûlant d'envie de lui interdire de recommencer.

— Je vois que tu t'inquiètes, mais rester à la maison s'est souvent révélé plus dangereux encore pour moi, dit-elle.

— Tout de même. Promets-moi de ne plus jamais sortir après la nuit tombée.

Elle refusa de me répondre.

— Verity, insistai-je.

— Bon, très bien, je te le promets.

J'avais du mal à la croire, mais n'en dis rien et la raccompagnai. Une fois dans le couloir, je lâchai sa main. Mme Stoneshire avait beau ne pas avoir beaucoup de clients, nous n'étions pas à l'abri d'en croiser.

— Comment as-tu fait pour que Mme Stoneshire te laisse entrer ? demandai-je.

— Je l'ai payée, bien sûr, me répondit-elle avec un sourire.

— Bien sûr.

Nous étions encore dans le couloir lorsque quelqu'un parvint sur le palier. C'était son frère.

Nom de Dieu !

Si ses yeux avaient pu lancer des éclairs, il l'aurait fait. Il tordait ses gants au point de les déchirer.

— Je l'ai trouvée ici en rentrant et la ramenais chez vous, expliquai-je rapidement.

Les yeux rivés sur sa sœur, il s'écarta.

— Va dans la voiture, ordonna-t-il.

— Evander...

— Ne me pousse pas à bout, Verity, grogna-t-il. Monte immédiatement dans la voiture.

Elle leva vers moi un regard apeuré, mais je me contentai de faire un pas de côté pour la laisser passer.

— Je t'en prie, mon frère, ne lui fais pas de mal, murmura-t-elle.

Il refusa de la regarder, me fixant d'un air menaçant. Il attendit qu'elle ait descendu l'escalier avant de s'avancer. Je regagnai ma chambre en lui faisant signe de me suivre. Au moins verrait-il que tout y était en ordre.

— Docteur Darrington, vous allez faire vos bagages et quitter immédiatement cet endroit, ordonna-t-il en entrant.

— Vous pouvez m'interdire l'accès à votre domaine, mais pas à cette auberge, Votre Grâce.

Il fit un pas vers moi, la mâchoire crispée – pour s'empêcher de crier, ou pour s'empêcher de m'étrangler, je n'aurais su le dire.

— Que voulez-vous ?

— Je pensais avoir été clair. Je souhaite épouser…

— Vous voulez sa dot, c'est cela ? Si tel est le cas, je la déshériterai.

Cette fois, c'était à mon tour de lutter pour contenir ma rage.

— Je suis peut-être un bâtard, Votre Grâce, mais je ne suis pas pauvre. Même sans sa dot, j'ai suffisamment de bien pour nous deux.

— Sûrement pas en tant que médecin.

— Je vous l'ai dit, mon père est…

— Ah. C'est donc son argent que vous comptez empocher ?

— N'est-ce pas ce que vous faites, vous aussi ? Comme tous les aristocrates de ce pays ? Ne profitez-vous pas de l'argent accumulé par vos ancêtres ?

— Vous êtes exactement comme *lui*, ricana-t-il en secouant la tête. Ce que j'ai, je l'ai hérité…

— Tout comme moi. Ne croyez pas que mon frère ou mon père soient comme les vôtres. Je suis certes né hors mariage, mais mon père s'est occupé de moi et a subvenu à mes besoins de la même manière que pour mon frère.

— Vous dites cela aujourd'hui mais, un jour, votre père disparaîtra et vous verrez votre jeune frère – Alexander, je crois – hériter, et la jalousie…

— Une nouvelle fois, vous me confondez avec Fitzwilliam ! m'emportai-je. Ne considérez-vous donc les autres qu'à l'aune de votre propre famille et de votre propre expérience ?

— Supposons que vous ayez raison, rétorqua-t-il. Supposons que vous ayez les moyens de subvenir à tous vos besoins. Vous n'aurez jamais ce dont *elle* a besoin : un titre digne d'elle. Toutes les jeunes filles de son entourage deviendront des ladies. Elles paraîtront en société la tête haute. Tandis qu'à vos côtés, elle sera forcée de vivre tête baissée, dans la honte. Si vous teniez vraiment à elle, vous comprendriez cela et, dans son propre intérêt, vous la quitteriez.

— Je ne le peux.

— Alors vous...

— Je l'aime ! m'écriai-je. Et vous, qui avez fait irruption dans une salle de bal blessé par un coup de couteau, vous qui avez bravé la tempête malgré la fièvre, vous mieux que quiconque devriez comprendre que *je ne peux pas* renoncer à elle. Ne croyez-vous pas que j'ai déjà réfléchi à ce que vous venez de me dire ? Ne croyez-vous pas que j'ai déjà tenté de m'éloigner ? J'ai essayé. En vain. Ce faisant, j'ai compris que, par amour pour elle, j'étais prêt à mettre en péril ma vie, ma raison et même ma réputation, exactement comme vous. Rien de ce que vous pourrez dire ou faire ne me fera changer d'avis, Votre Grâce. Plus rien d'autre qu'elle ne compte à mes yeux, à présent.

Il me regarda un long moment puis fit demi-tour et sortit en claquant la porte.

Après son départ, je restai debout près du lit, les poings serrés, et tentai de me calmer.

De nouveau, je regrettai que mon désir d'épouser Verity provoque autant de chagrin et de complications. J'aurais aimé pouvoir lui donner le rang qu'elle méritait dans la bonne société, en même temps que mon cœur.

VERITY

— Te rends-tu compte de ce que tu as fait ? me demanda Evander en montant dans la voiture.

Je ne lui adressai pas même un regard.

— Verity !

— Crains-tu les commérages à mon sujet ? Par la faute de ton épouse, ils vont déjà bon train ! hurlai-je en retour.

— Laisse Aphrodite en dehors de cela.

— Pourquoi ? Parce qu'il s'agit de ta femme, que tu l'aimes et que tu veux la protéger ? Très bien. Dans ce cas, cesse de faire des reproches à Theodore. Il n'a rien fait de mal. Jamais. Il a essayé de m'éviter et c'est moi qui l'ai poursuivi, encore et encore. C'est moi qui ai profité de mon état de santé pour convaincre lady Monthermer de nous laisser seuls pour parler.

C'était également moi qui l'avais conduit jusqu'à ma chambre le soir du bal. Mais cela, je ne pouvais le lui dire.

— Qu'est-ce qui t'a pris, enfin ? cria-t-il.

— Combien de fois faudra-t-il que je te répète que je l'aime pour que tu me croies ?

Il soupira et ferma les yeux. Je crus qu'il s'était mis à compter tant il les garda fermés longtemps.

— Très bien, dit-il enfin. Je te crois.

— Dans ce cas, autorise-moi à l'épouser.

— Non.

Oh, comme j'aurais voulu le frapper !

— Bien. Je continuerai donc à le voir, malgré ton interdiction.

— Verity !

— Que comptes-tu faire ? M'enfermer dans ma chambre, comme...

— Ne dis pas cela, m'interrompit-il. Je ne te laisserai pas utiliser les maux du passé pour me faire culpabiliser et m'empêcher d'assurer ton avenir.

— S'il s'agit de mon avenir, j'aimerais avoir voix au chapitre.

— Ce n'est pas comme cela que fonctionne notre monde.

— Alors maudit soit notre monde !

— Tu es devenue folle.

— C'est toi qui me rends folle.

Je me tournai et regardai défiler le paysage. Ses refus me faisaient terriblement mal.

— Pourquoi ton amour est-il plus important que le mien ? demandai-je.

— Parce que le mien reste dans la limite des convenances.

— Alors repousse les limites !

— Qu'est-ce qu'il t'arrive, à la fin ? J'ai l'impression que la sœur que j'ai toujours connue a disparu, remplacée par une inconnue qui agit sans rime ni raison.

Je renonçai à poursuivre la conversation. Il ne comprenait pas, malgré toutes mes explications, et je sentais que jamais il ne céderait.

J'allais devoir choisir entre mon frère bien-aimé et l'homme de ma vie. Je posai la main sur le pendentif que Theodore m'avait donné. Ma peine était immense, mais je pris ma décision.

Je ne laisserais personne se mettre en travers de mon chemin.

J'irais voir Theodore et, cette fois, je ne repartirais plus.

29

Verity

— Ils étaient pourtant nombreux, ceux auxquels elle pouvait prétendre. Pourquoi l'avoir choisi, lui ? demanda une bonne en entrant dans la cuisine, un seau à la main. À sa place, j'aurais visé beaucoup plus haut.

— Oh, toi, Mary, tu pourras t'estimer heureuse si un homme te choisit. Avec une tête pareille…

Une fille de cuisine pouffa, tout en pétrissant de la pâte.

— Qu'est-ce qu'elle a, ma tête ? Elle n'est pas chauve, elle, au moins, espèce de…

— Ça suffit ! intervint Mme Cook, notre nouvelle cuisinière. Franchement, à vous entendre piailler comme des oies, on croirait que vous n'avez rien à faire. Mary, allez chercher le beurre que je vous ai demandé et Suzy, montez de l'eau chaude aux valets immédiatement.

Je les écoutai se chamailler encore un moment tandis qu'elles s'éloignaient puis sortis du cellier, relié par un passage secret à l'office. La cuisinière se retourna et me fixa d'un regard sévère. Mme Cook avait longtemps été femme de chambre à Everely, jusqu'à ce qu'Aphrodite apprenne qu'elle se débrouillait mieux que l'ancienne cuisinière et lui offre une promotion.

— Vous me mettez dans une situation difficile, lady Verity, dit-elle.

— Personne ne saura que vous avez été ma complice. Merci beaucoup, madame Cook, répondis-je en sortant par la porte de service.

En effet, à cette heure de la journée, il y avait très peu de domestiques dehors. Comme j'avais promis à Theodore de ne plus sortir seule une fois la nuit tombée, je m'enfuyais cette fois avant le coucher du soleil. Je savais qu'il tenterait de me renvoyer ou que mon frère viendrait immédiatement me chercher. Evander avait placé des gardes sur la plupart des chemins, mais le sentier qui passait par mon champ de véroniques n'était pas très connu. Et comme je l'avais annoncé clairement la veille dans la voiture, moi non plus je ne céderais pas.

— Ne vous avisez pas de pleuvoir ! lançai-je aux nuages qui plombaient l'horizon.

Je ramassai mes jupons, enjambai une flaque et me penchai en avant pour me glisser entre les traverses de la barrière.

On aurait pu me prendre pour un hors-la-loi, à me voir passer ainsi d'un arbre à l'autre afin d'échapper à la surveillance des gardes. Je marchai dix bonnes minutes avant d'être enfin certaine que plus personne ne rôdait dans les parages. Tout au long de ce ridicule périple, je ne cessai de me demander pourquoi je faisais tout cela.

— Pour être avec lui, me murmurai-je à moi-même.

— Toujours à marmonner, à ce que je vois.

Je me figeai. Devant moi, à quelques mètres, un panier de fleurs des champs à la main, se trouvait... Datura ? Même ici, en plein milieu des bois, elle était poudrée et portait ses perles. Je regardai autour de nous, mais elle était seule et nous étions encore sur le domaine d'Everely.

— Que faites-vous ici ?

— Je suis venue voir ton frère.

— Je suis sûre qu'il ne voudra pas vous recevoir. Vous feriez mieux de...

— Pourquoi n'es-tu pas venue à l'enterrement de Fitzwilliam ?

L'espace d'un instant, je repensai à sa mort et eus presque pitié d'elle. Presque seulement.

— Je ne le connaissais pas.

— C'était ton frère !

— Je ne le connaissais pas, répétai-je. Je ne connaissais de lui que le chagrin et la douleur qu'il laissait partout sur son passage et qui l'ont suivi jusque dans sa mort.

— Son assassinat ! Il a été *assassiné* et personne n'a cherché à lui rendre justice. Ton frère a élaboré les mensonges les plus immondes…

— Ce n'étaient pas des mensonges. Fitzwilliam était mauvais, mais je ne pense pas que c'était dans sa nature. Je crois que c'est vous qui avez fait de lui un homme méchant. Vous et Père l'avez abîmé, comme vous avez cherché à nous abîmer, tous. À présent, c'est terminé. Mon frère et moi ne vous laisserons plus jamais vous immiscer dans notre existence. Rentrez chez vous, Datura, et laissez-nous tranquilles. Vous n'êtes pas la bienvenue ici.

La tête haute, je la dépassai pour poursuivre mon chemin. Elle m'attrapa par le bras et me secoua – comme lorsque j'étais petite.

— Lâchez-moi ! hurlai-je en me dégageant. Je vous interdis de me toucher ! Je ne suis plus la gamine que vous tourmentiez autrefois et vous n'êtes plus la duchesse d'Everely. Si tant est que vous ayez mérité ce titre un jour. Vous êtes…

— Je suis quoi ? demanda-t-elle avec un sourire mauvais.

Je me tus et me rendis compte que j'étais sur le point de faire comme Evander en me moquant de ses origines roturières. On pouvait lui reprocher beaucoup de choses, mais pas sa naissance. Malgré cela, m'excuser était au-dessus de mes forces… et elle ne m'en laissa de toute façon pas l'occasion, car elle m'attrapa de nouveau par le bras.

— Lâchez-moi !

— Dis-le. Je suis quoi ?

— Je vous ordonne de me lâcher ! hurlai-je tandis que ses ongles mordaient ma peau.

— C'est votre faute à tous ! Vous avez tout saccagé. Ton frère…

De toutes mes forces, je lui donnai un coup de pied au tibia et la repoussai. Elle tomba en arrière et lâcha son panier de fleurs. Un pistolet de cavalerie s'en échappa.

Elle se rendait chez mon frère avec un pistolet ?

La sachant capable de tout, mon premier réflexe fut de chercher à attraper l'arme, mais elle fut plus rapide que moi.

— Datura ! Qu'allez-vous faire ?

— C'est vous, qui êtes cruels ! Pourtant, personne ne vous punit jamais, hurla-t-elle en brandissant le pistolet. Je destinais cette balle à ton frère, mais le mieux serait encore qu'il vive et souffre comme je souffre !

Sans réfléchir, je m'élançai pour me mettre à l'abri.

Pan !

La balle frôla mon bras avant de percuter un arbre, faisant voler son écorce en éclats. Le choc fut tel que je manquai de tomber. Je levai les yeux sur le tronc abîmé, puis me pris le bras, touché par des éclats de bois. La vue du sang me stupéfia tant que j'en oubliai de souffrir.

— Allez au diable, tous autant que vous êtes !

De toute évidence, la folie avait gagné Datura. Sans attendre, je me remis à courir aussi vite que mes jambes me le permettaient et priai pour qu'il lui faille du temps pour recharger son arme. En proie à la panique, toute à ma fuite, j'en oubliai le puits devant moi, dont la margelle était cassée depuis si longtemps qu'il était à présent quasi indétectable. Le sol se déroba soudain sous mes pieds et je tombai sans pouvoir me retenir à quoi que ce soit.

Sensation de vide, impression de traverser l'air jusqu'au choc, violent, qui me coupa le souffle.

— Aaaah ! lâchai-je en roulant sur le dos pour essayer de respirer.

Le visage de Datura ne tarda pas à apparaître en haut du puits. Une fois de plus, je redevins la petite fille seule dans l'obscurité, pétrifiée par la peur.

— Je t'avais bien dit d'être gentille ! Tu ne m'écoutes jamais, dit Datura. Cela t'apprendra.

Elle disparut et je secouai la tête pour recouvrer mes esprits. Lorsque je voulus me relever, une douleur fulgurante traversa ma cheville et mon bras.

— Je ne suis plus une enfant, murmurai-je en levant les yeux.

Le puits était trop profond, ses parois lisses m'interdisaient d'en tenter l'ascension et, de toute façon, mon état ne le permettait pas. Alors que la nuit tombait, ma panique s'intensifia.

— Au secours ! hurlai-je. À l'aide !

THEODORE

Encore une journée passée à attendre en vain. Sans surprise. Pourtant, en regardant le soleil se coucher derrière Everely House, j'eus un mauvais pressentiment et ne pus me résoudre à partir.

— Peut-on savoir jusqu'à quand vous comptez nous harceler de la sorte ?

La voix venait des bois, sur ma droite. Le duc apparut sur son cheval et, presque aussitôt, deux chasseurs à pied émergèrent des fourrés, l'un portant son fusil, l'autre son gibier – des lièvres. Un bon nombre de lièvres, à vrai dire. Cela expliquait le coup de feu qu'il me semblait avoir entendu.

— C'est à vous de me le dire, rétorquai-je.

Visiblement mécontent, il tira sur les rênes de son cheval.

— Faites bien attention à ne pas vous rendre coupable de violation de propriété. Il serait dommage que l'on vous confonde avec un lièvre.

— Étant donné ma taille, il faudrait que le tireur soit un aveugle ou un assassin, répondis-je.

Il allait rebrousser chemin lorsque nous entendîmes le galop d'un cheval venant de Everely House. Quelques secondes plus tard, Aphrodite apparut et s'arrêta, apparemment surprise de nous trouver là.

— Aphrodite, ma chérie, que se passe-t-il ? Où vas-tu à pareille allure ?

Sans répondre, elle se tourna vers moi.

— N'est-elle pas avec vous ?

— Qui ?

En posant la question, je compris qu'il ne pouvait s'agir que d'une seule personne.

— Verity ? Encore !? s'exclama le duc.

— Je viens de remarquer son absence. Elle était avec moi il y a moins d'une heure et les bonnes avaient pour consigne de surveiller sa porte. Nous l'avons cherchée partout, mais elle n'est plus dans la maison.

Sans plus attendre, j'éperonnai mon cheval et partis à toute allure en direction du village. Quelle entêtée ! À quoi ses rébellions servaient-elles ? S'appliquait-elle donc à provoquer son frère ? La veille, je m'étais bien rendu compte qu'elle n'avait aucune intention de tenir sa promesse. Sans doute même m'assurerait-elle au contraire qu'elle l'avait tenue puisqu'elle était partie avant la nuit tombée.

Arrivé à l'auberge, je me jetai à bas de mon cheval et me précipitai à l'intérieur.

— Bonsoir, monsieur Darrington.

— Vous ne devez plus la laisser entrer dans ma chambre, criai-je à Mme Stoneshire en me ruant dans l'escalier.

— Qui ça ? Je n'ai laissé monter personne.

Je me figeai.

— Comment ?

— Eh bien quoi ? Que se passe-t-il ? demanda l'aubergiste.

En bas, les portes s'ouvrirent brusquement et le duc, fou de rage, fit son entrée.

— Où est-elle ?

— Mais de qui parlez-vous, à la fin ? s'impatienta Mme Stoneshire, les mains plantées sur les hanches.

— Ne jouez pas au plus malin avec moi. Où est-elle ? répéta le duc.

— Figurez-vous, Votre Grâce, que la seule femme qui soit ici aujourd'hui, c'est moi.

Il me jeta un regard furieux et je secouai la tête.

— Si elle n'est pas ici, où peut-elle bien être ? m'interrogeai-je, perplexe.

À pied, il nc fallait sûrement pas plus d'une heure pour venir du domaine. Mais comment savoir quand elle était partie ?

Le duc, comprenant cela en même temps que moi, ressortit en courant. Je lui emboîtai le pas.

— Ceci n'est pas votre affaire ! me cria-t-il en se hissant sur sa monture.

— C'est à moi d'en juger ! rétorquai-je en enfourchant mon cheval à mon tour.

— Je vous interdis de…

— Le moment est-il opportun pour vous inquiéter de ce que je vais faire ? Retrouvons Verity d'abord ; vous aurez tout loisir de m'aboyer dessus ensuite.

Je partis au galop et tentai de me convaincre qu'elle se promenait quelque part, qu'il ne lui était rien arrivé. Que tout irait bien.

Pourtant mon mauvais pressentiment s'intensifiait.

EVANDER

Des heures !

Cela faisait des heures que nous la cherchions.

Pourtant, je n'avais toujours pas retrouvé ma sœur. Pour ne rien arranger, la nuit était tombée et je savais l'effet dévastateur que cela aurait sur elle. Maudit soit ce fichu docteur ! Tout était sa faute. S'il était parti lorsque je le lui avais demandé, s'il l'avait laissée tranquille, elle ne se serait jamais perdue.

Perdue ?

Non, impossible. Ma sœur ne pouvait pas s'être perdue.

— Verity ! hurlai-je.

Une battue avait été organisée à travers le domaine et tous les hommes avaient été équipés de torches, mais elle restait introuvable.

— Verity !

— Votre Grâce ! appela un valet qui arrivait en courant.

— L'avez-vous trouvée ?

Il secoua la tête, mais m'indiqua un point derrière moi.

— Le docteur vous appelle. Je crois qu'il a trouvé quelque chose.

— Conduisez-moi jusqu'à lui, dis-je en faisant de mon mieux pour maîtriser la colère qui me gagnait chaque fois qu'il était fait mention de cet individu.

— Par ici, Votre Grâce.

Il ne nous fallut pas plus de deux ou trois minutes pour rejoindre le Dr Darrington. Celui-ci était à genoux sur le sol.

— Qu'y a-t-il ? lui lançai-je.

Il se releva et il me sembla qu'il serrait quelque chose dans son poing.

— Avez-vous chassé par ici, Votre Grâce ?

— Quoi ?

— Avez-vous chassé par ici ? hurla-t-il.

— Non ! Mais quelle importance ? Je n'ai pas le temps de...

Il ouvrit le poing et me montra l'objet. On aurait dit un collier qu'il me semblait avoir vu au cou de Verity.

— Elle est passée par ici ? m'étonnai-je en jetant un coup d'œil à la ronde comme si je m'attendais à la voir apparaître.

— Elle n'était pas seule, dit-il en approchant sa torche d'un arbre dont l'écorce semblait avoir été arrachée, et au pied duquel se trouvait une balle de pistolet.

Ce n'est que lorsqu'il abaissa sa torche que je vis le sang.

— Quelqu'un a tiré un coup de feu ici, Votre Grâce. Si ce n'est pas vous, qui cela peut-il bien être ?

Je l'avais entendu, mais accepter ce que cela signifiait était au-dessus de mes forces. Nous étions sur mes terres et, en dehors d'Aphrodite, qui ne pratiquait pas la chasse, personne d'autre n'aurait osé tirer. Sauf des braconniers, peut-être ? Non, ils n'auraient jamais pris le risque de se faire repérer de la sorte.

— Nous devons absolument la retrouver, Votre Grâce. Demandez à vos hommes de ratisser cet endroit. Elle y vient souvent.

Je ne pouvais détacher mes yeux du sang.

— Et si elle était…

— Cette balle n'a pas pu être mortelle, mais quelqu'un a bien été blessé et cela ne peut être qu'elle.

Je me tournai vers le valet qui m'avait amené jusqu'ici.

— Allez chercher tout le monde, vite !

— Bien, Votre Grâce !

Le Dr Darrington serra contre lui le collier de Verity comme s'il s'agissait de son propre cœur et se mit en marche, le regard dans le vide.

— Votre cheval ! lui rappelai-je.

J'eus l'impression qu'il ne m'entendait pas. Il poursuivit son chemin entre les arbres et manqua de tomber, le pauvre imbécile.

— Si vous vous cassez quelque chose, vous ne la retrouverez pas, lançai-je en le rattrapant.

— Chut ! m'intima-t-il en levant une main.

— Qu'est-ce…

Chut ! Descendez de cheval, vous faites trop de bruit.

Comment osait-il s'adresser à moi de la sorte ? Je faillis le rappeler à l'ordre, puis me ravisai et mis pied à terre en prenant soin de ne pas lâcher ma torche.

Le docteur repartit, aux aguets, puis changea brusquement de direction. Sa concentration et son inquiétude étaient flagrantes. Tout à coup, il s'arrêta et se tourna vers moi.

— Vous entendez ?

Je tendis l'oreille.

— Entendre quoi ?

Il tournait sur lui-même en scrutant l'obscurité et j'eus le sentiment que le chagrin lui avait fait perdre la raison.

— Verity ! cria-t-il.

Seul le silence lui répondit.

— Attendons les hommes. Nous chercherons...

— Chut !

Cette fois, j'étais prêt à en découdre. Je ne supportais plus son attitude.

Ce fut alors que je l'entendis.

— Theodore !

Je fis volte-face. C'était la voix de Verity !

Dieu merci, elle était en vie.

— Verity ! hurla-t-il en se mettant à courir. Verity, où êtes-vous ?

— Ici ! Par ici !

Je suivis le docteur et il me sembla que nous nous rapprochions, mais Verity restait invisible.

— Verity ? appelai-je, le cœur battant à tout rompre.

— Verity, nous sommes là, tout près. Où êtes-vous ? demanda le Dr Darrington.

— Dans le puits !

— Par ici ! me dit le docteur en se mettant à courir dans une direction précise.

Comment faisait-il, dans cette obscurité ?

— Verity, êtes-vous là ? cria-t-il en atteignant l'emplacement du puits.

J'accourus et m'agenouillai sur les débris de la margelle pour éclairer le trou. À la lueur de la flamme, je la vis enfin. Verity nous regardait. Une soudaine quinte de toux la secoua, elle murmura quelque chose et ferma les yeux.

La panique nous fit hurler de concert.

— Verity !

— Il faut que je descende, dit Theodore, qui avait déjà passé une jambe dans le trou.

Je le retins.

— Vous êtes fou ? Ce puits est profond d'au moins six mètres ! Avec une corde…

— Et comment fera-t-elle pour attraper cette corde, si elle a perdu connaissance ? rétorqua-t-il en se dégageant.

— Et comment ferons-nous pour la soigner si vous vous blessez, vous aussi ? Réfléchissez un peu ! Il faut que quelqu'un d'autre descende.

— Je ne la laisserai pas dans l'obscurité, *seule* au fond de ce trou une seconde de plus ! répondit-il.

Et il entreprit de descendre dans le puits.

Stupéfait, je le regardai manquer de se rompre les os quand il finit par sauter. Malgré cela, il rampa jusqu'à elle.

Force était de reconnaître que son attitude concordait avec ce qu'il m'avait affirmé :

« Rien de ce que vous pourrez dire ou faire ne me fera changer d'avis, Votre Grâce. Plus rien d'autre qu'elle ne compte à mes yeux, à présent. »

— Votre Grâce !

Je fis volte-face. Les gardes forestiers nous avaient enfin retrouvés.

— Vite ! Il nous faut une corde, ordonnai-je avant de me pencher sur le puits. Est-ce qu'elle va bien ? demandai-je au Dr Darrington.

— Non, elle est au fond d'un foutu puits ! répliqua-t-il, acerbe.

Bon Dieu, je détestais cet homme.

— Mais ses blessures sont superficielles, ajouta-t-il.

— Tenez bon ! Nous allons la sortir de là, lui répondis-je. Et vous aussi, hélas, ajoutai-je à mi-voix.

30

Theodore

— Ne t'inquiète pas, murmurai-je en examinant Verity. Tout va bien.

Je n'y voyais pas grand-chose mais, pour autant que je puisse le constater, elle ne souffrait que d'une vilaine estafilade au bras, d'une cheville tordue et de diverses écorchures dues à sa chute. Je ne pourrais relever d'autres éventuelles blessures qu'une fois que nous serions sortis de là.

— Verity, mon amour, ouvre les yeux, dis-je en lui caressant le visage. Tout va bien, je suis là.

Elle grimaça.

— Theodore ?

— Oui ! C'est moi. Allez, ouvre les yeux.

— J'ai mal à la tête. J'ai mal partout.

Elle voulut porter sa main à son front, mais la douleur arrêta son geste.

— Où as-tu le plus mal ? demandai-je en lui soutenant la tête.

Pour toute réponse, elle poussa un gémissement et perdit de nouveau connaissance.

— Voilà la corde ! hurla Evander en la jetant dans le puits. Pouvez-vous la lui passer autour de la taille ?

— Elle est à demi évanouie. Vous allez devoir nous remonter en même temps, dis-je en attrapant la corde et en tirant un bon coup dessus. Est-ce assez solide pour nous deux ?

— Oui !

Je pris Verity contre moi, passai son bras valide par-dessus mes épaules puis nouai la corde autour de nous avant de l'enrouler autour de mon bras libre.

— C'est bon ! dis-je en la tenant fermement.

— Allez-y ! Tirez ! cria Evander.

— Theodore..., gémit Verity tandis que notre ascension commençait.

— Tout va bien, ils vont nous sortir de là.

Je serrai les dents. La corde mordait ma peau, sa brûlure se faisait de plus en plus intense.

— Allez, tirez ! cria encore Evander.

J'entendais les hommes et les chevaux souffler sous l'effort. Mon bras était en feu, mais je ne pouvais pas lâcher ; nous n'en étions qu'à la moitié de la montée.

— Tirez !

Lorsque nous atteignîmes enfin le haut du puits, je ne sentais plus mon bras.

— Verity ! Verity, réveille-toi ! supplia son frère en nous faisant passer par-dessus les débris de margelle.

— Approchez votre torche, que je la voie, dis-je en me redressant et en repoussant les gardes.

Comme je l'avais supposé, elle n'avait pas de blessure à la tête, mais tant qu'elle n'aurait pas eu de propos cohérents, je ne pouvais être sûr de rien.

— Verity, faites-moi plaisir, réveillez-vous, suppliai-je, revenant au vouvoiement parce que nous n'étions plus seuls.

Elle ouvrit les yeux, fut éblouie par la lumière et les referma.

— Que s'est-il passé ? demandai-je.

— Je voulais vous rejoindre, et...

— Je savais bien que c'était votre faute, grogna son frère.

Comme si c'était le moment.

Verity ouvrit de grands yeux, regarda Evander et lui saisit le bras.

— Datura !

— Quoi ?

— Elle... elle avait un pistolet ! Elle te cherchait ! Elle était en route pour la maison...

— Aphrodite ! lâcha-t-il, épouvanté, en se tournant vers le manoir.

Vu ce que son fils avait fait, et compte tenu de son état mental instable, Dieu seul savait jusqu'où Datura était capable d'aller. La folie était un maître puissant.

— Allez-y ! dis-je à Evander. Je reste avec elle. Si tout le monde est sorti pour la battue, la maison ne doit plus être aussi bien gardée.

— Vas-y, Evander. Je vais bien, renchérit Verity en se redressant.

Il acquiesça.

— Vous trois, avec moi ! hurla-t-il à ses hommes en enfourchant son cheval.

— Non, tu ne vas pas bien, dis-je en me retournant vers Verity pour l'aider à s'asseoir.

— Si, car tu es là. Je savais que tu me retrouverais.

Malgré la pénombre, je devinais son sourire rayonnant. Cette joie était inconcevable, dans son état !

— Pourquoi crois-tu que je t'avais fait promettre de ne pas sortir seule, Verity ?

— Je t'en prie, ne me fais pas de reproches. J'ai été suffisamment punie comme cela, murmura-t-elle.

Je me tus, car elle avait raison. D'ailleurs, sa seule présence avait apaisé mon affolement et je ne ressentais plus que de la colère à présent. Envers elle, sa belle-mère, et moi-même.

Délicatement, je lui pris la main et y déposai un baiser. Il était impossible de dire pour le moment si sa chute aurait des séquelles, mais au moins était-elle consciente et avait-elle des propos cohérents. Je n'osais imaginer ce qui se serait produit si le puits avait été plus profond.

— J'ai cru mourir d'angoisse, lui avouai-je.

— Moi aussi, dit-elle. Datura... elle a essayé de me tuer. Elle semblait prête à tout. Il faut que nous rentrions, qui sait ce qu'elle va faire ?

— Tu ne tiens pas sur tes jambes, Verity.

Elle essaya de se lever, mais retomba dans mes bras. Sans se décourager, elle tenta de nouveau de se mettre debout, en s'agrippant à moi cette fois.

— C'est ma famille, Theodore ! S'il te plaît, je dois aller voir ce qui se passe. Je... je n'étais pas là pour Fitzwilliam, mais...

— Calme-toi. Nous allons y aller.

Je passai un bras autour de sa taille et elle s'appuya sur moi puis boitilla jusqu'à mon cheval. En saisissant les rênes, je ne pus retenir une grimace.

— Mais... tu es blessé ! s'écria-t-elle en me prenant le bras.

— Ce n'est rien. Tout va bien.

— Non, tout ne va pas bien, dit-elle en imitant mes paroles et mon air sévère.

— J'ai quelques éraflures à la main, rien de plus.

Pour lui montrer que je disais vrai, je me mis en selle, faisant fi de la douleur, avant de la hisser devant moi.

— Es-tu bien installée, comme cela ?

J'attendis qu'elle hoche la tête pour mettre mon cheval en route. Son doux parfum m'enveloppa. J'étais sûr qu'elle sentait mon cœur battre contre son dos. J'aurais voulu la tenir ainsi contre moi pour toujours. Je me pris à espérer que je ne la conduisais pas vers de plus grands dangers.

— J'ai la nette impression qu'avec toi la vie ne sera jamais monotone, soufflai-je.

— Qui voudrait d'une vie monotone ? répondit-elle en riant.

À notre arrivée, la duchesse se tenait devant la maison, la petite Emeline dans les bras, entourée de quelques bonnes.

— Aphrodite ! appela Verity alors que nous nous approchions. Que se passe-t-il ?

— Elle est entrée… J'ignore comment mais, maintenant, elle refuse de partir. Evander dit qu'elle menace de se tuer.

Je mis aussitôt pied à terre.

— Je reviens ! lançai-je à Verity en me précipitant à l'intérieur.

Il me suffit de suivre le regard des domestiques pour comprendre que tout se passait à l'étage. Je montai les marches quatre à quatre et manquai de glisser en atteignant le palier. Dans le couloir s'était formé un attroupement. Evander se tenait derrière son majordome sur le seuil d'un salon.

— Laissez-moi passer ! exigeai-je.

Je me frayai un passage entre les domestiques et aperçus enfin la femme. Assise sur une chaise, un pistolet pointé sur sa tempe, elle pleurait et tenait des propos inintelligibles.

— Depuis quand est-elle ainsi ? demandai-je discrètement à Evander, qui l'incendiait du regard.

— Depuis mon arrivée. Elle menace de tirer si nous entrons. Je serais presque tenté de la laisser faire.

— Ce ne serait pas une bonne idée, dis-je en la regardant.

Elle semblait prête à tout, exactement comme Verity me l'avait dit.

— Madame…

— Restez où vous êtes !

— D'accord ! répondis-je, les mains levées. Regardez, je ne bouge pas.

— Ce sont eux les méchants ! hurla-t-elle en tremblant de la tête aux pieds. Ils m'ont tout pris. Ils m'ont pris mon fils, mon bébé…

À côté de moi, Evander ricana. Il était sur le point de dire quelque chose, mais je l'en empêchai d'un geste. Le moment était mal choisi pour débattre de qui avait tort ou raison. En parlant, il ne ferait qu'attiser sa folie.

— N'avez-vous pas un autre fils, madame ? demandai-je doucement, me souvenant d'une conversation avec Verity.

Gabrien, c'est cela ? J'ai entendu parler de lui. On rapporte que c'est un enfant très gentil qui aimerait parcourir le monde un jour comme officier de marine. Que va-t-il devenir ? Ne compte-t-il pas pour vous ?

— Bien sûr qu'il compte ! répliqua-t-elle en me regardant enfin.

— Alors pourquoi faire une chose pareille et qui plus est dans la maison familiale ? Voulez-vous le tourmenter à jamais ?

— Non, ce sont eux qui nous tourmentent ! Lui et sa sœur, dit-elle en pointant Evander d'un doigt accusateur. Ils refusent de nous laisser en paix et nous ridiculisent sans arrêt ! Toujours à...

— Gabrien sera exposé à bien d'autres moqueries si vous tirez, l'interrompis-je en faisant un pas vers elle. On s'est moqué de ma mère, aussi. On est allé jusqu'à l'insulter. Comme vous, elle a été profondément blessée par la façon dont les grands de ce monde l'ont traitée, ajoutai-je en faisant un autre pas. Alors elle a... elle a fait ce que vous voulez faire aujourd'hui. Savez-vous qui a été réellement anéanti par ce geste ? Moi. Le monde a continué à tourner et j'ai été le seul à me souvenir d'elle. Plus tard, c'est moi qu'on a insulté à sa place. Ce n'est pas ce qu'elle aurait voulu, j'en suis sûr. Est-ce là ce que vous souhaitez pour Gabrien ?

— Les gens lui reprochent déjà les travers de Fitzwilliam, gronda-t-elle.

— Pensez-vous qu'ajouter de l'eau à leur moulin améliorera la situation ?

— Je veux... Je voulais seulement avoir les mêmes choses qu'eux. Qu'y a-t-il de mal à cela ?

Je continuai à avancer et tendis la main.

— Ce n'est pas avec une arme que vous obtiendrez une réponse. S'il vous plaît, donnez-moi votre pistolet.

J'étais devant elle à présent. Elle leva les yeux et déposa l'arme dans ma main.

— Sortez de chez moi immédiatement ! hurla aussitôt Evander.

En quelques secondes, elle fut saisie par des valets et arrachée à sa chaise.

Je tentai de m'interposer.

— Vous allez aggraver son état…

— Je m'en moque !

Comme les serviteurs quittaient la pièce, elle poussa un cri déchirant.

— Elle est visiblement en proie à…

— Elle a tiré sur ma sœur ! La femme que vous prétendez *aimer*, vous vous souvenez ? Et vous avez pitié d'elle parce qu'elle est folle ? Elle a fait souffrir les autres et, maintenant, vous voudriez que nous fassions preuve de compassion envers elle ? Je ne suis pas d'accord ! cracha-t-il avant de quitter la pièce à son tour.

Il n'avait pas complètement tort. Elle aurait pu tuer quelqu'un, et pas n'importe qui – Verity. Cela me mettait hors de moi mais, en regardant l'arme que j'avais entre les mains, je pensai à ma mère et éprouvai du soulagement. Grâce à moi, Gabrien ne connaîtrait pas l'horreur d'une telle tragédie.

Hélas, mon geste allait peut-être me coûter la main de Verity.

VERITY

Sur le perron, Evander réconforta Aphrodite et Emeline. Il les embrassa, puis les renvoya à l'intérieur. Il voulut faire de même avec moi, mais je n'arrivais pas à quitter Datura des yeux.

Elle hurlait sa fureur tandis que les valets l'entraînaient au loin pour l'expulser de notre domaine.

— Vous avez tué votre frère ! Vous tous ! Tout est votre faute…

Je n'y tins plus.

— Quand assumerez-vous vos propres actes ? lui lançai-je avec un mélange de colère et de pitié. C'est vous qui êtes responsable de tout ce qui est arrivé.

— Ce regard, éructa-t-elle, frémissante de rage. Comme j'ai détesté ton visage... À la minute où je t'ai vue, j'ai compris qu'en grandissant tu serais le portrait craché de ta mère. Elle était morte et, pourtant, à travers toi elle semblait vivre encore.

— Emmenez-la immédiatement ! ordonna Evander, aussi ébranlé que moi.

— Lâchez-moi ! cria-t-elle. Assassins ! Criminels ! Vous tous êtes mauvais !

— Vous devriez rentrer, me dit Theodore.

Sans me laisser le temps de protester, il me prit dans ses bras et me porta à l'intérieur, malgré ses propres blessures.

Tous les valets, et même mon frère, s'écartèrent pour le laisser passer. Je compris alors que tout le monde était en état de choc.

— Verity, tu es blessée, dit Aphrodite en approchant, Emeline toujours dans ses bras.

— Je vais bien...

— Non, Votre Grâce, elle ne va pas bien, m'interrompit Theodore. Il faut l'amener dans sa chambre. Je vais avoir besoin de linges et d'eau propre, de serviettes et d'un bandage pour la blessure de son bras. Il faut aussi qu'elle s'alimente, cela fait des heures qu'elle n'a rien mangé...

— Je m'occupe de faire monter tout cela dans sa chambre. Eleanor, accompagnez le Dr Darrington. Je vais coucher Emeline et appeler les bonnes.

Je regardai Theodore et posai la tête sur son épaule. Il refusait de me lâcher.

Dans le puits, je l'avais appelé jusqu'à en perdre la voix. Même au bord de l'épuisement, j'étais convaincue que, si je continuais à l'appeler, il viendrait. En entendant enfin sa voix, tout mon être s'était détendu, submergé par un sentiment de paix.

Je crus fermer les yeux un court instant mais, lorsque je les rouvris, j'étais déjà dans mon lit.

— Verity ?

— Hum ?

Il était penché sur moi. Je voulus me redresser, mais il m'en empêcha gentiment. Puis, il m'aida à avaler quelques cuillerées de soupe en me soutenant la tête et ne me laissa parler qu'une fois l'assiette presque vide.

— Suis-je gravement blessée ? demandai-je en me léchant les lèvres.

— Quelle que soit la gravité de vos blessures, je vous guérirai.

— Et les vôtres ?

— Je m'en occuperai lorsque j'en aurai terminé avec vous. Fermez les yeux. Vous êtes fatiguée, je le vois bien, murmura-t-il.

J'acquiesçai, puis me souvins de mon frère.

— Evander va vous jeter dehors.

D'ailleurs, après une telle journée, Evander ne me laisserait sans doute plus jamais sortir de la maison.

— Il n'en fera rien, dit Aphrodite, assise de l'autre côté du lit. Je te promets que Theodore sera encore là quand tu te réveilleras. Repose-toi.

Pouvais-je la croire ?

Theodore hocha la tête quand je me tournai vers lui, comme pour me confirmer que je pouvais. Soulagée, je m'abandonnai au sommeil.

Aphrodite

Evander était assis dans notre chambre, la tête entre les mains. Lentement, je m'approchai et m'agenouillai devant lui, les mains sur ses genoux.

— Une nouvelle fois, je comprends pourquoi ton père a commencé par me refuser ta main, soupira-t-il en levant vers moi des yeux rougis non par la colère mais par le chagrin. Tout cela est de la folie pure. D'abord Fitzwilliam et maintenant Datura ? Je me demande bien comment elle a pu pénétrer dans le domaine.

— Verity m'a dit qu'il y avait un passage secret dans les cuisines. C'est celui qu'elle emprunte pour sortir sans être vue.

Il eut un geste d'impuissance et secoua la tête.

— Je voulais que nos vies ne soient que bonheur, murmura-t-il, abattu. Je voulais que nos journées soient pleines de rires, de longues promenades dans les champs fleuris et de moments inoubliables. Je voulais qu'Everely soit le havre de paix et d'harmonie dont j'avais toujours rêvé pour ma famille. Au lieu de cela, notre vie n'est qu'une succession d'incidents. S'il s'était agi de ta famille...

— *C'est* ma famille, l'interrompis-je en lui prenant la main. *Je suis* une Eagleman. Vous êtes ma famille, cette maison est la mienne et, quoi qu'il arrive, je sais que nous ferons de cet endroit un paradis.

Il prit mes mains et les embrassa.

— Pardonne-moi. Les débuts de notre mariage sont décidément bien tumultueux.

Je lui retournai ses baisers en souriant.

— Il n'y a rien à pardonner. En revanche... tu dois faire quelque chose pour Verity, Evander.

— Dès qu'elle se réveillera, je monterai la sermonner. Elle n'a pas fini de m'entendre, crois-moi.

— Je ne parle pas de cela, mais de sa réputation.

— Sa réputation ?

— Evander, dans tout le village – pour ne pas dire tout le comté –, on ne parlera bientôt plus que d'elle et du Dr Darrington. Les gens ne sont pas idiots. Au début, il était le bienvenu ici, ensuite il n'avait plus le droit de mettre les pieds au domaine, enfin Verity a été vue à l'auberge. Ajoute à cela le fait qu'il l'a portée dans ses bras jusqu'au manoir...

— Elle ne pouvait pas marcher...

— Là n'est pas la question. Que dira-t-on d'une jeune femme de bonne famille qui passe tant de temps auprès d'un homme dont elle n'est pas l'épouse ? Le scandale qui est sur le point d'éclater la poursuivra jusqu'à la fin de ses jours.

— Où veux-tu en venir ?

— À la question suivante : les origines du Dr Darrington sont-elles si importantes pour toi que tu es prêt à laisser ta sœur essuyer l'opprobre général ?

— On se moquera d'elle si elle l'épouse.

— Au moins vivra-t-elle avec l'homme qu'elle aime et qui l'aime en retour. Reconnais qu'ils se regardent de la même manière que nous, avec amour. N'est-ce pas ce que tu lui souhaites ? D'être aimée ?

Il ferma les yeux et courba l'échine.

— Je vois bien tout cela, mais j'ai du mal à l'accepter. Et si nous n'avions vu que les bons côtés du Dr Darrington ? Et si j'accepte ce mariage et que le docteur s'avère être aussi mauvais que Fitzwilliam ?

— Oublie Fitzwilliam, mon amour. Il n'est plus de ce monde. Regarde le Dr Darrington et vois-le tel qu'il est. Tu dois laisser de côté son statut social et te poser exactement les mêmes questions qu'avec un autre prétendant.

— Je sais que c'est un homme tendre, puisqu'il nous a demandé d'être indulgents envers Datura malgré tout ce qu'elle a fait et dont il a été le témoin.

— L'indulgence envers ses ennemis est un trait de caractère qui s'apparente au divin ; tu peux difficilement le lui reprocher.

— Nous ne vivons pas dans un monde idéal. Ici, les hommes doivent protéger les femmes et je ne pense pas qu'il en soit capable.

— N'a-t-il pas sauté dans le puits pour Verity ? Je pense au contraire qu'il prendra admirablement bien soin d'elle.

Evander se renfrogna tel un enfant.

— Pourquoi diable ne cesses-tu de les défendre ?

— Avec mon prénom, que puis-je faire sinon défendre l'amour ?

— Et, bien sûr, tu choisis précisément ce moment pour t'en souvenir, dit-il d'un air faussement agacé.

Puis il éclata de rire et me prit dans ses bras.

31

Theodore

Verity avait dû m'entendre arriver, car elle referma brusquement son journal intime. Comme toujours.

— « Double, double, peine et trouble ! Feu, brûle ; et, chaudron, bouillonne » ? ironisai-je.

Elle me dévisagea, bouche bée. La duchesse, assise au bord du lit de Verity, nous regarda l'un après l'autre.

— *Macbeth* ? Pour quelle raison citez-vous cela ?

— Ce n'est rien, répondit Verity. Il me taquine.

Je baissai la tête pour masquer mon sourire.

— Je vois. Bien, je vous laisse faire votre travail, docteur Darrington, dit la duchesse en se levant.

— Merci, Votre Grâce, et merci pour la chambre aussi. Je vous prie de m'excuser pour le dérangement.

— Il y a bien trop de chambres dans cette maison pour que cela me dérange. Si ce changement a dérangé quelqu'un, c'est sans doute cette pauvre Mme Stoneshire, fit la duchesse avec un petit rire. Quand j'ai envoyé chercher vos affaires, elle a failli fondre en larmes.

— Vous avez fait venir ses affaires ici ? demanda Verity en se redressant, pleine d'espoir. Cela veut il dire que…

— Il a été blessé en volant à ton secours, Verity. Il aurait été tout à fait impoli de notre part de le renvoyer à l'auberge.

Je vis Verity retomber lentement sur ses oreillers, l'air abattu.

— Comment va votre bras ? demandai-je en m'asseyant au bord du lit.

— Bien. Et le vôtre ?

— Il est encore douloureux, dis-je en me penchant pour l'examiner.

Les derniers événements ne remontaient qu'à quelques heures. Je fus néanmoins soulagé de constater que la blessure ne s'était pas infectée bien qu'elle ait été exposée à l'air libre pendant un long moment.

— Est-il bien raisonnable que vous vous soigniez vous-même ? s'enquit-elle tandis que je refaisais son pansement.

— Est-il bien raisonnable que vous vous rendiez seule en ville à n'importe quelle heure ? répondis-je.

Cela sembla la contrarier.

— Evander m'a déjà fait la leçon. Mes oreilles en sifflent encore et voilà que vous vous y mettez, vous aussi.

— Quoi qu'il ait dit, il avait raison.

— Vous ne devriez pas prendre son parti.

— Pourquoi ?

— Parce qu'il est contre nous.

— Il est *contre moi*, et non contre vous. Or, être pour vous, c'est un peu être pour moi.

— Mais être contre vous, c'est être contre moi. Tout bien considéré, il est donc contre nous.

Elle soutint mon regard, l'air buté. Une nouvelle fois, je me retins de sourire et me concentrai sur sa cheville, posée sur un coussin. Je la palpai de ma main valide, ce qui la fit grimacer.

— C'est bien ce que je pensais. Elle n'est pas cassée mais foulée. Il va falloir l'envelopper dans des serviettes froides pendant vingt minutes toutes les trois heures, et cela pendant un ou deux jours.

— Eleanor va s'en occuper, dit la duchesse.

— La prochaine fois, c'est moi qui volerai à votre secours, déclara Verity avec le plus grand sérieux. Cela fait déjà deux fois que je joue les damoiselles en détresse.

— Deux fois ? manqua de s'étrangler la duchesse.

— Oui. À Londres, il s'est porté à mon secours quand je suis tombée de cheval. Encore un accident et on me croira tout droit sortie d'une légende médiévale. La prochaine fois, je serai votre héroïne, je vous le promets, dit-elle en me regardant.

— Ne serait-il pas possible d'éviter une « prochaine fois », tout simplement ?

La perspective d'autres épisodes aussi dramatiques que rocambolesques ne me séduisait guère. Je plongeai une main dans ma poche et en sortis le pendentif que je lui tendis.

— Je crois que ce bijou en a déjà beaucoup trop vu.

Elle se redressa, stupéfaite.

— Je croyais l'avoir perdu !

— Il m'a permis de vous retrouver.

J'aurais aimé pouvoir le lui remettre autour du cou, mais je dus me contenter de le déposer au creux de sa main.

Toc, toc.

— Entrez, dit la duchesse.

— Votre Grâce, le duc demande le Dr Darrington dans son bureau, déclara le majordome.

— Pourquoi ? s'insurgea Verity.

Je lui tapotai la jambe pour attirer son attention et secouai la tête.

— Je reviens. Votre Grâce, pouvez-vous s'il vous plaît veiller à ce que la serviette reste aussi froide que possible ?

— Bien sûr, me répondit la duchesse.

Je me levai et me dirigeai vers la porte où le vieux domestique attendait, impassible. En silence, nous nous dirigeâmes vers le bureau. Le trajet, trop court, ne me laissa pas le temps de mettre de l'ordre dans mes idées. Déjà, le majordome toquait à la porte.

— Oui !

— Votre Grâce, le Dr Darrington est ici.

— Faites-le entrer.

Le majordome s'écarta pour me laisser passer, puis se retira et ferma la porte derrière lui. Le duc était enfoncé dans son siège, les yeux fermés. Comme il ne disait rien, je pris la parole.

— Si vous souhaitez me mettre dehors, tout ce que je vous demande, c'est d'attendre qu'elle aille mieux.

Comme il n'ouvrait pas les yeux, je restai debout et attendis en silence. Il me sembla que plusieurs minutes s'étaient écoulées lorsqu'il se décida enfin à parler.

— À combien s'élève votre héritage ?

— Cinquante mille livres.

— La somme sera-t-elle à votre nom ?

— Oui. Elle m'a déjà été versée.

Il ouvrit les yeux, se redressa.

— Quelles terres possédez-vous ?

— Une quarantaine d'hectares, avec un manoir – Glassden Hall – à mon nom également, ainsi qu'une ferme générant des revenus supplémentaires.

— Et tout cela se trouve… ?

— Dans le Cheshire.

— N'est-ce pas là que se situe Wentwood House ?

— Si, en effet.

— Ai-je donc raison de supposer que ces terres faisaient autrefois partie de ce domaine ?

— Vous avez raison.

— Possédez-vous d'autres biens ou propriétés à Londres ?

— Non.

— N'est-ce pas à Londres que vous résidez ?

— Mon grand-père et mon oncle y ont une maison. Toutefois, quand mon oncle s'est marié et a eu des enfants, nous nous sommes trouvés un peu à l'étroit, alors j'ai loué une chambre dans une auberge.

— Vous n'envisagiez pas d'acheter une maison en ville ?

— Pour moi tout seul, cela n'avait guère de sens. Je passais la plupart de mon temps chez mes patients.

Il inspira et joignit les mains.

— Vos terres ont été prélevées sur le futur héritage de votre frère. N'en a-t-il pas pris ombrage ?

— Alexander est encore très jeune. Je ne suis pas sûr qu'il le sache.

— Et lorsqu'il sera adulte ?

— Je ne pense pas que cela le dérangera, mais seul le temps nous le dira.

— Et sa mère ? Qu'en pense-t-elle ? Quelles sont vos relations avec elle ?

— Elles sont inexistantes… Non, ce n'est pas tout à fait vrai. Je ne crois pas qu'il y ait de ressentiment entre nous. Elle a beaucoup fait pour moi.

— Comment cela ?

Ne souhaitant pas lui mentir plus que nécessaire, je lui avouai tout. Comment elle nous avait surpris à Londres et pourquoi j'avais disparu avant de venir à Everely.

Le duc se leva et contourna son bureau.

— Comment avez-vous pu vous montrer si irresponsable ? Vous avez maintes fois mis la réputation de ma sœur en danger. Vous avez tous deux piétiné les convenances.

— Je ne le nie point.

S'il avait seulement su jusqu'où nous avions repoussé les limites de la décence, il m'aurait abattu.

— Avez-vous fait tout cela pour me forcer la main ? Vouliez-vous bafouer le nom de ma sœur au point que la seule issue, pour moi, soit de vous accepter ?

— Avec tout le respect que je vous dois, Votre Grâce, dans ces moments-là, jamais je n'ai pensé à vous.

Ni à rien ni à qui que ce soit d'autre.

Il poussa un soupir exaspéré.

— Je tiens beaucoup à ma sœur, docteur Darrington. Bien avant que je m'attache à qui que ce soit d'autre, elle et moi nous sommes battus ensemble pour survivre dans cette maison, dans cette famille. Vous l'avez peut-être remarqué, nous avons eu notre part de… malheur. J'ignore si elle s'en souvient mais, il y a bien longtemps, je lui ai promis de veiller à son bonheur. Elle me dit qu'elle est amoureuse de vous et croit que vous l'aimez en retour. Si je consens à votre union, je ne suis pas sûr qu'elle connaîtra ce bonheur. L'amour est une chose, mais être accepté par ses pairs est tout aussi important.

— Je me mêle peut-être de ce qui ne me regarde pas, Votre Grâce, mais votre première épouse n'était-elle pas respectable ? Et vous, n'étiez-vous pas respecté ? Étiez-vous heureux pour autant ? Et vos parents ? N'étaient-ils pas eux-mêmes intégrés à la bonne société ?

Comme il ne répondait pas, je continuai.

— Pour moi, l'amour est plus important que d'intégrer votre milieu.

— Je ne veux pas qu'elle s'unisse à une famille à problèmes.

— Toutes les familles ont leurs problèmes, mais je puis vous assurer que ceux de la mienne resteront toujours bien en deçà de ceux de la vôtre.

Il se rembrunit.

— Et votre travail ?

— Mon travail ?

— Comptez-vous continuer à voir des patients ?

— Oui.

— Ne craignez-vous pas de ramener des maladies à la maison ?

— Je prends toutes les précautions nécessaires pour prévenir cela. Si je sentais qu'il y avait le moindre risque, je m'isolerais et me soignerais.

— Le risque en vaut-il la peine, si vous avez déjà des terres et de l'argent ?

— Oui, car soigner est ma raison d'être. C'est ce qui fait que je suis ici aujourd'hui.

— Si je m'écoutais, je rejetterais votre demande, grommela-t-il en me tendant la main. Je place néanmoins son avenir entre vos mains, *Theodore*.

J'eus le sentiment qu'un miracle venait de se produire. Mon cœur cognait dans ma poitrine, les yeux me brûlaient et un puissant frisson me parcourut. Pleurer aurait été honteux. Je baissai la tête et lui serrai vigoureusement la main.

— M... m... merci, balbutiai-je.

— Je vous laisse le lui annoncer.

— Inutile !

En entendant sa voix, nous nous figeâmes tous les deux. Je lâchai la main du duc et je me retournai. Verity se tenait là, sur un pied, agrippée au montant de la porte.

— Verity !

Nous avions crié à l'unisson.

— Pardonnez-moi, j'étais inquiète, fit-elle avec un large sourire. Il a dit oui ! Il a vraiment dit oui !

Je m'approchai pour la soutenir.

— Je vous avais dit de rester allongée.

— Où est Aphrodite ? Elle devait rester à ton chevet pendant que je lui parlais, maugréa Evander en se plaçant de l'autre côté pour m'aider.

J'aurais voulu la soulever et la prendre dans mes bras, mais n'en fis rien par égard pour son frère, qui avait déjà eu une journée fort difficile.

— Elle était auprès de moi, puis Eleanor est arrivée en trombe. Aphrodite est repartie avec elle si vite qu'on aurait cru que la maison était en feu, expliqua Verity sans cesser de sourire avant de se tourner vers son frère et de le serrer dans ses bras.

— Merci, mon frère. Merci d'avoir dit oui.

— Votre Grâce !

Le majordome avait reparu, essoufflé.

— Que se passe-t-il, Wallace ? Où est ma femme ?

— Votre Grâce, la marquise de Monthermer vient d'arriver. Elle souhaite voir lady Verity.

La nouvelle jeta un froid.

— Bonne chance à toi, ma sœur, dit Evander en la lâchant.

— Evander, fais quelque chose…

Il haussa les épaules.

— Je vous ai donné ma bénédiction, et vous vous estimez prêts à affronter la société. Voilà l'occasion de vous mesurer à sa gardienne.

Au moment où nous pensions avoir enfin réussi, nous nous trouvions de nouveau au bord du précipice.

VERITY

« Tu n'es plus une enfant », me répétai-je en entrant dans le salon. Je ne me sentais pas adulte pour autant, boitillant au bras de Theodore.

La marquise, très élégante, portait une robe violet foncé, un chapeau orné de pierres précieuses et un collier en diamants. Elle s'était assise près du feu. En face d'elle s'était installée Aphrodite, visiblement très nerveuse bien qu'elle soit chez elle, et non chez sa mère.

— Bonjour, Marraine. Soyez la bienvenue, dit Evander, arrivant sur nos pas.

Il jeta un regard à Aphrodite, se demandant sans doute pourquoi elle ne nous avait rien dit et, d'un hochement de tête, elle lui fit comprendre que, pour elle aussi, cette visite était inattendue. Quand les yeux de la marquise se posèrent sur sa fille, celle-ci prit immédiatement une gorgée de thé.

— J'ai reçu une lettre de ton frère m'expliquant qu'il nous confiait ton héritage au cas où il lui arriverait quoi que ce soit, dit la marquise en se tournant vers moi. Cela m'a beaucoup inquiétée et mon inquiétude est allée croissant lorsque j'ai eu vent de certaines rumeurs. Imagine ma surprise quand, en arrivant en ville ce matin, j'ai appris que non seulement ma filleule avait failli être tuée et abandonnée dans un puits, mais qu'en plus elle entretiendrait une relation avec un certain Dr Theodore Darrington.

Je fusillai Evander du regard, qui prit un air penaud en se rendant compte que tout cela était sa faute.

— Eh bien ? Dites quelque chose ! insista la marquise.

Nous restâmes tous silencieux.

— Aphrodite, tu peux bien boire tout le thé que tu voudras, tu n'éviteras pas cette conversation, l'interpella-t-elle.

Ce fut Theodore, pourtant, qui se lança.

— Madame, je répondrai à toutes vos questions, mais accorderiez-vous à lady Verity le droit de s'asseoir ?

— Bien sûr. Elle est chez elle, après tout.

Il m'installa dans un fauteuil et, pour bien souligner que c'était le médecin qui parlait, prit un coussin pour le glisser sous mon pied.

— Bien, dit la marquise. Maintenant, dites-moi la vérité sur ce qui s'est passé.

Silence.

— Marraine, c'est tellement...

— Je sais bien. C'est la raison pour laquelle je suis déjà assise, Evander. Allez, je t'écoute.

À l'entendre, on aurait cru qu'elle était la duchesse, et qu'elle était chez elle. Une nouvelle fois, le pouvoir d'une mère dépassait tous les autres.

Sans plus tergiverser, Evander et Aphrodite expliquèrent les événements de ces dernières semaines. Je m'attendais à des cris, à de l'affolement, ou au moins à une quelconque réaction, mais elle resta très calme.

— Où est cette... Où est Datura, maintenant ? demanda-t-elle à Evander.

— En prison, dans l'attente de son procès. Je dois en discuter avec le juge, mais elle rendra compte de ses actes devant la justice.

— Bien. Ainsi cette affaire est réglée, soupira-t-elle avant de poser son regard d'aigle sur Theodore et moi.

— Maintenant, docteur Darrington, à vous de me répondre. Quelle est la nature de vos relations avec ma filleule ?

— Nous allons nous marier, Marraine, répondis-je à sa place.

Elle se tourna vers mon frère.

— Et tu as accepté cela ?

— Comme vous l'avez dit, Marraine, des rumeurs circulent déjà à leur sujet. Et il ne fait aucun doute qu'ils s'aiment. Mieux vaut qu'ils se marient.

— Eh bien, *moi*, je ne l'accepte pas, lâcha-t-elle d'un air sévère. Dans la mesure où sa dot est à présent sous la responsabilité de ma famille, elle n'en verra pas la couleur.

— Marraine ! suppliai-je.

Theodore s'avança.

— Le duc a déjà menacé de la déshériter, madame, et je vais vous dire la même chose qu'à lui : j'ai largement de quoi subvenir à...

— Je ne laisserai pas la fille de Luella épouser le bâtard de Whitmear, dit-elle sans colère aucune. Je lui ai promis sur son lit de mort de veiller à ce que ses deux enfants soient heureux et respectés dans notre monde. Dans l'état actuel des choses, cette union est hors de question.

Je sentis la colère me gagner.

— Je l'épous... !

— Que voulez-vous dire par « dans l'état actuel des choses » ? m'interrompit Theodore. Sous-entendez-vous que notre union serait possible dans d'autres conditions ?

— Je ne sous-entends rien. Je le dis haut et fort.

— Je ne comprends pas. Comment notre situation pourrait-elle changer ? demandai-je.

— Theodore... Puis-je vous appeler « Theodore » ? demanda poliment la marquise.

— Oui, je vous en prie.

— Bien. Theodore, comme je l'ai déjà dit, ma filleule ne peut épouser un homme dont le seul titre est celui de « bâtard ».

— Je suis médecin.

— Grand bien vous fasse. Dans notre monde, cela ne vaut rien, répliqua-t-elle aussi sec, la tête haute. Le rang social est la seule chose qui importe chez nous et vous êtes considéré comme un bâtard. Nous devons donc changer cela.

— Comment comptez-vous vous y prendre ?

— En faisant de vous un homme respectable – c'est-à-dire en vous anoblissant.

La réaction fut unanime.

— Quoi ?

— Ce n'est pas si facile, Mère, lui opposa Aphrodite. Surtout pour quelqu'un d'aussi jeune.

— Tu as raison. Pour la plupart des gens, c'est quasiment impossible. Toutefois, quand on sait à qui s'adresser, tout devient possible. Votre mère ne vous a-t-elle pas placés sous la protection d'une autre puissante bienfaitrice ? demanda-t-elle à Evander.

Je regardai mon frère sans savoir de quoi elle parlait. Il secoua la tête.

— Vous n'êtes pas sérieuse, Marraine ! Je ne peux lui demander pareil service. Tout le monde saura que ce titre est uniquement destiné à redorer l'image de Theodore, et cela pourrait faire du tort à la Couronne.

— La Couronne ? m'étonnai-je.

— La reine ? demanda Aphrodite. Comptez-vous donc aller jusqu'à la reine ?

— Lady Monthermer, je vous remercie de tous vos efforts, mais..., dit Theodore.

— Mais vous n'avez encore rien vu, l'interrompit la marquise.

Tous la dévisagèrent comme s'il lui avait poussé une autre tête et des cornes. Elle soupira.

— Vous autres, jeunes gens, manquez terriblement d'imagination. Comment croyez-vous que les grands de ce monde obtiennent leurs quartiers de noblesse ?

— En combattant pour défendre le royaume ? suggéra Theodore.

— En faisant parler d'eux. Et vous, Theodore Darrington, êtes en train d'y parvenir. Votre renommée ne s'est peut-être pas encore propagée jusqu'ici. Toutefois... Si la vérité se savait à propos de cette Marcella que vous avez tous cherché à aider, ne serait-ce pas une grande honte pour les Wildingham ?

— En effet, reconnut Evander.

— Et avec qui les Wildingham sont-ils parents ?

Je compris alors où elle voulait en venir.

— Avec sir Zachary Dennison-Whit, le député du comté, dont on dit qu'il est aussi le bras droit du Premier Ministre.

— Excellent, mon enfant, dit-elle en me souriant. C'est là qu'intervient la légende de Theodore Darrington, ce grand docteur qui a sauvé d'innombrables membres de l'aristocratie, dont lady Clementina Rowley et lord Benjamin Hardinge, tout en soignant les malades des quartiers pauvres de Londres, avant de se présenter à Everely pour demander la main de lady Verity Eagleman. Ce faisant, il a apporté son aide à M. Wildingham, bien affligé par la situation de sa fille, a assisté votre frère jusqu'à son dernier souffle avant de voler au secours de sa bien-aimée tombée dans un puits. Pareille histoire fera sensation dans la bonne société et la reine proposera de l'anoblir. Qui pourrait désapprouver l'entrée dans la famille d'un jeune homme aussi parfait ?

Je regardai Theodore, qui la dévisageait, abasourdi.

— Croyez-vous vraiment que cela va marcher, Marraine ? Pourquoi la reine nous aiderait-elle ? demandai-je.

— Maman m'avait dit que si, un jour, j'avais de vrais ennuis, il fallait que je demande une audience à la reine. Qu'elle me viendrait en aide, car elle était la plus fidèle protectrice de notre famille, fit Evander d'un ton hésitant. Jamais je n'avais réellement envisagé de suivre ce conseil.

— Oui, j'avais remarqué. Tu n'as même pas sollicité son aide pour toi. Ta mère disait vrai ; la reine a une petite dette envers elle.

— Quoi ?

Aphrodite et moi n'en revenions pas.

— C'est une longue histoire, que je ne raconterai pas, mais grâce à laquelle je peux affirmer aujourd'hui qu'elle vous aidera. Mon plan fonctionnera. De plus, tout le monde aime les héros, alors nous allons leur en offrir un.

— Une fois le tour joué, qui osera parler de sa naissance ? dit Evander en approuvant d'un hochement de tête.

— Marraine, était-ce là l'unique objection que vous aviez à ce mariage ? demandai-je, un peu étonnée.

Je m'étais attendue à une opposition plus... ferme. À Londres, elle avait clairement signifié que le Dr Darrington n'était pas un parti convenable.

— Pensais-tu qu'après ce que j'ai dit par le passé je n'accepterais pas votre mariage ?

— Oui.

— Moi-même, j'étais persuadé que vous n'accepteriez jamais, Marraine, ajouta Evander.

Elle nous regarda et poussa un long soupir.

— Je dois avouer que j'aurais préféré que les choses soient plus simples pour toi, Verity. Cela dit, ce que je souhaite avant tout, c'est que tu sois heureuse. Je n'ai pas fait grand-chose pour t'aider dans ce nouveau bonheur. Il est donc de mon devoir de le faciliter à présent.

— Merci, Marraine, dis-je en retenant mes larmes.

Tous se mirent à échafauder différents plans visant à faire de Theodore un aristocrate. Seul le principal intéressé restait muet, la tête basse.

Il n'était pas heureux, c'était évident.

— Que pensez-vous de tout cela, Theodore ? demandai-je à voix haute afin de l'intégrer à notre conversation.

Les autres se turent et le regardèrent.

— Je ferai tout ce qui sera nécessaire pour obtenir votre bénédiction, madame, dit-il avec un sourire forcé.

Il était sincère, mais je voyais bien que quelque chose n'allait pas et qu'il essayait de faire bonne figure.

— Mère !

Je sursautai et me retournai. Abéona, vêtue d'une robe jaune, avait fait irruption dans le salon en courant, et avait perdu son chapeau au passage. Avec un grand sourire, elle brandit la poupée fabriquée par Aphrodite.

— Regardez ! Regardez comme elle est affreuse ! Emeline m'a dit que c'est Odite qui l'a faite !

Aphrodite, gênée, la lui arracha des mains.

— Ne te moque pas de la poupée de ma fille !

La marquise haussa un sourcil en entendant le mot « fille », mais décida de s'adresser à Abéona.

— Tu vas me faire le plaisir de quitter cette pièce et d'y revenir comme une jeune fille bien élevée, puis de saluer le duc, la duchesse et tout le monde ici présent.

— Mais...

Le regard de sa mère coupa court à toute protestation. Abéona soupira, ramassa son chapeau et quitta le salon. Quelques instants plus tard, on toqua à la porte.

Tous se tournèrent vers la marquise, qui regarda Aphrodite.

— Entrez, dit celle-ci gentiment.

Abéona parut, boudeuse, et fit la révérence.

— Bonjour, Evander, Odite, *Mère*, Verity... Docteur Darrington ? Vous êtes ici, vous aussi ? Qui est malade ? Pourquoi est-ce que tout le monde est toujours malade ?

La marquise soupira en entendant sa fille.

— Rassure-moi, Aphrodite, fit-elle enfin, dis-moi que ton Emeline est moins turbulente.

— Beaucoup moins, répondit Aphrodite en riant.

— Tu me soulages. Je voulais la laisser à Londres, mais j'avais peur que ton père ne s'en sorte pas, seul avec Hathor et elle.

— Père m'a dit que je devais regarder le duc comme cela, dit Abéona en se tournant vers Evander avec une expression des plus étranges.

Celui-ci éclata de rire.

Lorsque Emeline arriva, l'hilarité était générale et on parla d'autre chose. J'en profitai pour glisser quelques mots à Theodore.

— Qu'est-ce qui te préoccupe ? murmurai-je. Et ne me dis pas que ce n'est rien.

— L'espace d'un instant, j'ai été contrarié parce qu'à ses yeux je n'étais toujours pas assez bien pour prétendre à ta main et parce que tous mes efforts pour le devenir resteraient vains tant qu'un titre ne serait pas accolé à mon nom.

— Je lui dirai que tu n'en veux pas. Je me fiche que tu sois anobli ou pas. Pardonne-moi de l'avoir envisagé.

— Il n'y a rien à pardonner. Je connais tes sentiments. J'aurais voulu pouvoir proclamer : « Mes origines ne comptent pas. Regardez, même à moi on accorde la main de la merveilleuse lady Verity Eagleman. » C'était mon orgueil qui parlait.

— Tu n'es pas orgueilleux.

— Dans ce cas, je suis ingrat et j'ai manqué de considération pour la famille qui s'apprête à m'accueillir en son sein. Un homme est mort pour avoir désiré l'existence qu'on m'offre aujourd'hui sur un plateau. Je l'accepterai donc sans faire le difficile, et avec reconnaissance.

Je n'étais pas certaine pour autant qu'il aille bien.

— Tu n'as qu'un mot à dire et je...

— Theodore ? l'appela la marquise.

Il se redressa et la regarda.

— Oui, madame ?

— Rentrez-vous avec nous à Londres ?

Était-ce une question ou un ordre ?

— Voulez-vous le ramener à Londres ? demandai-je.

— Ce n'est pas en restant ici qu'il sera anobli, répondit-elle. Trois jours devraient suffire à préparer votre départ, n'est-ce pas ?

— Oui, madame.

— Dans ce cas, je viens avec vous, déclarai-je.

— Tu es blessée, répondirent de concert Evander et Theodore, ce dernier oubliant le vouvoiement.

— Ce n'est qu'une égratignure, mentis-je en essayant de poser le pied par terre sans pouvoir réprimer une grimace.

— Vous avez vu ? grommela Evander en se tournant vers sa marraine. Même Hathor est plus raisonnable qu'elle, en ce moment.

Aphrodite pouffa tandis que je le fusillai du regard avant de m'adresser à la marquise.

— Marraine, en supposant que tout se passe comme prévu, il ne sera pas anobli avant des semaines, voire des mois…

— Theodore ?

La façon dont elle prononçait son nom ressemblait de plus en plus à un reproche.

— Oui, madame ?

— L'éloignement pourrait-il vous faire oublier lady Verity ?

— Jamais, madame.

Je me concentrai sur mes mains pour ne pas faire étal de mon bonheur intense.

— Très bien. Nous partirons donc dans trois jours.

— Je serai prêt. Maintenant, lady Verity doit retourner se reposer dans sa chambre, dit-il.

Je redressai la tête. Comment osait-il ordonner ce qu'il fallait faire à la marquise ?

— Très bien. Aphrodite, demande à Eleanor de les *aider*.

Elle voulait dire « chaperonner », je le savais. Je n'émis aucune objection. Au moins serions-nous ensemble.

Enfin.

32

Verity

Au village, on parlait du Dr Darrington comme d'un héros de poème épique. À Londres, les rumeurs devaient aller bon train.

— Comme j'aimerais qu'un beau gentleman vole à mon secours ! chuchotèrent deux bonnes en pouffant tandis que je passais devant elles pour gagner mon boudoir.

Je venais de m'asseoir près de la fenêtre avec mon livre lorsqu'on toqua à ma porte.

— Entrez !

J'espérais qu'une bonne m'apportait une lettre de Theodore, mais ce n'était qu'Evander.

— N'aie pas l'air aussi déçue, c'est un peu blessant, plaisanta-t-il.

— Tu sais bien que je ne suis jamais déçue de te voir, mon cher frère. Comment vas-tu ?

— C'est à toi qu'il faut poser la question, dit-il en s'asseyant à côté de moi. Je sais à quel point tu détestes être retenue à l'intérieur, même si c'est pour ton bien.

— N'est-ce pas à moi de décider de ce qui me convient ?

— Quand tu as toutes tes facultés, oui, me taquina-t-il.

— Es-tu venu pour te disputer avec moi ?

— Non, fit-il avec un sourire. Je suis venu te dire que tu avais raison.

Cette fois, je reposai mon livre.

— Vraiment ? À quel sujet ?

— Y en a-t-il donc tant que cela ?

— Beaucoup trop pour pouvoir les compter.

Il éclata de rire.

— Celui qui m'amène est le mariage.

— Je t'interdis de changer d'avis !

— Il n'en est pas question, mais je me suis souvenu de notre conversation, à Londres, avant que tu perdes la tête. Tu t'inquiétais de savoir comment je vivrais ton départ. Aujourd'hui, je me rends compte que cela ne va pas être facile.

— Je ne suis pas encore mariée.

— Certes. Cela va néanmoins arriver bien plus vite que je ne le pensais. Everely est enfin devenu un havre de paix, et voilà que tu t'en vas.

Il me tendit la main, je lui donnai la mienne et il l'étreignit.

— En même temps, reprit-il, te savoir heureuse me rend heureux.

À mon tour, je serrai sa main.

— Je ne suis pas encore partie. Gardons cette conversation pour le jour où je quitterai Everely pour de bon. J'ai encore du mal à croire à ce qui m'arrive. De plus, je crains que notre marraine ne sous-estime la tâche à accomplir. Les Du Bell sont toujours convaincus que tout va se passer comme ils le prévoient.

— C'est vrai, ils sont ainsi. Pourquoi seraient-ils autrement puisqu'ils parviennent toujours à leurs fins ? Lady Monthermer ne proposerait jamais une solution qui soit hors de sa portée, j'en suis certain.

Je l'espérais ardemment.

— As-tu des nouvelles de Theodore ? Je n'ai pas reçu de lettre.

— Le courrier est-il si rapide ? Il me semblait que tu lui avais écrit encore aujourd'hui, me taquina-t-il.

— C'est seulement que… En as-tu, alors ? insistai-je en tentant de dissimuler ma gêne.

— Non. Je suis néanmoins sûr qu'une lettre est en route. Lui non plus ne doit pas pouvoir s'empêcher de t'écrire.

— À t'entendre, tu es au-dessus de tout cela. Je me souviens pourtant t'avoir vu guetter les missives d'Aphrodite.

— Touché, dit-il en riant avant de retrouver son sérieux. Je voulais aussi te parler d'autre chose.

— De quoi ?

— De Datura.

Ma bonne humeur s'évanouit.

— Ça y est ?

Elle avait été jugée et condamnée à mort mais la sentence n'avait pas encore été exécutée.

— Non, j'ai intercédé en sa faveur.

— Comment ? Tu l'as défendue ? C'est toi qui perds la tête !

— Peut-être. Seulement, Gabrien m'a écrit.

Mon indignation se calma.

— Elle reste sa mère. Comment espérer un semblant d'harmonie entre nous si je lui écris pour lui annoncer l'exécution de celle-ci, à peine un mois après la mort de son frère ? Il m'a supplié de demander sa grâce et, au regard des efforts de ton Theodore pour qu'elle soit correctement traitée, refuser d'intervenir aurait fait de moi un homme cruel.

— Que va-t-il lui arriver, dans ce cas ?

— Theodore a adressé au tribunal un rapport sur sa folie. Au début, les juges ne voulaient pas en tenir compte, vu la gravité du délit. Cette fois, ils m'écouteront et elle sera internée à bonne distance d'ici.

Ainsi, Gabrien pourra aller la voir.

Un étrange sentiment m'envahit en pensant à la situation qui était la sienne.

— Elle doit être transférée vers une autre prison aujourd'hui. Je vais l'accompagner.

— Puis-je venir, moi aussi ?

— Laisse-moi m'occuper de cela, Verity. N'y pense plus, c'est terminé. Plus jamais elle ne troublera notre existence. À ce propos, j'ai entendu dire que tu avais retrouvé le sommeil…

Ce n'était pas tout à fait vrai.

Je prenais un nouveau traitement et mes cauchemars n'étaient plus aussi terribles, mais ils n'avaient pas complètement disparu comme je l'aurais voulu.

J'allais répondre lorsque la porte s'ouvrit et qu'Aphrodite entra.

— Evander ? Je croyais que tu avais à faire en ville.

— J'étais venu informer Verity du sort de Datura. Je vais y aller. Tu me raccompagnes ? demanda-t-il à sa femme en se levant.

— As-tu peur de te perdre ? ironisa-t-elle.

Il lui offrit son bras sans relever.

— Verity, je…, dit-il.

Je me levai à mon tour. Ma blessure était douloureuse, mais pas au point que je ne puisse pas tenir debout.

— Je sais que tu veux me protéger, Evander, mais je n'aurai pas l'âme en paix tant que je ne l'aurai pas vue en prison. De mes propres yeux. Pour le moment, elle est encore tapie quelque part dans mon esprit, elle me hante. Il faut que je la voie. S'il te plaît, laisse-moi t'accompagner.

Il me considéra un long moment en silence avant de hocher la tête.

— Très bien, mais tu attendras dans la voiture jusqu'à ce que je te fasse signe.

— Merci.

THEODORE

La marquise avait dit ne pas avoir commencé à faire pression lorsque nous en avions parlé à Everely, à peu près une semaine plus tôt. À ce moment-là, je n'avais pas tout à fait compris ce que cela signifiait. Toutefois, à mon retour à Londres, j'eus tout le loisir de constater combien c'était une femme influente.

— Mes respects, docteur Darrington, me salua un lord dans la rue.

— Bonjour, docteur Darrington ! pouffèrent deux ladies en me croisant.

— Comment allez-vous, docteur Darrington ? demanda l'épicier en me faisant un signe de la main.

— Bon Dieu, on dirait que je n'existe plus, dit Henry, aussi étonné que moi. Aucun d'eux ne me salue, *moi* !

— La nouvelle s'est répandue comme une traînée de poudre, on dirait. Les journaux en ont-ils parlé ? demandai-je en rendant son salut à un autre passant.

À ce rythme, je n'allais pas tarder à avoir un torticolis.

— Je n'en sais rien, mais ma mère a fait venir sa couturière il y a quelques jours – une certaine Marie Loquac. Celle-ci était intarissable à propos de ton séjour et de tes exploits à Everely. On aurait cru un vrai héros de légende. Elle a raconté que ton père t'avait donné une immense propriété et des milliers de livres, que tu croulais sous l'or et l'argent, mais que tu étais resté « si bon » que tu consacrais ta vie à aider les nécessiteux. Elle a même dit que tu avais sauvé Simon Humphries, le fils du juge, d'une maladie mortelle.

— Quoi ?

— Apparemment, il était couvert de pustules grosses comme une pièce d'un shilling, borgne, à demi sourd, et personne ne savait quoi faire jusqu'à ce que tu viennes le soigner.

— Cette tête de mule ne souffre de rien d'incurable sinon d'un fort penchant pour la bouteille. Je lui ai conseillé d'arrêter le porto et le brandy. Conseil qu'il n'a pas suivi, soit dit en passant.

— Ce n'est pas ce qu'on dit. D'ailleurs, ce n'est pas tout.

— Que raconte-t-on d'autre ?

— Que tu serais en secret le médecin de la famille royale et que c'est pour cela qu'on envisage de t'anoblir.

Je faillis trébucher.

— Quoi ? La famille royale ? Où ? Quand ? Comment ?

— Personne ne cherche à comprendre. La rumeur grandit, enfle, devient incontrôlable. Sais-tu ce que dit ma mère depuis quelque temps ?

Il fit une pause et me regarda d'un air à la fois amusé et perplexe avant de reprendre.

— « Quel dommage que nous ne l'ayons pas fiancé à ta sœur Amity avant que la marquise fasse main basse sur lui pour lady Verity. » Elle en veut à mon père de t'avoir mis en contact avec eux.

J'éclatai de rire, incrédule. Lady Fancot, sa mère, regrettait que je ne puisse épouser sa fille adorée ?

— Ils sont tous devenus fous.

— Fou de toi, docteur Darrington. Tu es désormais le plus beau parti de la bonne société.

— J'ai surtout l'impression d'être un imposteur, grommelai-je tout en saluant au passage un autre gentleman.

— Il va pourtant falloir que tu continues à jouer la comédie, parce que nous nous apprêtons à descendre dans la fosse aux lions.

Nous étions arrivés au *Black's*. Après quelques jours passés chez mon grand-père pour me faire discret à mon retour à Londres, j'avais reçu du marquis une invitation à son club, devant lequel nous nous trouvions en cet instant.

Lors de ma précédente visite, personne n'avait été ouvertement hostile à mon encontre, car tous savaient que le marquis était mon bienfaiteur. Je ne m'attendais pas à un changement d'attitude à mon arrivée, pourtant celui-ci fut indéniable.

— Theodore !

Cela aussi, c'était nouveau. Depuis la table de jeu à laquelle il était assis, le marquis m'appelait par mon prénom, comme si j'étais son fils ou un ami proche ! Même Henry parut surpris.

Je m'approchai. À cette table se trouvaient lord Bolen, lord Hardinge et le père d'Henry, lord Fancot.

— Messieurs, les saluai-je.

— Prenez une chaise. Et sachez que je ne vous ferai pas de cadeau, m'avertit le marquis.

Je n'eus pas le temps de lui répondre que je ne jouais jamais. Déjà, un employé apportait une chaise supplémentaire. Le fait que l'on n'en propose pas à Henry ne m'échappa pas. Toutefois, je lus dans le regard du marquis qu'il n'était pas question que je décline son invitation. Je pris donc place tandis que l'on redistribuait les cartes.

— Je me suis laissé dire que vous aviez reçu un nouveau domaine, dit lord Hardinge en examinant son jeu. Qu'y produisez-vous ? Du blé ou de l'orge ?

— Du fromage, répondis-je en regardant le mien.

— C'est bien, le fromage. Cela se vend bien. Mais les vaches sont des animaux imprévisibles ; elles demandent trop de travail, dit lord Bolen en pliant son jeu.

— Les vaches ne sont pas « imprévisibles ». C'est vous qui êtes impatient, ricana le marquis avant de me regarder et de jeter un billet sur la table. Combien avez-vous de métayers ?

— Une demi-douzaine environ, dis-je en prenant une carte.

— Ce n'est pas suffisant. Vous devriez chercher à développer votre exploitation. Pour avoir un domaine prospère, il faut de bons métayers. C'est ce que j'ai toujours dit à Henry, n'est-ce pas ? fit lord Fancot.

Il regarda son fils, debout derrière moi, avant de miser à son tour.

— Je ne m'en souviens pas, répondit Henry, ce qui lui valut un regard courroucé de son père.

— Eh bien, vous devriez, intervint lord Hardinge en misant lui aussi. La gestion d'un domaine, c'est comme une bonne partie de cartes. Si on n'est pas attentif ou si on s'en remet à la chance, on risque de perdre gros.

Il étala son jeu avec un sourire pour le marquis.

— Vous ne pouvez pas toujours gagner, mon cher.

— C'est vrai mais, aujourd'hui, il semblerait que ce soit encore moi qui gagne, rétorqua le marquis en abattant ses cartes.

Son score était bien meilleur.

— Bon Dieu…

Ils se tournèrent vers moi en riant.

— N'ayez pas de regrets, dit lord Bolen. C'est comme ça, il a de la chance dans la vie et aux cartes. Attendez-vous à perdre souvent, avec lui.

— Je ne pense pas avoir perdu, répliquai-je en montrant mon jeu.

— Quoi ?

Le marquis se redressa pour examiner mes cartes et je retins un sourire.

— Habituellement, je ne joue pas, monsieur, parce que j'ai failli tuer mon grand-père d'une crise cardiaque en les plumant, lui et tous ses amis, quand j'étais plus jeune. J'ai le don étrange d'attirer les cartes maîtresses.

Il y eut un silence puis le marquis éclata de rire. Il me regarda une nouvelle fois et haussa les épaules.

— Il semblerait donc qu'aujourd'hui je sois le perdant, conclut-il, légèrement crispé.

Cependant, il se détournait déjà.

— Sir Grisham ! lança-t-il. Où allez-vous donc de ce pas sans me saluer ! Vous aurais-je offensé ?

L'homme s'arrêta.

Avait-il cherché à nous éviter ? À m'éviter, moi ?

Lentement, il se retourna et, une nouvelle fois, ce fut le silence. Personne n'aurait voulu manquer la suite.

Arrivé à notre table, sir Grisham s'inclina.

— Vous, m'offenser, monsieur ? Comment cela serait-il possible ?

— La dernière fois que nous nous sommes croisés, vous sembliez froissé par mon invité. Je voulais savoir si vous étiez toujours dans le même état d'esprit, et comment je pouvais remédier à la situation, afin de vous satisfaire au mieux.

Le poing de sir Grisham se referma sur sa canne et il évita soigneusement de me regarder.

— Non, monsieur, tout va bien.

— Parfait, dit le marquis en reprenant ses cartes.

Je regardai s'éloigner sir Grisham. Le silence perdura et je remarquai qu'on s'écartait pour laisser le passage à un nouvel arrivant, escorté par trois autres, tous aussi bien mis que les ducs déjà présents.

— On dirait le Premier Ministre, murmura Henry derrière moi.

Comme je n'avais jamais vu ce personnage, je fus incapable de lui répondre. Toutefois, tandis qu'il approchait de notre table, saluant au passage quelques membres, j'eus l'étrange impression que, si cette visite coïncidait avec ma présence au *Black's* ce jour-là, ce n'était pas tout à fait fortuit.

— Ne vous levez pas, me glissa le marquis comme le Premier Ministre arrivait à notre table.

— Lord Monthermer. Encore à plumer vos collègues, à ce que je vois.

— Au contraire, monsieur le Premier Ministre. Aujourd'hui, c'est moi que l'on a dépouillé, répondit le marquis, déclenchant l'hilarité générale.

— Vous ? Qui donc a pu réussir un tel tour de force ? Je serais ravi de serrer la main de cet homme.

— Le célèbre Dr Darrington, monsieur, dit lord Hardinge. Il semblerait qu'il cherche à se faire connaître dans toute l'Angleterre.

— Je cherche seulement à maintenir mes comptes à flot, lâchai-je avant de saluer l'homme qui se tenait devant moi. Monsieur le Premier Ministre.

— Ah, Theodore Darrington. J'ai l'impression d'entendre votre nom partout, en ce moment. J'imaginais un homme imposant et d'âge mûr, mais vous devez avoir l'âge de mon fils, si ce n'est moins. Comment acquiert-on une telle réputation en si peu de temps ? J'aimerais le savoir avant les prochaines élections.

Ici et là, on entendit quelques rires, mais tous attendaient ma réponse. Hélas, je n'en avais pas.

— Les couturières, dis-je en prenant mes cartes. Ce sont d'excellentes conteuses. Elles raconteront bientôt que j'ai terrassé un dragon dans le Derbyshire.

Un silence absolu ponctua ce que je voyais comme un trait d'esprit et je craignis un instant d'avoir commis un impair. Puis le Premier Ministre éclata de rire, entraînant avec lui le reste de l'assistance.

— Je vous laisse à votre partie, messieurs. Lord Monthermer.

— Monsieur le Premier Ministre, le salua le marquis.

L'homme s'éloigna et je me penchai vers lord Monthermer, ne sachant que penser.

— Alors ? Ai-je réussi ou ai-je échoué ?

— Vous avez réussi. Il déteste les gens qui se prennent trop au sérieux.

— Et maintenant ?

— Maintenant, il ne vous reste plus qu'à attendre.

J'essayais de rester optimiste mais, avec l'attente et l'absence de Verity, j'avais les nerfs à vif.

— La patience est une vertu cardinale du mariage, déclara le marquis à la cantonade.

— Et le mariage est l'objectif prioritaire de tout gentleman. N'est-ce pas ce que je dis toujours, Henry ? renchérit lord Fancot.

— Ah bon ? Comme c'est étrange, je n'ai pas le souvenir de vous avoir entendu vous exprimer à ce sujet. Theodore, il va falloir que tu examines mes oreilles, je le crains. En attendant, si vous voulez bien m'excuser, messieurs...

Henry s'éclipsa sans demander son reste.

Lord Fancot soupira si bruyamment que sa panse fit bouger la table, au grand amusement de ses partenaires de jeu.

— Theodore, vous êtes son ami, conseillez-le, car il est évident qu'il ne m'écoute pas, me dit-il.

— Pour prodiguer des conseils, la sagesse recommande l'expérience. Je n'en ai pas encore dans ce domaine ; je me garderai donc d'intervenir.

Je ne désespérais pourtant pas de découvrir un jour l'identité de celle qui occupait son cœur et son esprit, tout en lui souhaitant de trouver lui aussi le bonheur que j'avais découvert auprès de Verity.

Verity, à qui j'aurais voulu écrire en cet instant.

Faites qu'elle ne se soit pas mise en danger une fois encore.

Verity

— Ne t'avais-je pas demandé de rester dans la voiture ? me réprimanda Evander en s'apercevant que je l'avais suivi dans la prison.

Il y flottait une odeur épouvantable et l'obscurité rendait l'atmosphère pire encore car, dans le noir, chaque gémissement, chaque hoquet, chaque cri était plus effrayant encore.

— Je ne pouvais pas attendre, murmurai-je.

— J'ai effectivement noté une certaine impatience de ta part, ces derniers temps, soupira-t-il en regardant en direction de la première cellule.

Ce n'étaient que trois murs de pierre fermés par une grille en fer.

— Elle est là ?

— Oui, la consigne est de ne pas la mettre dans les cellules du fond.

— Est-ce pire, dans les cellules du fond ?

— Il y a... Peu importe. Va la voir, puis nous repartirons.

Il me prit la main pour me guider entre les flaques d'eau croupie jusqu'à la grille. Datura était là, sans même un lit pour s'allonger, seulement de la paille à même le sol. Plus de bijoux, plus de dentelles, plus de poudre sur le visage. Pour la première fois, je la découvrais débarrassée de tous ses atours, vêtue d'une simple robe marron, des chaussettes trouées en guise de chaussures, avec, dans ses cheveux grisonnants, de la paille et d'autres substances que je n'osai identifier. Lorsqu'elle posa les yeux sur moi, elle me fixa comme si elle ne me reconnaissait pas.

— Vas-y, dis-lui ce que tu as sur le cœur, souffla Evander.

— Je n'ai rien à lui dire.

— Comment ?

— Je n'ai rien à lui dire, répondis-je en tournant les talons.

À présent, c'était elle qui était enfermée et forcée de se tenir tranquille. Moi, j'étais libre et une vie heureuse m'attendait.

J'étais délivrée d'elle.

Enfin.

33

Theodore

Parfois, on a beau faire, obtenir ce que l'on désire est impossible. Malgré cela, debout devant mon grand-père, j'étais résolu à ne pas renoncer.

— Je me marie demain, Grand-Père.

Assis à sa table de travail, il ne leva même pas les yeux.

— J'aimerais que tu sois là, repris-je. J'aimerais que toute ma famille soit là.

— Vraiment, *sir* Theodore ? Es-tu sûr que tous ces grands seigneurs accepteront de s'asseoir à la même table que nous ? fit mon oncle, qui venait d'arriver et me toisait avec mépris depuis le seuil de la pièce.

— Je n'ai pas envie de me battre, mon oncle. Je veux simplement vous inviter à…

Il ricana.

— Nous n'avons pas besoin de votre invitation, *monsieur*. Ce n'est pas notre monde.

— Mais…

— Je l'ai toujours su. Tu n'as jamais voulu être des nôtres, ce qui t'intéressait, c'était d'être des leurs. Qu'est-ce que ça t'a fait, hein, de trahir ta famille, ta mère, et de ramper devant cet homme en le suppliant de t'accepter, de te donner une propriété, de l'argent ? Tu t'es laissé acheter bien facilement.

Si j'avais attendu tant de temps avant de leur parler, c'était à cause de cela. Je savais comment lui et mon grand-père réagiraient en apprenant ma réconciliation avec mon père. Rien ne les ferait changer d'opinion à son sujet. Me voir aujourd'hui devant eux, m'entendre parler des terres qu'il m'avait données leur faisait l'effet d'une trahison. Je regardai mon grand-père, toujours obstinément penché sur son creuset.

— J'ai pleuré ma mère toute ma vie et jamais je ne l'oublierai. Mais, Grand-père, j'aime cette femme, et je dois...

— Tu dois subvenir à ses besoins, je comprends, dit-il avec un hochement de tête, se décidant enfin à me regarder. Je vous souhaite à tous les deux toute la paix du monde, Theodore. Mais nous ne viendrons pas. Mieux vaut d'ailleurs que tu ne reviennes pas à Langley Cross trop souvent... Un homme de ton rang, maintenant...

— Grand-Père.

— Va-t'en, mon garçon. Et n'aie pas de regrets.

Je ne trouvai quoi répondre. Devant l'expression sévère sur le visage de mon oncle, je compris qu'il n'y avait plus rien à dire. Au cours des semaines précédentes, beaucoup de choses avaient changé. J'avais renoué avec mon père et mon frère, et on me respectait dans la bonne société car j'avais été anobli. Surtout, j'allais épouser Verity. En conséquence de tout cela, j'avais perdu mon grand-père et mon oncle. Temporairement, je le savais. Du moins l'espérais-je.

En sortant de la maison, je regardai autour de moi. Rien n'avait changé à Langley Cross. Mon oncle avait raison. Je n'avais amélioré le sort de personne, sinon le mien.

— Docteur Darrington !

Une petite voix m'appela comme je reprenais mon cheval. À quelques mètres de là, je vis s'avancer une fillette avec des couettes et un nez parsemé de taches de rousseur, qui était accompagnée d'un garçon à la veste élimée. Tous deux avaient des oranges entre les mains.

— Amanda et John..., dis-je, me souvenant de leurs prénoms.

— C'est ça, m'sieur, dit le garçon en souriant. On vous a vu arriver, on voulait vous dire b'jour !

— Bonjour à vous deux ! Comment allez-vous ? demandai-je en tirant mon cheval par la bride. Mangez-vous un peu mieux ?

— Oui ! On mange beaucoup de fruits, maintenant. Maman dit qu'c'est vous qui les envoyez. C'est vrai ? demanda la fillette.

— Mais pas du tout ! Je suis médecin et je ne prescris que des médicaments qui ont mauvais goût, mentis-je en faisant les gros yeux.

Ils semblèrent sceptiques.

— Z'êtes sûr que c'est pas vous ? insista la fillette.

— Certain. Allez, rentrez vite, c'est l'heure du souper.

Ils soupirèrent, déçus, mais acquiescèrent.

— Au r'voir, docteur Darrington !

Je les regardai s'éloigner et souris. Je ne pouvais pas venir en aide à tous les pauvres de Londres, mais au moins pouvais-je faire profiter quelques-uns de la fortune qui était désormais la mienne. Je montai sur mon cheval et repartis pour la résidence londonienne de mon père, où j'avais passé mes derniers jours de célibataire. La maison n'était pas aussi vaste que celle des Du Bell, car il ne venait que rarement à Londres. Sa façade en pierre de taille était couverte de rosiers grimpants. À peine avais-je franchi la grille que des valets et mon jeune frère accoururent.

— Theo ! Où étais-tu ? s'exclama-t-il, l'air dépité. Tu m'avais promis qu'on irait faire une promenade à cheval.

Décidément, c'était la journée des enfants.

— Pardonne-moi, j'ai oublié, dis-je en lui ébouriffant les cheveux, ce qui eut le don de l'énerver. Nous irons plus tard !

— Nous n'aurons pas le temps, tu as reçu du courrier et, après, tu vas être occupé, grommela-t-il, boudeur.

J'allais répondre lorsqu'un valet vint m'apporter une lettre. Alexander soupira bruyamment.

— Je n'en ai que pour un instant ! assurai-je avant de regarder d'où cette missive venait.

C'était une lettre de Verity, bien sûr. Je l'ouvris aussitôt.

13 septembre 1813

Cher monsieur Theodore Darrington,

Toutes mes félicitations pour votre titre de chevalier, qui devrait aller parfaitement avec celui de célibataire ! Dans la mesure où vous n'avez pas daigné prendre de mes nouvelles ces derniers jours, je n'en prendrai pas non plus des vôtres.

Lady Verity Eagleman

J'essayai de ne pas rire. À la lire, nous ne nous étions pas parlé depuis des mois, alors que cela ne faisait que trois jours.

— Désirez-vous du thé, monsieur ? me demanda la bonne au moment où je m'installai dans le salon.

— Non, merci.

— Moi, j'en veux ! dit Alexander, qui me suivait.

Assis devant le secrétaire, je pris une feuille et de l'encre afin de rédiger ma réponse.

— À qui écris-tu d'un air aussi réjoui ? m'interrogea mon père en entrant.

— À lady Verity, bougonna Alexander en buvant le thé qu'on lui avait apporté. C'est toujours à elle qu'il écrit. Ensuite il va attendre qu'elle réponde, pour pouvoir lui écrire encore, et nous n'irons jamais nous promener à cheval.

Mon père retint un rire et me regarda.

— Ne serait-il pas plus simple d'aller la voir ?

— En effet. Mais on me l'interdit.

— On te l'interdit ?

— Oui. Sa famille dit qu'elle doit se concentrer sur l'organisation du mariage et que ma présence la distrairait.

Que ces préparatifs puissent prendre autant de temps dépassait mon entendement. Il avait été décidé que le mariage aurait lieu à Londres à l'approche de l'automne, quand tout le monde serait reparti à la campagne, pour que ce ne soit pas l'événement de la saison, et parce que j'avais espéré pouvoir convaincre mon oncle et mon grand-père d'y assister.

— Il ne doit pas rester grand-chose à préparer, puisque le mariage a lieu demain, dit mon père. Je ne vois pas pourquoi tu n'irais pas la voir maintenant. À condition que ton frère accepte de renoncer à la sortie d'aujourd'hui.

Je regardai Alexander, qui fit non de la tête.

— Nous sortirons deux fois un autre jour, et j'irai t'acheter ton gâteau préféré.

Le sourire reparut sur ses lèvres et il acquiesça.

Je partis en courant.

VERITY

J'entendis quelqu'un glousser derrière moi et je me retournai pour trouver Aphrodite, assise près de la fenêtre avec un livre.

— Tu te moques de moi !

— Tu me fais penser à Hathor.

— C'est-à-dire ?

— Tu t'impatientes et tu t'énerves pour un rien.

— Je l'ai à peine vu ces derniers temps, parce que vous le tenez à distance en menaçant de repousser le mariage. En public, nous ne pouvons pas bavarder librement. Il ne me reste que le courrier.

— Oui, et les pauvres valets de pied sont épuisés par les allées et venues incessantes entre vos deux maisons. Combien lui as-tu envoyé de lettres aujourd'hui ? Une bonne dizaine ? me taquina-t-elle.

— Une seule pour le moment. Cela suffit. Il ne m'a pas écrit depuis trois jours.

— N'a-t-il pas dû quitter Londres pour s'occuper d'un patient ?

— Je vois que tu as réponse à tout. Tu ne vaux pas mieux qu'Hathor.

— Qu'a-t-elle fait ?

— Chaque fois que je la vois, à présent, elle me traite de menteuse et de traître.

— Pourquoi ? Parce que tu vas te marier avant elle ?

— Bien sûr. Et elle accuse Abéona de lui avoir jeté un sort.

Aphrodite éclata de rire.

— Hathor s'en remettra. Maintenant, tu ferais mieux d'aller te coucher. La journée sera longue, demain.

Une vive émotion me noua l'estomac.

Demain, j'allais me marier.

J'avais encore du mal à y croire. Cela avait pris des mois mais, comme l'avait prédit ma marraine, Theodore avait à présent un titre et personne ne pouvait plus le mépriser.

— Votre Grâce ? dit Eleanor en entrant.

— Oui ? répondit Aphrodite.

— Sir Theodore Darrington vient d'arriver et demande à parler à lady Verity.

Je me levai si précipitamment que j'en renversai presque ma chaise.

— Il est ici ?

Rapidement, je vérifiai dans le miroir l'état de ma robe et de ma coiffure. Une fois de plus, Aphrodite ne put s'empêcher de rire à mes dépens. Moi-même je me trouvais un peu ridicule.

— Faites-le entrer, dis-je en essayant de garder mon calme.

— Sûrement pas, fit Aphrodite. Si je ne m'abuse, les consignes étaient claires : il ne devait pas réapparaître avant le jour et l'heure dits.

— Aphrodite ! m'énervai-je.

— Très bien, faites-le entrer.

Il apparut sur le seuil avec un bouquet de roses rouges et s'adressa à Aphrodite.

— Je sais que j'arrive sans avoir été invité, Votre Grâce, mais j'ai reçu une lettre des plus inquiétantes et j'ai jugé nécessaire de venir y répondre en personne, dit-il d'un ton grave.

— Je vois. Et à qui espérez-vous parler ? demanda Aphrodite.

— À ma fiancée.

Malgré tous mes efforts, je ne pus m'empêcher de sourire. Aphrodite coula un regard dans ma direction puis se leva.

— Très bien. Je vais aller voir ma fille. Verity, s'il te plaît, occupe-toi de notre visiteur.

Dès qu'elle eut quitté la pièce, l'expression de Theodore changea, et la façon dont il me regarda me fit chanceler.

— À ce qu'il paraît, je n'ai pas daigné prendre de tes nouvelles ? commença-t-il.

J'aurais voulu lui tenir tête, mais plus il approchait, plus je tremblais. Je me mordis la lèvre et le regardai poser les roses sur mon secrétaire. Il était si près que je sentais sa chaleur.

— Pardonne-moi, ma douce amie, mais je te promets qu'à partir de demain tu ne seras plus jamais seule. Je crains fort que tu ne finisses par te lasser de ma présence, murmura-t-il.

— Pareille chose serait-elle possible ?

— Il me semble que nous aurons toute la vie pour le découvrir, dit-il en prenant mon visage entre ses mains.

— Je suis à la fois inquiète et impatiente.

— Qu'est-ce qui t'inquiète ? Nous avons déjà partagé le même lit, me chuchota-t-il à l'oreille. C'est peut-être ce qui te rend impatiente…

Une nouvelle fois, cette sensation m'envahit. Cette envie de le toucher et d'être dans un lit avec lui. Depuis cette fameuse soirée, nous n'avions plus jamais eu l'occasion de recommencer, mais le désir renaissait chaque fois que nos regards se trouvaient.

— Essaierais-tu de me séduire ? Je ne le permettrai pas, dis-je sur le ton du défi.

— Est-ce une interdiction définitive ou temporaire, jusqu'à demain seulement ?

Je haussai les épaules.

— Nous verrons demain.

Il allait répondre quand on toussa à la porte. Mon frère, debout sur le seuil, nous fixait très sévèrement.

— N'avez-vous donc pas de patients à voir ? demanda-t-il sèchement.

— Non, Votre Grâce. Je me suis libéré à l'approche de mes noces, répondit Theodore.

— Elles approchent, mais n'ont pas encore eu lieu, pour autant que je sache. Vous êtes donc un peu trop près de ma sœur.

Theodore fit un pas en arrière.

— Evander ! m'indignai-je. Faut-il que tu sois toujours aussi désagréable ?

— Oui, c'est mon devoir. Tu ne devrais pas te plaindre d'ailleurs, parce que, jusqu'ici, vous avez eu la partie plutôt facile.

— Comment peux-tu dire une chose pareille ?

— Tu t'imagines peut-être que les titres de noblesse sont toujours accordés aussi facilement, en quelques mois ? ricana Evander en s'asseyant, sans quitter Theodore du regard. N'êtes-vous pas d'accord avec moi, *sir* ?

— Tu n'es pas obligé d'être d'accord avec lui, dis-je en posant une main sur le bras de Theodore, geste immédiatement censuré par un toussotement d'Evander.

— Je m'en voudrais de contrarier sa Grâce… du moins jusqu'à demain, dit Theodore avec un sourire en coin.

— Je propose une trêve pour ce soir, déclara Aphrodite en revenant avec Emeline. Au moins pour le dîner.

— À partir de demain, je serai condamné à accepter sa présence. N'ai-je pas droit à un sursis pour ce soir ? grommela Evander.

— Essayez d'y voir une façon d'amortir le choc, rétorqua Theodore.

Suivit un nouvel échange de regards courroucés. Je me tournai vers Aphrodite, la suppliant de me venir en aide. À l'approche de mon mariage, l'attitude de plus en plus puérile d'Evander me dépassait ; je ne savais plus comment l'arrêter.

— Emeline, donne la main à Papa, et allons dîner, dit Aphrodite.

La fillette se précipita vers Evander et se suspendit à son bras.

— Viens, Papa ! Il y a de la tarte !

Son enthousiasme sembla détendre un peu Evander, qui se laissa entraîner vers la salle à manger.

— Et vous deux, dépêchez-vous avant qu'il trouve un autre prétexte pour vous surprendre et vous chapitrer.

— Merci, Votre Grâce, lui répondit Theodore en souriant.

— Appelez-moi « Dite », ou « Odite », Theodore. Après tout, nous sommes pratiquement parents maintenant, que cela plaise ou non à mon époux.

Elle quitta la pièce avec un petit rire.

Theodore me sembla soudain songeur, presque triste.

— Tout va bien ?

— Oui. Comment pourrait-il en être autrement ?

Le cœur n'y était pas, je le sentais.

— Comment cela s'est-il passé, avec ton grand-père et ton oncle ? Seront-ils des nôtres, demain ?

J'aurais aimé faire leur connaissance avant, mais il m'en avait dissuadée et je n'avais pas insisté. Plus que quiconque, je savais combien les relations familiales pouvaient être… compliquées.

— Ils ont refusé, avoua-t-il. Je m'y attendais. Ce n'est pas facile, pour eux. Ils estiment que je les ai abandonnés et ils n'ont pas tout à fait tort.

Je lui pris la main.

— Tu n'as abandonné personne, Theodore. Il ne faut pas renoncer. Peut-être qu'avec le temps, ils changeront d'avis.

— Je l'espère, dit-il en couvrant ma main de la sienne. En attendant, je ne laisserai pas cette décision assombrir notre grand jour, car ton frère a beau dire, nous avons dû batailler ferme pour obtenir cette victoire.

Je levai les yeux au ciel.

— N'est-ce que maintenant que tu trouves le courage de le contredire ?

— Tant que nous ne sommes pas mariés, je ne me risquerai pas à le provoquer.

— Même pas une toute petite fois ? murmurai-je en m'approchant doucement.

Il sourit, se pencha vers moi et déposa un baiser sur mes lèvres. Un frisson courut le long de mon dos. Et sans un bruit de pas dans le couloir, je suis sûre que nous n'en serions pas restés là. Nous nous écartâmes promptement.

— Nous reprendrons cette conversation... demain, souffla-t-il en serrant mes mains entre les siennes.

Je répondis d'un mouvement de tête, trop heureuse pour émettre un son.

Ce n'est qu'une fois dans la salle à manger, devant nos assiettes pleines, les conversations allant bon train, que je m'en aperçus : pour la première fois, nous étions tous heureux. Evander faisait des remarques à Theodore, qui faisait de son mieux pour se défendre tout en lui lançant de petites piques. Aphrodite et moi nous moquions de leur attitude puérile. Emeline, elle, chantonnait joyeusement tout en mangeant. Je n'en revenais pas. Qui aurait imaginé que, dans cette maison où ma mère était morte en me donnant la vie, tant de joie résonnerait de nouveau ?

J'avais hâte que ce bonheur soit le nôtre pour l'éternité.

Épilogue

Theodore

— Nooon !

Son cri me réveilla en sursaut. Je n'étais pas encore tout à fait habitué à la voir souffrir ainsi chaque nuit. Ses cheveux s'étaient échappés de son bonnet de nuit tandis qu'elle semblait se débattre contre je ne sais quel démon. Échevelée, elle se recroquevilla sur elle-même. Je la pris dans mes bras et l'étreignis doucement.

— Tout va bien, lui murmurai-je à l'oreille. Tout va bien, mon amour.

Je le lui répétai encore et encore, la berçant contre moi, jusqu'à ce qu'enfin elle se détende et que son souffle redevienne régulier. Le calme revenu, je la reposai dans le lit et cherchai son bonnet de nuit. Je ne voulais surtout pas qu'elle se réveille et soit mortifiée devant l'état de ses cheveux. Même si, le jour se levant, je craignais qu'il ne soit un peu tard pour l'éviter. Au moment où je mettais enfin la main sur son bonnet, je l'entendis chuchoter :

— Que fais-tu ?

Je me penchai vers elle et souris. Comment ne pas sourire quand elle était la première personne que je voyais chaque matin ?

— Ton bonnet de nuit est tombé, j'essayais de le ramasser.

Elle se redressa dans le lit et porta la main à ses cheveux.

— Ai-je encore fait un cauchemar ? demanda-t-elle, déçue. Je pensais aller mieux.

— Tu vas mieux, dis-je en écartant de son front une mèche bouclée qui retomba aussitôt. Tu as dormi toute la nuit et ton dernier cauchemar remonte à un certain temps.

— Je ne veux pas te déranger sans arrêt.

— Tu ne me déranges pas…

— Theodore…

— Comment t'ai-je demandé de m'appeler ?

Elle pencha la tête sur le côté et me regarda en fronçant les sourcils.

— Theo…

— Non… *ma femme*.

— « Mon époux » ! Combien de temps encore vais-je devoir t'appeler ainsi ? fit-elle en riant.

— Aussi longtemps que nous serons mariés, donc toujours.

— Ce n'est pas facile à dire. Et « très cher » ?

— Je n'ai aucun problème avec « très cher », c'est toi qui n'arrives pas à le dire.

— Mais si !

— Bon. Alors dis-le.

— Très cher.

— Dans une phrase.

Elle ouvrit la bouche, puis détourna les yeux.

— Très cher, veux-tu…

— En me regardant !

— Theodore !

J'éclatai de rire.

— Tu vois !

— Je te dis que j'y arrive !

Elle se mit face à moi, me fixa et inspira longuement.

— Très cher, veux-tu bien, s'il te plaît… Non. Quand tu me regardes comme ça, je ne peux pas !

— Comment est-ce que je te regarde ?

— Comme si tu allais me dévorer.

— Je te regarde toujours comme cela. Allons, je t'écoute, vas-y.

Elle attendit, visiblement contrariée. Nous nous fixâmes en silence. Ce petit jeu dura un moment puis elle se lança de nouveau.

— *Très cher*, j'ai bien envie de te frapper.

— Très bien. Sache que, dorénavant, je n'accepterai que « très cher », « mon époux », ou « mon amour ».

— Comment en sommes-nous venus à parler de ça ?

Je haussai les épaules et la pris dans mes bras.

— J'ai oublié, mon amour, mais peu importe, car nous avons des choses bien plus urgentes à faire.

— Lesquelles... ? Theodore !

Je venais de l'allonger sur le dos.

— « Très cher », « mon époux », ou « mon amour », répétai-je en l'embrassant dans le cou. Combien de fois faudra-t-il te le dire ?

— Je ne sais pas... Je suis têtue, tu sais...

Elle eut un petit rire comme je glissais une main sous sa chemise.

— Oui, j'avais remarqué. Ce n'est pas grave. Tu finiras bien par t'en souvenir. La répétition, c'est la clé de tout.

— Vraiment... ?

Je la fis taire d'un baiser.

Jusqu'à mon dernier souffle, je m'emploierais à faire de ses cris de terreur des cris de plaisir. Je consacrerais ma vie à pourchasser ses cauchemars, parce qu'elle était mon rêve devenu réalité.

Elle, ma femme adorée, lady Verity Darrington.

Remerciements

J'aimerais faire bien plus que remercier tous ceux qui m'ont aidée à écrire ce roman. Verity et Theodore n'existeraient pas sans Natanya, Shauna, Mae, Jordan, Molly, Sarah, Taylor, Colleen, Rogena, mes parents, mes amies qui sont comme des sœurs, mes frères, qui n'ont pas fait grand-chose mais qui m'ont fait rire, et, bien sûr, toutes les fans qui m'ont soutenue et encouragée. On dit qu'il faut tout un village pour élever un enfant. Je crois qu'il faut un village pour presque tout, et je suis reconnaissante à tous ceux qui m'entourent.

Je ne peux que dire merci. J'espère être à la hauteur de la confiance que vous m'avez tous accordée.

14253

Composition
FACOMPO

Achevé d'imprimer en Italie
par GRAFICA VENETA
le 6 octobre 2024

Dépôt légal : novembre 2024
EAN 9782290400333
OTP L21EPSN002614-621600

ÉDITIONS J'AI LU
82, rue Saint-Lazare, 75009 Paris

Diffusion France et étranger : Flammarion